BEATE MALY
Fräulein Stinnes
und die Reise um die Welt

Autorin
Beate Maly, geboren und aufgewachsen in Wien, arbeitete zunächst als Kindergärtnerin und in der Frühförderung, bevor sie mit dem Schreiben begann. Neben Geschichten für Kinder und pädagogischen Fachbüchern hat sie inzwischen neun historische Romane geschrieben und drei historische Krimis. In dem Roman »Fräulein Stinnes und die Reise um die Welt« erweckt sie auf beeindruckende Art und Weise die faszinierende Lebensgeschichte der Clärenore Stinnes zum Leben, die mit dem Auto die Welt umrundete.

Beate Maly

Fräulein Stinnes und die Reise um die Welt

Roman

blanvalet

Der Verlag behält sich die Verwertung des urheberrechtlich geschützten Inhalts dieses Werkes für Zwecke des Text- und Data-Minings nach § 44 b UrhG ausdrücklich vor. Jegliche unbefugte Nutzung ist hiermit ausgeschlossen.

Die Hardcoverausgabe dieses Romans erschien 2022 unter dem Autorennamen Lina Jansen und dem Titel »Fräulein Stinnes und die Reise um die Welt« bei Blanvalet.

Penguin Random House Verlagsgruppe FSC® N001967

1. Auflage
Taschenbuchausgabe 2024 by Blanvalet,
einem Unternehmen der Penguin Random House Verlagsgruppe GmbH,
Neumarkter Straße 28, 81673 München
Copyright © 2022 by Blanvalet
in der Penguin Random House Verlagsgruppe GmbH, München
Redaktion: Annika Krummacher
Umschlaggestaltung und -motiv: © Johannes Wiebel | punchdesign,
unter Verwendung von Motiven von stock.adobe.com
(Olena Zn, dudlajzov, Andrey Kuzmin)
und Rekha Arcangel / Arcangel Images
SH · Herstellung: DiMo
Satz, Druck und Bindung: GGP Media GmbH, Pößneck
Printed in Germany
ISBN 978-3-7341-1350-5

www.blanvalet.de

Bolivianisches Hochland
August 1928

Wie aus weiter Ferne drangen Geschirrklappern und das Gackern eines Huhns an Clärenores Ohren. Es dauerte einen Moment, bis sie wieder wusste, wo sie sich befand. Sie blinzelte, rieb sich die Augen und versuchte, sich aufzusetzen. Schon diese klitzekleine Bewegung kostete sie so viel Kraft, dass ihr Herz raste und kalter Schweiß auf ihre Stirn trat. Erschöpft ließ sie sich wieder zurück auf die hölzerne Pritsche sinken. An der weiß gekalkten Decke über ihr kreisten zwei fette schwarze Fliegen.

Wie lange mochte sie schon hier liegen? Waren es Stunden, Tage oder gar Wochen? Und wo war Carl-Axel?

Alles, woran sie sich noch erinnerte, war die entsetzliche Hitze. Tagsüber hatte die Sonne erbarmungslos auf die Steinwüste gebrannt, und der Durst hatte sie schier um den Verstand gebracht. Nachts dagegen war es so kalt gewesen, dass ihr Körper gezittert hatte. Immer noch klebte der Staub auf der Haut und im Haar.

Schließlich hatten sie das Automobil zurücklassen müssen. Jetzt steckte der Adler zwischen zwei Felsbrocken fest und war fahrunfähig. Der Gummi der Reifen war von spitzem, messerscharfem Gestein zerfetzt, die Ölwanne durchlöchert und nur notdürftig geflickt. Carl-Axel und sie hatten sogar das schmutzige Kühlwasser getrunken. Nach all den Strapazen und Gefahren der letzten Monate hatte ihre abenteuerliche Reise in den bolivianischen Anden geendet.

Beim Gedanken an die Niederlage stiegen ihr Tränen in die Augen. Sie schluckte und versuchte, sie tapfer wegzublinzeln, doch es gelang ihr nicht. Heiß und salzig rannen sie ihr über die Wangen. Alles war ihre Schuld. Sie hatte die Geschichte neu schreiben und der Welt beweisen wollen, wozu eine Frau imstande war. Der Preis, den sie nun für ihren Hochmut bezahlte, war viel zu hoch. Sie hatte alles verloren. Ihren Wagen, ihren besten Freund und … Weiter wollte sie nicht denken. Die Einsicht, dass sie für Carl-Axel mehr als nur freundschaftliche Gefühle empfand, schmerzte zu sehr.

Ihre Überlegungen wurden jäh unterbrochen. Eine Frau trat durch die niedrige Türöffnung in den kahlen Raum. Sie mochte wie Clärenore Mitte Zwanzig sein. Über ihrem dunklen Kleid trug sie einen farbenprächtigen Umhang aus kunstvoll gewebtem Stoff, der in Rot, Gelb und Pink leuchtete. Auf dem Kopf saß ein topfähnlicher Hut, der sie größer erscheinen ließ, als sie tatsächlich war. Zwei rabenschwarze, geflochtene Zöpfe lagen auf ihren runden Schultern. In der Hand hielt sie einen Tonbecher mit einer dampfenden Flüssigkeit.

»Wo ist Carl-Axel?«, fragte Clärenore in gebrochenem Spanisch. Die Krusten auf ihren trockenen Lippen brachen beim Sprechen auf.

Die Frau legte sich den Finger auf die Lippen und bedeutete ihr, leise zu sein. Sie stellte den Becher auf den Boden neben Clärenores Bett, faltete die Hände und legte sie an ihre braune Wange. Was sollte das heißen? Lag Carl-Axel in einer der anderen Hütten? War er am Leben? Ruhte er sich aus? Oder sollte sie selbst wieder einschlafen?

»Wo ist Carl-Axel?« Ungeduldig wiederholte Clärenore ihre Frage. Das Sprechen erschöpfte sie. Die Frau schüttelte verständnislos den Kopf. Erneut liefen Tränen über Clärenores Gesicht und tropften auf die Wolldecke, mit der man sie bis unters Kinn eingepackt hatte. In den ganzen vergangenen Monaten hatte sie nicht so viel geweint wie in den letzten Stunden.

Die fremde Frau kniete sich neben sie, griff nach dem Becher und hielt ihn Clärenore entgegen. Die Flüssigkeit roch nach Kokablättern. Sobald Clärenore davon trank, würde sie wieder in den unruhigen Halbschlaf sinken und von wirren Träumen gequält werden, von Bildern aus dem sibirischen Winter, der Wüste Gobi und Peking. Aber sie durfte nicht einschlafen. Sie musste nach Carl-Axel sehen und dann den Adler suchen. Dazu brauchte sie eine Mannschaft von mindestens dreißig Männern, die ihr halfen, das Automobil abzuschleppen. Wenn sie gemeinsam Holzstämme auslegten, konnten sie den Wagen über die Geröllwüste ziehen. Anschließend würde sie sich an die Reparatur machen müssen. Das Loch in der Ölwanne gehörte professionell geflickt, die Reifen gewechselt. Sie brauchten Ersatzteile aus Lima und neuen Treibstoff. Es galt, nach vorne zu schauen und einen Plan auszuarbeiten, um diese unwirtliche Gegend möglichst bald zu verlassen. Sobald Clärenore wieder klar denken konnte, würde sie eine Liste anfertigen – so wie sie es immer getan hatte, wenn Probleme aufgetaucht waren.

Doch diesmal war alles anders. Nichts von ihren Plänen schien umsetzbar zu sein, denn in ihren Knochen saß eine lähmende Müdigkeit, und eine erdrückend schwere Last nahm ihr die Luft zum Atmen. Clärenore drohte in einem Meer an Traurigkeit zu ertrinken.

»Bitte, sagen Sie mir: Lebt Carl-Axel Söderström? Mein Begleiter? Der Mann, den ich zurückgelassen habe?« Ihre Stimme war bloß noch ein leises Flüstern.

Die Frau antwortete in einer Sprache, die Clärenore nicht verstand, und drängte sie zum Trinken. Schließlich hielt sie ihr den Becher dicht an die Lippen. Widerwillig nahm Clärenore einen Schluck. Die warme Flüssigkeit breitete sich rasch in ihrem Körper aus, der Geschmack war bitter und süßlich zugleich. Augenblicklich entspannten sich ihre harten Muskeln. Sie bekam nur noch vage mit, wie die Fremde die Decke an ihren Füßen anhob und den Verband an ihren Füßen wechselte. Sie erinnerte sich an die blutigen Strümpfe und kaputten Schuhe, die das messerscharfe Geröll zerschnitten hatte. Für einen Moment zuckte sie unter dem Schmerz zusammen, dann kehrte die sanfte, tröstliche Dunkelheit zurück, von der Clärenore ahnte, dass sie nicht lange anhalten würde, bevor die Alpträume sie erneut einholten.

Sie schloss die Augen und ließ sich fallen.

Gut Weißkollm
September 1925

Über einen hellen Kiesweg fuhr der Wagen auf das Gut Weißkollm in der Oberlausitz zu. Die schrägstehende Herbstsonne tauchte den Garten in ein Meer aus weichen Farben. Die Blätter der Birken glänzten goldgelb und ergänzten das leuchtende Rot und Orange der Herbstastern. Hier war nichts dem Zufall überlassen. Eine ganze Heerschar von Gärtnern sorgte zu jeder Jahreszeit dafür, dass der Garten sich den Besuchern des Gutshofs von seiner besten Seite präsentierte.

Clärenore lehnte an der Rückbank des Automobils, sah aus dem offenen Fenster und ließ sich die warme Sonne ins Gesicht scheinen. Der Fahrtwind kitzelte auf ihrer Haut. Viel lieber hätte sie selbst hinter dem Steuer gesessen, aber ihre Mutter hatte darauf bestanden, dass einer der Chauffeure sie aus Berlin abholte. Was für ein unsinniges Unterfangen, wenn man bedachte, dass Clärenore seit einem Jahr jedes Wochenende ein Rennen auf der Avus bestritt und vor einem Monat die Allrussische Prüfungsfahrt quer durch Russland gewonnen hatte. Mehrere Wochen war sie von St. Petersburg über Moskau bis nach Tiflis unterwegs gewesen. Als einzige teilnehmende Frau hatte sie das Rennen gegen dreiundfünfzig Männer gewonnen. Einer der Konkurrenten war bei der waghalsigen Fahrt über teils unbefestigte Straßen ums Leben gekommen. Ein Erfolg, der von ihrer Mutter und dem Rest der Familie jedoch ignoriert wurde.

Vor dem breiten Treppenaufgang hielt das Automobil an. Sebastian, der alte Diener ihres Vaters, wartete auf der untersten Stufe. Er trug einen Frack und hielt sich trotz seines fortgeschrittenen Alters aufrecht. Clärenore wartete nicht, bis er ihr die Wagentür öffnete, sondern stieß sie selbst auf. Sie ließ zuerst Lord, ihren jungen Gordon Setter, aussteigen und sprang dann ebenso energiegeladen auf den gekiesten Weg.

»Guten Tag!« Sie unterdrückte den Impuls, Sebastian herzlich zu umarmen. Von klein auf hatte man sie gelehrt, sich dem Personal gegenüber distanziert zu verhalten. Doch wie sollte ein Kind diese Vorschrift einhalten, wenn die aufgeschürften Knie von der Köchin Käthe verbunden und die Tränen vom Diener Sebastian getrocknet wurden? Unzählige Stunden hatte Clärenore im Stall verbracht, wo der Kutscher Fritz sie mit Militärgeschichten unterhalten hatte.

»Guten Tag, Fräulein Clärenore.« Sebastian verbeugte sich höflich, doch seinem warmen Lächeln war zu entnehmen, wie sehr er sich über das Wiedersehen freute. »Haben Sie sich einen Hund zugelegt?«

»Na ja, eigentlich war es genau umgekehrt.« Sie lachte. »Lord hat sich mich als Besitzerin zugelegt.« Sobald der Gordon Setter seinen Namen hörte, wedelte er mit dem Schwanz und schmiegte sich an Clärenores Bein, bis sie sich zu ihm hinunterbeugte und über sein weiches Fell strich. Sie hatte keinerlei Pläne gehabt, sich einen Hund anzuschaffen, aber als ihre Vermieterin Frau Schüller mit ihm vor der Tür gestanden hatte, war der Welpe einfach in die Wohnung spaziert, hatte sich auf Clärenores Sofa gelegt und beschlossen, nicht mehr zu gehen. Das Ehepaar, für das der Welpe bestimmt gewesen war, hatte sich nach einem anderen Tier umsehen müssen.

»Ist die Familie schon vollständig?«, erkundigte sich Clärenore. Treffen wie dieses waren ihr ein Gräuel. Seit dem heftigen Streit nach dem Begräbnis ihres Vaters im vergangenen Jahr wohnte sie in einer winzigen Wohnung in Berlin und war ihren sechs Geschwistern und ihrer Mutter nur an den unvermeidbaren Feiertagen begegnet. Wäre der Grund für ihren heutigen Besuch nicht von so außerordentlicher Wichtigkeit gewesen, hätte sie sich eine Ausrede überlegt und sich davor gedrückt.

»Fräulein Hilde ist bereits eingetroffen. Herr Otto weilt in Mülheim, Herr Ernst und Fräulein Else sind im Internat, und Ihre beiden älteren Brüder, Herr Hugo und Herr Edmund, werden am Nachmittag erwartet. Herr Hugo reist mit seiner Frau Tilde und seinem Sohn Dieter an.«

Mit jedem Namen, den Sebastian aufzählte, wuchs Clärenores Widerwillen. Sie hatte sich mit ihren Geschwistern nie sonderlich gut verstanden. Ernst und Else waren mit ihren zwölf und vierzehn Jahren zu jung, um als Vertraute in Frage zu kommen. Otto las den ganzen Tag und verbrachte die Zeit am liebsten allein. Hugo und Edmund hatten Clärenore nie ausstehen können. Nach dem plötzlichen Tod ihres Vaters hatten die beiden sie mithilfe ihrer Mutter eiskalt aus dem Familienunternehmen gedrängt. Und auch das Verhältnis zur drei Jahre jüngeren Hilde war kompliziert.

»Ihre Mutter erwartet Sie im Arbeitszimmer Ihres Vaters«, sagte Sebastian und griff nach der Reisetasche, die Ferdinand auf dem Kiesweg abgestellt hatte.

»Lassen Sie nur«, sagte Clärenore rasch. »Ich kann meine Tasche selbst tragen. Denken Sie an Ihr Rheuma.« Clärenore wusste, dass der alte Diener nachts wegen der Schmerzen keinen Schlaf fand. Eigentlich hätte er schon vor Jahren in den wohlverdienten Ruhestand geschickt werden sollen.

Empört verzog er den Mund. »Solange ich hier arbeite, werde ich Taschen tragen.«

Clärenore verdrehte die Augen. Sie wusste, dass ihre Mutter von den Bediensteten des Hauses dieselbe unerbittliche Härte verlangte wie von sich selbst und ihren Kindern. Jammern oder gar Verzweiflung gab es in der Familie Stinnes nicht, schließlich hatte ihr Vater eines der weltgrößten Wirtschaftsimperien aufgebaut. Ursprünglich hatte er sich als Kohlehändler selbstständig gemacht, doch schon elf Jahre nach der Gründung hatte er seine Firma in eine GmbH umgewandelt und nicht nur in den Kohlehandel, sondern auch in die Binnenschifffahrt, den Bergbau, die Stahlproduktion, die Holzwirtschaft und die chemische Industrie investiert. Heute gehörten auch Brauereien und Hotels, Druckereien und Verlage zum Konzern. Sogar Banken und Versicherungsunternehmen wurden von der Familie Stinnes kontrolliert. Rund sechshunderttausend Mitarbeiter waren für den Konzern tätig – in knapp dreitausend Betrieben auf dem gesamten Globus verstreut.

In Gedanken ging Clärenore den Inhalt ihrer Tasche durch. Sie hatte eine frische Bluse, Unterwäsche und Socken eingepackt. Die Tasche war so leicht, dass sie sie Sebastian zumuten konnte, ohne um seine Gesundheit fürchten zu müssen.

»Ich beglückwünsche Sie zu Ihrem sensationellen Erfolg in Russland.« Sebastian senkte die Stimme, während er die Stufen zum Hauseingang hinaufging.

»Danke!«

»Ich habe davon in der Zeitung gelesen«, fuhr der Diener fort. »Wir sind alle furchtbar stolz auf Sie.«

Während er und das übrige Personal Clärenores Karriere als Rennfahrerin begeistert verfolgten, hatte es bis auf Otto niemand in der Familie für wichtig erachtet, Clärenore zu dem Erfolg zu gratulieren. Der Sieg wurde totgeschwiegen, so als hätte er nie stattgefunden. Wäre Clärenores Vater noch am Leben, hätte er sie gefeiert. Er hatte seine älteste Tochter geschätzt und ihr technisches und wirtschaftliches Verständnis nicht nur gefördert, sondern damit auch vor seinen Geschäftspartnern geprahlt. In den letzten Jahren vor seiner missglückten Operation war Clärenore seine Privatsekretärin gewesen, was ihre Mutter allerdings nie gutgeheißen hatte. Clärenore war für das Unternehmen sogar nach Südamerika gereist, um einen Teil der dortigen Betriebe zu kontrollieren. Obwohl sie vom riesigen Firmenkonglomerat mehr Ahnung hatte als Edmund und Hugo zusammen, leiteten heute die Brüder das Imperium.

Clärenore versuchte, dem aufkommenden Ärger keinen Raum zu geben. Es hatte keinen Sinn, sich über Entscheidungen zu grämen, die sie nicht rückgängig machen konnte. Sie folgte Sebastian in die Empfangshalle, wo ein feiner Geruch von Bienenwachs und Schmierseife in der Luft hing. Eine breite, auf Hochglanz polierte Holztreppe führte ins obere Stockwerk. Clärenore hatte das ganze Gebäude immer schon als zu groß, zu unpersönlich und zu abweisend empfunden. Nichts hier lud zum Wohlfühlen ein. Dunkle, in Gold gerahmte Ölgemälde säumten den Treppenaufgang. Als Kind hatte Clärenore sich vor den finsteren Gesichtern ihrer Verwandten gefürchtet.

Die Zeiten, die sie auf Gut Weißkollm verbracht hatte, waren ihr in schlechter Erinnerung. Unter der strengen Aufsicht der englischen Gouvernante Mrs. Bloomsberry hatte sie oft stundenlang in der Ecke stehen müssen. Manchmal war sie den ganzen Tag im Zimmer eingesperrt gewesen, um über ihre Vergehen nachzudenken. Ein Loch im Strumpf war Grund genug für drakonische Strafen gewesen. Der Rohrstock der Erzieherin hatte Narben auf der Haut hinterlassen, ihre Schimpftiraden Spuren auf der kindlichen Seele.

Clärenore hatte die schrecklichen Monate in Deutschland nur deshalb ausgehalten, weil sie gewusst hatte, dass weitaus glücklichere Zeiten auf Asa gård folgten. Das Landgut in Südschweden war der Ort, den sie mit unbeschwerten Kindheitstagen verband. Auf dem weiträumigen Areal hatte sie unbeaufsichtigt herumtollen, die Natur genießen und mit den Kindern der Hausangestellten spielen dürfen. Oft hatte sie den ganzen Nachmittag auf dem Rücken eines Pferds oder in der Werkstatt bei den Mechanikern verbracht.

»Du bist aber spät!« Die vertraute Stimme ihrer Schwester riss Clärenore aus ihren Erinnerungen. Am hölzernen Treppengeländer stand Hilde und betrachtete sie mit vorwurfsvollem Blick. Sie war im letzten Jahr zur jungen Frau geworden, alle kindlichen Züge waren aus ihrem Gesicht gewichen. Die Wangen waren dezent geschminkt, der zartrosa Hauch war geschickt gewählt. Alles an Hilde war perfekt. Ihre Frisur, das elegante Kleid, die aufrechte Haltung. Ihr Gesichtsausdruck war unverbindlich und eine Spur herablassend. Genauso, wie man es von der Tochter eines der reichsten Industriellen Deutschlands erwartete.

»Auch dir einen wunderschönen Nachmittag, liebe Schwester«, entgegnete Clärenore ironisch.

»Mutter hat dich schon zum Mittagessen erwartet«, fuhr Hilde fort.

»Wenn sie gewollt hätte, dass ich früher komme, hätte sie mir nicht Ferdinand schicken dürfen«, antwortete Clärenore. »Er zuckelt im Schneckentempo über die Straßen.«

»Mutter sieht es eben nicht gerne, wenn du allein quer durchs Land fährst. Im Übrigen solltest du dich noch umziehen, bevor du zu Mutter gehst.«

»Ich trage Ihre Tasche schon mal auf Ihr Zimmer«, erklärte Sebastian leise, drückte sich neben Clärenore an der Wand vorbei und ging in den anderen Trakt des Gebäudes.

»Was stimmt nicht mit meinem Anzug?« Seit Clärenore Autorennen fuhr, hatte sie sich angewöhnt, Hosen zu tragen – nicht nur auf der Rennstrecke, sondern auch privat. Ihr Haar hatte sie radikal kurz schneiden und in modische Wasserwellen legen lassen, nach dem Vorbild glamouröser amerikanischer Schauspielerinnen. Diesen skandalösen Aufzug wollte die Gesellschaft selbst extravaganten Industriellentöchtern nicht zugestehen. Einige Pressekommentare über Clärenore waren vernichtend gewesen, doch sie störte sich nicht daran.

»Warum musst du ständig die ganze Welt vor den Kopf stoßen?«, entgegnete Hilde. »Reicht es nicht, dass du Autorennen fährst? Musst du dich auch wie ein Mann kleiden?«

»Es ist aber praktisch«, verteidigte sich Clärenore.

Hilde seufzte. Sie nahm die Perlenkette, die um ihren Hals hing, zwischen die Finger und ließ die Perlen einzeln durchgleiten. »So wirst du nie einen Mann abbekommen.«

»Etwa einen wie Max?«, konterte Clärenore böse. »Einen Langweiler, der mich herumkommandiert und mir den ganzen Tag sagt, was ich zu tun habe?« Sie stemmte die Hände in die schmalen Hüften. »Nein danke! Sollte ich jemals heiraten, dann einen Mann, der mich ernst nimmt und den ich liebe.«

Hildes Gesicht wurde blass. Vor ein paar Wochen hatte sie den Antrag von Max Fiedler angenommen. Der Unternehmer war um etliche Jahre älter als Hilde, aber Clärenore wusste, dass er der Wunschkandidat ihrer Mutter war. Wäre ihre Schwester dem Ruf ihres Herzens gefolgt, hätte sie sich mit Franz verlobt, dem Sohn des Kutschers. Diese Entscheidung hätte jedoch auf der Stelle dazu geführt, dass Hilde von ihrer Mutter enterbt worden wäre.

Die Lippen der Schwester zitterten. Sie ließ die Kette wieder los, und die Perlen schlugen klackernd gegen ihre Brust. Sofort bereute Clärenore ihre Worte. Sie hatte Hilde nicht verletzen wollen. Dennoch passierte es jedes Mal, wenn sie sich begegneten. Heute hatte sie einen neuen Rekord gebrochen und es schon nach wenigen Worten geschafft, ihre Schwester vor den Kopf zu stoßen. Als Hilde klein gewesen war, hatte Clärenore Angst gehabt, die Schwester könnte einen Teil der Aufmerksamkeit des geliebten Vaters auf sich lenken. Die wenigen Stunden, die Hugo Stinnes für seine Kinder reservierte, hatte Clärenore nicht teilen wollen. Statt in Hilde eine Vertraute zu sehen, war sie für sie zur Rivalin geworden. Viel zu spät hatte Clärenore erkannt, dass es klüger gewesen wäre, sich mit Hilde zu verbünden. Die Schwester war nie eine ernsthafte Konkurrenz gewesen, dazu waren die beiden zu verschieden. Leider war die Basis ihres verkorksten Verhältnisses da bereits gelegt gewesen.

»Mutter wartet in Vaters Arbeitszimmer auf dich«, sagte Hilde kühl, drehte Clärenore den Rücken zu und ging den Gang entlang in ihre eigenen Privaträume. Die Absätze ihrer Schuhe knallten hart auf den gefliesten Boden. Kurz überlegte Clärenore, ob sie Hilde folgen und sich um ein freundlicheres Gespräch bemühen sollte, doch dann ließ sie es bleiben. Zu sehr fürchtete sie, dass der Versuch erneut in einem Streit enden würde. Lords feuchte Schnauze stieß gegen ihre Hand, und Clärenore streichelte ihm über das rotbraune Fell.

»Das war erst der Anfang«, sagte sie leise. »Die Unterhaltung mit meiner Mutter wird noch viel frostiger.« Lord sah sie aus treuherzigen Augen an und wedelte träge mit dem Schwanz. »Komm, wir bringen es gleich hinter uns.«

Entschlossen lief Clärenore den düsteren Gang entlang. Lord folgte ihr auf dem Fuß.

Vor der dunklen Tür zum Arbeitszimmer hielt Clärenore inne und atmete tief durch, ehe sie klopfte. Erst als sie das »Herein« ihrer Mutter vernahm, öffnete sie.

Der vertraute Geruch von Tabak, Leder und Holz schlug ihr entgegen. Selbst das Rasierwasser ihres Vaters schien noch in der Luft zu hängen. Es hatte sich in den holzvertäfelten Wänden und den schweren dunkelgrünen Samtvorhängen festgesetzt, als wollte es daran erinnern, dass Hugo Stinnes' Geist immer noch in diesem Raum weilte. Clärenore spürte, wie ihre Kehle eng wurde.

Es dauerte eine Weile, bis sich ihre Augen an das Halbdunkel gewöhnt hatten. Hinter dem massiven Schreibtisch saß ihre Mutter. Es war ein ungewohnter Anblick. Solange ihr Vater gelebt hatte, war ihre Mutter nur selten in seinem Arbeitszimmer gewesen. Jetzt hatte sie den Schreibtisch des verstorbenen Ehemanns übernommen. Weder ihr zierlicher Körper noch ihr schmales Gesicht täuschten darüber hinweg, dass Cläre Stinnes eine Frau mit einem eisernen Willen war. Sie war Alleinerbin und hatte nie ein Geheimnis daraus gemacht, dass ihre Söhne für sie mehr zählten als ihre Töchter. Wenn es nach ihr gegangen wäre, hätte sie nur Knaben auf die Welt gebracht. Mädchen waren in ihren Augen bloß lästiges Beiwerk, das es galt, möglichst reich zu verheiraten. Dass ihr verstorbener Mann Clärenore gefördert und unterstützt hatte, war ihr immer ein Dorn im Auge gewesen.

»Hast du in Berlin keinen Spiegel?«, bemerkte sie spöttisch.

»Guten Tag, Mutter.«

»Geh und zieh dir ein Kleid an.« Cläre Stinnes hob ungeduldig die Hand und winkte ihre Tochter wieder aus dem Zimmer, doch Clärenore blieb hartnäckig stehen.

»Meine Kleidung ist eine Frage des Geldes«, entgegnete sie ruhig. »Die Unternehmen, für die ich arbeite, finanzieren mir einmal im Jahr eine komplette Ausstattung vom Schneider. Diese Kleidung trage ich bei den Fototerminen der Presse und darf sie anschließend behalten. Als Autorennfahrerin wäre es unklug, sich für ein elegantes Abendkleid zu entscheiden.«

»Du sitzt also immer noch hinter dem Steuer und drehst Runden auf einer Rennbahn?«

Clärenore schwieg, denn das war eindeutig eine rhetorische Frage gewesen. Auf dem Tischchen neben der Tür lagen mehrere Tageszeitungen. Sie alle hatten auf den Titelseiten über Clärenores Sieg in Russland berichtet.

»Wann wirst du mit dem Unfug aufhören und endlich das tun, was deine Familie von dir erwartet?«, fuhr Cläre Stinnes fort.

Clärenore streckte sich. Sie hatte zwar mit Vorwürfen gerechnet, doch dass ihre Mutter sie so schnell damit überschüttete, war eine Überraschung.

»Ich verdiene mit den Autorennen Geld«, entgegnete sie und behielt die Fortsetzung für sich: Geld, das meine Familie mir vorenthält. Stattdessen sagte sie: »Von meinen Siegen profitiert die gesamte deutsche Automobilindustrie und somit auch unser Familienunternehmen. Unsere Betriebe sind wichtige Zulieferer. Die Adlerwerke gehören zu einem unserer größten Kunden.«

»Du musst mir nicht die Aufgabe unserer Betriebe erklären«, unterbrach ihre Mutter sie ungehalten. »Es wäre für uns alle hilfreicher, wenn du einen einflussreichen Mann heiratetest und endlich für Nachwuchs sorgtest.«

Cläre versuchte, sich nicht anmerken zu lassen, wie sehr die Worte ihrer Mutter sie verletzten. Keine Frau sollte aufs Heiraten und Kinderkriegen reduziert werden. Wenn ihre Mutter sich mit dieser Rolle zufriedengegeben hatte, dann war das ihr gutes Recht. Doch Clärenore würde es anders machen. Allerdings war jetzt nicht der richtige Moment für eine Diskussion zu diesem Thema. Wenn sie Erfolg haben wollte, musste sie beim eigentlichen Grund ihres Besuchs bleiben.

»In Amerika hat Ford damit begonnen, Automobile auf dem Fließband zu produzieren. Bald werden seine Fahrzeuge den ganzen Globus überschwemmen«, berichtete sie. »Wenn deutsche Unternehmen weiter auf der internationalen Bühne mitspielen wollen, brauchen sie Werbung, und wer könnte die besser transportieren als eine junge Frau, die einen Wagen lenkt?«

Cläre Stinnes kniff die Augen zusammen und faltete die Hände vor ihrer schmalen Brust. Ihr graues Haar war zu einem strengen Knoten nach hinten gebunden. Seit dem Tod ihres Ehemanns trug sie ausschließlich Schwarz – eine Farbe, die ihr Gesicht noch humorloser erscheinen ließ.

»Was kümmert dich Henry Ford in Amerika?« Cläre Stinnes beugte sich über den Tisch. »Ich habe schon begriffen, dass es in dieser Unterhaltung nicht um Autorennen geht. Was führst du diesmal im Schilde?«

Es war erschreckend, wie schnell ihre Mutter sie durchschaute. Daran hatte sich in all den Jahren nichts verändert.

»Ich plane eine Reise um die Welt«, sagte Clärenore.

Sie fühlte sich an die Zeit erinnert, da sie sich nichts sehnlicher gewünscht hatte, als selbst hinter dem Lenkrad eines Automobils zu sitzen. Ihre Mutter und Mrs. Bloomsberry hatten es ausdrücklich verboten, doch schließlich hatte ihr Vater es erlaubt. Im Alter von dreizehn Jahren hatte Clärenore bei der ersten Reparatur mithelfen, mit fünfzehn ihre ersten Runden auf dem Gutshof Asa gård drehen dürfen. Mit achtzehn hatte sie ihren Führerschein bekommen.

»Eine Reise um die Welt?«, wiederholte Cläre Stinnes und verschränkte ablehnend die Arme vor dem Körper.

»Ich will als erste Frau mit einem Automobil rund um den Globus fahren«, erklärte Clärenore.

Ihre Mutter wirkte vollkommen fassungslos.

Clärenore nutzte die Sprachlosigkeit ihrer Mutter und redete munter weiter.

»Die Fahrt wäre eine unglaublich wertvolle Werbung für die deutsche Automobilindustrie. Ich könnte beweisen, zu welchen Leistungen deutsche Ingenieure fähig sind. Unsere Automobile sind die besten der Welt. Sie sind so sicher und leistungsfähig konstruiert, dass man damit den Globus umrunden kann.«

Ihre Mutter schwieg noch immer.

»Auch das Unternehmen wird davon profitieren«, fuhr Clärenore fort. »Unser Name wird positive Schlagzeilen machen, und die Investoren werden wieder Vertrauen fassen.«

Augenblicklich verfinsterte sich der Gesichtsausdruck ihrer Mutter. Clärenore hatte sich auf gefährliches Terrain begeben. Cläre Stinnes duldete keine Kritik an der Firmenführung ihrer Söhne. Dabei war es für alle Welt offensichtlich, dass weder Edmund noch Hugo ein Gespür für die Komplexität des Konzerns hatten. Im letzten Jahr hatten sie zuerst Anteile am Elektrizitätswerk RWE veräußert, später Teile von Deutsch-Lux, den Bergwerken in Luxemburg. Beides waren erfolgreiche Unternehmen. Wenn es weiterhin Liquiditätsprobleme gab, würde man auch die Beteiligungen in der Schifffahrt und im Kohlehandel abstoßen müssen. Clärenore war sich sicher, dass ihr Vater sich im Grab umdrehen würde, wüsste er davon.

»Falls du von mir oder deinen Brüdern finanzielle Unterstützung für dieses unsinnige Unternehmen erwartest, vergiss es auf der Stelle. Wir werden keine Reichsmark dafür bereitstellen.«

»Du hast dir doch noch gar nicht angehört, was ich genau vorhabe!« So schnell wollte Clärenore nicht aufgeben. Zu viel stand auf dem Spiel. Während des Rennens in Russland hatte ihr Plan konkrete Gestalt angenommen. Sie wollte sich nicht mehr mit dem zufriedengeben, was man von außen an sie herantrug. Die Autorennen und die Teilnahme an der Allrussischen Prüfungsfahrt waren Aufträge der Autoindustrie gewesen. Jetzt wollte sie zum ersten Mal im Leben selbst die Initiative ergreifen und zur Spielerin werden, anstatt bloß ein Spielball der Männer zu sein.

»Ich habe genug erfahren, um zu wissen, dass du nichts als Unfug im Kopf hast. Ich will nichts mehr davon hören. Und jetzt geh bitte auf dein Zimmer und zieh dir Kleidung an, für die ich mich nicht genieren muss. Du bist eine Frau, auch wenn du es ständig zu vergessen scheinst. In diesem hässlichen Anzug sieht dein Körper aus wie der eines mickrigen Mannes.«

»Aber Mutter, so hör mir wenigstens zu.«

»Was soll ich mir anhören?« Cläre Stinnes hob ihre Stimme. »Dass du als unverheiratete Frau um die Welt fahren willst? Wer soll dich begleiten? Etwa irgendwelche Mechaniker? Hast du dir überlegt, was das für den guten Namen unserer Familie bedeutet? Kein Mann, der auf seinen Ruf Wert legt, wird bereit sein, dich zu heiraten. Man wird sich auf der ganzen Welt über dich lustig machen und dich als männerfressende Amazone beschimpfen.«

Clärenore spürte, wie Tränen der Wut in ihr aufstiegen. Sie wollte ihnen keine Chance geben. Tapfer ballte sie ihre Hände zu Fäusten und zählte innerlich bis zehn. Nach dem Tod ihres Vaters hatte sie den Gutshof weinend verlassen. Damals hatte sie sich geschworen, dass weder ihre Mutter noch ihre Brüder jemals wieder so viel Macht über ihr Leben haben sollten, dass sie ihretwegen Tränen vergießen würde.

»Ich werde diese Reise unternehmen«, beharrte Clärenore. »Ich werde der Welt beweisen, wozu eine Frau imstande ist, denn es gibt keinen Unterschied zwischen Männern und Frauen.«

Zum ersten Mal, seit sie das Zimmer betreten hatte, zeigte sich eine Art nachsichtiges Lächeln auf dem Gesicht ihrer Mutter. »Ach Clärenore, wann wirst du deine ungesunde Sturheit ablegen?«

Clärenore schwieg, was ihre Mutter als Zustimmung zu interpretieren schien.

»Ich erwarte von dir, dass du vernünftig wirst und endlich das tust, was ich von dir als Tochter erwarte. Such dir einen standesgemäßen Ehemann. Es gilt, ein riesiges Unternehmen zu führen und den guten Ruf des Namens Stinnes zu erhalten. Das bist du deinem Vater und deinen Brüdern schuldig.«

»Ich war bereit, Verantwortung zu übernehmen, und bin es immer noch«, erwiderte sie bitter. »Vater wollte, dass ich in die Leitung des Unternehmens einsteige.« So vieles wäre anders verlaufen, hätte ihre Mutter einfach den Willen ihres Ehemanns befolgt.

Augenblicklich schwand der weiche Zug wieder aus Cläre Stinnes' Gesicht. »Genug jetzt«, sagte sie schneidend. »In einer Stunde wird der Nachmittagstee im Wintergarten serviert. Dazu werden auch deine Brüder erwartet. Mach dich frisch. In deinem Schrank hängt angemessene Kleidung.«

Wortlos drehte Clärenore sich um.

»Keinen Pfennig bekommst du von uns!«, rief ihre Mutter ihr nach. »Und wenn du es wagen solltest, unseren guten Namen in den Schmutz zu ziehen, indem du dich auf unsittliche Weise mit Männern umgibst, werde ich dafür sorgen, dass du deinen Platz in dieser Familie für immer verlierst. Eine einzige Skandalmeldung, und du bist keine Stinnes mehr. Hast du mich verstanden?«

Clärenore hatte sehr wohl verstanden und verließ schweigend das Zimmer. Wäre sie noch länger geblieben, hätte sie ihren Vorsatz möglicherweise gebrochen. Die Tränen kündigten sich bereits an. Sobald die Tür hinter ihr zugefallen war, lehnte sie sich gegen die kühle Wand und schloss die Augen. Langsam ging sie in die Hocke. Lord setzte sich neben sie und legte seinen Kopf tröstend auf ihre Knie. Dankbar kraulte Clärenore seine weichen Ohren, dann vergrub sie ihr ganzes Gesicht im flauschigen Fell. Die Berührung hatte eine beruhigende Wirkung. Ihre Mutter glaubte tatsächlich, dass sie die Expedition nur antrat, um sich mit Männern zu vergnügen und sich ihrer eigentlichen Aufgabe zu entziehen – einer standesgemäßen Heirat. Was für ein Unsinn!

Clärenore sehnte sich danach, andere Länder, Menschen und Kulturen kennenzulernen. Sie wollte über den Tellerrand hinausschauen, und Atlanten hatten sie immer schon fasziniert. Es musste noch mehr geben als die engen, gesellschaftlichen Grenzen, innerhalb derer sich Frauen in Deutschland bewegen durften. Die Tatsache, dass ihre Mutter sie nicht verstehen wollte, schmerzte, doch die Enttäuschung schürte ihren Wunsch noch weiter.

Ihr Entschluss stand fest. Sie würde die geplante Weltreise antreten, koste es, was es wolle. Sie war eine junge Frau, die ein Automobil lenken konnte. Es wäre doch gelacht, wenn es ihr nicht gelingen sollte, Sponsoren für ihr Vorhaben zu finden. In Gedanken ging sie alle Namen von Menschen durch, die ihr behilflich sein konnten. Vom Besitzer der Adlerwerke über den Direktor der Continentalwerke bis zum Leiter des Benzol-Verbandes in Essen und dem Vorstand der Deutschen Vacuum Oil Company in Hamburg – all diese Männer hatte ihr Vater ihr persönlich vorgestellt.

Dann fiel ihr auch noch der Außenminister Gustav Stresemann ein, der ein guter Freund ihres Vaters gewesen war. Clärenore würde Visa und einen Diplomatenpass benötigen, bestimmt konnte er ihr behilflich sein. Mit jedem Namen kehrte ihr Selbstvertrauen zurück. Als sie aufstand, wusste sie, dass sie diese Expedition auf die Beine stellen würde, ganz egal, was ihre Familie dazu sagte. Sie würde der ganzen Welt beweisen, dass Frauen ebenso mutig wie Männer sein konnten.

Voller Tatendrang lief Clärenore zurück zur Treppe und sauste sie hinunter. Die letzten drei Stufen nahm sie in einem Satz.

»Nanu?« Sebastian kam ihr erstaunt entgegen. »Sollten Sie sich nicht für den Tee frischmachen?«

»Keine Zeit«, entgegnete Clärenore. »Ich muss zurück nach Berlin. Es gilt, eine Weltreise vorzubereiten.«

Bolivianisches Hochland
August 1928

Seit Stunden wehte ein eisiger Wind durchs Fenster herein, und Clärenore zitterte unter der dicken Wolldecke. Von ihrem Bett aus sah sie den Sternenhimmel und einen hellen Vollmond, dessen Schein auf den Lehmfußboden fiel und die Hütte in ein silbernes Licht tauchte. Langsam richtete sie sich auf und wickelte die Decke noch enger um ihren Körper. Die Nächte im Hochland waren bitterkalt, am schlimmsten aber war die dünne Luft, die das Atmen erschwerte. Clärenore dachte an Carl-Axels Nasenbluten, das bereits am Titicacasee begonnen hatte. Als sie ihn in den Anden zurückgelassen hatte, um Hilfe zu holen, hatte er aus Nase und Mund geblutet. Ein schrecklicher, angsteinflößender Anblick.

Anfangs hatte sie ihn gestützt, doch dann war er neben ihr zusammengebrochen, zu schwach für jeden weiteren Schritt. Auch Clärenore war die Kraft ausgegangen.

»Gemeinsam schaffen wir es nicht«, hatte er gemurmelt.

Clärenore hatte seinem Drängen schließlich nachgegeben und ihn in den Schatten eines Felsens geschleppt, bevor sie weitergegangen war.

»Ich hole Hilfe«, hatte sie versprochen, doch er hatte bloß lethargisch genickt.

Clärenore wusste nicht mehr, wie lange sie allein unterwegs gewesen war. Sie war mit jedem Schritt müder geworden und hatte sich schließlich auf den kahlen Boden gelegt, um sich ein bisschen auszuruhen. Eigentlich wollte sie gleich wieder weitergehen, doch sie schien eingeschlafen zu sein. Als sie Kinderstimmen in einer fremden Sprache vernahm, hatte sie sie für einen Traum gehalten und nicht weiter beachtet. Kurz darauf hatte sie das Bewusstsein verloren und war in diesem Raum wieder aufgewacht. Wie lange war das nun her?

Noch immer wusste sie nicht, wo Carl-Axel war. Hatten die Männer ihn gefunden? Lag er in einer der anderen Hütten? Ihr Herz raste, und in ihren Ohren setzte ein lautes Surren ein. Es war ein schmerzender Ton, der sich im ganzen Körper ausbreitete und in jede Faser ihrer Nerven und Muskeln vordrang. Sie zwang sich, ruhig zu atmen, bis ihr Kreislauf sich stabilisiert hatte. Doch kaum versuchte sie, die Beine aus dem Bett zu schwingen, begann das Herzrasen von Neuem, und das Surren wurde lauter. Es hatte keinen Sinn. Ohne Hilfe würde sie nicht aufstehen können. Die Hütte bestand bloß aus diesem einzigen Raum, und sie war allein. Clärenore musste warten, bis die Frau wiederkehrte, die ihr das scheußliche Getränk eingeflößt hatte. Waren die Kokablätter schuld an ihrem Herzrasen?

Geduld, sie brauchte Geduld. Ein Wort, das Clärenore ebenso fremd und verhasst war wie der Begriff *Aufgeben*. Im Moment schien das Leben ihr beides abzuverlangen. Im Liegen starrte sie grimmig aus dem Fenster, fest entschlossen, nicht einzuschlafen. Sobald die ersten Geräusche des Dorfs zu vernehmen waren, wollte sie nach Carl-Axel suchen. Und wenn es das Letzte war, was sie auf dieser Reise tat, so war sie es ihrem treuen Mitstreiter doch schuldig. Er hatte sie bis in die südamerikanischen Anden begleitet. Jetzt war es ihre Aufgabe, ihn sicher zurück zu seiner Frau zu bringen. Auch dieser Gedanke schmerzte, wenn auch aus einem anderen Grund.

Berlin
März 1927

Die Luft im Büro des Direktors der Fox Film Corporation war zum Schneiden dick. Clärenore rauchte eine Zigarette nach der anderen. Direktor Außenberg hustete, stand von seinem Schreibtisch auf und öffnete beide Fensterflügel. Laue Frühlingsluft strömte in den Raum, der mehr an ein Wohnzimmer als an ein Büro erinnerte. In einer Ecke standen ein bequemes Ledersofa, ein kleines Tischchen und zwei gepolsterte Lehnstühle. Clärenore saß auf einem davon, vor ihr lag eine ausgerollte Weltkarte.

Fast zwei Jahre hatte sie für ihre Vorbereitungen gebraucht. In unzähligen Gesprächen mit Sponsoren, Politikern und Mechanikern hatte sie jedes noch so kleine Detail besprochen. Sowohl der Außenminister Gustav Stresemann als auch der Staatssekretär Robert Weismann hatten ihr bei der Planung geholfen. Dreimal war sie nach Russland gefahren, um die sowjetische Regierung zu überzeugen – jetzt hatte man ihr auch dort volle Unterstützung zugesagt. Clärenore konnte es kaum erwarten, endlich die Reise anzutreten.

»Sie müssen Ihre Expedition unbedingt dokumentieren«, beharrte Direktor Außenberg. Seit einer Stunde versuchte er Clärenore davon zu überzeugen, einen Filmoperateur mit auf die Reise zu nehmen.»Sie werden in Regionen kommen, die noch nie von einer Kamera erfasst wurden. Ihre Reise wird das Interesse der Menschen wecken und sie begeistern. Ein Film würde für volle Kinosäle sorgen.«

Clärenore zögerte immer noch. Die Idee, einen Film zu drehen, gefiel ihr zwar, aber das würde bedeuten, dass sie einen weiteren Mann auf die Reise mitnehmen musste. Die Adlerwerke, die ihr den Wagen zur Verfügung stellten, hatten ihr zwei Mechaniker vermittelt, Hans Grunow und Viktor Heidtlinger. Letzteren kannte sie bereits von der Allrussischen Prüfungsfahrt. Doch mit jedem weiteren männlichen Teilnehmer würde es für sie noch schwieriger werden, sich durchzusetzen. Sie war zwar die Leiterin der Expedition, aber gerade mal sechsundzwanzig Jahre alt. Und dann war da noch die Ermahnung ihrer Mutter, ja nicht den guten Namen der Familie zu zerstören …

»An wen haben Sie gedacht?«, fragte sie vorsichtig.

Außenberg trat näher und setzte sich ihr gegenüber.

»Ich habe zwei Männer ins Auge gefasst, einen Franzosen und einen Schweden.«

»Einen Schweden?«, wiederholte Clärenore. Mit dem Land und seinen Bewohnern verband sie ausschließlich positive Erinnerungen.

»Carl-Axel Söderström«, fuhr Direktor Außenberg fort. »Er hat bereits mit Greta Garbo gedreht. Sie war von ihm so begeistert, dass sie ihn mit nach Hollywood nehmen wollte.«

»Und warum ist er nicht gegangen?«

»Er hat in Schweden geheiratet.«

»Ah!« Clärenore nahm einen weiteren Zug von ihrer Zigarette. Ein verheirateter Mann würde für weniger Tratsch sorgen. Wenn einer der drei Begleiter in festen Händen war, konnte das nur von Vorteil sein. Noch dazu ein kühler Schwede. Die Vorstellung gefiel ihr.

»Ist er sportlich?«

»Er soll ein passabler Sportfischer und Schwimmer sein.«

»Sie meinen, er ist in der Lage, diese anstrengende Reise durchzustehen?«

»Auf alle Fälle«, meinte Außenberg.

Clärenore ging in Gedanken alle Vor- und Nachteile durch. Ein Film war sehr verlockend, denn er würde dafür sorgen, dass noch mehr Menschen von ihrer Expedition erfuhren. Das Lichtspieltheater erfreute sich immer größerer Beliebtheit. Clärenore würde damit Menschen erreichen, die sich sonst vielleicht nicht für ihre Reise interessieren würden.

»Gut«, sagte sie schließlich. »Fragen Sie diesen Söderström, ob er mitkommen will.«

Augenblicklich sprang Außenberg auf und lief zum Telefon. »Ich rufe ihn auf der Stelle an, bevor Sie es sich wieder anders überlegen.«

Verdattert sah Clärenore ihm zu, wie er den Hörer ergriff und eine Nummer wählte. Er ließ sich nach Schweden verbinden und verlangte nach einem Herrn Söderström. Es dauerte eine Weile, bis er schließlich jemanden in der Leitung hatte. Nachdem er sich vorgestellt hatte, erzählte er in begeistertem Tonfall von Clärenores Vorhaben und versprach dem Mann in Schweden das Abenteuer seines Lebens.

»Mit dem Bildmaterial, das Sie sammeln, werden Sie ein international gefeierter Filmoperateur«, erklärte Außenberg. Er gab seinem Gesprächspartner keinerlei Möglichkeiten, nachzufragen oder gar zu widersprechen, und monologisierte so lange, bis er endlich die gewünschte Zustimmung erhielt. Grinsend verabschiedete er sich und legte wieder auf. Höchst zufrieden kehrte er zu Clärenore zurück.

»Söderström hat zugesagt. Er kommt zwei Tage vor der Abreise nach Berlin. Übrigens spricht er hervorragend Deutsch.«

Clärenore war sich nicht sicher, was sie von dem Telefonat halten sollte. Man konnte eine so schwerwiegende Entscheidung doch nicht in zwei Minuten treffen. »Vielleicht überlegt er es sich noch einmal«, sagte sie. »Die Reise wird ein Jahr lang dauern.«

»Ich glaube nicht, dass der Mann seine Entscheidung rückgängig macht. Herr Söderström scheint im Moment kein anderes Angebot zu haben. Er braucht ein regelmäßiges Einkommen, das weiß ich aus sicherer Quelle.« Außenberg grinste. »Sie zahlen gut.«

»*Sie* zahlen gut«, korrigierte Clärenore ihn. Schließlich würde die Filmgesellschaft einen Teil des Honorars übernehmen. Dafür sicherte sich Fox Film Corporation die Rechte an den Aufnahmen.

»Ich habe mein Geld noch nie so sinnvoll ausgegeben wie für Ihr Vorhaben«, versicherte Außenberg.

»Danke.« Seine Worte waren Balsam auf Clärenores Seele. »Es ist wirklich erstaunlich, wie viel Geld ich für die Reise zusammengebracht habe. Über hunderttausend Reichsmark, dazu die Kosten für die beiden Autos, die Ersatzteile, das gesamte Material und den Treibstoff und außerdem die Löhne für die Mechaniker und den Filmoperateur.«

Direktor Außenberg setzte sich wieder. »Sie sind eine erstaunliche junge Frau«, sagte er. »Ich kann es kaum erwarten, das Filmmaterial zu sehen.«

»Sie denken bereits an meine Rückkehr. Ich mache mir im Moment eher Sorgen um meine Abreise.«

Clärenore drückte den Zigarettenstummel aus, nur um sich gleich eine neue Zigarette anzuzünden.

»Wieso? Ich dachte, Sie bekommen einen brandneuen Adler Standard 6 und einen Adler L 9 als Begleitfahrzeug.«

»Die Automobile wurden mir für den 1. März zugesagt, aber nun gibt es Schwierigkeiten in der Produktion, weil in Sachsen die Metallarbeiterstreiks anhalten. Wenn es nicht bald zu einer Lösung kommt, werden die Fahrzeuge erst im Sommer fertig.«

»Und das ist ein Problem?«

»Das ist eine Katastrophe!«, erklärte Clärenore. »Je weiter sich die Abreise verzögert, desto wahrscheinlicher wird es, dass wir in den sibirischen Winter kommen. Selbst der beste Treibstoff gefriert bei Temperaturen von minus fünfzig Grad.«

»Dann hoffen wir das Beste. Stimmt es eigentlich, dass Sie mit Benzol fahren werden?«

»Ja, ich will dem Benzin einen hohen Teil Benzol beimischen, um die Klopffähigkeit des Treibstoffs zu erhöhen und die Fahrgeschwindigkeit zu verbessern.«

»Sie haben also vor, den Globus im Tempo einer Rennfahrerin zu umrunden? Hoffentlich findet Herr Söderström genug Zeit zum Filmen.« Außenberg beugte sich über die ausgebreitete Weltkarte. Kleine rote Fähnchen markierten die Orte, an denen Clärenore Benzol, Ersatzteile und Lebensmittelvorräte hatte deponieren lassen. Es war unmöglich, Reserven für ein ganzes Jahr mitzunehmen. »Erklären Sie mir bitte noch einmal die Route. Ich habe Herrn Söderström versprochen, eine Liste zu schicken.«

Clärenore tippte mit dem Zeigefinger auf Frankfurt, den Ausgangspunkt der Reise. Sie hatte in den letzten Wochen und Monaten ihre Route so vielen Menschen erklärt, dass die Worte von ganz allein aus ihrem Mund kamen.

»Wir fahren über Prag nach Wien und weiter nach Belgrad und Konstantinopel. Von dort geht es nach Damaskus, quer durch die syrische Wüste bis nach Bagdad. Dann fahren wir weiter nach Teheran, Tiflis und Moskau.«

»Dieser Teil der Strecke wird ein Kinderspiel für Sie«, kommentierte Außenberg lachend. Damit spielte er auf die Allrussische Prüfungsfahrt an. Wer Automobile in Russland verkaufen wollte, musste diese Fahrt bewältigen. Clärenores Sieg war zugleich ein Triumph für ihren Auftraggeber gewesen, die Adlerwerke, die seither ihre Automobile nach Russland liefern durften.

»Ich kenne die Strecke nur zum Teil«, widersprach Clärenore. »Und nach Moskau wartet eine große Herausforderung. Wir müssen nämlich quer durch Sibirien. Sollten wir in den sibirischen Winter kommen, würden wir Wochen und Monate untätig herumsitzen und könnten die Reise nicht fortsetzen.«

»Sie könnten sich von den Strapazen erholen«, meinte Außenberg.

Clärenore hob abwehrend die Hand. »Unsere Diplomatenpässe und Visa würden vielleicht ihre Gültigkeit verlieren. Wir reisen durch achtundzwanzig verschiedene Länder. Sie können sich nicht vorstellen, wie schwierig es war, von allen Regierungen eine Fahrerlaubnis zu erhalten.«

Außenberg wirkte überrascht. »Und warum haben Sie ausgerechnet diese Route gewählt?«

»Ich will eine Strecke von rund vierzigtausend Kilometern zurücklegen. Das entspricht in etwa dem Erdumfang. Für alle Länder, die ich auf meiner Strecke durchfahren werde, habe ich eine gültige Fahrerlaubnis. Unabhängig davon, ob die Automobile auf der rechten oder linken Straßenseite fahren oder eine Lenkerprüfung abgelegt werden muss. Der deutsche Automobilclub hat in allen Ländern der geplanten Route eine Vertretung. Er wird mich unterstützen.«

»Und was ist mit dem Treibstoff?«

»Bis in die Türkei sollten die Vorräte reichen, die wir mitführen«, sagte Clärenore. »Danach haben wir vorgesorgt und Depots in Beirut, Damaskus, Teheran und auch in Russland angelegt.«

»Nun, dann halte ich die Daumen, dass die Adlerwerke die Streiks bald in den Griff bekommen und Ihre Automobile rasch liefern werden, damit Sie rechtzeitig starten können.« Außenberg richtete seine Aufmerksamkeit wieder auf die Landkarte. »Nach Sibirien queren Sie die Wüste Gobi, um nach China zu gelangen?«

»Ja.«

»Handelt es sich dabei nicht politisch um eine äußerst gefährliche Gegend? Es heißt, dass China vor einem politischen Umbruch steht.«

Clärenore zuckte mit den Schultern. »Ich denke nicht, dass uns solche Unruhen betreffen würden. Wir haben diplomatische Pässe.«

»Und wie geht es dann weiter?«

»Wir nehmen ein Schiff nach Japan, fahren damit bis Hawaii und San Francisco und per Schiff weiter nach Panama und Lima. Von dort aus queren wir die Anden. Geplant ist ein Stopp in Buenos Aires. Danach fahren wir zurück nach Chile und nehmen ein Schiff nach Los Angeles. Quer durch Amerika geht es nach New York, zuvor treffen wir in Detroit Henry Ford. Und schließlich fahren wir mit dem Schiff nach Europa.«

Außenberg lehnte sich beeindruckt zurück. »Was für ein unglaubliches Abenteuer. Ich bekomme vom bloßen Zuhören feuchte Hände. Sind Sie denn gar nicht nervös?«

»Doch«, sagte Clärenore mit leuchtenden Augen. »Aber es ist eine freudige Nervosität. Ich kann es kaum erwarten, dass es endlich losgeht.«

Die nächsten Tage verbrachte Clärenore damit, die Ausrüstung der Wagen zusammenzustellen: Spitzhacken, Spaten, Beile, Drahtseile, einen Stemmbalken, schwere Winden, Lötlampen, Werkzeugkisten, Decken und Proviant. Von den Mauserwerken erhielt sie drei Pistolen samt Munition und Dynamit. Clärenore hoffte inständig, dass sie die Waffen nicht brauchen würde.

Als sie eines Abends noch einmal alle Visa, Pässe und Papiere ordnete, klopfte es an ihrer Wohnungstür. Lord sprang auf, rannte ins Vorzimmer und bellte.

»Nanu, wer kommt uns denn jetzt noch besuchen?« Clärenore legte ihren Pass zur Seite und folgte ihrem Hund zur Tür. Ihre Überraschung hätte nicht größer sein können.

Hilde stand im Hausflur. Wie immer sah sie blendend aus, so als wäre sie eben aus einem der Schönheitssalons gekommen, die nach amerikanischem Vorbild neuerdings an allen Ecken der Stadt aus dem Boden schossen. Sie trug ein modisches Frühlingskleid mit versetzter Taille, ihr Haar war frisch frisiert, und ein zarter Hauch eines französischen Parfums umgab sie.

Clärenore war so erstaunt, dass sie vergaß, ihre Schwester hereinzubitten.

»Darf ich?«, fragte Hilde.

»Ja, natürlich, komm herein. Ich habe nicht mit dir gerechnet.«

»Du konntest ja auch nicht wissen, dass ich komme.«

Clärenore schloss die Tür hinter ihrer Schwester. Es war das erste Mal, dass Hilde sie in Berlin besuchte. Seit dem Tod ihres Vaters hatten sie kaum Kontakt gehabt, und die wenigen Begegnungen waren frostig verlaufen. Genau wie vor zwei Jahren, als Clärenore ihre Mutter um finanzielle Unterstützung gebeten hatte. Rasch lief sie vor Hilde ins Wohnzimmer, schob die Unterlagen auf dem Esstisch zur Seite und bot ihrer Schwester einen Platz an.

Hilde setzte sich und sah sich um: »Schön hast du es hier.«

Misstrauisch kniff Clärenore die Augen zusammen. »Das meinst du nicht ernst, oder?«

Hilde lachte verlegen. »Du hast recht, ist nicht ganz mein Geschmack«, gab sie zu.

»Willst du etwas trinken?«, fragte Clärenore.

»Ja, gerne. Kaffee wäre fein.«

Clärenore ging in die nüchtern und praktisch eingerichtete Küche. Sie hatte erst vor einer halben Stunde frischen Kaffee aufgebrüht. Aus der Spüle schnappte sie eine Tasse, säuberte sie und füllte sie mit Kaffee.

»Ich habe leider keine Milch zu Hause«, meinte sie entschuldigend.

»Das macht nichts. Danke.« Hilde nahm die Tasse entgegen. Clärenore setzte sich auf den Stuhl neben ihr. »Also, was führt dich zu mir?«

Hilde hielt die Tasse in beiden Händen und stellte sie auf den Tisch. Sie starrte in die dunkle Flüssigkeit, als befände sich darin die Antwort auf Clärenores Frage.

»Es heißt, dass du bald zu deiner Weltreise aufbrichst.«

»Ja, sobald die Automobile geliefert werden. Eigentlich hätten wir schon vor Wochen starten sollen.«

»Ich habe in der Zeitung davon gelesen. Sie sind voll von Berichten über dich.«

Lag etwa Bewunderung in ihren Worten? Clärenore war irritiert. Bisher hatte ihre Schwester noch nie etwas gutgeheißen, was sie getan hatte. Hilde vertrat in allen Belangen die Meinung ihrer Mutter.

»Ich halte das Ganze für einen riesengroßen Unfug«, fuhr Hilde fort. »Es ist gefährlich und unschicklich zugleich.«

Clärenore verschränkte die Arme vor der Brust. »Was willst du hier?«

»Mutter schickt mich.«

Für einen Moment war Clärenore sprachlos. »Warum das denn?«

»Sie ist besorgt.«

»Ach ja?«

Hilde richtete ihren Blick auf Lord, der es sich neben Clärenore gemütlich gemacht hatte.

»Was passiert eigentlich mit deinem Hund?«

»Den nehme ich mit.« Tatsächlich hatte Clärenore darüber nachgedacht, ihn bei ihrer Vermieterin Frau Schüller zu lassen, doch sobald sie sich auch nur einen Schritt von ihm entfernte, begann er zu bellen und zu winseln, dass es Clärenore das Herz zerriss. »Er beschützt mich.«

Die Erklärung schien Hilde zu gefallen. Immer noch hatte sie keine befriedigende Antwort auf Clärenores Frage geliefert.

»Mutter will sich von dir verabschieden«, sagte sie schließlich.

»Dann soll sie nach Frankfurt kommen, wenn ich starte. Oder hierher nach Berlin, so wie du.«

»Das wird sie niemals tun. Das weißt du.«

»Dann wird sie sich nicht von mir verabschieden können, so einfach ist das.«

Hilde verdrehte die Augen. »Ich bitte dich, Clärenore. Spring über deinen Schatten. Wenn du dich nicht von ihr verabschiedest, wird sie mir die Hölle heißmachen. Das Zusammenleben mit ihr ist so schon schwierig genug.«

»Du musst nicht bei ihr wohnen«, entgegnete Clärenore. »Niemand zwingt dich dazu.«

»Solange ich verlobt und nicht verheiratet bin, bleibe ich auf Weißkollm. Das Gut ist mein Zuhause – und deines übrigens auch.«

»Das sehe ich anders«, widersprach Clärenore. »Wenn du auf Weißkollm bleiben willst, darfst du dich nicht über Mutter beschweren.«

Hilde schob den Becher von sich weg. »Ich bin nicht so stark wie du. Das bin ich noch nie gewesen. Und ich will es auch gar nicht sein. Das wäre mir viel zu anstrengend.«

Ihre Antwort war ehrlich. Eine Eigenschaft, die Clärenore an Hilde schätzte. Nicht alle in ihrer Familie besaßen diese Tugend, was Clärenore mehr als einmal hatte erleben müssen.

»Ich bitte dich, verabschiede dich von Mutter. Tu es um des lieben Friedens willen«, sagte Hilde.

Schon wollte Clärenore erwidern, dass der Hausfrieden auf Weißkollm ihr herzlich egal sei. Doch dann besann sie sich. Besser, sie gingen dieses eine Mal nicht im Streit auseinander. Es würde ein ganzes Jahr lang keine Gelegenheit für eine Versöhnung geben.

»Meinetwegen«, lenkte sie ein.

Hildes Mundwinkel rutschten nach oben. Sie klatschte freudig in die Hände. »Wunderbar.«

Gut gelaunt holte sie den Kaffeebecher wieder zu sich und nahm einen Schluck. Angewidert verzog sie das Gesicht. »Um Himmels willen, wie kannst du dieses Zeug trinken?«

»Es hält mich wach«, erklärte Clärenore. »Und ich habe noch eine Menge vorzubereiten.«

»Hast du schon deine Garderobe zusammengepackt?«, fragte Hilde.

»Du meinst die beiden Anzüge, die ich abwechselnd tragen werde?«

»Ich habe dir Abend- und Freizeitkleider mitgebracht.« Jetzt erst bemerkte Clärenore die Tasche, die Hilde im Flur hatte stehen lassen.

»Abendkleider?«, fragte sie fassungslos.

Hilde sprang auf. »Ja, natürlich. Was willst du denn anziehen, wenn du in Beirut vom französischen Botschafter zum Abendessen eingeladen wirst? Unser guter Name steht auf dem Spiel. Denk an all die bösen Artikel in der internationalen Presse.«

Sie zwinkerte, weshalb Clärenore nicht sicher war, ob ihre Schwester ihre Aussage ernst meinte.

Dann holte Hilde die Reisetasche und stellte sie neben Clärenore ab. »Und jetzt machen wir etwas, was wir schon vor Jahren hätten machen sollen.«

»Ach ja, und was wäre das?«, fragte Clärenore vorsichtig.

»Wir sprechen über Kleidung, und du probierst ein Modell nach dem anderen an. Ich habe einen Teil meiner Garderobe eingepackt. Ganz bestimmt sind ein paar Sachen dabei, die dir stehen. Das hellblaue Kleid mit den Rüschen oder lieber das schlichte Türkisene?«

»Ich muss noch die Papiere ordnen und …«

Hilde wedelte Clärenores Widerstand mit einer Handbewegung weg. »Das kannst du alles nachher machen«, entschied sie. Ihre Stimme und ihr Tonfall erinnerten an die Mutter. Schon öffnete Clärenore den Mund zum Widerspruch, doch Hilde war schneller: »Ich bleibe bloß zwei Stunden. Dann holt der Chauffeur mich wieder ab.« Leise fügte sie hinzu: »Das wünsche ich mir seit Jahren.«

»Wirklich?«

Hilde nickte. »Wir können uns doch ein einziges Mal wie ganz normale Schwestern benehmen.«

Clärenore wollte zynisch fragen, was denn »normale Schwestern« seien, doch die Verletzlichkeit und die stille Bitte in Hildes Augen ließen ihre Protesthaltung dahinschmelzen.

»Zwei Stunden?«, wiederholte sie. »Wie viele Kleider hast du denn mitgebracht?«

»Eine ganze Menge«, erklärte Hilde lachend.

Es wurde ein erstaunlich netter Abend. Clärenore konnte sich nur an einen einzigen Nachmittag erinnern, an dem sie sich ihrer Schwester so nah gefühlt hatte. Damals waren sie zehn und sieben gewesen und hatten die Kaninchen auf Gut Asa gård vor Käthes Kochtopf gerettet. Dass die Köchin die Tiere hinterher heimlich geschlachtet hatte, erfuhren sie erst Jahre später.

Während Hilde die Kleider aus ihrer Tasche holte und auf Kleiderbügel hängte, probierte Clärenore eines nach dem anderen an. Sie drehte sich damit vor dem Spiegel und hatte tatsächlich Freude daran. Als der Chauffeur zwei Stunden später läutete, verspürte Clärenore beinahe Wehmut, weil Hilde sie schon wieder verließ. Vielleicht wäre vieles anders verlaufen, hätten sie sich als Kinder nicht wie Rivalinnen gefühlt. Clärenore nahm sich vor, das warme Gefühl, das sie Hilde an diesem Abend entgegenbrachte, möglichst lange am Leben zu halten. Wie angekündigt, ließ ihre Schwester zwei Abendkleider und drei Ausstattungen für die Freizeit zurück. Clärenore ergänzte die Kleidungsstücke auf ihrer Packliste, gleich hinter dem Dynamit.

Zwei Tage später kam der ersehnte Anruf von den Adlerwerken. Die beiden Automobile waren fertig.

Clärenore griff nach dem Koffer, der seit Tagen fertig gepackt war, nahm Lord an die Leine und machte sich auf den Weg nach Frankfurt. Als sie an der Tür stand, lief sie noch einmal zurück ins Wohnzimmer, wo an der Wand ihr Telefonapparat hing, und ließ sich durchs Fräulein vom Amt mit der Direktion der Fox-Filme verbinden. Sobald sie Außenberg in der Leitung hatte, rief sie freudig: »Kontaktieren Sie den Schweden! Wir starten in zwei Tagen!« Dann knallte sie den Hörer auf die Gabel und eilte aus dem Haus.

Frankfurt am Main
Mai 1927

Auf dem Werksgelände der Automobilfabrik standen zwei nagelneue Automobile. Der schwarze Lack glänzte, als sei er frisch aufgetragen, die polierten Scheinwerfer blitzten im Sonnenlicht, und der Gummi der Reifen roch nach geschwefeltem Kautschuk. Clärenore spürte eine unbändige Freude. Alles war genauso, wie sie es sich erträumt hatte.

»Bis auf die Sitze haben wir an der Ausstattung nichts verändert«, erklärte der Direktor der Adlerwerke, ein untersetzter Mann mit einer Metallbrille auf der breiten Nase. »Man kann sie umklappen wie in einem Schlafwagenabteil der Eisenbahn.«

Clärenore war begeistert. »Es sieht wunderbar aus«, sagte sie ergriffen. »Wir werden gleich mit dem Packen beginnen. Wo sind die beiden Mechaniker?«

Suchend schaute sie sich um. Die zwei Männer lehnten rauchend an der Fabrikwand. Sie waren beide um die dreißig und unterhielten sich leise. Der Größere war Viktor Heidtlinger, den Clärenore von der Allrussischen Prüfungsfahrt kannte. Dort war er ihr als fähiger Mechaniker aufgefallen, der rasch und effizient arbeitete. Hans Grunow hingegen hatte Clärenore erst vor ein paar Wochen kennengelernt. Er war ruhig und hatte einen verkniffenen, ernsten Gesichtsausdruck. Sie hatte ihn offen gefragt, ob er ein Problem damit habe, Befehle von einer Frau entgegenzunehmen, doch er hatte verneint. »Auch nicht, wenn sie um einige Jahre jünger ist als Sie?« Erneut hatte er den Kopf geschüttelt. Clärenore hoffte inständig, dass er sie nicht belogen hatte. Während der Reise würden die beiden Mechaniker sich mit dem Lenken des Begleitwagens abwechseln. Die Leiterin der Expedition war sie.

»Guten Tag, meine Herren.« Clärenore trat auf die Mechaniker zu. »Endlich kann es losgehen. Lassen Sie uns mit dem Packen beginnen.«

Grunow schnippte seinen Zigarettenstummel auf den Boden und trat die Glut aus. Dann schob er sich die Kappe aus der hohen Stirn. »Sie glauben doch nicht, dass wir all das Zeug da in den Wagen kriegen.« Er deutete mit dem Kinn zur Garage, wo sich Kisten mit Ausrüstungsgegenständen türmten.

»Doch«, entgegnete Clärenore fröhlich. »Genau das ist meine Absicht. Wir werden alles brauchen. Sie selbst haben einige der Gegenstände angefordert.« Nun rieb sie sich die Hände. »Lassen Sie uns keine Zeit verlieren.«

»Jetzt?« Heidtlinger warf einen Blick auf seine Armbanduhr. »Es ist kurz vor zwölf. Fangen wir lieber nach dem Essen an. Die Werkskantine schließt in einer Stunde. Heute gibt es Fleischeintopf.«

Kaum hatte Clärenore den ersten Arbeitsauftrag ausgesprochen, schon versuchten die beiden Mechaniker, ihn zu boykottieren. Wenn sie jetzt schon nachgab, würden die Männer sie nicht ernst nehmen. Sie musste diese erste kleine Machtprobe gewinnen, ohne sich dabei allzu unbeliebt zu machen.

»Wir bereiten uns auf eine Expedition vor«, sagte sie ruhig. »Ich muss Sie bitten, mir beim Packen zu helfen.«

»Nach dem Essen.«

»Sobald wir fertig sind, lade ich Sie ins Gasthaus um die Ecke ein«, versprach Clärenore.

Das Wort Gasthaus schien zu wirken. Die Männer zögerten.

»Dort soll es einen wunderbaren Sauerbraten geben«, setzte sie nach.

»Meinetwegen«, brummte Heidtlinger. Auch Grunow gab sich geschlagen. Sauerbraten klang verlockender als Fleischeintopf. Zu dritt machten sie sich daran, die Werkzeugkisten, Winden, Benzol- und Benzinkanister und Schaufeln auf die beiden Fahrzeuge zu verteilen. Die besonders schweren Kisten kamen auf den Lastwagen, die leichteren auf den Adler 6.

Schon nach kurzer Zeit war klar, dass nur ein Bruchteil des Gepäcks Platz finden würde.

»Wir müssen aussortieren«, meinte Grunow. Auf seiner Stirn standen Schweißperlen. Clärenore hockte auf dem Dach des Begleitwagens und zurrte Bretter mit einem ledernen Gurt fest.

»Aber was?«, fragte sie ratlos. »Nichts davon ist überflüssig.«

»Was ist das denn?«, fragte Grunow. Er hielt eine schmale Metallspritze in die Höhe.

»Ein Minimax«, erklärte Clärenore stolz. Sie hatte eine Sonderanfertigung bestellt, die kleiner und handlicher war als die sonst üblichen Feuerlöscher.

»Ein was?«

»Ein handlicher Feuerlöscher, der in seiner Bedienung einfach und effizient ist.«

»Ich habe die Reklame dafür gesehen«, meinte Heidtlinger. »Ein Plakat, auf dem eine Frau mit einem solchen kleinen Ding einen Motorbrand löscht.«

»So ein Unfug«, schnaufte Grunow. »Die Spritze können wir uns sparen. Wenn der Motor brennt, hilft nur eines: die Beine in die Hand nehmen und rennen. Dieser Spielzeugfeuerlöscher hilft uns bei einem Brand ganz sicher nicht. Den stecken Sie am besten wieder weg.«

»Der Minimax kommt mit«, beharrte Clärenore. Sie hatte nicht bemerkt, wie sich von der Werkshalle ein großgewachsener Mann näherte. Lord entdeckte den Fremden als Erster. Statt zu bellen, begrüßte er ihn schwanzwedelnd, so als würde er den Mann seit Jahren kennen. Clärenore pfiff ihren Hund zurück, doch Lord reagierte erst, als sie ihn bei seinem Namen rief. Der Mann kam näher. Er trug einen braunen Anzug, dessen Jackett er wegen der frühsommerlichen Temperaturen ausgezogen und lässig über seine Schulter gehängt hatte. Die Ärmel seines weißen Hemds waren hochgekrempelt und zeigten die Unterarme eines Sportlers, muskulös und sehnig. Er hatte keinen Hut auf, und die hellblonden Locken hingen ihm in die Stirn. Vor dem Wagen blieb er stehen.

»Sind Sie Fräulein Stinnes?« Der schwedische Akzent war Clärenore von ihren vielen Aufenthalten auf Asa gård vertraut. Sie mochte den Klang.

»Ja, das bin ich«, sagte sie, richtete sich auf und sprang dann in einem Satz geschickt vom Dach des Wagens.

»Freut mich«, sagte er. »Ich bin Carl-Axel Söderström, Ihr Filmoperateur.« Er streckte ihr die Hand entgegen. Seine Augen waren von einem erstaunlichen Dunkelblau. Die Farbe machte dem wolkenlosen Himmel Konkurrenz. Clärenore musste sich selbst ermahnen, um nicht zu lange hineinzuschauen. Sie fasste nach der warmen, kräftigen Hand und erwiderte den festen Druck.

»Wie schön, Sie kennenzulernen«, sagte sie. »Wir sind dabei, die Automobile zu beladen.« Sie stellte die drei Männer einander vor.

»Sie kommen gerade rechtzeitig«, meinte Grunow. »Das Fräulein glaubt, dass wir das ganze Zeug hier brauchen werden. Was meinen Sie?«

Söderström ließ seinen Blick über die Kisten und Säcke gleiten, die noch neben den Fahrzeugen lagen, und runzelte die Stirn. Sein Gesicht war braun gebrannt – offenbar verbrachte er viel Zeit im Freien.

»Ich selbst habe auch noch ein paar Kisten dabei«, sagte er entschuldigend. »Meine Filmkamera, meinen Fotoapparat, die Filme, das Stativ, die Beleuchtungsmaschine ...«

»Es ist drei Uhr«, unterbrach Heidtlinger ungeduldig. »Wann gehen wir endlich mittagessen?«

»Wie können Sie jetzt ans Essen denken?«, fragte Clärenore eine Spur zu ungehalten. Das Gepäck machte ihr Sorgen, der Sauerbraten hatte an Wichtigkeit verloren. Sie sah in die Gesichter der Männer, die offenbar anders dachten.

»In Ordnung«, lenkte sie ein. »Lassen Sie uns essen.«

Zufrieden grinsten sich die beiden Mechaniker an.

Clärenore hielt ihren Notizblock hoch. »Ich nehme die Liste mit. Wir gehen sie beim Essen durch. Vielleicht erscheint uns ja etwas entbehrlich.«

»Beim Essen arbeiten, das fängt ja gut an«, brummte Grunow, doch Clärenore überhörte seine Bemerkung geflissentlich.

»Danach packen wir die Fahrzeuge«, beharrte sie. »In zwei Tagen brechen wir auf.«

»In zwei Tagen schon?«, fragte Söderström überrascht. Hatte Außenberg ihm den Abreisetermin nicht genannt?

»Ja, wir haben bereits Verspätung, die gilt es aufzuholen, damit wir nicht in den sibirischen Winter kommen.«

»Wo ist das nächste Gasthaus?«, fragte Grunow.

Clärenore schlug den Goldenen Bären um die Ecke vor.

Bei Sauerbraten und Kartoffelklößen gingen sie die Reiseroute durch.

»Warum schicken wir nicht einen Teil der Ausstattung nach Tiflis vor?«, fragte Heidtlinger.

»Warme Decken und Winterausrüstung werden wir erst ab Moskau benötigen. Zwischen Damaskus und Bagdad werden wir in der Sonne schmoren und brauchen keine Fellmäntel.«

»Die besorgen wir ohnehin erst in Moskau«, widersprach Clärenore. »Im Moment haben wir nicht eine einzige Fellmütze im Gepäck.«

Sie fragte sich, ob die Männer die Listen gelesen hatten, die sie ihnen schon vor Wochen geschickt hatte. Statt ihren Ärger auszusprechen, breitete sie das Papier in der Mitte des Tisches aus, damit alle es sehen konnten.

»Lassen Sie uns die Liste Punkt für Punkt durchgehen«, meinte sie.

»Wir könnten eine weitere Kiste auf dem Dach des Begleitfahrzeugs anbringen«, schlug Söderström vor.

»Eventuell auch eine auf dem Dach des Adlers«, überlegte Grunow.

»Sind wir dann nicht furchtbar windanfällig?«, gab Clärenore zu bedenken. »Den Großteil der Strecke werden wir auf unbefestigten Straßen zurücklegen. Wenn die Automobile zu hoch sind, laufen sie Gefahr umzukippen.«

»Dann lassen Sie eben einen Teil von Ihrem Zeug hier.« Heidtlinger lehnte sich selbstgefällig zurück. »Sicher haben Sie viel zu viele Kleider dabei.«

»Wie bitte?« Clärenore richtete sich auf. Ihre Geduld wurde auf eine harte Probe gestellt. »Ich habe einen Koffer dabei, genau wie Sie auch. Und wenn wir keine andere Lösung finden, dann werden wir die Kisten auf die Dächer der Fahrzeuge montieren.«

Sie verschränkte die Arme. »Ich habe kein Problem damit, einen vollbeladenen Wagen zu lenken. Wie steht es mit Ihnen?«

Heidtlinger errötete. Er zuckte mit den Schultern. »Ich auch nicht.«

»Wunderbar, dann beladen wir die Dächer.«

Nach dem Mittagessen be- und entluden sie die Fahrzeuge drei Mal. Eine anstrengende und kräftezehrende Arbeit. Clärenore packte ebenso hart mit an wie die Männer. Erst als die Sonne unterging und die Arbeiter in den Adlerwerken längst zu Hause waren, hatten sie einen Großteil des Gepäcks untergebracht. Die Kisten und Säcke auf den Automobilen waren fast genauso hoch wie die Fahrzeuge selbst. Söderströms gesamte Foto- und Filmausrüstung würde am nächsten Tag auf der Rückbank des Adlers Platz finden.

»Na bitte«, meinte Clärenore zufrieden. »Jetzt fehlen uns nur noch die Fähnchen.«

»Welche Fähnchen?«, wollte Grunow wissen.

»Eines auf jeder Seite des Kühlers«, erklärte Clärenore. »Die Farben Preußens auf der einen und die Farben des

Reichs auf der anderen. Sobald wir die Grenze eines Landes queren, wechseln wir die preußische Fahne gegen die des Gastgeberlandes aus. So kann jeder sehen, woher wir kommen und was wir vorhaben: eine Reise um die ganze Welt.«

Die Männer schienen ihre Begeisterung nicht zu teilen, sondern nickten ihr nur müde zu.

»Ich rate Ihnen, schlafen Sie sich alle morgen noch einmal ordentlich aus«, sagte Clärenore. »Übermorgen starten wir pünktlich um zwölf vom Werksgelände aus. Ich will, dass Sie alle frisch, munter und ausgeruht sind. Unser Foto wird um die Welt gehen.«

Dann verabschiedete sich Clärenore von den Männern und machte sich auf den Weg zum Bahnhof. Sie musste das Versprechen einlösen, das sie Hilde gegeben hatte. Das Bahnticket nach Mülheim an der Ruhr steckte seit Tagen in ihrer Handtasche. Ganz egal, mit welchen Vorwürfen ihre Mutter sie überschütten würde – das Glücksgefühl in Clärenore war so groß, dass keine Beleidigung der Welt ihr etwas anhaben konnte.

Clärenore war seit den frühen Morgenstunden auf dem Werksgelände. Aufgeregt beobachtete sie, wie im Lauf des Vormittags immer mehr Schaulustige kamen, um ihre Abfahrt zu feiern. Die beiden Fahrzeuge waren mit Blumen und Girlanden geschmückt, bunte Wimpel hingen im Eingang zur Werkshalle. Reporter von den wichtigsten Tageszeitungen hatten sich in Position gebracht. In der Ecke des Werksgeländes stand eine fahrende Wurstküche, und es roch nach gebratenen Würsten, Sauerkraut und Senf.

Lord hielt sich an Clärenores Seite. Die vielen Zuschauer

und die spürbare Aufregung seiner Besitzerin schien auch ihn nervös zu machen. Clärenore sah sich nach ihren Begleitern um. Grunow und Heidtlinger waren bereits eingetroffen, aber der Schwede fehlte noch. Wo blieb er nur? Hatte er es sich am Ende doch anders überlegt? Seine Ausrüstung hatte er gestern, während Clärenore in Mülheim bei ihrer Mutter gewesen war, im Adler verstaut. Das war ein gutes Zeichen. Er würde wohl kaum seine kostbaren Geräte allein auf Weltreise schicken. Sie suchte weiter die wachsende Menschenmenge ab, dabei dachte sie an den gestrigen Besuch in der Stadtvilla ihrer Mutter.

»Ich wünschte, ich könnte dich von deinem völlig irrwitzigen Vorhaben abbringen«, hatte Cläre Stinnes beim Abendessen gesagt. Wie immer hatte sie Käthes köstlichen Wildbraten kaum angerührt und bloß ein paar Karottenscheiben der Beilage mit der Gabel aufgespießt, während Clärenore sich freudig auf das Festessen gestürzt hatte. »Niemals wirst du es schaffen, die Welt mit dem Automobil zu umrunden.«

»Das sehe ich anders«, hatte Clärenore mit vollem Mund widersprochen, was bei ihrer Mutter ein angewidertes Naserümpfen hervorgerufen hatte.

»Ich hoffe sehr, dass die ganze unglückliche Geschichte unserem Familiennamen nicht schaden wird. Du weißt, was auf dem Spiel steht.«

»Das Gegenteil wird der Fall sein«, hatte Clärenore versichert. »Schon jetzt sind die Zeitungen voll von Artikeln über die Expedition.«

Doch ihre Mutter hatte sich nicht überzeugen lassen. »Weil man über dich in den Zeitungen schreibt, heißt das noch lange nicht, dass es gut für unsere Familie ist. Alles hängt davon ab, wie diszipliniert und sittlich du dich verhältst.«

Clärenore hatte Hildes flehenden Blick wahrgenommen und ihre böse Bemerkung zusammen mit einer gebratenen Kartoffel hinuntergeschluckt. »Du musst dir keine Sorgen machen«, hatte sie gesagt. »Die Zeitungen werden keinen Grund haben, schmutzige Geschichten über mich zu schreiben.«

»Das will ich doch hoffen«, hatte ihre Mutter entgegnet und hinzugefügt: »Die Reise ist gefährlich.« Das war ihre Art, ihre Sorge auszudrücken.

»Ich werde auf mich aufpassen«, hatte Clärenore versprochen.

Der Rest des Besuchs war verlaufen wie immer. Sie hatte Verhaltens- und Anstandsregeln mit auf den Weg bekommen, ihre älteren Brüder hatten sich herablassend über ihre Expedition geäußert, während ihr Bruder Otto und die beiden jüngeren Geschwister ihr alles Gute gewünscht und Ansichtskarten aus allen Teilen der Welt eingefordert hatten. Hilde war die Einzige, die sie zum Abschied herzlich umarmt hatte.

»Denk an mich, wenn du mein türkises Abendkleid trägst«, hatte sie gesagt. »Du siehst darin wie eine Prinzessin aus und wirst auf jeder Tanzveranstaltung die Blicke der Männer auf dich ziehen.«

Der gemeinsame Abend in Berlin hatte ihrer Beziehung eine neue Qualität verliehen. Auch wenn Clärenore die Weltanschauung ihrer Schwester nicht teilte, so spürte sie doch eine Verbundenheit und Vertrautheit, nach der sie sich lange gesehnt hatte.

»Fräulein Stinnes, würden Sie sich bitte für ein Foto aufstellen?« Einer der Reporter holte Clärenore aus ihren Erinnerungen. Der Mann winkte sie zum Adler. »Können Sie sich auf die Kühlerhaube setzen?«

»Ich stelle mich vor das Auto«, entgegnete Clärenore und lächelte in die Kamera. Ein Blitz zuckte auf, sie kniff die Augen zu.

»Können wir noch ein Foto mit Ihren Mechanikern machen?«

»Ja, natürlich.« Clärenore winkte Grunow und Heidtlinger zu sich. Bereitwillig, aber etwas verlegen kamen die beiden näher. Sie trugen feine Anzüge und hatten ihre Hüte gegen sportliche Mützen eingetauscht.

Endlich entdeckte Clärenore Söderström. Er kam aus der Werkhalle und schleppte einen riesigen Sack hinter sich her. Wo zum Kuckuck wollte er den noch unterbringen?

»Söderström, kommen Sie zu uns!« Heidtlinger wedelte mit seiner Kappe über Clärenores Kopf hinweg.

Zu viert stellten sie sich zwischen beide Fahrzeuge. Söderström überragte die beiden anderen Männer um eine Kopflänge, während Clärenore ihm gerade bis zu den Achseln reichte. Ein Foto nach dem anderen wurde geschossen, so lange bis die Luft vom Gestank verbrannten Schwefels geschwängert war.

Auch der Direktor der Adlerwerke und Außenminister Stresemann waren gekommen. In vornehmen Fracks und Zylinder stellten sie sich ebenfalls den Pressefotografen.

»Meine Herrschaften, wir wünschen Ihnen alles Gute für diese außergewöhnliche Fahrt«, sagte Stresemann und reichte einem nach dem anderen feierlich die Hand. »Fräulein Stinnes, Sie sind jetzt die Vertreterin unserer Nation. Tragen Sie den Ruf deutscher Automobile in die Welt und überzeugen Sie die Menschen von der Qualität deutscher Ingenieursarbeit.«

»Ich werde mein Bestes geben«, versicherte Clärenore.

Weitere Hände wurden geschüttelt, gute Wünsche ausgesprochen und Fotos gemacht. Schließlich kletterten sie in die Automobile – Heidtlinger und Grunow in das Begleitfahrzeug, Clärenore und Söderström in den Adler, wo Lord auf der Rückbank Platz nahm.

Fünf Minuten vor zwölf starteten sie die Motoren. Auf das Maschinengeräusch folgte ein tobender Applaus, Fahnen wurden geschwungen, ein paar Hüte flogen in die Luft.

Clärenore saß hinter dem Steuer und lenkte den Wagen zwischen den jubelnden Zuschauern hindurch. Ein paar Kinder liefen dem Automobil hinterher. Sie beugte sich aus dem offenen Fenster, fasste mit einer Hand nach einem der Blumensträußchen, die auf der Kühlerhaube steckten, und warf es einem kleinen Mädchen entgegen. Das Kind fing es freudestrahlend auf. Dann hielt Clärenore das Steuer wieder mit beiden Händen fest und fuhr den Wagen aus dem Werksgelände. Sie war so aufgeregt wie nie zuvor, denn vor ihr lag das größte Abenteuer ihres Lebens. In den letzten zwei Jahren hatte sie jeden einzelnen Schritt minutiös geplant. Sollte die Reise scheitern, wäre es ganz allein ihre Schuld. Doch wenn sie glückte, würde Clärenore in die Geschichte eingehen – als erster Mensch und erste Frau, die in einem Automobil die Welt umrundete. Am liebsten hätte sie laut geschrien, gesungen oder im Takt geklatscht vor ausgelassener Freude. Stattdessen summte sie eine fröhliche Melodie.

Es war die Anwesenheit des Schweden neben ihr, die sie davon abhielt, lauter zu singen. Ruhig sah er aus dem Fenster und betrachtete die vorbeiziehenden Häuser. Nach einer Weile verstummte auch Clärenore, doch ihre gute Laune hielt an. Bald hatten sie Frankfurt hinter sich gelassen und fuhren durch das Flachland der Mainebene.

Nach ungefähr einer Stunde beschloss Clärenore, dass sie lange genug geschwiegen hatten. Schließlich würden sie und Söderström die nächsten Monate nebeneinander verbringen. Sie hatte so viele Fragen, die sie ihm stellen wollte, denn sie hatten ja gar keine Gelegenheit gehabt, sich kennenzulernen.

»Ist das Ihre erste große Reise?«

»Ja.«

»Waren Sie schon mal in Asien oder Amerika?«

»Nein.«

»Aha.« Das Gespräch verlief nicht so, wie Clärenore sich das vorgestellt hatte. Sie versuchte es anders.

»War Ihre Frau bei der Abfahrt in Frankfurt dabei?«

»Sie wollte nicht kommen.«

»Oh, wie schade. Warum denn nicht?«

»Sie wollte eben nicht.« Er sah weiter aus dem Fenster.

»Sicher ist es schwer für Sie beide, so lange voneinander getrennt zu sein«, sagte sie mitfühlend.

»Ich habe vor der Abfahrt mit ihr telefoniert. Das war der Grund, warum ich so spät gekommen bin.«

»Das Telefon ist eine großartige Erfindung. Sie können von allen Städten der Welt zu Hause in Schweden anrufen und so mit Ihrer Frau in Kontakt bleiben.«

»Ja, das könnte ich«, sagte Söderström.

»Spätestens in einem Jahr hat Ihre Frau Sie wieder«, meinte Clärenore zuversichtlich.

»Sie sind sehr optimistisch.« Nun drehte Söderström sich zu ihr.

Sie wandte kurz den Blick von der Fahrbahn ab. Das Blau seiner Augen wirkte heute noch strahlender als bei ihrer letzten Begegnung. Ein Maler hätte Freude daran gehabt.

»Ich bin eigentlich immer optimistisch«, erklärte Clärenore.

»Hm.«

»Warum haben Sie zugesagt? Lockt Sie das Abenteuer? Die Lust am Reisen? Das Interesse an anderen Kulturen?«

»Wir brauchten Geld«, gab Söderström zu, und sein Blick verdüsterte sich ein wenig.

Einerseits schätzte Clärenore seine Ehrlichkeit, andererseits hätte sie sich ein bisschen mehr Enthusiasmus gewünscht. Dass Heidtlinger und Grunow wegen der Entlohnung mitgekommen waren, wusste sie. Während der Fahrt würden die Adlerwerke ihnen das dreifache Gehalt auszahlen. Offenbar war sie die Einzige, die der Expedition mit so großer Begeisterung entgegensah. Nun, das konnte sich noch ändern. Clärenore wollte sich ihre Zuversicht nicht nehmen lassen.

Demonstrativ drehte Söderström sich zum Fenster und sah hinaus. Die Unterhaltung war vorerst wieder beendet, und Clärenore konzentrierte sich auf die Straße.

Langsam wurde die Landschaft hügeliger. Der Weg führte durch die dunklen Tannenwälder des Spessarts, dann zogen die malerischen Türme der alten Bischofsstadt Würzburg an ihnen vorbei. Erst gegen zehn Uhr abends erreichten sie Bamberg, wo sie den Wirt ihrer Unterkunft dazu überreden mussten, den Herd in der Küche noch einmal anzuheizen. Schließlich servierte er ihnen bayrische Schweinskoteletts und Bier.

»Warum zum Teufel haben Sie nicht eine einzige Pause gemacht?«, beschwerte sich Heidtlinger beim Essen.

»Wir müssen uns beeilen«, entgegnete Clärenore. »Es gilt, sechs Wochen aufzuholen.«

»Wenn ich hungrig bin, kann ich das Auto nicht sicher lenken«, brummte Grunow.

Clärenore lachte. »Warum? Knurrt Ihr Magen dann so laut, dass Sie Angst haben, es könnte ein Motorschaden entstanden sein?«

Die beiden Mechaniker fanden ihren Witz nicht lustig. Söderström hingegen schien zu schmunzeln, doch Clärenore war sich nicht ganz sicher.

»Ich habe vorgesorgt«, beruhigte sie die Männer. »Ich habe hundertachtundzwanzig hartgekochte Eier mitgenommen.«

»Wie bitte?« Grunow richtete sich entsetzt auf.

»Ich bitte die Wirtin, ein paar Butterbrote zu schmieren. Gemeinsam mit den harten Eiern haben wir nahrhafte Mahlzeiten und müssen keine unnötigen Pausen einlegen.«

»Wir fahren kein Autorennen«, protestierte Grunow. »Sie wollen die Welt umrunden, da gibt es keine Zeitvorgaben.«

»Leider irren Sie«, sagte Clärenore. »Die Jahreszeiten arbeiten gegen uns.«

»Ach, hören Sie doch auf mit Ihrem sibirischen Winter«, unterbrach Heidtlinger. »Der interessiert mich nicht.«

»Er wird Sie interessieren, wenn Sie bei minus fünfzig Grad im Wald sitzen und von heulenden Wölfen umgeben sind.«

Heidtlinger verschränkte die Arme vor der Brust. »Laut Vertrag steht uns ein ordentliches Mittagsessen zu.« Grunow nickte zustimmend.

Clärenores gute Stimmung schmolz dahin.

»Was ist an Brot und Eiern auszusetzen?«, wollte sie wissen.

»Das ist keine ordentliche Mahlzeit«, wiederholte Heidtlinger unnachgiebig.

Clärenore warf einen Blick auf seinen Bauch, über dem das Hemd spannte. Ihm würde eine kleine Diät ganz gewiss nicht schaden.

»Ich besorge auch Wurst, Speck und Käse.«

»Wir bestehen auf eine Mittagspause«, beharrte Grunow. »Die steht uns laut Arbeitsvertrag zu.«

Clärenore war fassungslos. Sie waren gerade mal einen halben Tag unterwegs, und schon versuchten die Mechaniker, ihre Autorität zu untergraben. Wäre sie ein Mann, würden sie diesen Protest nicht wagen, davon war sie überzeugt.

Langsam zog Clärenore die Speisekarte zu sich und schlug sie auf. Mit gespieltem Interesse las sie die Preisliste. »Hm«, sie runzelte die Stirn. »Ich frage mich gerade, wie viel Sie beide für gewöhnlich verdienen.«

»Sie wissen ganz genau, wie hoch unser Lohn ist«, brummte Heidtlinger.

»Das dachte ich auch«, sagte Clärenore. »Aber ich muss mich wohl irren. Denn wie kann es sein, dass Sie sonst zwei Mal täglich ein Lokal dieser Größenordnung aufsuchen?«

»Wir haben einen Vertrag unterschrieben«, wiederholte Grunow.

»Ich weiß«, konterte Clärenore. »Ich habe ihn selbst aufgesetzt, deshalb kenne ich den Inhalt ganz genau. Ich habe mich mit meiner Unterschrift dazu verpflichtet, für Ihre Sicherheit und für ausreichende Verpflegung zu sorgen.«

»Genauso ist es«, pflichtete Heidtlinger ihr bei.

»Als Leiterin dieser Expedition entscheide ich, was ausreichende Verpflegung ist.« Clärenore beugte sich über den Tisch. »Kein Arbeitgeber dieser Welt wird mir widersprechen, wenn ich sage, dass Brot, Eier, Käse und Wurst angemessen sind.«

»Wir brauchen eine Pause.« Grunow klang nicht mehr ganz so aggressiv und fordernd wie zuvor.

»Sie bekommen eine Pause, wenn die Umstände sie erlauben«, erklärte Clärenore. »Leider ist es so, dass wir Zeit aufholen müssen, und das können wir nur, wenn wir die Mittagspause während der Fahrt einlegen.«

Die Männer starrten sie feindselig an.

»Wir starten morgen früh um halb fünf.«

»Wann?«, entfuhr es nun auch Söderström, der bisher geschwiegen hatte.

»Um halb fünf«, wiederholte Clärenore grimmig. »Ich möchte alle drei Herren daran erinnern, dass Sie einen Arbeits- und keinen Urlaubsvertrag unterzeichnet haben. Deshalb muss ich darauf bestehen, dass Sie morgen pünktlich sind.«

Sie stand auf, bevor einer der drei erneut protestieren konnte.

»Ich wünsche Ihnen eine gute Nacht.« Lord, der neben ihr gelegen hatte, sprang auf und folgte ihr bei Fuß.

Wütend stapfte sie die Holztreppe hoch zu ihrem Zimmer, schloss es auf und ließ sich in ihrer Kleidung auf das Bett plumpsen. Die Sprungfedern quietschten. Verärgert starrte Clärenore an die Decke. Sie konnte sich nicht daran erinnern, sich jemals als reiche, verwöhnte Industriellentochter aufgespielt zu haben. Doch eben hatte sie genau das getan. Warum waren ihr die arroganten Worte aus dem Mund gerutscht? Sie hasste sich selbst dafür, aber die Männer hatten sie in die Enge getrieben. Sie hatte sich nicht anders zu helfen gewusst. Ihre Antworten hatten geklungen wie die ihrer Mutter oder ihrer älteren Brüder.

Clärenore schloss die Augen. Sie hatte mit Widerstand gerechnet, aber nicht in dieser Form und nicht gleich am ersten Tag. Es war ihr auch nicht bewusst gewesen, wie wichtig den drei Männern gutes Essen war. Insbesondere Heidtlinger schien an nichts anderes zu denken. Sie langte auch gerne zu, wenn etwas Köstliches serviert wurde, aber wenn es ein paar Tage bloß Butterbrote gab, dann war es auch in Ordnung. Manchmal vergaß sie die Nahrungsaufnahme sogar ganz und trank nur bitteren Kaffee.

Sie richtete sich auf und schlüpfte aus ihrem Sakko. Wenn sie morgen die Rechnung bei der Wirtin beglich, würde sie ein großes Stück kalten Braten mitnehmen. Der besänftigte hoffentlich die Gemüter.

Tschechoslowakei, Österreich und Ungarn
Mai–Juni 1927

Als Clärenore vor dem Morgengrauen das Gasthaus verließ, standen die beiden Mechaniker bereits schlaftrunken bei den Automobilen. Heidtlinger wischte eine dicke Staubschicht vom Fenster, während Grunow das Gepäck kontrollierte. Söderström kam kurz nach ihr aus der Gaststube. Statt eines Morgengrußes brummten die Männer etwas Unverständliches. Auch Clärenore rieb sich müde die Augen. Die Nacht war kurz gewesen. Der Einzige, der ausgeschlafen wirkte, war Lord. Er lief schwanzwedelnd durch den Garten und markierte vor der Abfahrt rasch noch alle Bäume und Büsche. Bis auf ein kleines Licht in der Küche lag das Gasthaus in völliger Dunkelheit. Eigentlich hatte Clärenore vorgehabt, sofort aufzubrechen, doch sie wollte nicht schon wieder eine Missstimmung riskieren.

»Die Wirtin hat heißen Kaffee und Butterbrote vorbereitet«, sagte sie. »Wollen Sie unterwegs essen oder lieber hier frühstücken?«

Die Antwort war eindeutig. Keiner der drei Männer wollte im Automobil essen. Clärenore sah auf ihre kleine goldene Armbanduhr, ein Geschenk ihres Vaters zu ihrem vierzehnten Geburtstag.

»In zwanzig Minuten brechen wir auf«, entschied sie.

Aus den Augenwinkeln sah sie, wie Grunow die Augen verdrehte. Aber keiner der drei protestierte laut, sondern sie liefen in die Gaststube und stürzten sich auf das Frühstück, als wäre es ihre letzte Mahlzeit. Clärenore begnügte sich mit einer Tasse Milchkaffee. Sie konnte so zeitig noch nichts essen.

Erst fünfzig Minuten später starteten sie mit Kurs auf die tschechoslowakische Grenze. Clärenore saß hinter dem Steuer, Lord schlief auf der Rückbank, und auch Söderström döste vor sich hin. Mit seinem Sakko hatte er sich ein Kopfkissen geformt und sah weder die helle Frühlingssonne zwischen den sattgrünen Blättern noch die malerischen kleinen Dörfer auf den sanften Hügelketten.

Kurz nach Schirnding tauschte Clärenore die Wimpel. Statt des preußischen wehte jetzt der tschechoslowakische neben dem deutschen auf der Kühlerhaube. Es war das erste der insgesamt achtundzwanzig Fähnchen, die sie eigens für die Expedition hatte anfertigen lassen. Über gut ausgebaute Landstraßen durch teils dichte Wälder ging es nun Richtung Karlsbad. Clärenore lauschte dem gleichmäßigen Rattern des Motors und genoss die frische Fahrtluft, die in den Wagen wehte und ihr Haar zerzauste. Der Sommer schickte seine Vorboten. Aus den Hecken drang der zarte Duft blühenden Holunders, hier und da gab es noch ein paar Fliederbüsche, und die Maiglöckchen reckten ihre weißen Köpfe aus dem saftigen Grün der Wiesen. Es war einfach herrlich. Genauso hatte Clärenore sich den ersten Teil ihrer Reise vorgestellt, als plötzlich ein kreischendes Metallgeräusch die Idylle störte. Es stammte vom Getriebe. Söderström fuhr hoch, wodurch sein Sakko auf seinen Schoß rutschte, Lord erwachte ebenfalls und streckte den Kopf zwischen seinem Frauchen und dem Filmoperateur nach vorne.

»Das klingt gar nicht gut«, meinte Söderström besorgt. »Fahren Sie rechts ran.«

Clärenore ließ den Wagen ausrollen und parkte neben einer Waldlichtung. Das Begleitfahrzeug hielt hinter ihr. Behäbig kletterte Heidtlinger aus dem Wagen und streckte sich gähnend.

»Was ist los? Warum halten Sie an?«

Clärenore stieg ebenfalls aus.

»Ich glaube, dass mit dem Getriebe etwas nicht stimmt«, sagte sie. »Ich habe Probleme beim Kuppeln.«

Heidtlinger klappte die Motorhaube des Adlers auf. Ein stechender Geruch nach heißem Metall und verbranntem Gummi stieg auf.

Nun trat auch Grunow näher. »Möglich, dass die Kupplung zerrieben ist«, meinte er.

»Wie kann das sein?«, fragte Clärenore entsetzt. »Wir sind gerade mal einen Tag unterwegs. Wie soll das Automobil rund um die Welt fahren, wenn es nicht einmal bis Karlsbad kommt?«

Heidtlinger kratzte sich die hohe Stirn. »Sie haben recht, eigentlich dürfte das nicht passieren. Wir sehen nach, was da nicht stimmt.«

Seelenruhig ging er zum Begleitfahrzeug, holte eine Werkzeugkiste und schleppte sie zum Adler. Die nächste Stunde verbrachten er und Grunow damit, nach dem richtigen Werkzeug zu suchen. Sie stellten den Wagenheber auf und hoben die Karosserie an.

Clärenore saß unterdessen wie auf Nadeln. »Geht das nicht ein bisschen schneller?«, fragte sie ungeduldig. »Wir können nicht den ganzen Tag hier verbringen.« Sie hatten schon beim Frühstück Zeit verloren.

»Wollen Sie die Kupplung ausbauen?«, meinte Grunow sarkastisch.

Sie zuckte mit den Schultern. »Warum nicht? So schwer kann das doch nicht sein.«

Die Mechaniker lachten, was Clärenores Ärger noch weiter schürte. Energisch trat sie näher. »Die Kupplung stellt die Verbindung zwischen Getriebe und Motor her«, sagte sie. »Wir bauen beides aus, wechseln die Scheiben und fahren weiter.«

Wieder lachten die beiden Männer. Diesmal aber nicht mehr ganz so laut wie zuvor. Hatten die zwei etwa gedacht, Clärenore hätte keine Ahnung von Automobilen? Sie hatte im Alter von dreizehn Jahren zum ersten Mal unter einer Karosserie gelegen, hatte Ferdinand beobachtet und ihm das Werkzeug gereicht. Während der Allrussischen Prüfungsfahrt hatte sie regelmäßig Hand angelegt. Heidtlinger sollte das wissen.

»Wir machen das schon«, brummte Grunow wichtig. »Studieren Sie doch solange die Landkarte.«

Heidtlinger nickte zustimmend.

Die Selbstgefälligkeit der Männer stachelte Clärenore an. Sie stemmte die Hände in die Hüften. »Die Karte kenne ich gut genug«, sagte sie bestimmt. »Welchen Schraubenzieher brauchen Sie?«

Den Protest der Männer missachtend, kniete sie sich neben die Werkzeugkiste und fasste gezielt nach einem Kreuzschlüssel. »Ich denke, dass der passt.« Sie reichte ihn an Grunow, der staunend die Augen aufriss. Statt sich zu bedanken, fasste er mürrisch nach dem Werkzeug und machte sich an die Arbeit. Es stellte sich heraus, dass der gesamte Kupplungsblock ausgetauscht werden musste.

»Was für ein Glück, dass wir Ersatzteile dabeihaben«, meinte Clärenore. Nur zu gut konnte sie sich an die Reaktion der Mechaniker bei den Adlerwerken erinnern, als sie die Ersatzkupplung eingefordert hatte. »Die brauchen Sie doch frühestens nach zehntausend Kilometern«, hatte einer der Männer gesagt. »Bis dahin läuft der Wagen wie am Schnürchen.« Von wegen. Sie hatten nicht einmal vierhundert Kilometer zurückgelegt. Ohne die Antwort von Grunow abzuwarten, kletterte sie in das Begleitfahrzeug und suchte selbst nach dem passenden Teil. Sie war davon überzeugt, dass sie schneller sein würde als die Männer, denen ihre Eile nicht einleuchten wollte. Dennoch zogen sich die Reparaturarbeiten in die Länge. Aus einer Stunde wurden zwei, und aus zwei wurden drei. Die Stimmung sank wegen der fehlenden Mittagspause auf den Nullpunkt. Clärenore teilte hartgekochte Eier und Butterbrote aus. Leider hatte die Wirtin heute Morgen keinen kalten Braten gehabt.

»Sobald wir in Karlsbad sind, werde ich neue Ersatzteile anfordern«, sagte sie, während sie die Schale des Eis mit spitzen Fingern abzupfte. »Wenn die Adlerwerke sie nach Belgrad liefern, haben wir die Teile, bevor wir die Türkei erreichen. Dort könnte die Versorgung nämlich kompliziert werden. Die deutsche Botschaft hat gemeint, dass es immer wieder zu Schwierigkeiten beim Zoll kommt.«

Söderström, der sich bis jetzt nicht zu Wort gemeldet hatte, lehnte mit verschränkten Armen an einem Baumstamm und kaute gelangweilt an einem Apfel. Die hartgekochten Eier verweigerte er.

»Sie sollten die Teile nach Wien schicken lassen. Wer weiß, ob wir mit diesen Fahrzeugen bis nach Belgrad kommen.« Er warf das Kerngehäuse ins Gras. »Vielleicht endet die Fahrt bereits an der Grenze zu Österreich.«

Zynismus war das Letzte, was Clärenore jetzt brauchte. »Sparen Sie sich Ihre Bemerkungen«, zischte sie ihn an. »Sie sind der Filmoperateur dieser Expedition und nicht der Mechaniker.«

»Als solcher kann ich im Moment nicht viel tun«, erwiderte er amüsiert.

Clärenore wandte sich verärgert von ihm ab. Es dauerte ganze sechs Stunden, bis der Schaden behoben und alle Werkzeugteile wieder verstaut waren, sodass der Wagen weiterfahren konnte.

Clärenore versuchte die verlorene Zeit mit höherer Fahrgeschwindigkeit einzuholen. Schon nach der ersten Kurve hielt sich Söderström an der Wagentür fest. Er war beängstigend blass.

»Ist Ihnen übel?«

»Sie fahren wie eine Irre.« Mit der freien Hand drückte er gegen seinen Magen.

Widerwillig drosselte Clärenore die Geschwindigkeit. »Besser, Sie gewöhnen sich an meinen Fahrstil«, sagte sie düster. »Die Reise hat gerade erst begonnen.«

Auch Lord schien das ruhigere Tempo besser zu behagen. Zufrieden streckte er sich auf der Rückbank aus.

»Und so zynische Bemerkungen wie vorhin können Sie sich in Zukunft sparen«, setzte Clärenore hinzu.

»Ich wusste, dass Deutsche wenig Sinn für Humor haben«, sagte er finster. »Aber dass Sie zum Lachen in den Keller gehen, war mir nicht bewusst.«

Clärenore beschloss, sich nicht von ihrem Filmoperateur beleidigen zu lassen, und beschleunigte wieder.

Karlsbad erreichten sie erst am späten Nachmittag, weshalb der Plan geändert und ein Quartier für die Nacht gesucht werden musste. Der Bürgermeister der kleinen Kurstadt begrüßte sie überschwänglich und lotste sie zum Grandhotel Pupp, wo ihnen Zimmer zur Verfügung gestellt wurden. Als Gegenleistung mussten sie vor dem Hotel posieren und einem lokalen Reporter ein Interview geben. Nach einem üppigen Abendessen im prunkvollen Speisesaal waren alle wieder besänftigt. Angeblich hatten der österreichische Kaiser und seine Frau Sisi hier regelmäßig süße Knödel genascht. Alle vier fanden die mit Mohn bestreute Süßspeise und das dazu gereichte Zwetschgenkompott köstlich, und Clärenore bat sogar zweimal um Nachschlag.

Nach dem Essen packte Söderström seine Kamera aus und machte sich auf die Suche nach geeigneten Filmmotiven. Unterdessen setzte Clärenore sich ans Telefon und orderte neue Ersatzteile. Sie machte dem zuständigen Ingenieur kräftig Dampf und beschwerte sich über den schlechten Zustand der Kupplung.

»Wie kann es sein, dass wir bereits nach der tschechoslowakischen Grenze den ganzen Block ausbauen mussten?

Wenn das gesamte Automobil in diesem Zustand ist, komme ich damit niemals um die Welt.«

Der Mann konnte sich den Schaden nicht erklären, entschuldigte sich mehrmals, versprach ihr, die Ersatzteile noch am Abend Richtung Belgrad zu versenden, und bat Clärenore, den Vorfall nicht an die Presse weiterzugeben. Doch weder Clärenore noch die Männer hatten den Zwischenfall im Interview erwähnt. Der Hotelbesitzer hätte es sicher nicht gern gehört, wenn sie zugegeben hätten, dass sie nur aus der Not heraus im Pupp übernachteten. Morgen würde man überall im Land lesen können, dass Fräulein Stinnes und ihre Mitarbeiter in Karlsbad Pause eingelegt hätten, um sich im altehrwürdigen Grandhotel von den Strapazen der ersten Tagesetappen zu erholen.

»Das Ganze muss eine Verkettung unglücklicher Umstände gewesen sein«, versicherte der Ingenieur in Frankfurt. »Ich garantiere Ihnen, dass das nicht wieder vorkommen wird. Wir schicken Ihnen alles, was Sie benötigen. Geben Sie mir die Liste durch.«

Clärenore wollte bloß ein funktionierendes Auto, aber sie sah ein, dass der Mann ihr nicht mehr Hilfe anbieten konnte. Daher bedankte sie sich bei ihm und beendete das Gespräch.

Auch am nächsten Morgen brachen sie schon früh auf. Grunow, Heidtlinger und Söderström erwarteten Clärenore mit mürrischen Gesichtern, doch diesmal protestierte niemand. Über gut ausgebaute Straßen ging es ohne längere Pause bis nach Wien. Hier wurden sie bereits vor dem Schloss Belvedere von der Presse erwartet. Zahlreiche Fotos wurden geschossen, und mehrere Reporter redeten gleichzeitig auf Clärenore ein.

»Sie wollen mit dem Automobil rund um die Erde fahren. Wie kommt es, dass Sie als Frau eine solche Reise antreten, die tausende Gefahren birgt?«

Es war nicht das erste Mal, dass Clärenore diese Frage gestellt wurde. In den letzten Monaten hatte sie ein paar Standardantworten entwickelt. »Während des Krieges haben wir Frauen gezeigt, wozu wir fähig sind. Wir können Maschinen reparieren, Eisenbahnen fahren, Verwundete behandeln, Felder bestellen. Warum sollten wir nicht auch die Welt mit dem Automobil umrunden?«

Ihre privaten Beweggründe gingen nur sie selbst etwas an, nämlich dass sie ihrer Familie, allen voran ihrer Mutter und ihren Brüdern beweisen wollte, wozu eine Frau imstande war.

»Eine Strecke von über vierzigtausend Kilometern ist geplant. Was bewegt Sie zu diesem Abenteuer?«

»Ich will die Welt eben mit eigenen Augen sehen.«

»Wovor fürchten Sie sich am meisten?«

»Ich habe keine Angst. Ich empfinde pure Freude.«

»Sicher ist Ihre Familie sehr stolz auf Sie.«

Die Frage kam unerwartet. Danach hat sich bisher niemand erkundigt. Clärenore zögerte einen Moment. »Ja, natürlich«, log sie. Keiner der Reporter schien ihre Zurückhaltung zu bemerken. Schon wurden die nächsten Fragen gestellt. Als Clärenore aufsah, spürte sie Söderströms Blick, in dem Neugier lag. Beschämt wich sie ihm aus. Als sie erneut zu ihm schaute, war er mit dem Fotografieren des Schlosses und der Stadtkulisse beschäftigt. Clärenore widmete sich wieder den

Reportern, gab Auskunft über den Treibstoff, die Autoreifen und die kalkulierbaren Schwierigkeiten. Alles Fragen, die sie ohne nachzudenken beantworten konnte.

Die Nacht verbrachten sie in einem eleganten Hotel auf der Ringstraße. Die Zimmer hatte der Automobilclub für sie im Voraus gebucht.

Als Clärenore endlich im Bett lag, konnte sie trotz der Müdigkeit nicht einschlafen. Sie starrte noch lange auf die stuckverzierte Decke und dachte über das Interview nach. Dass das Unternehmen Stinnes nicht eine einzige Reichsmark für die Expedition beigesteuert hatte, war der Presse nicht bekannt. Auch ihre Mitarbeiter hielten sie für eine verwöhnte Industriellentochter. Wie weit diese Vorstellung von der Wirklichkeit entfernt lag, wussten nur sie selbst und ihre Familie.

Ihr Vater hatte einmal zu ihr gesagt: »Ein kluger Geschäftsmann achtet darauf, welche Informationen über ihn an die Presse gelangen.« Clärenore nahm an, dass das auch für Geschäftsfrauen und Leiterinnen von außergewöhnlichen Expeditionen galt. Sie würde sich an diesen Rat halten. Zwar bekam die Welt dadurch ein falsches Bild von ihr, doch es war eines, das ihr deutlich besser gefiel als die Wahrheit.

Die nächsten Tage verliefen nach einem ähnlichen Muster. Morgens brach die kleine Reisegruppe zeitig auf und fuhr über mehr oder wenig gut ausgebaute Straßen Richtung Südosten. Hin und wieder bat Söderström sie, kurz anzuhalten, weil er die Landschaft mit der Kamera einfangen wollte. Mittags legten die vier eine kurze Rast im Schatten von Bäumen oder Büschen ein. Dabei waren sie meist zu müde für lange Gespräche. Zur großen Erleichterung der Männer ging der Vorrat an hartgekochten Eiern langsam zur Neige, und Clärenore kaufte bei einem Bauern Speck und Käse ein. Abends suchten sie nach einem Gasthof oder einem Hotel.

In Budapest beharrte Söderström auf ein paar Stunden Pause, um den Königspalast und das Parlament zu fotografieren. Grunow und Heidtlinger genehmigten sich in einem der Lokale an der Donau ein kräftiges Gulasch, und Clärenore spazierte durch die alte Markthalle. Allerdings konnte sie das bunte Treiben kaum genießen und würdigte die riesigen Salamis, die von den Decken der Marktstände baumelten, keines Blickes. Wahllos kaufte sie irgendeine Wurst und zählte nervös die Minuten, bis es endlich weiterging.

Serbien und Bulgarien
Juni 1927

Nachdem sie Ungarn durchquert hatten, erreichten sie Serbien. Die Straßen wurden sandiger, und immer seltener begegneten ihnen andere Automobile. Clärenore überholte mit ihrem Adler Pferdefuhrwerke und einfache Kutschen. In den Dörfern wurden sie mit großer Freude begrüßt, die Bewohner kamen aus ihren Häusern und winkten ihnen begeistert zu. Barfüßige Kinder liefen einen Teil des Weges mit ihnen, bevor Clärenore und ihre Begleiter wieder durch unbewohnte Gegenden und karstige Felslandschaften fuhren.

Kurz vor Belgrad kamen sie durch ein Dorf, in dem die Menschen sie im unverfälschten schwäbischen Dialekt willkommen hießen. Auf die Frage, woher sie so gut Deutsch sprachen, erklärte der Dorfälteste, dass die Vorfahren vor über zweihundert Jahren aus Deutschland ausgewandert und unter Maria Theresia hier angesiedelt worden seien. Die Bevölkerung habe ihre Muttersprache allerdings nie aufgegeben.

Die vier wurden mit Maultaschen und Spätzle großzügig bewirtet und auf zahlreichen Fotos verewigt. »Das Foto ist für meine Schwester«, sagte eine der Frauen im schwäbischen Dialekt. »Die glaubt mir sonst nicht, dass ich die Frau getroffen habe, die die Welt im Automobil umrundet.«

In Belgrad übernachteten sie erneut in einem vornehmen Hotel. Abends lud der Bürgermeister sie zum Essen ein. Weder Clärenore noch ihre drei Begleiter wagten es, den Rakija abzulehnen, der nach dem Essen gereicht wurde, ein hochprozentiger Obstbrand aus Zwetschgen.

Das Aufstehen nach dieser Nacht gestaltete sich für alle schwierig. Clärenores Kopf brummte, und sie fuhr etwas langsamer, was auch mit den geschotterten Straßen zu tun hatte. Dabei verlor sie Grunow im Rückspiegel immer wieder aus den Augen, und das Begleitfahrzeug fiel deutlich zurück. Während der Mittagsrast sprach sie die Mechaniker darauf an.

»Der Große ist zu schwer«, erklärte Heidtlinger. »Der ganze Kastenaufbau ist unnötig. Wir schleppen viel zu viel Gewicht mit. Wenn die Straßen noch schlechter werden, kippt der gesamte Wagen um.«

Tatsächlich hatte der Lastwagen schon zweimal gefährliche Schräglage gehabt. Kurz nach Belgrad hatten sich Heidtlinger und Söderström auf die rechte Außenseite stellen müssen, während Grunow den Wagen über eine Böschung gelenkt hatte.

»Aber wir haben die Kisten doch schon abgenommen«, sagte Clärenore. Bereits in Budapest hatten sie sich von einem Teil des Gepäcks getrennt. Vor allem Lebensmittel hatten sie zurückgelassen, da sie ohnehin unterwegs genug davon kaufen konnten. Auf den Minimax hatte Clärenore nach wie vor nicht verzichten wollen.

»Die Kisten waren nur ein Tropfen auf dem heißen Stein«, meinte Grunow. »Die Konstrukteure haben die Beschaffenheit der Landstraßen überschätzt. Es hat niemand damit gerechnet, dass nach Budapest das Straßennetz aufhört.« Ganz so dramatisch war die Situation nicht, aber seit einigen Tagen war eine lose Schotterung das Beste, was sie vorfanden. Clärenore fürchtete, dass die Bedingungen in der Türkei noch schlimmer werden würden.

»Was können wir tun, damit der Große leichter wird?«, fragte sie. »Haben wir noch weiteres Gepäck dabei, das wir nicht benötigen?«

Die Mechaniker sahen einander ratlos an.

»Was ist, wenn wir den hinteren Teil des Kastenaufbaus absägen lassen?«, schlug Söderström vor. »Damit würden wir Gewicht verlieren.«

Clärenore sah den Schweden überrascht an. »Eine hervorragende Idee«, meinte sie.

»Dazu brauchen Sie einen geübten und versierten Automobilkonstrukteur«, wandte Heidtlinger ein. »Ich kann mir nicht vorstellen, dass Sie so einen Mann hier finden werden.« Er machte eine ausladende Geste. Sie waren umgeben von dichten Wäldern auf felsigem Untergrund, das letzte Dorf lag etliche Stunden hinter ihnen.

»Hier wird natürlich niemand herumsitzen und auf uns warten«, sagte Clärenore schnippisch. Sie reagierte empfindlich, wenn die Männer sie nicht ernst nahmen. »Aber in jedem Dorf gibt es einen Schmied.«

Heidtlinger verzog den Mund. »Sie glauben doch nicht ernsthaft, dass ein Dorfschmied sich mit den Arbeiten an einem Automobil auskennt.«

»Warum nicht?«, entgegnete Clärenore. »Wenn wir ihm genau beschreiben, was er tun soll?«

»Die Menschen hier arbeiten, um zu überleben«, sagte

Grunow finster. »Nicht, um die Wünsche einer verwöhnten jungen Frau zu erfüllen.«

»Ich glaube nicht, dass der Schmied sich weigern wird, mein Geld anzunehmen, nur weil ich aus einer wohlhabenden Familie stamme«, konterte Clärenore und straffte die Schultern. »Sie tun es doch auch nicht.«

Grunows Wangen liefen dunkelrot an. »Sie glauben wohl, dass Sie sich mit Geld alles erkaufen können!«

»Ich glaube, dass es im Sinne eines Schmieds ist, Aufträge anzunehmen und dafür bezahlt zu werden.« Sie stand auf und klopfte sich den Staub von der Hose. »Ganz egal, ob er das Geld aus der Hand eines armen Mannes oder einer reichen Frau bekommt. Los, wir müssen weiter!«

Nur Lord sprang bereitwillig auf die Rückbank, die anderen ließen sich Zeit. Clärenore war dem Hund dankbar für seine bedingungslose Treue. Liebevoll kraulte sie sein weiches Fell hinter den Ohren.

»Ein Jammer, dass wir die Expedition nicht zu zweit durchführen können«, seufzte sie leise. »Alles wäre einfacher.«

Über holprige Schotterstraßen mit riesigen Schlaglöchern ging es langsam Richtung bulgarische Grenze. Zur Abwechslung schlief Söderström einmal nicht, sondern musterte sie immer wieder von der Seite.

Irgendwann reichte es Clärenore. »Was ist los?«, fuhr sie ihn ungehalten an. »Warum starren Sie mich an?«

»Ist es nicht furchtbar anstrengend, immer diese Maske der Überheblichkeit zu tragen?«

»Ich habe versucht, nett zu sein«, verteidigte sie sich. »Aber sobald ich es bin, werde ich nicht ernst genommen.«

»Sie können nett sein?«, fragte Söderström amüsiert.

»Lassen Sie mich in Ruhe, und schlafen Sie einfach weiter, so wie Sie es die letzten Tage getan haben.«

»Schlafen kommt mir in der Tat erfreulicher vor als eine Unterhaltung mit Ihnen.« Er rollte sein Sakko zu einem Kissen und machte es sich wieder gemütlich.

Am Nachmittag erreichten sie Niš. In der alten Festung, die der serbischen Armee als Unterkunft diente, füllten sie ihre Treibstoffvorräte auf. Anders als ursprünglich geplant, hatten die Reserven nicht bis Konstantinopel gereicht. Durch geschäftige Straßen, vorbei an bunten Märkten und Straßenhändlern fuhren sie durch die Stadt, in der es neben Kirchen auch Moscheen mit Minaretten gab.

»Bleiben Sie stehen«, forderte Söderström aufgeregt. Es dauerte, bis Clärenore erkannte, weshalb er sich zur Rückbank umdrehte und seinen Fotoapparat holte. Vor ihnen türmte sich ein Bauwerk aus menschlichen Totenschädeln auf. Es war ein makabres Mahnmal, das die Osmanen vor rund hundert Jahren aus den Knochen aufständischer Serben errichtet hatten. Clärenore wandte den Kopf zur Seite und weigerte sich auszusteigen, um sich den Turm näher anzusehen. Söderström lichtete das Bauwerk von allen Seiten ab, und auch die beiden Mechaniker betrachteten es interessiert.

Der weitere Weg führte durch Felder hindurch zu einer kahlen Hügelkette. In steilen Serpentinen schlängelte sich ein Schotterweg bergauf. Immer wieder musste Clärenore anhalten, weil riesige Steinbrocken ein Weiterkommen unmöglich machten. Jedes Mal hieß es aussteigen und sich ein paar Stöcke als Hebel suchen, um die Brocken mit vereinten

Kräften zur Seite zu schaffen. Clärenore konzentrierte sich auf den holprigen Weg und hielt das Lenkrad beim Fahren mit beiden Händen fest umklammert. Söderström saß neben ihr und studierte die Landkarte auf seinem Schoß.

»Wenn wir weiter so langsam vorankommen, werden wir heute kein Dorf mehr erreichen«, sagte er besorgt. Tatsächlich ging hinter der Hügelkuppe, die sie mittlerweile passiert hatten, langsam die Sonne unter. Weit und breit war keine Siedlung in Sicht. Auf einer Anhöhe hielt Clärenore an, und Grunow fuhr den Begleitwagen hinter ihr an den Straßenrand.

»Haben wir uns verirrt?«, fragte Heidtlinger besorgt.

Söderström lachte. »Wie sollten wir uns verfahren haben? Das hier ist die einzige Straße weit und breit.«

Clärenore stieg aus dem Wagen. »Es wird wohl das Beste sein, wir schlagen unser Quartier hier auf«, meinte sie.

»Hier?«, fragten Grunow und Heidtlinger einstimmig.

»Ja, oder wollen Sie die ganze Nacht durchfahren?« Clärenore ging zum Begleitwagen, um nach den Schlafsäcken zu suchen. Grunow folgte ihr aufgebracht.

»Warum haben wir nicht in Niš ein Quartier genommen?«, rief er laut. »Sie haben die Karten! Sie wussten, dass wir hier keinen Gasthof und kein Hotel finden würden! Sie haben uns die ganze Zeit über etwas vorgemacht!«

»Woher hätte ich das denn wissen sollen?«, entgegnete Clärenore genervt. »Ich kann nicht hellsehen.« Etwas freundlicher fügte sie hinzu: »Wären wir über Nacht in Niš geblieben, hätte sich unser Zeitplan noch weiter verzögert.«

Grunow sah sich um. »Wo sollen wir hier schlafen? Wollen Sie etwa, dass wir uns auf den Boden legen?«

»Herr Grunow«, sagte Clärenore übertrieben freundlich. »Darf ich Sie daran erinnern, dass sich die Sitze in den Automobilen umlegen lassen? Sie haben die Wahl. Entweder machen Sie es sich auf dem Fahrerstuhl bequem, oder aber Sie legen sich ins weiche Gras. Ich bevorzuge Letzteres.« Sie sah in den wolkenlosen Himmel. »Wir haben keinen Regen zu befürchten. Die Luft ist lau und angenehm.«

Entschlossen klappte sie die Plane zur Seite und kletterte auf die Ladefläche des Begleitwagens. Zielsicher griff sie nach den Schlafsäcken, die direkt neben den Petroleumlampen, dem kleinen Gaskocher und den Konservendosen lagen. Sie holte alles hervor und reichte die Gegenstände Söderström, der sich anscheinend noch nicht entschieden hatte, was er von der Situation halten sollte.

Clärenore sprang mit einem Satz vom Wagen. »Wollen Sie Brot und hartgekochte Eier zum Abendessen oder lieber Bohnen in Tomatensauce?« Sie hielt in jeder Hand eine Dose hoch.

»Ich will weder Dosenfutter, noch will ich im Gras schlafen«, empörte sich Grunow. »Und Ihre hartgekochten Eier können Sie sich …« Im letzten Moment schien ihm eingefallen zu sein, dass er sich beinahe in der Wortwahl vergriffen hätte. »Die Eier können Sie behalten«, fügte er leiser hinzu.

Clärenore zuckte mit den Schultern. »Ganz wie Sie wollen.«

Söderström trug den Gaskocher zu einem glatten Stein am Straßenrand und stellte ihn vorsichtig ab. »Mein Magen knurrt«, sagte er. »Momentan ist mir ganz egal, was wir essen. Hauptsache, es dauert nicht mehr lange.«

»Ich habe auch Hunger«, meinte Heidtlinger jammernd. »Mir ist alles recht – alles außer harten Eiern.«

»Wir haben ohnehin nur noch zwei«, erklärte Clärenore.

Grunow plusterte sich auf. »Bin ich der Einzige hier, der nicht im Freien schlafen will?«, fragte er fassungslos.

»Ich bin auch nicht erfreut«, meinte Heidtlinger. »Aber hast du einen anderen Vorschlag?«

Die drei Männer waren bereits in Wien zum Du übergegangen, während Clärenore diese freundschaftliche Anrede vermied. Es war auch so schon schwierig genug, die Männer daran zu erinnern, dass sie es war, die diese Expedition leitete. Würden die drei sie duzen, würde sich möglicherweise auch das letzte bisschen Autorität, das sie besaß, in Luft auflösen.

»Herr Grunow«, sagte sie versöhnlich. »Es hat einen Grund, warum ich zur Eile dränge.«

»Ach, kommen Sie mir nicht schon wieder mit dem sibirischen Winter. Der ist noch Monate von uns entfernt. Ich kann es nicht mehr hören.«

»Aber genau das ist der Grund«, beharrte Clärenore. »Dass wir auch im Freien übernachten werden, war von Anfang an klar. Es steht sogar im Vertrag, den Sie unterschrieben haben.« Sie verkniff sich die böse Bemerkung, die ihr auf der Zunge lag. Zu gerne hätte sie Grunow gefragt, ob er denn überhaupt lesen konnte. »Versuchen Sie doch, das Positive an der Sache zu sehen«, bat sie. »Wir genießen einen herrlichen Sommerabend im Freien. Weit und breit nur Natur. Es riecht nach Gras und Zypressen. Der Himmel über uns ist wolkenlos. Bald werden wir tausende von Sternen bewundern können. Wir haben genug zu essen und zu trinken dabei.«

»Darüber lässt sich streiten«, meinte Heidtlinger. »Bohnen in Tomatensauce mit altem Brot ist kein Gourmetgericht. Haben wir noch Speck?«

»Den haben Sie selbst heute Mittag aufgegessen«, erinnerte ihn Clärenore.

»Warum haben wir in Niš keine neuen Vorräte gekauft?« Nun klang auch Heidtlinger verärgert.

»Weil wir Treibstoff aufgefüllt haben«, verteidigte sich Clärenore. »Ohne können wir nämlich nicht fahren.« Bei den Preisverhandlungen mit dem serbischen Unteroffizier hatte sie den Proviant vergessen. Für sie selbst waren Bohnen völlig in Ordnung, denn sie füllten den Magen. Die beiden Mechaniker schienen da anderer Meinung zu sein.

»Es tut mir leid«, gab sie leise zu. »Mir ist das Essen einfach nicht wichtig.«

Zu ihrer großen Überraschung schien sich der Ärger der Männer zu legen.

»Warum überlassen Sie die Essensplanung nicht einem von uns?«, fragte Söderström. »Viktor weiß immer ganz genau, was noch in der Proviantkiste ist. Sobald sich etwas dem Ende zuneigt, wird er Sie darauf hinweisen.«

»Das stimmt!« Der stämmige Heidtlinger klopfte sich auf seinen Bauch, der in den letzten Wochen an Umfang verloren hatte.

»Aber ...« Clärenore wollte erwidern, dass der Einkauf des Proviants doch die Aufgabe der Leiterin war. Schließlich musste sie die Übersicht über die Kosten der Expedition behalten. Sie hatte die Verantwortung über den Erfolg des Unternehmens. Wie sollte sie einem Mann vertrauen, der nur ans Essen dachte? Sie sah in abwartende Gesichter und wog ab. Ob die Männer sie weniger ernst nehmen würden, wenn sie diese Aufgabe abtrat? Ihr Verstand sagte ihr, dass sie die Kontrolle über alles behalten musste – ihr Gefühl riet ihr zum Gegenteil.

»In Ordnung«, lenkte sie ein. »Es ist besser, wenn in Zukunft einer von Ihnen den Einkauf des Proviants übernimmt.«

Heidtlinger hob grinsend die Hand. »Ich melde mich freiwillig für die Aufgabe.«

»Aber nur, wenn wir dadurch nicht unnötig Zeit verlieren«, ergänzte Clärenore schnell.

»In Niš hätte ich auf den Markt gehen können, während Sie auf das Benzin gewartet haben«, erklärte Heidtlinger.

Dagegen konnte Clärenore nichts einwenden.

»Ich hätte geräucherten Speck und Käse eingekauft und ein paar Datteln, Oliven und frische Erdbeeren«, fuhr Heidtlinger fort und fuhr sich mit der Zunge über die Lippen. »Es gab auch in Öl eingelegten Schafskäse.«

»Ach, hör auf!« Söderström schlug Heidtlinger freundschaftlich auf die Schulter. »Sonst träume ich noch von all den Köstlichkeiten.«

Clärenore ging zum Wagen, um den Dosenöffner zu holen. Kurz war sie versucht, die Männer daran zu erinnern, dass sie binnen eines Jahres die Welt umrunden wollten und keine kulinarische Entdeckungsreise planten. Aber dann hörte sie, wie die drei lachten und darüber scherzten, wer welchen Schlafsack nehmen sollte. Auch Grunow hatte sich mit der Nacht unter freiem Sternenhimmel angefreundet. Die Stimmung war gut, und Clärenore wollte sie auf keinen Fall wieder zerstören.

Später war sie froh über ihr Schweigen. Die Bohnen schmeckten abscheulich, und selbst Lord, der für gewöhnlich nicht wählerisch war, rümpfte die Nase.

Es war Clärenores erste Nacht im Freien. Natürlich gab sie das nicht zu. Als sie in ihren Schlafsack kletterte, tat sie, als hätte sie derlei schon zig Mal in ihrem Leben gemacht. Lord legte sich ganz dicht neben sie, als gelte es, Clärenore vor gefährlichen Wildtieren zu beschützen. Grunow und Heidtlinger hatten die Schlafsäcke zuerst im Gras ausgerollt und sich dann doch für den Wagen entschieden. Auch Söderström sah aus, als würde er lieber im Adler übernachten, doch er zögerte. Abwartend stand er neben dem Automobil.

»Sie können gerne im Auto schlafen«, sagte Clärenore. »Ich fürchte mich nicht im Freien. Lord liegt neben mir. Es kann nichts passieren.«

Söderström runzelte die Stirn. Dann schnappte er seinen Schlafsack und breitete ihn auf dem Boden aus, in gebührendem Abstand zu Clärenore.

»Sie müssen nicht bei mir im Freien liegen.«

»Ich weiß, dass ich das nicht muss«, sagte er. »Aber ich will auch nicht als der Mann in die Geschichte eingehen, der in einem Auto schlief, während eine Frau im Freien von Wölfen angefallen wurde.«

»Glauben Sie, dass es hier Wölfe gibt?« Clärenore richtet sich auf und sah sich um. Söderström antwortete nicht. Ohne ein weiteres Wort legte er sich hin und drehte sich zur Seite. Er schlief innerhalb kürzester Zeit ein.

Clärenore hingegen lag noch lange wach und lauschte angespannt in die Dunkelheit. Söderströms Bemerkung hatte ihr Angst eingejagt. Nie hätte sie gedacht, dass nachts so viele Tiere unterwegs waren. Ständig raschelte es im Unterholz. Manchmal waren es kleine Schritte, die aufgeregt vorbeitrippelten. Dann waren langsame, schwere Tapser zu hören, die so klangen, als würde ein Tier in Lords Größe seelenruhig an ihr vorbeimarschieren.

Ihr Hund schlief ebenso fest wie Söderström. Nur hin und wieder richtete er mit geschlossenen Augen die Ohren auf. Diese winzige Bewegung beruhigte Clärenore. Lord war bereit, jederzeit aufzuspringen, um sie zu verteidigen. Zumindest hoffte sie das.

Sie atmete tief ein. Die Luft war angenehm frisch, und es roch nach wildem Thymian, Rosmarin und Pinien. Clärenore richtete ihren Blick in den Himmel. Tausende von Sternen strahlten über ihr. Sie entdeckte gleich mehrere Sternschnuppen und erinnerte sich an einen glücklichen Abend auf der Terrasse von Gut Asa gård. Die ganze Familie war schon schlafen gegangen, und es war einer der seltenen, kostbaren Momente gewesen, die sie allein mit ihrem Vater verbracht hatte. »Schau, Clärenore, eine Sternschnuppe«, hatte er gesagt. »Du hast einen Wunsch frei.«

»Glaubst du denn, dass er sich erfüllt?«

»Kommt darauf an, wie du ihn formulierst.«

»Das verstehe ich nicht.« Clärenore war zwölf gewesen.

»Sich bloß zu wünschen, erfolgreich zu werden, ist kurzsichtig und einfältig«, hatte ihr Vater erklärt. »Aber wenn du dir wünschst, ehrgeizig und hartnäckig zu bleiben, stehen die Chancen gut, dass du auch Erfolg haben wirst.«

»Bin ich denn ehrgeizig und hartnäckig?«

»Oh ja, das bist du.« Hugo Stinnes hatte leise gelacht. »Du bist mir sehr ähnlich.«

Auch die nächsten zwei Nächte verbrachten sie im Freien, bevor sie in Sofia wieder in einem Hotel Quartier bezogen. Eine ganze Gruppe Automobilliebhaber erwartete sie applaudierend und mit kleinen Rosensträußchen im Zentrum der Stadt. Sowohl die Brücke mit den Adlerfiguren, über die sie langsam rollten, als auch die prunkvollen Palais rund um den großen Park erinnerten Clärenore an Wien – so als hätte derselbe Architekt die Entwürfe für die Bauwerke geliefert.

Besonders interessant fand sie die Tatsache, dass im Zentrum der Stadt eine Synagoge, eine Moschee und eine Kirche knapp nebeneinander gebaut waren. Sie interpretierte es als Zeichen dafür, dass hier alle drei Religionen friedlich zusammenlebten. Die Vorstellung gefiel ihr. Auf einem Platz in der Nähe der Gotteshäuser sprudelte heißes Wasser aus öffentlichen Brunnen – Thermalwasser, dem man heilende Kräfte zusprach.

Söderström lief den ganzen Nachmittag mit seiner Kamera durch die Stadt, während Heidtlinger sich um den Proviant kümmerte, Grunow in der Werkstatt die beiden Wagen prüfte und Clärenore sich in der Hotellobby mit dem deutschen Diplomaten Heinrich von Liebenberg traf. Der Mann hatte die Papiere für die Weiterfahrt nach Konstantinopel besorgt. Bisher war alles sehr unkompliziert verlaufen, die Grenzkontrollen hatten anstandslos die Diplomatenpässe, Visa und Empfehlungsschreiben akzeptiert.

»Möglich, dass die Behörden an der türkischen Grenze nicht so problemlos mit Ihnen umgehen werden«, meinte

Herr von Liebenberg besorgt. »Wichtig ist, dass Sie hartnäckig bleiben und auf Ihr Recht pochen, das Ihnen bereits von hohen Politikern zugesichert wurde.« Der Diplomat legte seine Zigarette zur Seite und schob Clärenore über den kleinen Kaffeetisch mehrere Papiere zu. »Und wenn alles nicht hilft, dann legen Sie dieses Empfehlungsschreiben vor. Es richtet sich an den Direktor der Ottoman Bank. Der Beamte ist einer der wichtigsten Männer am Bosporus. Er wird dafür sorgen, dass man Ihnen einen Dolmetscher zur Seite stellt. Ohne werden Sie nicht durch die Türkei kommen.«

Clärenore nahm die Unterlagen entgegen und las den Namen des Mannes: Mustafa Güngör.

»Denken Sie wirklich, dass das notwendig sein wird?«

Von Liebenberg lachte so laut, dass sich die Gäste am Nebentisch irritiert umdrehten. »Waren Sie schon einmal in der Türkei?«, fragte er und wischte sich mit einem karierten Taschentuch die Lachtränen aus den Augen.

»Nein.«

»Nun, ich will Ihnen keine Angst einjagen«, sagte der Diplomat und klang dabei wie ein belehrender Onkel. »Aber machen Sie sich auf ein Land gefasst, in dem Teile der Bevölkerung noch so leben wie bei uns vor mehreren hundert Jahren.«

»Ich dachte, dass Kemal Pascha das Land von Grund auf modernisiert«, wandte Clärenore ein. Sie hatte mehrere Artikel über die Türkei gelesen und wusste sowohl über den griechisch-türkischen Krieg Bescheid als auch über die Modernisierungsbestrebungen des Staatspräsidenten mit diktatorischen Vollmachten.

Wieder lachte von Liebenberg, aber diesmal nicht ganz so laut. »Glauben Sie mir, meine Liebe, dieses Reich zu einem modernen Staat zu formen, wird Jahrzehnte dauern, wenn nicht länger. Und bis dahin ...« Er deutete auf die Unterlagen. »Bis dahin ist es gut, wenn man Adressen im Gepäck hat, an die man sich wenden kann.«

Clärenore verstaute die Papiere in ihrer Tasche.

»Und nehmen Sie sich vor den Räuberbanden in Acht«, warnte der Diplomat.

»Räuberbanden?«, wiederholte Clärenore.

»Banditen, die die Grenze zu Griechenland unsicher machen. Wenn Sie ihnen begegnen, hilft nur eines: schnell wegfahren.«

»Wir werden uns vorsehen.« Clärenore beschlich die Ahnung, dass das eigentliche Abenteuer jetzt erst begann.

Grunow konnte zwei Mechaniker dazu überreden, die Hälfte des hinteren Kastenaufbaus am Begleitwagen abzusägen. Der vordere Teil mit dem Führersitz musste bestehen bleiben, da die Schlafkojen unentbehrlich waren. Die Männer genossen den verlängerten Aufenthalt in der Stadt, Clärenore hingegen wurde mit jeder Stunde, die verstrich, nervöser. Sie hatte ständig das Gefühl, sich in einem Wettlauf mit der Zeit zu befinden.

Am Ende der Woche war es endlich so weit. Die Reise ging weiter Richtung Konstantinopel. Der umgebaute Begleitwagen war jetzt deutlich niedriger. Ein weiterer Teil des Gepäcks musste zurückbleiben, doch wieder bestand Clärenore darauf, den Minimax, die Schaufeln, Spitzhacken und Spaten zu behalten.

Sie entfernten sich immer weiter von Sofia und fuhren durch eine graue, leblose Steppe, in der die Sonne erbarmungslos auf die Dächer der Automobile brannte. Durch die geöffneten Fenster drang warme, stickige Luft ins Wageninnere. Hin und wieder tauchte ein Schlammloch vor ihnen auf, in denen Wasserbüffel lagen, um sich in der schattenlosen Landschaft vor der Hitze zu schützen. Grunow hielt immer mehr Abstand von Clärenore, weil er der Staubfahne entgehen wollte, die der Adler hinterließ.

Als Heidtlinger auf eine Mittagspause drängte, winkte Clärenore ab. Auf einer der Hügelketten entdeckte sie eine Gruppe berittener Männer. Ob es sich um eine der Räuberbanden handelte, vor denen von Liebenberg sie gewarnt hatte? Zum ersten Mal widersprach Heidtlinger nicht. Er sprang ins Auto, und sie brausten weiter.

Die Reitergruppe ließen sie rasch hinter sich. Die Männer machten sich erst gar nicht die Mühe, ihnen zu folgen, was vielleicht auch auf die Gewitterwolken zurückzuführen war, die sich im Westen auftürmten. Die Luft war nun zum Schneiden dick, und selbst der Fahrtwind konnte die Schwüle kaum mindern. Mit unbarmherziger Geschwindigkeit rasten die Automobile ostwärts.

Erst am späten Nachmittag erreichten sie eine Grenzstadt. Es dauerte eine Weile, bis sie das Telegraphenamt fanden, das sich direkt neben einer der zahlreichen Moscheen befand. Leider stellte sich heraus, dass das Telegramm, das Clärenore von Sofia aus geschickt hatte, um ihre Ankunft anzumelden, irgendwo verlorengegangen war. Etwas ratlos stand sie nun auf der leeren Straße. Aus den dunklen Wolken war eine schwarze Front geworden. In kürzester Zeit würde ein heftiger Regenschauer niedergehen. Sie wagte es nicht, den Männern zu sagen, dass sie erneut im Wagen schlafen würden. Es war klar, dass alle hungrig und müde waren. Auch Clärenore fühlte sich erschöpft.

Genau in dem Moment trat eine kleine alte Frau aus einem Haus auf der gegenüberliegenden Straßenseite. Clärenore hielt sie auf. »Gibt es hier ein Hotel?«, fragte sie, doch die Fremde verstand kein Wort.

»Hotel?« Clärenore hielt sich die gefalteten Hände gegen die Wangen und schloss die Augen.

Heidtlinger tat so, als löffelte er etwas in den Mund. »Essen?« Er sah die Alte fragend an. In Ungarn und Bulgarien hatten sie sich mit diesen Gesten wunderbar verständigen können. »Wir haben Hunger.« Er klopfte sich auf den Bauch.

»Ah!« Nun hellte sich das faltige Gesicht auf. Die Fremde erklärte ihnen auf Türkisch den Weg und zeigte dabei immer in dieselbe Richtung, stadtauswärts. Hier im Grenzgebiet sprachen die meisten Menschen mehrere Sprachen, doch leider verstanden Clärenore und ihre Begleiter keine davon.

Sie folgten der Richtung, die ihnen die alte Frau gezeigt hatte, und gelangten schließlich zu einem baufälligen Haus in einem gepflegten Garten. Über der Haustür war ein Schild mit der Aufschrift *Madame Marie* angebracht. Sie schienen Glück zu haben, hier befand sich wirklich ein Lokal, vielleicht sogar ein Hotel. Aus den offenen, hell erleuchteten Fenstern drangen Männerstimmen und der Geruch nach gebratenem Fleisch.

»Habe ich einen Hunger«, stöhnte Heidtlinger und klopfte gegen die Tür.

Kurz darauf öffnete eine kleine, rundliche Frau mit rosigen Wangen. Sie trug kein landesübliches Kopftuch, sondern hatte ihr unbedecktes graues Haar zu einem Knoten gebunden. Zuerst sah sie zu den Männern, dann zu Clärenore. Kurz schien sie zu überlegen, ob sie einen weiteren Mann vor sich hatte, die Männerkleidung irritierte sie offenbar. Als sie erkannte, dass Clärenore eine Frau war, schmunzelte sie.

»Guten Abend!« Söderström nahm seinen Hut zum Gruß ab.

»Guten Abend«, antwortete die Frau, und für einen Moment waren alle sprachlos.

»Sie verstehen Deutsch?«, fragte Clärenore.

»Ich bin Madame Marie«, erklärte die Wirtin fröhlich. »Ich stamme aus Österreich.« Sie blinzelte Clärenore verschwörerisch zu. »Die Liebe hat mich in diesen Teil der Welt verschlagen.«

Ein lautes Donnergrollen ertönte. In der Ferne zuckte der erste Blitz. »Kommen Sie doch herein!« Die Wirtin winkte sie in die Stube. Nur zu gerne folgten sie der Aufforderung. Kaum hatten sie das Haus betreten, stürzte sintflutartiger Regen vom Himmel.

»Das war keine Minute zu früh«, bemerkte die Wirtin.

»Wir suchen ein Quartier für eine Nacht«, erklärte Clärenore. »Wir sind auf dem Weg nach Konstantinopel.«

»Tut mir leid. Mein Haus ist voll.«

Der Regen prasselte laut gegen die Tür. Rasch schloss die Wirtin die Fensterläden.

»Gibt es ein anderes Hotel in der Stadt?«, wollte Clärenore wissen.

»Leider nicht.« Mitleidig schüttelte die Wirtin den Kopf. »Aber schauen Sie nicht so traurig, wir finden schon eine Lösung. Auf dem Dachboden stehen noch ein paar Feldbetten aus dem Krieg. Die können wir heruntertragen.«

Augenblicklich hob sich die Laune wieder. Alles war besser als die Aussicht, bei Gewitter und Dauerregen im Auto zu schlafen.

Die Wirtin schob ihre Gäste in die volle Wirtsstube. Es waren ausschließlich Männer, die hier aßen und tranken. Madame Marie setzte Clärenore und ihre Begleiter an die letzten freien Plätze eines langen Tisches.

»Ich habe einen Bohneneintopf mit Lamm.«

»Klingt wunderbar«, sagte Heidtlinger.

Während sie auf das Essen warteten, begannen die Männer am Tisch sich für die Neuankömmlinge zu interessieren.

»Wo soll's denn hingehen?«, fragte ein hagerer blonder Herr in dunklem Anzug, der gut Deutsch sprach. Clärenore meinte, einen nordischen Akzent herauszuhören.

»Einmal um die ganze Welt«, erklärte Söderström. »Doch das nächste Ziel ist Konstantinopel.«

Der blonde Mann stellte sich als Sven Olsson vor, Geschäftsmann aus Stockholm, und parlierte eine Weile mit Söderström in ihrer gemeinsamen Muttersprache. Dann wechselten sie wieder ins Deutsche, um die anderen nicht auszuschließen.

»Haben Sie die nötigen Papiere?«, fragte Olsson. »Die Tschataldschalinie ist für private Automobile gesperrt.«

»Tschataldschalinie?« Grunow blickte von seinem Bier auf, das Madame Marie ihnen serviert hatte.

»Das ist eine Kette von Befestigungen, die zur Verteidigung des Bosporus nach Westen angelegt wurde.«

»Ich habe ein Empfehlungsschreiben für den Direktor der Ottoman Bank, Mustafa Güngör«, erklärte Clärenore zuversichtlich.

»Güngör ist vor ein paar Wochen abgesetzt worden«, berichtete Olsson.

»Aber wie kann das sein?«, fragte Clärenore. »Herr von Liebenberg hat davon nichts gewusst.«

»Keine Ahnung, wer dieser von Liebenberg ist«, sagte Olsson unbeeindruckt. »Aber Güngör kann Ihnen nicht weiterhelfen. Sie brauchen andere Verbindungen, um nach Konstantinopel zu gelangen.«

»Wir haben gültige Visa und Diplomatenpässe.«

»Einige Grenzsoldaten können weder lesen noch schreiben. Da könnten Sie mit einem Schreiben vom schwedischen König kommen, und es würde nichts nutzen.«

»Wie wollen die Männer dann kontrollieren, wer einreisen darf und wer nicht?«, fragte Clärenore fassungslos.

»Sie müssen die richtigen Namen nennen und den Männern ein bisschen Geld zustecken.«

»Wir sollen die Beamten bestechen?«

»So funktioniert das hier«, meinte Madame Marie lachend, die neben dem Tisch stand und die Unterhaltung mitgehört hatte. Dann eilte sie in die Küche und kehrte mit einem vollen Tablett zurück. Fünf Schüsseln mit dampfendem Eintopf standen darauf, die sie eine nach der anderen vor ihre Gäste stellte. Die Letzte bekam Lord, zusammen mit einem Wassernapf. Der Hund bedankte sich mit heftigem Schwanzwedeln.

Heidtlinger stürzte sich ausgehungert auf seine Portion. »Köstlich!«, schwärmte er.

Clärenore hatte ihren Hunger vergessen. »Was müssen wir tun, um über die Grenze zu gelangen?«

»Fragen Sie nach dem Oberzollinspektor Akdag. Er kennt sich mit Dokumenten aus, die im Ausland ausgestellt wurden. In den meisten Fällen akzeptiert er Diplomatenpässe aus Deutschland. Und er spricht Deutsch.«

»Und wenn der Mann nicht da ist?«

»Dann wird die Einreise in die Türkei wohl ein bisschen dauern. Viele Beamte akzeptieren die mitgebrachten Papiere nicht, weil sie deren Gültigkeit nicht erkennen.«

Heidtlinger hatte seine Schüssel leergegessen, während Clärenore nicht einmal begonnen hatte.

»Wollen Sie Ihren Eintopf nicht?«, fragte er.

Clärenore zog die Schüssel zu sich. »Doch«, sagte sie. Als sie seinen enttäuschten Blick wahrnahm, fügte sie hinzu: »Bestellen Sie sich eine weitere Portion.« Das ließ Heidtlinger sich nicht zweimal sagen, und auch Grunow orderte Nachschub.

Nach und nach leerte sich die Stube, und die Gäste zogen sich in die Zimmer zurück. Auch Olsson verabschiedete sich. »Ich muss morgen zeitig raus.« Er wünschte allen eine gute Nacht. Leider wusste Clärenore immer noch nicht, wo sie schlafen würden.

Madame Marie hatte zwar eine Lösung angekündigt, bis jetzt aber nichts Genaueres verraten. Als auch der letzte Gast gegangen war, kam sie zu ihnen.

»Ich habe ein paar Gäste gebeten, ein wenig zusammenzurücken«, erklärte sie. »Eine winzige Kammer mit einem Bett ist frei geworden, und wenn Sie sich dünn machen, haben zwei darin Platz. Außerdem hat Yusuf zwei alte Feldbetten vom Dachboden geholt.« Sie zeigte mit dem Daumen auf zwei zusammengeklappte Metallgestelle. »Wir können sie in der Gaststube aufstellen.«

Grunow und Heidtlinger entschieden sich für das Bett, während Clärenore und Söderström mit der Gaststube vorliebnahmen.

Doch Madame Marie hatte Bedenken. »Es ist nicht schicklich, wenn ein unverheiratetes Paar in einem Raum schläft«, sagte sie, an Clärenore gewandt. »Sie können bei mir im Bett schlafen.«

»Keine Sorge«, sagte Söderström. »Es besteht nicht die geringste Gefahr, dass irgendwelche unsittlichen Dinge zwischen uns passieren.« Er sprach mit einer Bestimmtheit, als wäre allein der Gedanke daran völlig absurd.

Seine Worte überzeugten die Wirtin. »Na, dann wünsche ich eine gute Nacht.«

Später, als Clärenore auf dem unbequemen Feldbett lag und die kratzige Decke bis zum Kinn zog, überlegte sie für einen kurzen Moment, ob Söderströms heftige Reaktion beleidigend war. Doch sie kam zu dem Schluss, dass sie sie vor allem beruhigte, und schlief ein.

Bolivianisches Hochland
November 1928

Leise Fußtritte und das Rascheln von Stoff weckten Clärenore. Erschrocken fuhr sie hoch. Irgendwann im Morgengrauen musste sie eingenickt sein. Diesmal stand ein Mann neben ihrem Bett. Er war alt und hatte unzählige Falten in seinem dunklen, vom Wetter gegerbten Gesicht. Hinter ihm betrat die junge Frau den Raum, die Clärenore den Tee aus Kokablättern eingeflößt hatte. Von draußen drangen Kinderstimmen und Geschirrklappern in die Hütte.

»Buenos días.« Clärenore hoffte, dass der Mann Spanisch verstand. »Können Sie mir sagen, wie es Carl-Axel Söderström geht? Haben Sie ihn gefunden? Ist er wohlauf? Liegt er in einer der Hütten?«

»Psst!« Der Alte führte seinen Zeigefinger an den Mund. »Alles ist gut«, beruhigte er sie.

Er antwortete auf Spanisch. Clärenore konnte sich darin einigermaßen verständigen, denn sie hatte einige Monate bei ihrer Tante in Argentinien verbracht und in der Zeit intensiv die Landessprache erlernt.

»Wo ist Carl-Axel Söderström?«

»Nicht hier.«

»Was? Wieso?« Ihre schlimmsten Befürchtungen schienen gerade wahr zu werden. Der Raum begann sich zu drehen.

Entschieden drückte der Alte sie in das Kissen.

»Sie brauchen Erholung«, sagte er.

Doch wie sollte sie Ruhe finden, wenn sie nicht wusste, was mit Carl-Axel passiert war?

»Ich habe meinen Begleiter zurückgelassen. Er sitzt im Schatten eines Felsens. Haben Sie ihn gefunden?«

Der Alte nickte. »Schlafen Sie. Ihr Körper ist völlig erschöpft.«

»Ist Carl-Axel gesund, lebt er?«

Der Alte zögerte. Am liebsten hätte Clärenore ihn geschüttelt und laut angeschrien, aber selbst dazu fehlte ihr die Kraft.

»Ihr Freund ist am Leben«, sagte er schließlich.

Die Worte waren eine Erlösung. Erleichtert atmete Clärenore durch, doch warum lag auf dem faltigen Gesicht immer noch ein sorgenvoller Ausdruck?

»Aber irgendetwas stimmt nicht«, vermutete Clärenore.

»Sein Zustand ist kritisch«, gab der Alte zu.

»Was soll das heißen? Wo ist Carl-Axel? Ich muss zu ihm.« Clärenore setzte sich ruckartig auf. Vor ihren Augen wurde es schwarz, und es dauerte einen Moment, bis der Schwindel nachließ. Die Luft war einfach zu dünn zum Atmen. Wie schafften es die Menschen, ihrer Arbeit nachzugehen, die körperlich so anstrengend war?

»Die Männer haben Ihren Freund auf die Hacienda von Don Miguel gebracht«, erklärte der Alte. »In ein paar Tagen wird dort ein Arzt aus dem Tal erwartet.«

»Warum braucht er einen Arzt?«, fragte Clärenore, dabei kannte sie die Antwort selbst. Carl-Axels Bild tauchte vor ihr auf. Seine blutende Nase, die eingefallenen Wangen und die zitternden Hände. Die Augen, die blutunterlaufen und entzündet waren. Sie hatte ihn völlig entkräftet zurückgelassen, um Hilfe zu holen.

»Ihr Freund hat das böse Lungenfieber«, fuhr der Alte fort. »Viele Europäer bekommen es, wenn sie zum ersten Mal bei uns in den Bergen sind.«

»Ich muss nach ihm sehen.« Clärenore schwang die Beine aus dem Bett und versuchte aufzustehen.

Der Alte und die junge Frau hinderten sie entschieden daran. »Zuerst müssen Sie gesund werden«, sagte der Mann streng. »Solange Sie selbst Fieber haben, bleiben Sie hier.« Er legte seine kühle Hand auf ihre Stirn. Jetzt erst bemerkte Clärenore, wie sie glühte.

»Aber ich muss ihn sehen«, flehte sie. »Das bin ich ihm schuldig«, fügte sie leise hinzu. Wie sollte sie dem Alten erklären, dass sie die Leiterin der Expedition war und nicht nur die Verantwortung, sondern auch die Schuld an Carl-Axels Zustand trug? Es waren ihr Ehrgeiz und ihr Hochmut, die sie in diese schreckliche Situation gebracht hatten.

»Wenn Sie gesund sind, können Sie mit einem Esel zur Hacienda reiten«, schlug der Alte vor. »Bis dahin bleiben Sie hier.« Sein Tonfall duldete keinen Widerspruch. »Das sind Sie *uns* schuldig, Fräulein Stinnes.«

In Südamerika war die Gastfreundschaft ein hohes Gut. Sie zu missachten, galt als größte Verfehlung. Der Alte und seine Familie hatten Clärenore aufgenommen und gepflegt. Die Empfehlung des Alten in den Wind zu schlagen, wäre in höchstem Grad unhöflich gewesen.

Widerwillig gab Clärenore nach. Solange Carl-Axel am Leben war, würde alles gut werden. Sie sagte sich den Satz wie ein stilles Gebet immer und immer wieder vor.

Türkei
Juni–Juli 1927

Eine riesige Traube Schaulustiger hatte sich vor und im Gebäude des Bahnhofs Haydarpaşa versammelt. Alle wollten sehen, wie die beiden Automobile auf die Waggons verladen wurden. Sie mussten die Strecke von Konstantinopel nach Izmir mit der Bahn zurücklegen – aus militärischen Gründen, wie es hieß. Der Umweg in den Süden wurde ihnen von der türkischen Regierung vorgegeben. Genauere Erklärungen blieb man Clärenore schuldig.

Das ganze Prozedere dauerte drei Stunden lang. Clärenore hatte schon befürchtet, dass die Bahnmitarbeiter es nicht schaffen würden, die Rampe so zu legen, dass der Begleitwagen auf den Waggon auffahren konnte, doch nach langem Herumtüfteln gelang es schließlich doch. Erleichtert stand Clärenore neben Heidtlinger, Grunow und Söderström und winkte den Zuschauern auf den Gleisen zu, als der Zug endlich das Bahnhofsgelände verließ.

Heute Nacht würde sie auf dem offenen Waggon eines Güterzugs schlafen. Die nächste Premiere in ihrem Leben. Sie kam sich vor wie ein Held aus Karl Mays Abenteuergeschichten, die sie heimlich als Kind gelesen hatte. Ohne das Wissen ihrer Eltern oder das Einverständnis von Mrs. Bloomsberry hatte sie diese »Schundliteratur« in der örtlichen Bücherei ausgeliehen und im Schein einer Taschenlampe nachts unter der Bettdecke gelesen. Hilde hatte mit solchen Büchern nichts anfangen können und stattdessen Else Urys Nesthäkchen-Bände auf dem Nachttischchen liegen gehabt. Aber im Gegensatz zu den älteren Brüdern hatte Hilde ihre Schwester nie verpetzt. Clärenore lief immer noch ein freudiger Schauer über den Rücken, wenn sie an Winnetou und Old Shatterhand dachte. In ihrer Fantasie hatte sie sich ausgemalt, wie es wäre, selbst ein Abenteuer im wilden Kurdistan zu erleben. Jetzt war sie mittendrin.

Zufrieden kroch sie tief in ihren Schlafsack und zog den Stoff bis über die Nasenspitze, damit der Rauch der Lokomotive nicht in der Lunge kratzte. Nur ihre Augen ließ sie frei, damit sie den Sternenhimmel sehen konnte. Sie genoss jede Minute und wollte so lang wie möglich wach bleiben, um den denkwürdigen Moment in vollen Zügen auszukosten, doch das regelmäßige Rattern der Räder auf dem endlosen Schienenstrang schüttelte sie schon bald in einen wohligen Schlaf.

Sie wurde erst wieder wach, als sie in den Bahnhof von Izmir einfuhren. Dort erwartete sie bereits der türkische Major Jussuf Bey, der des Deutschen mächtig war und sie als Dolmetscher bis zur syrischen Grenze begleiten sollte. Wie der Schwede Sven Olsson vorhergesagt hatte, war es Oberzollinspektor Akdag zu verdanken gewesen, dass sie die türkische Grenze problemlos hatten passieren dürfen. Ohne diesen einflussreichen Fürsprecher würden sie wohl immer noch an der Grenze festhängen. Gegen ein saftiges Schmiergeld waren weitere Papiere ausgestellt, die Bahnfahrt organisiert und ein Dolmetscher bestellt worden. Der hochgewachsene Militär begrüßte nun einen nach dem anderen.

»Wo ist Fräulein Stinnes?«, fragte er irritiert.

»Das bin ich«, antwortete Clärenore.

Verwundert schossen seine dichten Augenbrauen nach oben. »Sie sind eine Frau?« Verständnislos musterte er ihre Kleidung.

»Ja.«

»Aber, Sie ... Sie tragen Hosen.«

»Das ist viel praktischer«, antwortete Clärenore.

Für einen Moment war der Mann sprachlos und drehte verlegen die Spitzen seines Schnurrbarts. »Tragen alle Frauen in Deutschland Hosen?«, fragte er schließlich.

»Nicht alle«, gab Clärenore zu. »Aber es werden immer mehr.«

Entsetzt riss Bey die Augen auf und murmelte leise etwas in seiner Muttersprache vor sich hin, was so klang, als würde er Allah dafür danken, dass derlei Unfug in der Türkei undenkbar sei.

Zu Clärenores großer Enttäuschung führte ihr Weg nach Angora sie wieder von der Küste weg. Gerne hätte sie noch länger den Anblick des Wassers genossen, die türkisblauen Wellen, die frische Brise und den salzigen Geschmack auf der Haut. Aber schon nach einer Stunde Fahrt war das Meer wieder verschwunden, und sie befanden sich im trockenen Hinterland.

Der Major fuhr im Begleitfahrzeug und saß eng eingekeilt zwischen Grunow und Heidtlinger, denn er weigerte sich, mit Lord die Rückbank zu teilen.

»Mit einem Hund im gleichen Auto? Ganz sicher nicht«, hatte er beleidigt gesagt. Auf der Reise war Clärenore bereits aufgefallen, dass viele Menschen für Tiere nichts übrighatten. Besonders Hunde fristeten im Südosten Europas ein trauriges Dasein. Die meisten lebten wild auf der Straße und mussten sich mit Abfällen begnügen. Einen Hund mit kostbaren Lebensmitteln zu füttern, die man auch selbst essen könnte, war den meisten Menschen hierzulande völlig unverständlich.

Über eine steile Bergstraße gelangten sie ins Tal des Flusses Sakarya. Das Wasser veränderte die Landschaft, und sie folgten dem Flusslauf durch eine grüne Schlucht voll üppiger Vegetation. Clärenore konnte sich nicht sattsehen an den farbenprächtigen Blüten und Früchten, die an Bäumen und Sträuchern hingen. Trotz der lauten Motorengeräusche hatte Clärenore den Eindruck, als würden das Zirpen von Insekten und das Vogelgezwitscher durch die offenen Fenster ins Wageninnere dringen.

Doch schon bald tauchte der nächste Gebirgszug vor ihnen auf. Sie mussten den Sakarya verlassen und einem neuen Flusstal folgen. Kiefern auf felsigen Berghängen sorgten für ausreichend Schatten. Mit jedem zurückgelegten Meter wurde die Landschaft wilder und unberührter. Es waren genau diese Bilder, die Clärenore beim Lesen von Karl Mays *Durchs wilde Kurdistan* vor sich gehabt hatte. Vor Freude hätte sie am liebsten laut geschrien, doch Söderströms distanziertes Verhalten neben ihr hielt sie davon ab.

Der Weg verengte sich zu einem schmalen Pfad, der so alt wie die Landschaft selbst zu sein schien. Ein Anhalten war unmöglich, da der Unterbau des Pfades so unsicher aussah, als könnte er bei längerer Belastung wegbrechen. In engen Serpentinen schlängelte er sich den Berg hoch. Rechts führte ein steiler Abgrund in eine Schlucht, links begrenzte die Felswand den Weg. Clärenore lenkte den Wagen sicher Kurve um Kurve. Söderström hatte sein Nickerchen beendet und hielt sich mit beiden Händen fest. Besorgt blickte er sich um.

»Ich glaube nicht, dass unser Großer diese Strecke schafft«, meinte er. Clärenore blickte in den Rückspiegel. Tatsächlich hing der Begleitwagen gefährlich weit über dem Abhang. Und das, obwohl der Major und Heidtlinger ganz weit auf die linke Seite gerutscht waren.

»Halten Sie bei nächster Gelegenheit an«, bat Söderström sie.

»Hier stehen zu bleiben ist zu gefährlich. Die Vibrationen des Motors könnten den Untergrund lockern.«

»Noch gefährlicher ist es, wenn die drei hinter uns so weiterfahren«, entgegnete Söderström und fasste sich mit der Hand ans kantige Kinn. Clärenore war aufgefallen, dass er das häufig tat, wenn er nervös war. »Viktor und der Major müssen sich ans Trittbrett hängen«, sagte er unruhig.

Clärenore verlangsamte ihr Tempo. »Sie meinen, sie sollen sich auf die linke Seite des Wagens stellen?«, fragte sie entsetzt. »Zwischen Felswand und Automobil?«

»Haben Sie eine bessere Idee?«

Erneut blickte Clärenore in den Rückspiegel. Der ganze Lastwagen hatte eine gefährliche Schräglage. Wenn Grunow nur ein winziges Stück von der Felswand abrückte, würde der Wagen in den Abgrund stürzen. Mit klopfendem Herzen hielt Clärenore an der nächsten Biegung an.

Sofort sprang Söderström aus dem Adler und rannte zum Begleitwagen. Geschickt hüpfte er auf die dem Berg zugewandte Wagenseite und hängte sich mit seinem Körpergewicht daran. Seine Bewegungen wirkten sicher und athletisch, als hätte er das schon zig Mal getan. Dabei musste er darauf achten, nicht zwischen Fels und Automobil eingequetscht zu werden. Quietschend richtete das Automobil sich auf. Grunow fuhr langsam weiter und blieb schließlich hinter Clärenore stehen. Alle vier Reifen ruhten nun auf sicherem Untergrund, doch der Weg, der vor ihnen lag, wurde noch schmaler. Clärenore sprang ebenfalls aus dem Automobil. Ein paar Steine lösten sich vom Pfad und kullerten in die Tiefe.

»Ich fahre keinen Meter weiter«, verkündete Heidtlinger empört. Sein sonst so rosiges Gesicht war blass, und auch der türkische Major wirkte ängstlich.

»Du fährst doch ohnehin nicht«, konterte Grunow. »Ich lenke den Lastwagen.«

»Sie machen das großartig«, bestätigte Clärenore. »Sie sind ein hervorragender Autofahrer.«

»Lob aus Ihrem Mund?« Grunow sah sie erstaunt an.

Trotz der angespannten Situation trafen die Worte Clärenore. Stimmte es, dass sie den Männern nicht genug Lob zollte? »Eigenlob stinkt – und das Lob anderer muss man sich durch harte Arbeit verdienen«, hatte Mrs. Bloomsberry immer gesagt. Clärenore versuchte, die Erinnerungen abzuschütteln, doch sie hatten sich tief in ihr Gedächtnis eingebrannt und waren Teil ihrer Persönlichkeit geworden.

»Du musst dich noch weiter links halten«, sagte Söderström zu Grunow. »Im Rückspiegel haben wir gesehen, dass du verdammt knapp am Abgrund fährst. Nur ein paar Zentimeter weiter rechts ...« Er sprach den Satz nicht zu Ende.

»Das Ganze ist der reine Wahnsinn!«, rief Heidtlinger aufgebracht und raufte sich das schüttere Haar. »Wir müssen umkehren.«

»Umkehren?« Grunow sah ihn an, als hätte er den Verstand verloren. »Wie soll das funktionieren?«

Für einen Moment sah Heidtlinger aus, als würde er gleich losheulen, doch als er die Blicke der anderen bemerkte, riss er sich zusammen und entschied sich fürs Jammern. »Was sollen wir nur tun? Am besten lassen wir die Autos hier und gehen zu Fuß zurück.«

»Unsinn!«, fuhr ihm Clärenore ins Wort. »Wir müssen weiter.«

Der Major schwieg und starrte mit angstgeweiteten Augen in die felsige Schlucht.

»Wenn wir abstürzen, sind wir tot«, klagte Heidtlinger.

»Wir können den Schwerpunkt des Wagens mit unserem Körpergewicht nach links verlagern, indem wir uns zu dritt an die linke Seite hängen«, schlug Söderström ruhig vor. »Genau wie ich es vorhin getan habe. Wenn der Wagen wirklich ins Rutschen geraten sollte, muss Hans rasch aus dem Wagen springen.«

Grunow tippte sich an die Stirn. »Aus dem Wagen springen? Das kann ich nicht. Dazu bin ich nicht schnell und geschickt genug. Ich bin Mechaniker, kein Akrobat.«

»Besser springen als in die Tiefe stürzen«, mischte sich Major Bey ein.

»Das Ganze ist eine Schnapsidee«, beschwerte sich Heidtlinger.

»Bitte reißen Sie sich zusammen«, forderte Clärenore ungehalten. Heidtlingers weinerliche Bemerkungen brachten sie nicht weiter.

»Das brauche ich mir von Ihnen nicht sagen lassen«, schrie Heidtlinger hysterisch. »Sie bringen uns alle um mit Ihrem unsinnigen Vorhaben.«

»Niemand wird sterben«, widersprach Clärenore ernst. »Den Kleinen zu lenken ist keine große Sache. Wollen wir tauschen, Herr Grunow?«

Alle vier Männer starrten sie fassungslos an.

»Sie wollen den Großen fahren?« Grunow fand als Erster seine Worte wieder.

Clärenore zuckte mit den Schultern. »Wenn sich sonst niemand findet?«

»Wenn Sie unbedingt Ihr Leben riskieren wollen? Mir soll's recht sein«, meinte Grunow und ging auf den Adler zu.

»Halt!«, rief Söderström ihm nach.

»Was ist?«

»Ich übernehme den Großen.« Söderström umrundete den Lastwagen, um in die Kabine zu klettern.

»Kannst du denn ein Automobil lenken?«, fragte Heidtlinger ängstlich.

»So gut wie du allemal«, erwiderte Söderström und mühte sich ein Lachen ab, das ihm aber im Hals stecken blieb. »Ihr müsst euch nur alle drei ordentlich an die linke Seite hängen und dabei aufpassen, nicht an der Felswand entlangzustreifen. Außerdem sollte die Tür frei bleiben. Ich habe keine Lust abzuspringen. Aber wenn es sein muss, brauche ich genug Platz dafür.«

Clärenore wog die Situation ab. Konnte sie Söderströms Angebot annehmen? Sie wusste nicht, ob er ein geübter Autofahrer war, und es war sicher unvernünftig, es ausgerechnet an dieser Stelle auszuprobieren. Die Entscheidung musste schnell gefällt werden. Wenn die Automobile noch länger hier standen, würde der Weg möglicherweise wegbrechen. Die Motoren brummten und vibrierten. Schon jetzt bröckelten kleine, lose Gesteinsbrocken klackernd in die Schlucht.

»Sie können mir vertrauen«, sagte Söderström ernst.

»Aber ich trage die Verantwortung«, gab Clärenore zu bedenken.

»Die nehme ich Ihnen auch nicht weg«, versicherte Söderström und grinste schief. Die Mischung aus Mut und Humor überzeugte Clärenore.

»Einverstanden!«, sagte sie. »Herr Söderström wird den Großen lenken, und ich werde mit dem Kleinen vorausfahren.«

Sie ging zurück zum Adler, wo Lord auf sie wartete, während Söderström ins Wageninnere des Begleitfahrzeugs kletterte. Grunow, Heidtlinger und Bey klammerten sich an die linke Wagenseite. Ihr Gewicht sorgte dafür, dass das Automobil sich zur Felswand neigte. Langsam setzte der Wagen sich in Bewegung. Clärenore fuhr mit einigen Metern Abstand voraus. Als der Weg um einen Felsblock bog, verlor sie den Lastwagen für einen Moment aus den Augen. Doch kaum dass sie weiterfuhr, tauchte auch Söderström wieder im Rückspiegel auf. Grunow und Bey stemmten sich mit vollem Einsatz gegen den Aufbau des Wagens. Gut, dass sie in Sofia auf den Umbau bestanden hatte. Mit dem alten Kastenaufsatz läge der Große vermutlich längst in der Schlucht.

Leider stellte sich Heidtlinger ungeschickt an und hatte seinen schweren Körper nur bedingt unter Kontrolle. Ängstlich wie ein kleines Kind klammerte er sich an der Karosserie fest, anstatt sein Körpergewicht bewusst einzusetzen. Trotzdem zeigte die Aktion Wirkung. Langsam zuckelten die Automobile dahin, und Söderström lenkte den Wagen geschickt den Abhang entlang.

Kurz vor dem Gipfel endete plötzlich der Pfad, denn ein Gebirgsbach hatte ihn einfach weggespült. Aber der Abstand zwischen Felswand und Abgrund war dadurch breiter geworden. Clärenore hielt an und sprang aus dem Wagen.

»Wir müssen uns den Weg freischaufeln«, sagte sie und wies Grunow an, Spitzhacken und Spaten vom Wagen zu holen. Die größte Gefahr schien vorerst gebannt.

»Was für eine verfluchte Plackerei«, schnaufte Heidtlinger. Er hatte sich beruhigt und begann jetzt wieder mit seinem gewohnten Jammern. »So eine fürchterliche Strecke. Wir werden alle sterben. Entweder stürzen wir ab, oder wir kommen bei der Arbeit in der Hitze um.«

Der sonst so ruhige Söderström entgegnete ungewohnt scharf: »Bitte halt jetzt einfach den Mund, Viktor. Nimm eine Schaufel und pack mit an.«

Er sprach Clärenore aus der Seele, und auch Grunow und Bey schienen froh darüber, dass das Nörgeln wenigstens vorübergehend ein Ende hatte. Unter größter körperlicher Anstrengung legten sie die Straße frei. Clärenores Oberarme brannten, ihre Hände waren voller blutiger Blasen, und das Hemd klebte klatschnass auf ihrer Haut. Doch die Plackerei hatte sich gelohnt. Schon bald gelangten sie auf einen relativ breiten Weg, der auf einer Hochebene entlangführte.

Kurz bevor die Sonne unterging, erreichten sie ein winziges Bergdorf, das aus einfachen Holzhäusern bestand. Hier lebten höchstens dreißig Menschen, die ihren Lebensunterhalt als Schaf- und Ziegenhirten verdienten. Gastfreundlich nahmen sie die ungewohnten Besucher auf. Die meisten von ihnen kannten Automobile nur aus Erzählungen und musterten die beiden Fahrzeuge voller Neugier. Major Bey übersetzte, nur wenige Minuten später wurde den Fremden Erbseneintopf serviert. Dankbar nahm Clärenore die einfache Tonschüssel entgegen. Dazu gab es Brot, frischen Ziegenkäse und getrocknete Feigen. Auch der gezuckerte Tee war herrlich. Alle langten kräftig zu. Bevor Clärenore ihren Schlafsack aus dem Auto holte, wandte sie sich an ihre Mitarbeiter.

»Ich möchte mich bei Ihnen bedanken«, sagte sie. »Sie haben heute großartige Arbeit geleistet.«

Sie wartete ihre Reaktion gar nicht ab, sondern ging schnurstracks zum Adler. Dabei spürte sie die überraschten Blicke der Männer im Rücken. So sehr sich die Glaubenssätze ihrer Erzieherin und ihrer Mutter in ihrem Gedächtnis festgesetzt haben mochten, gab es doch einen Weg, sich davon zu befreien. Clärenore war gerade dabei, den ersten Schritt zu setzen, und es fühlte sich gut an.

Die nächsten Tage verliefen ähnlich anstrengend. Die Automobile holperten über baumlose Wege, die auf den Landkarten völlig anders eingezeichnet waren. Auch Major Bey schien zwischendurch die Orientierung zu verlieren. Einige Male hatte Clärenore den Eindruck, er entscheide sich für Wege, von denen er nicht wusste, wohin sie führten. Trotzdem erreichten sie nach weiteren zwei Tagen die Stadt Angora, die von den Türken Ankara genannt wurde. Erst vor vier Jahren hatte Mustafa Kemal Pascha sie zur Hauptstadt der Türkei erklärt. Überall war der Erneuerungswille zu spüren, es wurde gehämmert und gebaut. Während in den breiten Straßen der Stadt moderne Gebäude entstanden, herrschte in den engen Gassen ein buntes Treiben. Clärenore war viel zu erschöpft, um die Waren der Straßenhändler zu begutachten. Sie sehnte sich nach Wasser, denn der Schweiß und Staub der letzten Tage klebten dick auf ihrer Haut.

Als sie endlich in ihrem Hotelzimmer war, orderte sie mehrere Kannen und Eimer warmes Wasser, da es keine funktionierenden Wasserleitungen gab. Sie stellte sich in einen Bottich, seifte sich von oben bis unten ein und ließ dann das lauwarme Wasser eimerweise über ihren Körper fließen. Danach fühlte sie sich wieder frisch genug für das Treffen, das Major Bey mit dem Bürgermeister der Stadt organisiert hatte. In einem äußerst vornehmen Restaurant erwartete sie ein festliches Abendessen.

Um die Gastgeber nicht vor den Kopf zu stoßen, beschloss sie, eines von Hildes Kleidern zu tragen. Sie entschied sich für ein schlichtes Baumwollkleid, das lose ihren schmalen Körper umspielte. Ein Blick in den Spiegel ließ sie erstaunen. Es kam ihr vor, als sähe ihr eine fremde Person entgegen. Abgesehen vom Abend mit Hilde, war es Monate her, dass sie zuletzt ein Kleid getragen hatte. Sie sah darin elegant, modern und auf sonderbare Weise verwundbar aus. Kurz erwog sie, das Kleid wieder auszuziehen, doch dann ließ sie es bleiben. Auch mit dem Kleid war sie immer noch die selbstbewusste Expeditionsleiterin, die sich vorgenommen hatte, die Welt zu umrunden.

Als sie den Speisesaal betrat, einen märchenhaften Raum, dessen Wände mit tausenden bunten Fliesen besetzt waren, erwarteten die Männer sie bereits. Es dauerte einen Moment, bis sie sie erkannten. Major Bey sah zunächst an ihr vorbei, und Söderström reagierte erst, als sie ihn leise ansprach: »Machen Sie den Mund wieder zu. Ich bin immer noch dieselbe Person wie vor einer Stunde.«

Söderström grinste. »Für einen Moment hätte ich das beinahe vergessen.«

Das Abendessen bestand aus mehreren Gängen. Neben den Spezialitäten des Landes wurde ihnen auch eine Lobrede auf Mustafa Kemal Pascha und die moderne Türkei serviert. Der Bürgermeister überschlug sich förmlich mit Superlativen, wobei Clärenore das Gefühl hatte, als würde Major Bey nur einen Bruchteil davon übersetzen.

»Unser Präsident wird die Türkei zu einer der modernsten Nationen machen. Diese Stadt wird das Zentrum eines gigantischen Reichs. Im Moment gibt es noch viele Baustellen, aber schon bald wird die Stadt die Perle der Türkei sein. Modern und zivilisiert. Ein leuchtendes Vorbild für die ganze Welt.«

Bereits nach den Vorspeisen musste Clärenore ein Gähnen unterdrücken. Sie war eine technisch interessierte Frau, aber nach der anstrengenden Fahrt über die Berge fiel es ihr schwer, sich für die Bewässerungssysteme der Stadt zu begeistern.

Sie bemühte sich dennoch, Interesse zu zeigen.

»Schade, dass die Neuerungen nur die Stadt betreffen«, sagte sie. »Die Bevölkerung im Hinterland würde doch auch von künstlicher Bewässerung profitieren.«

Sofort folgte eine Belehrung durch den Bürgermeister. Er sprach in endlosen Sätzen, für die Major Bey erstaunlich kurze Übersetzungen lieferte. Möglich, dass auch er müde war. Nach einer köstlichen Nachspeise aus Honig und Nüssen, weiteren Ausführungen über geplante Bauwerke und andere Erneuerungen entschuldigte sich Clärenore und zog sich zurück. Kurz zuvor hatte Söderström sich verabschiedet. Clärenore sah jetzt auch, warum. Er stand in der kleinen Telefonnische neben der Rezeption. Sie hatte keineswegs vor, seinem Gespräch zu lauschen, doch die Verbindung schien schlecht zu sein, und er hob seine Stimme. Clärenore reimte sich zusammen, dass er sich mit seiner Frau unterhielt. Ihr Schwedisch war ganz passabel. Während der Sommermonate ihrer Kindheit hatte sie es mithilfe einer Lehrerin erlernt.

»Darf ich dich daran erinnern, dass du ständig jammerst, dass wir zu wenig Geld haben? Fräulein Stinnes ist meine Arbeitgeberin und an manchen Tagen eine Sklaventreiberin.«

Rasch lief Clärenore in ihr Zimmer. War sie wirklich eine Sklaventreiberin? Sie wollte doch nur rasch und sicher Russland erreichen, um nicht den ganzen Winter dort festzusitzen.

Zwei Tage verbrachten sie in der modernen Hauptstadt, bevor sie ihren beschwerlichen Weg über felsige Hügelketten fortsetzten. Ihr nächstes großes Ziel war Damaskus, davor war ein Besuch in Konya geplant. Aber bis dahin lagen noch unzählige Kilometer Geröll- und Felswüsten in sengender Hitze vor ihnen. Obwohl sie bereits kurz nach dem Sonnenaufgang aufbrachen, war es schon nach wenigen Stunden unerträglich heiß. Als die Sonne mittags im Zenit stand und nirgendwo Schatten zu finden war, rauchte es plötzlich aus der Motorhaube des Begleitwagens. Sofort hielt Grunow an. Auch Clärenore wurde langsamer und fuhr ein kleines Stück zurück. Die Männer waren ausgestiegen und hatten die Motorhaube geöffnet.

»Was ist los?«, fragte Clärenore.

»Ein Propellerflügel hat ein Loch in den Kühler geschlagen«, erklärte Heidtlinger. »Wir können unmöglich so weiterfahren.«

»Schaffen wir es, den Schaden allein zu beheben?«, fragte Clärenore ohne viel Hoffnung auf eine positive Antwort.

»Wenn wir genug Lötzinn dabeihaben, können wir das Loch notdürftig flicken, um ein paar Kilometer zu schaffen, aber es reicht nie bis zur nächsten großen Stadt.«

Clärenore überlegte. Sie waren seit sieben Stunden unterwegs.

»Kennen Sie eine Wasserstelle in der Nähe?«, erkundigte sie sich bei Major Bey.

»Die nächste sollte in einigen Kilometern Entfernung liegen.«

»Sehr gut«, sagte Clärenore. »Dann flicken wir das Loch, so gut es geht, und fahren zur Wasserstelle. Dort bauen wir den Kühler aus, und ein Teil von uns fährt mit dem Kleinen zurück nach Angora, um den Schaden fachgemäß in einer Werkstatt beheben zu lassen.«

»Ich bleibe nicht hier, das sage ich gleich«, entschied Heidtlinger. Auch bei Grunow rief die Vorstellung, im Zelt zu warten, keine Begeisterung hervor. Clärenore wog ihre

Möglichkeiten ab. Sie konnte darauf bestehen, dass Heidtlinger und Grunow hierblieben, schließlich war sie die Leiterin der Expedition. Doch ein Blick in ihre finsteren Gesichter gab ihr einen Vorgeschmack auf den Ärger, den sie damit provozieren würde.

»Gut. Dann fahren Sie beide zurück«, entschied sie.

»Und was machen wir in der Zwischenzeit?«, fragte Söderström.

»Wir erkunden die Gegend«, schlug Clärenore vor. »Sie beschweren sich doch immer, dass Sie zu wenig Zeit zum Filmen haben. Jetzt bekommen Sie die Gelegenheit dazu.«

Aus den Augenwinkeln sah sie Grunows und Heidtlingers überraschte Gesichter. Offenbar hatten sie nicht mit dem Vertrauen gerechnet, das sie ihnen eben entgegenbrachte.

»Ganz in der Nähe sind ein paar Kurdendörfer.« Major Bey meldete sich zu Wort. »Die Menschen dort haben noch nie Europäer zu Gesicht bekommen.«

»Das klingt verlockend!«, sagte Söderström. Clärenore war sich nicht sicher, ob er sich über sie lustig machte oder seine Worte ernst meinte. Er lehnte lässig und mit verschränkten Armen an der Motorhaube, protestierte aber nicht. Sein blondes Haar hing ihm wie immer in die Stirn.

Heidtlinger und Grunow flickten den Kühler und brauchten dabei das gesamte Lötzinn auf. Clärenore beobachtete jeden ihrer Arbeitsschritte, um beim nächsten Loch selbst Hand anlegen zu können. Dann fuhren sie los. Zum Glück erreichten sie die nächste Wasserstelle schon nach wenigen Kilometern, genau wie Major Bey es vorhergesagt hatte. Während Söderström und der Major zwei Zelte aus dem Begleitwagen holten und aufbauten, half Clärenore beim Ausbauen des Kühlers.

»Sie stellen sich wirklich geschickt an«, sagte Heidtlinger anerkennend.

Clärenore wusste, dass sie mehr Erfahrung mit Automobilen hatte als so mancher Mechaniker, aber aus dem Mund von Heidtlinger freuten sie die Worte besonders.

Kaum war der Kühler ausgebaut, stiegen die Mechaniker in den kleinen Adler und brausten Richtung Angora davon. Das Auto zog eine dichte Staubwolke hinter sich her. Es war das erste Mal seit ihrer Abfahrt aus Frankfurt, dass jemand anders den Adler lenkte. Es fühlte sich seltsam an, fand Clärenore, und für einen kurzen Moment fragte sie sich, ob sie eben richtig entschieden hatte.

Söderström schien ihre Gedanken lesen zu können.

»Die beiden werden sich beeilen, da bin ich mir ganz sicher«, sagte er.

»Ja, natürlich.« Sie trat in den Schatten eines mickrigen Buschs, der neben dem einfachen Ziehbrunnen wuchs. Der Lastwagen stand fahrunfähig abseits der Zelte. Major Bey hatte es sich am Boden gemütlich gemacht und zündete sich eine Zigarette an.

»Wo sind denn nun die Kurdendörfer?«, wollte Clärenore wissen.

»Sie setzen sich wohl nie hin und ruhen sich aus«, schnaufte Major Bey. »Die Dörfer laufen Ihnen nicht davon.«

»Ich denke eben schon weiter«, verteidigte sich Clärenore. Sie wollte nicht zugeben, dass sie tatsächlich keinen Sinn darin sah, im Schatten zu sitzen und tatenlos die Zeit verstreichen zu lassen. »Wir haben Erbsen und Bohnen in Dosen. Aber das war es dann auch schon. Wenn Sie etwas anderes zum Abendessen haben wollen, sollten wir uns darum kümmern.«

»Hat Heidtlinger unsere Vorräte in Angora nicht aufgefüllt?«, fragte Söderström.

Clärenore verzog entschuldigend den Mund. »Doch«, sagte sie leise. »Aber das Trockenfleisch und das Brot sind im kleinen Adler.«

Söderström schlug sich mit der flachen Hand gegen die Stirn. »Wie haben wir das nur vergessen können?«

»Ich hätte daran denken müssen«, gab Clärenore zerknirscht zu. »Aber ich wollte unbedingt den Kühler ausbauen.«

Major Bey schnippte den Rest seiner Zigarette auf den Boden. »Heißt das, wir haben zum Abendessen nur Erbsen und Bohnen aus der Dose?«

Clärenore nickte niedergeschlagen.

»Eigentlich war es bloß als Scherz gedacht, aber in diesem Fall sollten Sie wirklich die Kurden aufsuchen«, meinte der Major. »Ich bleibe hier und bewache den Wagen und die Zelte.« Er stand auf und holte Gewehr und Munition aus dem Wagen. Dann setzte er sich wieder in den Schatten und machte sich daran, die Waffe zu laden.

»Glauben Sie, dass Sie die brauchen?« Söderström zeigte auf das Gewehr.

»Sicher ist sicher«, meinte Bey. »Es gibt eine Menge krimineller Kurdenbanden hier in der Gegend.«

»Brauchen wir auch eine Waffe?«, wollte Clärenore wissen.

»Warum?« Überrascht hob der Major den Kopf. »Sie haben ja nichts Wertvolles dabei.«

»Meine Fotoausrüstung«, wandte Söderström ein.

»Die wird niemand in dieser Gegend als das erkennen, was sie ist«, erwiderte Major Bey lachend. »Wegen der brauchen Sie sich keine Gedanken zu machen. Die Menschen werden Ihren Fotoapparat für einen wertlosen Kasten halten.«

Beleidigt packte Söderström seinen »Kasten« in seine Umhängetasche.

Clärenore ließ sich auf der Landkarte den Weg zum Kurdendorf zeigen. Wenn sie rasch unterwegs waren, würden sie die Siedlung in zwei Stunden erreichen.

»Bringen Sie mir ein Huhn mit«, bat Major Bey. »Ich sammle solange Brennholz für ein kleines Feuer.«

Clärenore blickte sich um. Für ein ordentliches Feuer würde er die dürren Äste des mickrigen Buschs abreißen müssen oder sich ebenfalls auf einen Fußmarsch begeben. Sie versprach, nach einem Huhn zu fragen.

Über einen schmalen, felsigen Trampelpfad marschierten sie auf eine Anhöhe. Frische Eselspuren zeigten, dass hier erst vor Kurzem jemand unterwegs gewesen war. Zum Schutz vor der Sonne hatte Clärenore sich ein Tuch um den Kopf gebunden. Schweiß rann in ihre Augen, doch sie blinzelte die Tropfen weg.

»Hoffentlich lohnen sich die Strapazen«, sagte Söderström, der seine Kamera auf dem Rücken trug.

»Sie haben in Angora einen Teil der Filme entwickelt, oder?«, fragte Clärenore.

»Nur die Fotos.«

»Darf ich sie am Abend sehen?«

»Ja, natürlich. Ein paar davon sind sehr gut geworden«, sagte Söderström. »Die Wasserbüffel und die Aufnahmen von Madame Maries Unterkunft sind meine Favoriten.«

»Haben Sie ein paar davon nach Hause geschickt?«

Söderström hielt an und wurde ernst. »Nein, die Fotos gehören Ihnen. Sie bezahlen mich doch für diesen Auftrag.«

»Das weiß ich«, sagte Clärenore. »Fox Film hat die Rechte auf die Filmaufnahmen, die meinte ich nicht. Aber niemand wird etwas dagegen haben, wenn Sie Ihrer Frau ein paar Fotos schicken, damit sie sehen kann, was Sie alles erleben. Auf diese Weise wäre sie ein bisschen mit dabei.«

»Meine Frau hat kein großes Interesse an Natur- und Landschaftsaufnahmen.«

»Sie machen ja auch Fotos von Menschen«, widersprach Clärenore.

»Warum wollen Sie unbedingt, dass ich Fotos nach Stockholm schicke?«

»Ich will nicht, dass Ihre Frau einen falschen Eindruck von dieser Reise bekommt.«

»Wie kommen Sie darauf, dass das der Fall sein könnte?«

Clärenores Wangen glühten. »Ich habe in Angora gehört, wie Sie nach dem Abendessen mit ihr telefoniert haben.«

»Sie haben mich belauscht?«

»Nein«, widersprach Clärenore schnell und schüttelte dabei vehement den Kopf. »Sie haben den Fernsprecher in der Hotellobby verwendet, und ich bin an Ihnen vorbeigekommen, als ich in mein Zimmer ging.«

»Und dabei haben Sie mich belauscht.«

»Nein!«

»Warum wissen Sie dann, dass ich mit meiner Frau gesprochen habe?«

»Sie waren nicht gerade leise«, verteidigte sich Clärenore. »Ich habe nicht zugehört.«

»Ich habe mich mit meiner Frau auf Schwedisch unterhalten«, sagte Söderström nachdenklich.

»Ja, und?«

»Verstehen Sie meine Muttersprache?«

»Ja.«

Wieder hielt Söderström verblüfft an.

»Wenn Sie ständig stehen bleiben, kommen wir nie zum Dorf«, beschwerte sich Clärenore.

»Warum sprechen Sie Schwedisch?«

»Meiner Familie gehört ein wunderschönes Gut in Südschweden, Asa gård.«

»Das ist keine Erklärung.«

»Ich habe dort jahrelang die Sommermonate verbracht. Es waren die glücklichsten Tage meiner Kindheit«, erzählte Clärenore. »Außerdem hatte ich auf dem Gut Unterricht bei einer Lehrerin.«

Schweigend ging Söderström weiter. Der Weg führte über einen schmalen Grat, und sie mussten aufpassen, wohin sie traten.

»Der Sommer in Schweden ist kurz. Was war mit dem Rest des Jahres?«, fragte er.

»Da war das Leben nicht so schön.« Die Worte rutschten Clärenore aus dem Mund, und sie war selbst über ihre Ehrlichkeit erstaunt.

»Was war in Schweden anders?«

Nun war es Clärenore, die anhielt. Sie hatte noch nie mit einem Fremden über ihre Kindheit gesprochen. Eigentlich fand sie es auch jetzt unpassend, aber sein ehrliches Interesse löste ihre Zunge.

»Mrs. Bloomsberry, unsere englische Gouvernante, fuhr jeden Sommer nach Hause nach London, sie war auf Asa gård nie dabei.«

»Klingt so, als hätten Sie die Dame nicht ausstehen können.«

Vor Clärenores innerem Auge tauchte der strenge Gesichtsausdruck der Engländerin auf und der verhasste Rohrstock, mit dem sie unbarmherzig zugeschlagen hatte, sobald Clärenore nicht ihren hohen Erwartungen entsprochen hatte. An manchen Tagen hatten ihre Finger von den Schlägen so weh getan, dass ihre Handschrift krakelig und unleserlich geworden war, was in der Schule zu weiteren Strafen und schließlich noch mehr Schlägen geführt hatte.

»Wir konnten uns gegenseitig nicht leiden«, sagte sie. »Mrs. Bloomsberry war der Meinung, ich sei ein schlimmes und ungezogenes Kind.«

»Und Ihre Eltern teilten diese Meinung?«

»Mein Vater nicht«, antwortete sie überzeugt. Immer noch fühlte Clärenore den Schmerz, sobald sie an ihn dachte. Sie wusste, dass vieles anders verlaufen wäre, wenn er die Operation überlebt hätte. Vielleicht müsste sie jetzt nicht nach einem Kurdendorf suchen, in der Hoffnung auf ein paar Lebensmittel.

»Haben Sie ihm von Ihren Problemen mit der Gouvernante erzählt?« Söderström ließ nicht locker.

Clärenore verneinte. Die wenigen Augenblicke, die sie

allein mit ihrem Vater verbracht hatte, waren zu kostbar gewesen, um über Mrs. Bloomsberry zu reden. Außerdem hatte Jammern im Hause Stinnes als Schwäche gegolten. Darin waren ihre Eltern sich einig gewesen. Keines der Kinder hatte sich jemals über die Engländerin beschwert.

»Und was war mit Ihrer Mutter?«, fragte Söderström weiter. »Haben Sie sie eingeweiht?«

Clärenore zögerte. Sollte sie wirklich mit einem Fremden über ihre Familie reden? In all den Jahren ihrer Kindheit hatte sie ihre Tränen und ihre Wut mit niemand geteilt.

»Disziplin, Fleiß und Gehorsam sind die höchsten Tugenden in preußischen Industriellenfamilien!« Die Worte waren ihr in Fleisch und Blut übergegangen. »In meinem Elternhaus dachte und denkt man leistungsorientiert. Wir Kinder mussten funktionieren. In dieser Hinsicht hat sich unsere Familie nicht von anderen unterschieden.«

»Das sehe ich anders«, sagte Söderström, und seine Stimme war voller Mitgefühl. »Was Sie erzählen, lässt auf eine kalte, einsame Kindheit schließen.«

Clärenore antwortete nicht. Sie hatte schon mehr von sich preisgegeben, als sie vorgehabt hatte.

Doch Söderström bohrte noch weiter. »Wie ging es Ihren Geschwistern? Waren sie Ihnen eine Stütze? Haben Sie sich gemeinsam gegen die Erzieherin gewendet?«

»Nein«, sagte Clärenore knapp. Söderström entgegnete: »Wenn mein Bruder eine Ohrfeige kassierte, litt ich genauso wie er und umgekehrt. Das hat uns geholfen, die Ungerechtigkeit zu ertragen.«

Clärenore dachte an ihre Geschwister. Wenn sie oder Hilde bestraft worden waren, hatten ihre Brüder nur gelacht. Es hatte für die beiden Großen keine größere Freude gegeben.

»Meine Mutter ist davon überzeugt, dass Mädchen weniger wert sind als Jungen«, erklärte sie bitter. »Diese Haltung hat sie auch an meine Brüder weitergegeben.«

Söderström schwieg betroffen, was Clärenore zum Weitersprechen animierte.

»Meine Schwester und ich sollten rechtzeitig lernen, wo unser Platz in der Gesellschaft ist.« Sie ballte ihre Hände zu Fäusten: »Auf der untersten Sprosse der Leiter.« Sie erschrak. Hatte sie das tatsächlich eben gesagt?

Söderström schien zu spüren, dass sie gerade einen Schritt zu weit gegangen war. Er löste die Situation mit Humor und grinste schief. »Hat die Gouvernante bei Ihrer Schwester ebenso kläglich versagt wie bei Ihnen?«

Es war genau die Art von Antwort, die die Situation entspannte. Clärenore war ihm dankbar.

»Hilde ist eine Vorzeigetochter«, erklärte Clärenore lachend. »Demnächst heiratet sie den Wunschkandidaten meiner Mutter. Ich werde ihr aus Konya oder später aus Beirut ein hübsches Hochzeitsgeschenk schicken.«

»Dazu müssten Sie aber einen der Märkte aufsuchen, statt ständig über den Landkarten und Empfehlungsschreiben zu hängen. Sie müssten einkaufen, flanieren, vielleicht sogar genießen und nicht bloß zum Weiterfahren drängen.«

»Sie haben keine Ahnung, wie schnell ich einkaufe.«

»Ich kann es mir lebhaft vorstellen«, meinte Söderström.

Wieder lachte Clärenore. Der Schwede schaffte es erstaunlich schnell, ihre Stimmung zu heben.

Den Rest des Weges redeten sie über die Sommer in

Schweden, die schier endlosen Nächte, in denen man lesen konnte, bis man vor Müdigkeit einschlief, oder im Freien herumtollen, da den Erwachsenen nicht auffiel, wie spät es schon war.

Söderström stimmte ein schwedisches Kinderlied an, als sie den Bergrücken erreichten und eine dünne Rauchsäule in der Ferne eine Siedlung ankündigte. Sie bestand aus einigen schlichten Steinhäusern, die sich ins farblose Landschaftsbild einfügten.

Erst als sie den Ort erreicht hatten und zwei Frauen aus einem der niedrigen Hauseingänge traten, wurde das Bild bunter. Ihre Kleider waren aus farbig gemusterten Stoffen gefertigt, und auf den Köpfen trugen sie einen kunstvollen Aufbau aus Münzen und Muscheln. Darunter quoll helles Tuch hervor, das über den Rücken und die Schultern fiel. Die Neuigkeit, dass Fremde die Siedlung besuchten, verbreitete sich wie ein Lauffeuer. Männer, Frauen, Kinder, aber auch Hunde und sogar Schafe versammelten sich neugierig und musterten ungeniert die Besucher. Nicht alle waren ihnen freundlich gesinnt. Einer der Dorfhunde knurrte sie mit gefletschten Zähnen an. Ein alter Mann warf einen Prügel nach dem dürren Straßenköter, woraufhin dieser sofort den Schwanz einzog und winselnd davonlief. Betroffen sah Clärenore dem Tier nach. Es hatte doch bloß seine Aufgabe erfüllt.

Die Dorfbewohner bildeten einen Halbkreis um die beiden Fremden. Höflich trat Clärenore auf eine der Frauen zu, grüßte und verbeugte sich dabei, in der Hoffnung, dass die Geste unmissverständlich sei. Die Frauen erwiderten den Gruß nicht, sondern musterten Clärenore ungeniert, dann kicherten sie hinter vorgehaltener Hand, redeten aufgeregt durcheinander und gestikulierten dabei. Clärenore hatte keine Ahnung, worüber sie sich unterhielten.

»Wir wollen ein Huhn kaufen«, mischte sich Söderström ein. Zuerst sprach er Deutsch, anschließend sagte er dasselbe noch einmal auf Englisch.

Eine kurze Pause folgte, dann redeten wieder alle gleichzeitig. Clärenore trat zurück und imitierte mit den Ellbogen einen Flügelschlag. »Ein Huhn!«, rief sie. »Wir wollen ein Huhn kaufen.«

Ihre Pantomime zeigte Wirkung. Ein Junge lief einem Huhn hinterher, fing es ein und trug es zu ihnen.

»Na bitte«, flüsterte sie triumphierend in Söderströms Richtung.

»Ich bin gespannt, wie Sie das Wort Eier darstellen werden.« Er hob belustigt die Augenbrauen.

Clärenore formte mit ihren Fingern ein Oval und zeigte auf das Huhn. Die Frauen verstanden sie sofort.

»Schade«, flüsterte Söderström enttäuscht. »Ich habe mich auf eine weitere Pantomime gefreut.«

Die ältere der beiden Frauen fasste Clärenore an der Hand und führte sie in die Hütte. Als Lord folgen wollte, schüttelte sie entschieden den Kopf. Der Hund musste vor dem Haus warten. Söderström durfte mit.

Das Innere der einfachen Behausung war überraschend gemütlich eingerichtet. Bunte Teppiche an den Wänden und Schaffelle auf niedrigen Hockern sorgten für Behaglichkeit. Die Frau zog Clärenore in eine Nische, die als Küche diente. Sie zeigte auf Käse, Brot, getrocknetes Fleisch, Zwiebeln und Paprika. Clärenore holte Silbermünzen aus ihrer Hosentasche. Da hörte sie ein Röcheln und hielt inne.

Der Gesichtsausdruck der Frau änderte sich schlagartig, Sorgenfalten bildeten sich auf ihrer Stirn. Sie redete auf Clärenore ein, ergriff erneut ihre Hand und führte sie zu einem Schlafplatz. Auf Ziegenfellen lag ein dürrer Junge, der etwa zehn Jahre alt sein mochte. Seine eingefallenen Wangen waren dunkelrot, der Schweiß stand ihm auf der Stirn. Unruhig wand er sich im Halbschlaf hin und her.

Clärenore kniete sich auf den sauber gefegten Lehmboden. »Der Junge ist krank.« Sie fasste ihm an die Stirn. Sie glühte. »Er hat Fieber.«

Die Frau redete weiter auf Clärenore ein und weinte dabei. Nichts von dem, was die ängstliche Mutter sagte, verstand sie. Nur ein einziges Wort klang vertraut: »Malaria.«

»Der Junge hat Malaria?«, fragte sie.

Die Mutter nickte heftig. »Malaria!«

Clärenore richtete sich wieder auf und suchte Söderströms Blick. »Wir haben Chinin in der Reiseapotheke. Das könnte dem Jungen helfen. Was meinen Sie?«

Auch das Wort Chinin schien der Frau bekannt zu sein. Hoffnung zeigte sich auf ihrem Gesicht, und sie griff mit beiden Händen nach Clärenores Schultern.

»Chinin!«, sagte sie und sprach dann weiter, ohne dass Clärenore etwas davon verstanden hätte.

»Wir haben Chinin dabei und werden es holen«, erklärte Söderström und unterbrach damit den Redefluss der Kurdin. Dann korrigierte er sich. »Besser, jemand aus dem Dorf begleitet uns«, sagte er, an Clärenore gewandt. »Sonst müssen wir den ganzen Weg noch einmal gehen.«

Wieder setzte Clärenore ihren ganzen Körper zur Kommunikation ein. Erstaunlicherweise klappte es. Die Frau schien zu verstehen, was sie sagen wollte. Sie winkte nach zwei Jungen, die mitkommen sollten. Weitaus schwieriger fiel es Söderström, den Menschen zu erklären, dass er sie fotografieren wollte.

»Ein Foto. Ich will ein Foto von Ihnen machen«, sagte er sehr laut und langsam, erntete aber ausschließlich Unverständnis. Er probierte es noch einmal, diesmal schrie er seine Worte.

»Die Menschen sind weder taub noch schwachsinnig«, flüsterte Clärenore ihm zu.

»Mir fehlt Ihr schauspielerisches Geschick«, entschuldigte er sich.

Schließlich holte er seine Kamera aus der Tasche und richtete sie auf die Dorfbewohner. Erschrocken wollten sie fliehen, als handelte es sich um eine Waffe. Erst als Clärenore sich vor den Apparat stellte und bereitwillig ablichten ließ, fiel die Scheu von ihnen ab. Söderström hielt Menschen, Tiere und Häuser mit seiner Kamera fest, dann machten sie sich, begleitet von den zwei Burschen, auf den Rückweg. Eine Bezahlung für die Lebensmittel lehnten die Frauen vehement ab.

Der Weg erschien Clärenore nun kürzer. Schon nach einer guten Stunde erreichten sie die Zelte und den Lastwagen. Major Bey hockte immer noch an derselben Stelle und rauchte. Als der ältere Bursche den Lastwagen erblickte, erstarrte er ehrfurchtsvoll. Der Jüngere lief neugierig darauf zu, umrundete das Fahrzeug und inspizierte es von allen Seiten. Ungehalten sprang Major Bey auf, scheuchte den Jungen weg wie ein lästiges Insekt und schrie ihn unfreundlich auf Türkisch an.

Auch ohne die Sprache zu beherrschen, verstand Clärenore den Inhalt. Sie schritt ein. »Ich glaube, die Kinder haben noch nie ein Automobil gesehen.«

»Das sind verlauste Kurden, die haben hier nichts verloren«, entgegnete Bey düster.

Clärenore hatte bereits mitbekommen, dass die Minderheit bei den Türken nicht beliebt war. Immer wieder kam es zu blutigen Aufständen. Die Kurden forderten die Autonomie, die ihnen zuerst versprochen und dann wieder entzogen worden war. Mustafa Kemal Pascha strebte ein einheitliches türkisches Reich an, in dem weder die Sprache noch die Kultur der Kurden Platz hatte.

»Die Dorfbewohner haben uns reichlich zu essen geschenkt«, sagte Clärenore. »Wir sollten die beiden Jungen höflich behandeln.«

»Ich bin den Kurden gar nichts schuldig«, entgegnete Bey. »Warum sind die zwei überhaupt hier?«

»Die Menschen haben uns freundlich willkommen geheißen«, erklärte Clärenore. »Ein Junge ist an Malaria erkrankt, und ich werde den beiden Burschen Chinin für die Mutter mitgeben.«

Sie machte klar, dass sie von ihrem Versprechen nicht abrücken würde – ganz egal, was Major Bey einzuwenden hatte. Er zog sich mürrisch zurück und begnügte sich damit, die Burschen unfreundlich anzustarren. Clärenore nahm sich Zeit, führte die beiden um das Begleitfahrzeug und öffnete schließlich die Tür. Mutig kletterte der Jüngere in die Kabine und setzte sich auf den Fahrersitz. Stolz erfasste er das Lenkrad. Söderström nutzte die Gelegenheit für ein weiteres Foto. Erst als auch der Ältere probegesessen hatte, suchte Clärenore in der Reiseapotheke nach dem Chinin.

Schließlich fand sie es und überreichte es den beiden Jungen. »Hier, bitte«, sagte sie.

Nur widerwillig verließen die beiden den Zeltplatz. Als sie weg waren, kehrte Major Bey zurück.

»Morgen haben Sie die ganze Sippe hier«, schnaufte er abfällig.

»Ja, und? Was ist schlimm daran? Die Kinder haben Freude und lernen ein Automobil kennen. Wir bringen ihnen die Errungenschaften der Technik näher.«

Zur Antwort spuckte Major Bey verärgert aus. Clärenore fand es schrecklich, wenn Männer das taten. Es war unhöflich und unappetitlich.

»Im Übrigen stammt das Huhn, das Sie heute Abend essen werden, von den Menschen, die Sie so verabscheuen«, bemerkte sie.

»Sobald sich herumspricht, dass wir hier ein Lager aufgeschlagen haben, werden uns räuberische Banden umzingeln und uns die Nacht zur Hölle machen.«

»Sie denken, dass die Kurden uns überfallen werden?«

»Es wäre besser gewesen, Sie hätten die beiden nicht mitgebracht. In ein paar Stunden weiß die ganze Gegend von uns.«

»Aber die Menschen im Dorf waren nett und hilfsbereit«, beharrte Clärenore. Die Vorstellung, dass die ängstliche Mutter oder ihre Freunde sie überfallen würden, erschien ihr völlig absurd.

Bey war anderer Meinung. »Einer von uns muss heute Nacht aufbleiben und mit einem geladenen Gewehr Wache halten«, sagte er düster. »Am besten, wir stellen einen Plan auf und wechseln uns ab. Damit wir alle zu etwas Schlaf kommen.«

»Ist das nicht reichlich übertrieben?«, fragte Söderström. »Die Menschen im Dorf sahen friedlich aus.«

»Es kann sein, dass sie uns in Frieden lassen. Aber der Clan im nächsten Dorf, nur ein paar Kilometer weiter, sieht das möglichweise anders. Die Nachricht über unser Lager wird sich in rasender Geschwindigkeit verbreiten. Wir wären nicht die Ersten, die in dieser Gegen ihr Leben lassen.« Bey holte das geladene Gewehr vom Vorzelt. »Ich übernehme die erste Wache.«

Widerwillig meldete sich Söderström zur zweiten, und Clärenore blieb die letzte Wache.

Kaum dass sie sich in ihren Schlafsack gewickelt hatte, schlug Lord auch schon Alarm. Aufgeregt bellte er in die Dunkelheit. Clärenore richtete sich auf und starrte auf schwarze Felsen. Sie konnte Schatten ausmachen. Strich wirklich jemand um ihr Lager? Ängstlich sah sie sich um. Söderström neben ihr war ebenfalls wach. Major Bey richtete den Lauf seines Gewehrs wahllos in die Dunkelheit. Ob die Menschen aus dem Dorf gekommen waren? Am Ende vielleicht die neugierigen Jungen, die voller Freude ins Auto geklettert waren? An Schlafen war nicht mehr zu denken. So sehr Clärenore sich auch bemühte, sie blieb angespannt liegen und lauschte auf jedes noch so kleine Geräusch.

Drei weitere Male bellte Lord. Jedes Mal sprangen Bey und Söderström auf und umrundeten bewaffnet die Zelte. Als Clärenore die Wache übernahm, blieb es bis auf ein Rascheln im Unterholz ruhig. Erleichtert nahm sie das Graublau am Horizont wahr, das den Sonnenaufgang ankündigte. Völlig gerädert saßen alle am nächsten Morgen beim

Frühstück, einer Tasse süßen Tee und ein paar trockenen Haferkeksen. Alle drei waren zu müde für eine Unterhaltung. Als Clärenore überlegte, ein kleines Nickerchen im Schatten des Lastwagens zu machen, kamen über den Trampelpfad mindestens zehn Dorfbewohner auf sie zu.

»Ich habe Ihnen gesagt, dass sie kommen werden«, raunte Major Bey. Doch die Absicht der Besucher war ausschließlich freundlicher Natur. Die Mutter des kranken Jungen bedankte sich überschwänglich für die Medizin. Von den nächtlichen Besuchern wussten die Dorfbewohner nichts, und Clärenore glaubte ihnen. Die Frauen brachten weitere Lebensmittel. Es waren so viele, dass Clärenore darauf bestand, mit Silbermünzen zu bezahlen. Erst nach zähen Verhandlungen akzeptierten die Frauen eine lächerlich niedrige Summe. Als Clärenore die Münzen in die offene Hand der Frau zählte, stürzten plötzlich zwei wilde Hunde aus dem Gebüsch. Einer griff Lord von hinten, der andere von vorne an. Der arme Gordon Setter jaulte auf, während die beiden anderen wild knurrten und bellten. Die Kurdin lachte, als handelte es sich um ein unterhaltsames Schauspiel. Die anderen Einheimischen bildeten einen Kreis, um den Kampf besser beobachten zu können.

Clärenore sah sich panisch um, griff nach einem Stein und warf ihn nach einem der struppigen Wolfshunde, doch sie verfehlte ihr Ziel.

»Verschwindet!«, rief sie und nahm einen weiteren Stein auf. Die drei Tiere hatten sich ineinander verkeilt.

Söderström suchte sich einen Stock und versetzte damit dem einen Angreifer einen Hieb. Der Hund heulte auf und biss Lord ein weiteres Mal. Der staubige Platz färbte sich dunkelrot. Clärenore schleuderte einen weiteren Stein und traf einen der beiden aggressiven Hunde am Hinterteil. Sofort setzte Söderström nach und schlug mit dem Stecken zu. Das Tier zog heulend seinen Schwanz ein.

Einige der Zuschauer lachten, andere wirkten unzufrieden – offenbar fühlten sie sich um eine Darbietung betrogen. Clärenore warf noch einen dritten Stein und erwischte den Rücken des anderen Hundes, doch der Angreifer ließ nicht von Lord ab. Er hatte sich tief in dessen Hinterbein verbissen.

Clärenore schrie so laut und schrill, dass sie über sich selbst erschrak. Als Söderström den Hund weiter mit dem Stecken attackierte, ließ dieser schließlich von Lord ab, fletschte die blutigen Zähne, stellte sich und knurrte nun Söderström bedrohlich an. Der holte aus, doch bevor er erneut zuschlagen konnte, legte der Hund die Ohren an, zog sich zurück und lief dem anderen hinterher.

Lord lag leblos in einer Blutlache. Clärenore stürzte sich auf ihn. Die Tränen flossen salzig und warm über ihre staubigen Wangen. Das dunkle Fell war blutig, und seine Zunge hing seitlich aus dem Maul. Die Augen waren verdreht, es war nur noch das Weiße zu sehen. Kurz dachte Clärenore, er sei tot. Doch dann bemerkte sie, wie sein Brustkorb sich ganz leicht hob und senkte. Als er ihre Nähe spürte, versuchte er sich aufzurichten, aber ohne Erfolg. Schon beim ersten Versuch sackte er wieder in sich zusammen. An seinem rechten Hinterlauf klaffte eine große offene Wunde. Auch seine Schnauze blutete.

»Diese Bestien«, schniefte Clärenore. »Sicher waren sie es, die uns heute Nacht um den Schlaf gebracht haben.«

Söderström ging neben ihr in die Knie. »Hat es ihn schlimm erwischt?«

Clärenore streichelte über Lords weiche Ohren. »Er darf nicht sterben. Es ist alles meine Schuld. Ich hätte ihn zu Hause lassen sollen.«

»Soll ich die Reiseapotheke holen?«, fragte Söderström.

»Ja, bitte«, sagte Clärenore. »Jod und Alkohol.«

Sie beugte sich tief über ihren Hund, der sie nun aus großen dunklen Augen ansah, als wollte er sich dafür entschuldigen, dass er sich nicht besser hatte wehren können.

»Das wird jetzt ein bisschen weh tun, mein Freund«, flüsterte Clärenore. »Aber es ist notwendig. Du bist ein tapferer Hund.«

Söderström kehrte im Laufschritt mit zwei Flaschen und Verbandszeug zurück. Sorgfältig säuberte Clärenore die Wunden. Sie waren noch viel tiefer, als sie befürchtet hatte. Zuerst nahm sie Alkohol, dann Jod. Lord ließ alles über sich ergehen und schien zu wissen, dass sie ihm helfen wollte. Als Clärenore fertig war, richtete sie im Schatten des Vorzelts auf dem Boden eine Decke her. Dann trug sie ihn zu seinem Liegeplatz. Mit seinen dreißig Kilogramm war Lord verdammt schwer.

»Soll ich helfen?«, fragte Söderström.

Clärenore winkte ab. »Danke, geht schon.«

So vorsichtig wie möglich legte sie ihn auf die Decke. Sie selbst kniete sich zu Lord und vergrub ihr Gesicht in seinem Fell.

»Das hast du gut gemacht, mein Freund. Bald ist alles wieder gut. Du wirst wieder gesund werden.«

Sie versuchte mit den Worten vor allem sich selbst zu

beruhigen. Die Wunde am Hinterbein war tief. Vielleicht waren auch Muskeln und Sehnen verletzt. Auch ohne medizinisches Verständnis wusste Clärenore, dass die Stelle eigentlich genäht werden sollte. Sie hatte die halbe Flasche Jod auf Lords Flanke geschüttet, in der Hoffnung, dass sie sich nicht entzündete.

Vor lauter Aufregung hatte sie gar nicht bemerkt, dass die Kurden aus dem Dorf sie befremdet beobachteten. Auch Major Bey wirkte irritiert.

»Sie behandeln Ihren Hund mit Medizin?«, fragte er fassungslos.

»Ja, natürlich. Er ist mein treuer Freund.«

Der Major schüttelte verständnislos den Kopf. »Das ist doch Verschwendung von Arzneimitteln. Ein Tier ist ein Tier und kein Mensch.« In diesem Punkt schien er mit den Kurden einer Meinung zu sein. Auch sie verstanden das seltsame Verhalten der Deutschen nicht.

Clärenore war es völlig egal, was die Menschen über sie dachten. Sie wollte nur eines: dass ihr Hund wieder gesund wurde.

In dieser Nacht bellte Lord kein einziges Mal. Er schlief unruhig neben Clärenores Schlafsack, nur hin und wieder winselte er leise, wenn er seine Position veränderte und sich ein Stück bewegte. Clärenore streichelte beruhigend über sein Fell, dort, wo die Wolfshunde ihn nicht erwischt hatten.

»Bitte verlass mich nicht«, flüsterte sie leise. Lord hob die Ohren und öffnete träge seine Augen, so als wollte er ihr versichern, dass er das freiwillig niemals tun würde. Als Clärenore die Wache übernehmen sollte, winkte Söderström ab.

»Ich mach schon«, meinte er. »Bleiben Sie bei Ihrem Hund. Der arme Kerl würde nicht schlafen, wenn Sie nicht bei ihm liegen.« Dankbar nahm sie sein Angebot an.

Am späten Nachmittag des nächsten Tages kehrten Heidtlinger und Grunow mit dem reparierten Kühler zurück. Das Einbauen dauerte länger als geplant, und so mussten sie eine weitere Nacht neben der Wasserstelle verbringen. Wieder übernahmen sie abwechselnd die Wache. Auch diesmal verlief die Nacht ohne größere Aufregungen. Lord schlief ruhiger, denn er hatte gefressen und daher etwas mehr Energie. Unter großer Kraftanstrengung konnte er sich auf den Vorderpfoten hochziehen und ein paar Schritte humpeln. Seine Wunde hatte sich nicht entzündet. Clärenore war erleichtert, aber noch nicht ganz entspannt.

Der Weg führte weiter durch unwegsames Gelände. Erfreulicherweise befand sich alle drei Kilometer ein gemauerter Steinbrunnen, wo die Wasservorräte aufgefüllt werden konnten. Die wenigen Dörfer, die sie passierten, waren Ansammlungen einfacher Hütten aus getrocknetem Lehm. Die Menschen begegneten ihnen mit freundlicher Neugier. Auf dem Brachland weideten riesige Herden von Ziegen und Schafen, die im Vergleich zu Tieren in Deutschland dürr und ausgemergelt aussahen, was aber auf die Rasse zurückzuführen war und nicht auf die Haltung.

Während einer Mittagspause in einem Olivenhain hörten sie von einem Überfall auf eine Gruppe Händler, bei dem drei Europäer brutal ermordet worden waren. Man hatte sie erstochen und ihnen anschließend zur Warnung für weitere Reisende die Köpfe abgeschnitten. Die Geschichte sorgte für ein mulmiges Gefühl unter den Expeditionsteilnehmern.

Jedes Mal, wenn ihnen Reiter begegneten, dachte Clärenore an die schlimme Erzählung. Doch sie hatten Glück und begegneten ausschließlich friedlich gesinnten Menschen. Die beiden Wolfshunde blieben die einzigen aggressiven Angreifer.

Mit jedem Kilometer, den sie zurücklegten, wurden die Straßen staubiger und trockener. Wegen der Hitze hatte Clärenore sich nicht nur ein Tuch um den Kopf, sondern auch ein weiteres um Mund und Nase gebunden. Sie hatte in den letzten Tagen so viel Staub eingeatmet wie ihr gesamtes bisheriges Leben nicht, und es kam ihr so vor, als befände sich in ihrer Lunge eine Handvoll Sand.

Lord verschlief den Großteil der Strecke auf der Rückbank. Seit Söderström gezeigt hatte, wie geschickt er im Umgang mit dem Automobil war, wechselten er und Clärenore sich hinter dem Lenkrad ab. Im Begleitfahrzeug saß Grunow die meiste Zeit am Steuer. Clärenore nahm an, dass ihm das Fahren mehr Freude bereitete als Heidtlinger, der stets herumjammerte, wie schwer der Wagen zu lenken sei. Ein Stück vor Konya drehte der Wind, und nun versperrte der aufgewirbelte Staub ihnen die Sicht.

»Ich kann nichts mehr sehen!« Clärenore hielt sich die Hand schützend vor die Augen und verschloss das Seitenfenster. Bald wurde die Hitze unerträglich.

»Was wäre, wenn wir das Fahrzeug umdrehen?«, schlug Söderström vor.

»Und dann rückwärtsfahren?«

»Haben Sie eine bessere Idee?«

Die hatte Clärenore nicht, also wendete sie den Wagen. Durch den Rückspiegel erahnte sie mehr, wohin sie fuhr, als dass sie es sehen konnte. Schon nach kurzer Zeit war ihr Nacken steif und Clärenore völlig erschöpft.

»Soll ich weiterfahren?«, schlug Söderström nach einem kurzen Blick auf sie vor.

Nur zu gern nahm sie sein Angebot an. Grunow und Heidtlinger bewegten sich im Schneckentempo vorwärts und fielen immer weiter zurück.

Clärenore achtete darauf, ausreichend zu trinken. Ihre Lippen waren so ausgetrocknet, dass sie aufsprangen und bluteten. Immer wieder hielt Söderström an, um auf das Begleitfahrzeug zu warten. Für wenige Kilometer benötigten sie einen ganzen Tag.

Erst in Konya wurden sie für die Anstrengungen belohnt. An der Stadtgrenze empfingen sie hohe, schmale Bäume und Büsche mit farbenfrohen Blüten, und sie gelangten über gepflegte Straßen ins Zentrum. An jeder Kreuzung boten Straßenhändler ihre Ware an. Reifes Obst leuchtete ihnen üppig von den Verkaufstischen entgegen. Melonen lagen neben Pfirsichen und Kirschen, Tomaten neben Gurken und Paprikaschoten.

Clärenore suchte nach einem kleinen Hotel, und schon nach ein paar Straßenzügen wurde sie fündig. Der Besitzer begrüßte sie, als seien sie hochrangige Diplomaten, und pries seine Stadt als die schönste der Türkei an.

»Sie müssen sich unbedingt die Moschee und das Mausoleum des bekannten persischen Dichters Rumi ansehen, der als Gründer der Mevlevi-Derwischbruderschaft gilt. Konya wird deshalb auch als die Stadt der tanzenden Derwische bezeichnet. Das Mausoleum ist eine wichtige Pilgerstätte, doch leider hat unser Präsident ein Museum daraus gemacht.« Er grinste verschlagen. »Dafür dürfen nun auch Nichtgläubige die heiligen Stätten besuchen.«

Söderström marschierte noch vor dem Ausladen seines Gepäcks mit seiner Kamera los, um die Moschee mit den sechs Kuppeln zu erkunden. Clärenore zog ein gründliches Bad vor, um endlich den Staub der letzten Tage loszuwerden. Dreimal musste sie sich von oben bis unten einseifen, bis das Wasser in ihrem Waschbottich sauber war und keine Sandreste mehr darin zu finden waren. Deutlich erfrischt, bummelte sie durch die engen Gassen der Stadt. Lord ließ sie unter heulendem Protest im Hotelzimmer zurück.

Die ganze Stadt wirkte wie ein einziger riesiger Basar. Kaffeeverkäufer drängten sich mit kleinen Handkarren durch die Menge und boten das duftende Getränk in kleinen bauchigen Gläsern an. An jeder Ecke lockten Händler mit ihrem üppigen Warenangebot. Neben Stoffen in allen erdenklichen Farben, filigranem Schmuck und Fliesen mit bunten Ornamenten gab es auch zahlreiche Gewürze. Ihr Aroma schien wie eine riesige Duftwolke über den Gassen zu hängen. Bei einem Stoffhändler erstand sie zwei Tücher aus feiner, leichter Baumwolle, denn ihre Kopfbedeckung war in den letzten Tagen so schmutzig geworden, dass sie sie trotz mehrmaligem Waschen nicht sauber bekam.

Ein Blick auf die Landkarte hatte gezeigt, dass sie auch in den nächsten Wochen einer Menge Staub ausgesetzt sein würden. Neue Tücher waren also eine sinnvolle Investition. Dann suchte sie ein besonders farbenprächtiges Tuch mit einem orientalischen Muster für Hilde aus. Es war so groß, dass ihre Schwester es als Überwurf für einen Lehnstuhl verwenden konnte.

Heidtlinger kaufte am selben Verkaufsstand zwei Seidentücher, die er sorgfältig verpacken ließ.

»Machen Sie ja nicht den Fehler und schicken Sie die Pakete von der Türkei aus nach Deutschland«, warnte Major Bey neben ihm.

»Aber warum denn nicht?«

»Die Pakete bleiben in der Türkei oft monatelang im Postamt oder beim Zoll liegen. Ich habe mal einem Freund eine Wasserpfeife nach Stuttgart geschickt. Das Geschenk kam erst nach zwei Jahren bei ihm an.«

»Was soll ich jetzt mit dem Paket machen?«, fragte Heidtlinger ratlos.

»Heben Sie es auf und schicken Sie es erst in Syrien ab. Dort funktioniert die Verwaltung besser«, riet Major Bey. Heidtlinger und Clärenore beherzigten seinen Rat.

Nach den Strapazen der letzten Tage genossen alle das Stadtleben und die menschliche Zivilisation. Am Abend servierte der Hotelbesitzer ein mehrgängiges Menü auf der Terrasse des Hauses. Sie saßen unter Orangen- und Zitronenbäumen und erfreuten sich am süßen Duft der Blüten. Die Nachspeise bestand aus Honig und Mandeln, und Heidtlinger war so entzückt, dass er Clärenores Ankündigung mit überraschender Gelassenheit hinnahm.

»Ich fürchte, dass wir bis zur syrischen Grenze im Freien schlafen müssen«, sagte sie. »Der Weg wird uns durch winzige Bergdörfer führen.«

»Wenn uns in Adana wieder solche Köstlichkeiten erwarten, lohnt sich die Reise«, entgegnete Heidtlinger lachend.

Die anderen sahen ihn zweifelnd an. In den letzten Wochen hatte sich gezeigt, dass Heidtlinger schnell die Nerven verlor und als Erster zu jammern begann.

»Können wir das schriftlich von dir haben?«, fragte Söderström grinsend.

Die nächsten Tage erwiesen sich zwar als anstrengend, aber die Fahrt verlief ohne größere Pannen und unangenehme Zwischenfälle. Die Strecke führte auf geschotterten Straßen über meist kahle Bergketten. In regelmäßigen Abständen befanden sich Trinkbrunnen zum Auffüllen der Wasservorräte, doch immer wieder behinderten Geröll und in tieferen Lagen auch umgefallene Baumstämme das Weiterkommen. Sie benötigten Schaufel, Spitzhacke und Seilzug, um die Hindernisse aus dem Weg zu räumen, was eine ziemliche Plackerei war, bei der sich vor allem Heidtlinger fürchterlich beschwerte.

Lange vor Adana entdeckten sie die ersten Palmen. Heiße, feuchte Luft trieb allen den Schweiß aus den Poren. Überrascht stellte Clärenore fest, dass die Menschen in den kleinen Dörfern nachts auf den Dächern ihrer Häuser schliefen, weil es in den Gebäuden zu heiß war. Als sie sich der Stadt näherten, trafen sie wieder auf vereinzelte Automobile, was aber nicht bedeutete, dass die Qualität der Straßen besser wurde. Sie rumpelten über Steine, Baumstümpfe und Geröll.

»Es sieht so aus, als würden die Menschen hier ihre Automobile genauso schlecht behandeln wie ihre Tiere«, bemerkte Clärenore finster. Immer wieder hatte sie beobachten müssen, wie Bauern ihre mageren Esel mit riesigen Lastsäcken beluden und mit Knüppel über unwegsames Gelände prügelten. Am Ende des Tages bekamen die armen Tiere weder Futter noch Wasser, sondern mussten sich selbst auf den kahlen Flächen ein paar trockene Grashalme suchen.

»Ich glaube, die Menschen sehen in den Tieren keine Lebewesen, sondern bloß Nutzgegenstände«, entgegnete Söderström.

»Am liebsten würde ich ihnen alle Esel, Hunde, Katzen und Kühe wegnehmen«, sagte Clärenore. »Sie haben kein Recht, die armen Tiere so zu schinden.«

»Ich muss gestehen, dass ich in den letzten Tagen ähnliche Gedanken hatte«, pflichtete Söderström ihr bei. »Aber nur weil wir so denken, heißt das nicht, dass es richtig ist.«

»Was kann richtig daran sein, ein Lebewesen zu quälen?«, empörte sich Clärenore. »Es ist ebenso ein Geschöpf Gottes wie der Mensch.«

Söderström sah sie belustigt von der Seite an. »Ich wusste gar nicht, dass Sie gläubig sind.«

»Mein Glaube ist mir nicht wichtig«, gab sie zu, denn in der Tat lag ihr letzter Kirchenbesuch etliche Monate zurück. »Aber ich habe Respekt vor dem Leben, und zwar in jeglicher Form. Ich finde es ebenso verwerflich, ein Tier zu quälen, wie einen Menschen.«

»Ich fürchte, dass Sie in dieser Region der Welt nur wenige Menschen finden werden, die Ihnen da zustimmen.«

»Und wie steht es mit Ihnen?«, fragte Clärenore. »Was denken Sie über den Umgang mit Tieren?«

Er zog überrascht eine Augenbraue hoch. »Haben Sie das denn noch nicht bemerkt?«

Clärenore kam nicht dazu, ihm zu antworten. Hinter der nächsten Kurve breitete sich in der Ferne das Mittelmeer aus. Silberweiß glitzerten die Schaumkrönchen auf den türkisenen Wellen. Voller Ehrfurcht hielt sie das Automobil an.

»Es sieht atemberaubend aus«, sagte sie ergriffen. »Keine Kirche, keine Moschee, keine Synagoge und kein Tempel der Welt kann so schön, so erhaben sein.« Sie stieg aus, ging zum Abhang des Hügels und streckte ihr Gesicht dem endlosen Blau entgegen, während sie die salzige Luft einatmete. Über ihr kreischten Möwen. Nichts konnte sie dermaßen in Entzücken versetzen wie der Anblick des Meers. Dabei kam sie sich winzig klein vor und gleichzeitig stark genug, um all ihre Träume in die Wirklichkeit umzusetzen.

Söderström folgte ihr und blieb dicht neben ihr stehen.

»Sie wirken gerade sehr zufrieden«, sagte er.

»Kann man bei diesem Anblick unzufrieden sein?«

»Ich vermute, dass Viktor es schaffen würde«, sagte Söderström im Scherz. Dann wurde er wieder ernst. »Sind Momente wie dieser der Grund dafür, dass Sie all die Strapazen auf sich nehmen?«

Clärenore zögerte. Sie hätte jetzt lügen und behaupten können, dass sie die Reise ausschließlich angetreten habe, um die Welt in ihrer Einmaligkeit kennenzulernen, doch sie blieb ehrlich: »Nein.«

Söderström schien die Antwort nicht zu überraschen.

»Aber diese Momente sind ein sehr schöner Nebeneffekt«, fügte Clärenore rasch hinzu.

Er war taktvoll genug, nicht weiter zu fragen.

Syrien und Libanon
Juli 1927

Nach wenigen Stunden erreichten sie die türkisch-syrische Grenze. Clärenore hatte ein mulmiges Gefühl. Die Schwierigkeiten bei der Einreise in die Türkei waren ihr noch in bester Erinnerung. Was, wenn erneut die Gültigkeit ihrer Visa angezweifelt wurde? Wen sollte sie kontaktieren? Sie hatte in Syrien keine hilfreichen Adressen zur Hand. Erst im Libanon würde der französische Botschafter sie erwarten. Er hatte ihr eine persönliche Einladung geschickt – sie selbst und ihre Mitarbeiter würden für ein paar Tage seine Gäste sein.

Aber all ihre Bedenken entpuppten sich als völlig unbegründet. Sobald sie in die syrische Grenzstation einfuhren, wurden sie von den französischen Behörden wie Freunde begrüßt. Statt langwieriger Zollformalitäten gab es ein üppiges Frühstück mit Obst, Käse und Wein. Nach dem Zusammenbruch des Osmanischen Reichs im Jahr 1918 hatte der Völkerbund Frankreich das Mandat für Syrien und den Libanon übertragen, während England das Mandat über Palästina und den Irak erhalten hatte. Daher würden sie in den nächsten Tagen Französisch sprechen – eine Sprache, die Clärenore neben Spanisch, Englisch und Schwedisch ganz manierlich beherrschte. Major Bey verabschiedete sich und reiste zurück nach Konstantinopel. Es war ihm anzusehen, wie erleichtert er darüber war, die eigenwillige Deutsche zurücklassen zu dürfen.

Nach einem kurzen Aufenthalt ging es wieder in die Berge – zuerst nach Aleppo und dann weiter nach Beirut. Ähnlich wie in Anatolien waren auch hier die Wege in schlechtem Zustand. Erschwerend kam hinzu, dass die Wasserstellen viel weiter auseinanderlagen, weshalb sie vorsichtiger mit ihren Vorräten haushalten mussten. Immer wieder war Clärenore so durstig, dass ihr die Zunge am Gaumen klebte und sie an nichts anderes denken konnte als an ein Glas kühles Wasser.

Im Gegensatz zu den heißen Tagen waren die Nächte im Freien eisig kalt. Clärenore vergrub sich bis zur Nasenspitze in ihrem Schlafsack. Auch Lord deckte sie mit einer Wolldecke zu. Der Gordon Setter erholte sich mit jedem Tag besser, und die Wunden verheilten ohne Komplikationen.

Nach vier Nächten im Freien sehnte Clärenore sich wieder nach einem Bad. Die notdürftige Katzenwäsche bei einem der Brunnen reichte kaum, um sich wohlzufühlen. Die Männer hatten mit der mangelnden Hygiene weniger Probleme. Grunow begnügte sich damit, die Nasenspitze mit Wasser zu benetzen, und schien sich dabei noch pudelwohl zu fühlen.

Einen Tag vor dem vereinbarten Termin erreichten sie Beirut. Bereits beim Passieren der Stadtgrenzen fiel Clärenore auf, dass sich die Region im Umbruch befand. Ganze Häuserblöcke wurden niedergerissen und neu aufgebaut. Überall hörte man es hämmern, sägen und schleifen, und man hatte den Eindruck, als hätten sich sämtliche Handwerker des Landes in der Hauptstadt versammelt.

Clärenore fand es traurig, dass die niedrigen, windschiefen Häuser mit den winzigen Balkonen modernen Gebäuden nach europäischem Vorbild weichen mussten. Die bunten Fliesen und verschnörkelten Hauseingänge erinnerten sie an Illustrationen aus einem Märchenbuch. Doch der Gestank, der aus den engen Gassen ins Wageninnere drang, zeigte, dass die hygienischen Bedingungen der alten Viertel dringend einer Verbesserung bedurften.

Die Umgebung der Stadt war eine ideale Kombination aus Meer, Wald und Gebirge. Am Strand gab es Badeanstalten mit Clubs für Schwimm- und Wassersport, doch auch die Freibäder lockten zahlreiche Badehungrige an. Die Einheimischen errichteten sich einfache Unterkünfte am Sandstrand, die sie während der gesamten Sommermonate nutzten. Dazu rammten die Männer Stangen in den Boden und bauten hüfthohe Plattformen aus getrocknetem Schilf, auf denen die ganze Familie schlief. Darüber spannten die Frauen bunte Tücher – zum Schutz vor der Sonne, die unbarmherzig auf die Stadt knallte.

Die Europäer hingegen hatten sich Residenzen in etwa zweitausend Meter Höhe über der Stadt erbaut. Moderne Straßen führten zu den wunderschönen Villen, wo man der Hitze auf angenehmste Weise entfliehen konnte. Wer genug Geld besaß, leistete sich einen Sommersitz außerhalb der Stadt. Die Grundstücke waren ebenso begehrt wie die an den Stränden Südfrankreichs, und die Grundstückspreise stiegen in astronomische Höhen.

Anders als im übrigen Land gab es an den Straßen Beiruts zahlreiche Wasserstationen, die auch nötig waren, um das kochende Kühlwasser nachzufüllen. Söderström lenkte das

Automobil einen der vielen Hügel hinauf, wo Henri Ponco wohnte, Oberkommissar und französischer Botschafter in Syrien. Sie würden während der nächsten Tage seine Gäste sein.

Die Villa war von einem imposanten Garten umgeben, mit Büschen und Blumen in allen nur erdenklichen Farben. Hohe Dattelpalmen standen neben Feigenbäumen, und die saftigen Orangen und riesigen Zitronen schienen nur darauf zu warten, gepflückt zu werden. Eine breite Terrasse bot direkten Blick aufs türkisblaue Meer. Es war ein paradiesischer Ort, der zum Verweilen und Genießen einlud.

Henri Ponco begrüßte seine Gäste persönlich. »Was für eine Freude!«, rief er und kam ihnen mit ausgebreiteten Armen entgegen. Doch dann hielt er kurz vor ihnen an und ließ sie wieder sinken. Clärenore vermutete, dass der Geruch ihn davon abhielt, sie alle in den Arm zu schließen. Selten hatte sie sich so nach Seife und Wasser gesehnt. »Wir haben Sie erst in ein paar Tagen erwartet.«

Clärenore spürte den vorwurfsvollen Blick ihrer Begleiter im Rücken. Ihr ständiges Drängen zeigte erste Erfolge. Sie waren dabei, ihre Verspätung wieder einzuholen.

»Wir beeilen uns, um dem sibirischen Winter zu entgehen«, erklärte sie zum gefühlt tausendsten Mal. Auch wenn sie es nicht sehen konnte, war sie davon überzeugt, dass Heidtlinger und Grunow die Augen verdrehten.

»Nach der Durchquerung der Wüste werden Sie sich nach Abkühlung sehnen«, erwiderte der Botschafter lachend. »Auf dem Weg nach Bagdad erwarten Sie über fünfzig Grad. Ihre Motorhauben werden so heiß werden, dass sie sie als Grillplatte verwenden können.«

Clärenore drehte sich besorgt zu Heidtlinger und Grunow um, doch die beide bewunderten gerade den Garten, ohne den Worten des Botschafters Beachtung zu schenken. Außerdem sprachen sie kein Französisch, worüber Clärenore im Moment dankbar war. Auch Söderström schien den Botschafter nicht zu verstehen.

Nach einem Begrüßungsgetränk führte ein Diener sie zu ihren Schlafplätzen. Die drei Männer teilten sich ein größeres Zimmer, während Clärenore eine eigene, etwas kleinere Kammer erhielt. Beide Räume verfügten über Balkone mit Blick aufs Meer.

»Auf der Kommode liegt ein Brief, der schon vor Wochen für Sie angekommen ist«, erklärte der Diener, ein junger Libanese. Clärenore war schon aufgefallen, dass alle Bediensteten im Haus Einheimische waren.

»Ein Brief für mich?«

Der junge Mann nickte. »Er stammt aus Deutschland.«

»Vielen Dank.«

Kaum hatte der Diener sich zurückgezogen, ging Clärenore zur Kommode. Gab es etwa Probleme in den Adlerwerken? Musste sie ihre Reiseroute aus irgendeinem Grund ändern? Oder hatte ihre Mutter ihr geschrieben? Seit ihrer Abfahrt hatte Clärenore fünf Briefe nach Hause geschickt. Sie hatte keine Antwort erwartet, aber insgeheim sehnte sie sich danach. Nur ein kleines Zeichen, dass Cläre Stinnes an ihre Tochter dachte. Sie wusste, dass Clärenore beim französischen Botschafter einen Zwischenstopp einlegen würde. Dieser Besuch war schon in Berlin geplant worden.

Mit klopfendem Herzen griff Clärenore nach dem Kuvert, drehte es um und las den Namen: Hilde Stinnes. Ihre

Schwester hatte sie nicht vergessen. Ein warmes Gefühl durchflutete sie. Clärenore ging auf den Balkon, setzte sich in den bequemen Korbstuhl und öffnete vorsichtig das Kuvert. Im Schatten eines Orangenbäumchens entfaltete sie behutsam das hellrosa Briefpapier. Sie musste schmunzeln. Es passte perfekt zu Hilde.

Liebste Clärenore, wenn du diesen Brief liest, hast du bereits einen Abschnitt deines Abenteuers gesund überstanden, und ich kann einen Teil meiner Sorge ablegen. Gestern ist dein erster Brief aus Wien angekommen.

Clärenore sah auf das Datum am Ende des Papiers. Hilde hatte den Brief Ende Mai aufgegeben. Jetzt war Ende Juni.

In ein paar Wochen werde ich heiraten.

Clärenore schluckte. Sie hatte die bevorstehende Hochzeit ihrer Schwester völlig vergessen. Ende des Sommers würde sie Hilde Fiedler heißen.

Ich bin furchtbar nervös. Für dich muss das lächerlich klingen, da du jeden Tag große Abenteuer bestehst. Aber an manchen Tagen kann ich nachts nicht schlafen. Ich liege dann stundenlang wach und denke darüber nach, ob meine Entscheidung die richtige war. Mutter meint, ich soll nicht so ein Theater aufführen. Irgendwann würde jede Frau heiraten. Ich würde bloß meine Pflicht erfüllen. Sicher hat sie damit recht.

Clärenore presste die Lippen zusammen. Ihre Muskeln spannten sich an. Nur zu gut konnte sie sich vorstellen, wie Cläre Stinnes ihre Tochter unter Druck setzte und sie zu mehr Haltung mahnte. Sie konnte ihre tadelnden Worte regelrecht hören: Reiß dich zusammen, du bist eine Stinnes. Die Heirat ist eine Pflicht, die dir in die Wiege gelegt worden ist.

Clärenore hatte nie verstanden, warum es ihre Pflicht sein sollte, einen Mann zu heiraten. Sie konnte auch unverheiratet im Unternehmen arbeiten und der Familie zu Ruhm, Erfolg und Gewinnen verhelfen.

Sie las weiter, und Hildes Tonfall wurde nun fröhlicher. Sie schrieb über die Hochzeitsvorbereitungen, das hübsche Kleid, das sie in einem Modesalon in Berlin bestellt hatte, über die Speisefolgen, die Musikauswahl, den Blumenschmuck. Auch ihre jüngeren Geschwister erwähnte sie, die zwei Tage vom Internat freibekommen würden und sich auf die Schulpause freuten.

Otto, Ernst und Else lassen dich aufs Herzlichste grüßen. Sebastian fragt jeden Tag, ob es Neuigkeiten von dir gibt. Er sorgt sich um dich, genau wie Ferdinand und Käthe, die dir am liebsten einen riesigen Rhabarberkuchen mitgeschickt hätte. Du weißt schon – der, den du so liebst. Clärenore konnte von Käthes Rhabarberkuchen mit Vanillepudding tatsächlich nicht genug kriegen. *Ich vermisse dich viel mehr, als ich es je gedacht hätte, und wünschte, du könntest am Tag meiner Hochzeit dabei sein. Ich werde fest an dich denken und dir ein Foto nach Moskau schicken. Mein Hochzeitskleid würde sogar dir gefallen. Ich habe es nach dem Entwurf einer modernen französischen Designerin in Berlin anfertigen lassen. Pass gut auf dich auf. Bleib gesund und melde dich. Ich umarme dich in Gedanken. Deine Schwester Hilde.*

Clärenore ließ den Brief sinken. Hilde hatte mit keinem Wort erwähnt, dass Cläre Stinnes sich nach ihr erkundigt hatte. Es war, als hätte ihre Mutter sie völlig aus ihren Gedanken und ihrem Leben verbannt. Obwohl es Clärenore nicht überraschte und sie nichts anderes erwartet hatte, schmerzte sie das Desinteresse doch. Wie konnte es sein, dass sie immer noch auf die Anerkennung durch ihre Mutter hoffte? Es müsste ihr doch längst klar sein, dass sie die nie bekommen würde. Ganz egal, welche Expedition sie auch planen und welche Abenteuer sie überstehen würde. Mit ihrer Geburt als Mädchen hatte sie die Liebe ihrer Mutter verspielt. Eine Unterredung ihrer Eltern, die Clärenore seinerzeit verbotenerweise belauscht hatte, war ihr immer noch so präsent, als wäre es gestern gewesen.

»Wozu willst du Clärenore auf Reisen schicken? Noch dazu nach Südamerika? Sie ist ein Mädchen! Unsere Söhne sind dazu viel besser geeignet«, hatte ihre Mutter gesagt.

Hugo Stinnes hatte geantwortet: »Ihr liegt unser Unternehmen aber mehr am Herzen als allen anderen Kindern. Sie durchschaut Zusammenhänge schneller und hat das große Ganze im Kopf. Sie ist talentiert.«

»Clärenore wird heiraten und Kinder kriegen, Hugo. So wie alle Frauen es tun. Alles andere wäre gegen die Gesetze der Natur.«

»Ja, das wird sie wohl, aber sie wird darüber hinaus eine wichtige Rolle im Unternehmen spielen. Sie ist dafür geboren, Verantwortung zu übernehmen.«

Cläre Stinnes hatte sich beleidigt abgewandt. Wie eine eifersüchtige Ehefrau, die Angst hatte, eine Nebenbuhlerin könnte mehr Aufmerksamkeit bekommen. Clärenore hatte sich rasch und geräuschlos in ihr Zimmer zurückgezogen. *Sie ist dafür geboren, Verantwortung zu übernehmen!* Die Worte hatten sie mit Stolz erfüllt. Ein paar Wochen später war sie gegen den Willen ihrer Mutter nach Südamerika gefahren und hatte dort die Firmensitze im Auftrag ihres Vaters kontrolliert. Sie hatte gute Arbeit geleistet und gehofft, damit auch ihre Mutter überzeugen zu können. Doch Cläre Stinnes hatte ihre Leistung nie honoriert. Eine Woche nach dem Begräbnis ihres Mannes hatte sie dafür gesorgt, dass Clärenore von allen Aufgaben im Unternehmen entbunden worden war.

Clärenore verscheuchte die unangenehmen Erinnerungen und führte das Briefpapier zur Nase. Trotz der langen Reise, die das Schreiben hinter sich hatte, roch es immer noch dezent nach Chanel No 5, Hildes Lieblingsparfum. Sie musste das Briefpapier damit intensiv eingesprüht haben. Was würde ihre Schwester zu all den Gerüchen sagen, denen Clärenore bisher auf ihrer Reise begegnet war? Und was würde sie über ihren derzeitigen mitgenommenen Zustand denken?

Clärenore musste schmunzeln. Im Koffer hatte sie ein kleines Fläschchen Rosenöl, das sie in Sofia gekauft hatte. Gemeinsam mit dem hübschen Tuch aus Konya würde sie es heute Nachmittag in Richtung Deutschland auf den Weg bringen. Aber zuvor brauchte Clärenore ein Bad. Sie konnte es nicht erwarten, in die Badewanne zu steigen und im warmen, duftenden Wasser unterzutauchen.

Ganze zwei Stunden verbrachte Clärenore in der Badewanne. Selbst als das Wasser ausgekühlt war, genoss sie die Ruhe. Immer wieder kippte sie frische Seifenflocken dazu und schrubbte mit dem weichen Schwamm den Staub der letzten Wochen von der Haut. Danach gönnte sie sich ein kleines Nickerchen im frisch überzogenen Bett. Ausgeruht, unternahm sie einen Spaziergang durch die Altstadt.

Die Straßenhändler erkannten sofort, dass sie eine Europäerin war, und versuchten sie zum Kauf zu animieren. Waren aller Art wurden ihr angeboten – kleine Laternen aus Glas, Schmuck aus filigran verarbeitetem Silber, Stoffe, Teppiche, in Käfige eingesperrte Singvögel und ein mickriges Huhn. Und über allem hing eine intensive Geruchsmischung aus Gewürzen, Duftölen und gärendem Unrat. Clärenore lehnte alle Angebote dankend ab, was ihr manches enttäuschte Gesicht und wüste Beschimpfungen einbrachte.

Es war ein Leichtes, das französische Postamt zu finden. Das moderne, europäisch anmutende Gebäude stach aus den baufälligen Baracken und verspielten mittelalterlichen Steinhäusern hervor. Die Postbeamten hatten französische Uniformen an, während die Einheimischen knielange Kleider über weichen Hosen und Turbane auf dem Kopf trugen. Sie standen in ordentlichen Schlangen vor den Schaltern und traten einzeln nach vorne, um ihre Briefe und Pakete abzugeben. Auch Clärenore reihte sich ein, um Hildes Päckchen aufzugeben. Als sie das Gebäude wieder verließ, lief sie Söderström in die Arme. Er hielt ebenfalls ein Paket in den Händen und sah ebenso frisch gewaschen aus wie sie. Sein Kinn war rasiert, sein Haar noch feucht.

»Wir scheinen wieder einmal die gleichen Gedanken gehabt zu haben«, sagte er lächelnd. Dabei fiel ihm eine nasse Locke in die Stirn, die er lässig zur Seite schob. Seine Stirn war in den letzten Wochen dunkelbraun geworden, und seine hellen Augen leuchteten. Clärenore ertappte sich bei der Frage, wie sein Haar sich wohl anfühlte. Sofort schob sie den sonderbaren Gedanken zur Seite und unterdrückte auch den Wunsch, auf ihn zu warten. Vielleicht plante er ja ein Ferngespräch nach Stockholm. Dabei wollte sie nicht stören.

Sie sollte ohnehin rasch zu Lord zurückkehren. Der Arme

litt, weil er erneut allein hatte zurückbleiben müssen. Clärenore würde mit ihm durch den herrlichen Garten ihres Gastgebers spazieren.

Zum Abendessen hatte Henri Ponco mehrere einflussreiche Männer der Stadt eingeladen. Zur Feier des Tages holte Clärenore Hildes hellblaues Kleid aus dem Koffer. Sie musste es aufbügeln lassen, da es völlig zerknittert war. Als sie vor den Spiegel trat, erkannte sie sich selbst kaum wieder. Vor ihr stand eine zarte junge Frau, deren blondes Haar von der Sonne ausbleicht und deren Haut ebenso dunkel gebräunt war die des Schweden. Ihre Augen hatten exakt denselben Farbton wie das Kleid. Mit einer goldenen Spange steckte sie ihr schulterlanges Haar hinter die Ohren.

Sollte sie eine Kette um den Hals tragen? Sie hatte bloß ein einziges Schmuckstück dabei, das in einer Schatulle auf dem Boden ihres Koffers lag. Es war ein Geschenk ihres Vaters zum achtzehnten Geburtstag, und sie trug es nur zu ganz besonderen Anlässen, an Feiertagen oder auf Familienfesten. Eigentlich hätte sie es zu Hause lassen sollen, aber Clärenore hatte es nicht geschafft, sich davon zu trennen. Heute hatte sie Lust, die Kette hervorzuholen.

Behutsam öffnete sie die kleine Box. Es war eine schlichte, kurze Perlenkette, die zu jedem Kleidungsstück passte. Clärenore legte sie um ihren schmalen, langen Hals. Hilde hätte das gefallen, und sie musste lächeln. Ihre Schwester dachte an sie, und diese Vorstellung erfüllte sie mit einem Glücksgefühl.

Gemeinsam mit Lord ging sie auf die riesige Terrasse, wo eine lange Tafel festlich gedeckt worden war. Lampions in den Bäumen sorgten für angenehmes Licht. In der Ferne glitzerten die Schaumkrönchen auf dem Meer silbern im Mondlicht.

»Guten Abend, Fräulein Stinnes. Ich sehe, dass Sie sich von den Strapazen erholen konnten. Darf ich Ihnen ein Kompliment machen? Sie sehen hinreißend aus.« Henri Ponco kam auf sie zu.

»Es war ein Leichtes, in Ihrem herrlichen Haus neue Kräfte zu sammeln.«

»Sie schmeicheln meinem bescheidenen Anwesen.« Seine Antwort war eine eintrainierte Floskel. Er wusste, wie beeindruckend sein palastähnliches Haus war. »Ich muss Ihnen eine ganze Reihe von Menschen vorstellen. Alle wollen Sie kennenlernen.«

Die nächsten Minuten verbrachte Clärenore damit, Hände zu schütteln und Männern wie Frauen von ihrem Vorhaben zu erzählen. Diplomaten, Unternehmer und Industrielle waren gekommen. Einige von ihnen in Begleitung ihrer Frauen. Nur ein einziger einheimischer Politiker war anwesend, ein Ratsmitglied der Stadtregierung, alle anderen Gäste waren Franzosen, Deutsche, Holländer und Italiener.

Als Söderström auf die Terrasse kam, sah er zuerst über Clärenore hinweg. Erst als sie ihm zuwinkte, entdeckte er sie. Überraschung lag in seinen Augen. Clärenore errötete. Er kam zielstrebig auf sie zu. »Beinahe hätte ich Sie nicht erkannt«, meinte er mit einem charmanten Lächeln.

»Wieso? Sie haben mich doch schon mal im Kleid gesehen.«

»Sie sehen heute Abend verändert aus.«

»Ich habe gebadet.«

»So wollte ich das nicht verstanden wissen«, meinte er verlegen. »Sie sind auch sonst nicht ungepflegt. Sie sind immer eine attraktive Frau.«

Clärenores Gesichtsfarbe wurde noch dunkler. Mit einem Kompliment aus seinem Mund hatte sie nicht gerechnet.

»Aber heute Abend umgibt Sie ein ganz besonderer Glanz – so als hätte jemand ein Licht in Ihnen entzündet.«

Für einen Moment war Clärenore sprachlos.

Da rettete ihr Gastgeber sie aus der Situation, indem er ihnen Plätze an der Tafel zuwies. Clärenore wurde zwischen Henri Ponco und Michael Brunner gesetzt, einen deutschen Textilhändler, der sie die nächste Stunde mit seinen Erzählungen über die Qualität von Teppichen langweilte. Söderström erhielt einen Platz auf der anderen Seite der Tafel. Auch ohne hinzuschauen, spürte sie immer wieder seinen Blick, der auf ihr ruhte. Eine Neugier lag in seinen Augen, die sie beunruhigte, ihr gleichzeitig aber schmeichelte.

Auch Grunow und Heidtlinger begegneten ihr heute anders als sonst. Sie wirkten verunsichert, als wüssten sie nicht recht, wie sie sich verhalten sollten. Einerseits bemühten sie sich um deutlich mehr Höflichkeit, andererseits schien es ihnen noch schwerer zu fallen, sie als Leiterin dieser Expedition anzuerkennen. Erstaunlich, was ein Kleidungsstück bewirkte. Schade, dass Clärenore den Brief an Hilde schon abgeschickt hatte. Ihre Schwester hätte sich über den Bericht vom heutigen Abend gefreut. Clärenore musste ihn sich für den nächsten Brief aufheben.

»Stimmt es, dass Sie weiter nach Damaskus fahren?«, fragte ein französischer Diplomat, der ihr gegenübersaß.

»Ja, so ist es geplant.«

»Erwarten Sie sich nicht zu viel davon«, sagte er. »Die Stadt liegt in Trümmern. Wir haben die Aufständischen ein für alle Mal in die Schranken gewiesen.«

Seine Stimme klang eiskalt. Clärenore erschrak über den Hass in seiner Stimme. Hier in Beirut war von den kriegerischen Auseinandersetzungen nichts zu spüren, aber sie wusste, dass die Franzosen eine Revolte blutig niedergeschlagen hatten. Major Bey hatte erzählt, dass es Sultan Pascha al-Atrasch gelungen war, Gruppierungen unterschiedlicher Glaubensrichtungen zu vereinen und gemeinsam gegen die Mandatshoheit der Franzosen vorzugehen. Zuerst hatte es bloß im Gebiet der Drusen Widerstand gegeben, aber die Kämpfe hatten sich rasch ausgebreitet. Der Unmut gegen die Fremdherrschaft vereinte Sunniten, Schiiten, Alawiten, Drusen und Christen.

»Unsere Armee ist sehr klug vorgegangen.« Henri Ponco mischte sich mit stolzgeschwellter Brust ins Gespräch ein. »Ich bin mir sicher, dass diese Strategie in anderen Ländern erneut Anwendung finden wird.«

»Welche Strategie?«, wollte Clärenore wissen.

Ein dunkelhäutiger Diener servierte mit gesenktem Kopf die Vorspeisenteller mit zahlreichen Köstlichkeiten.

»Zuerst haben wir die unterschiedlichen Religionsgruppen gegeneinander ausgespielt«, erklärte ihr Gastgeber und lachte. »Eine simple Übung. Danach ist die Armee systematisch vorgegangen. Wir haben ganze Stadtteile und damit die gesamte Infrastruktur zerstört. Statt einzelner Verurteilungen haben wir Kollektivbestrafungen ausgesprochen und jeden weiteren Protest im Keim erstickt. Die Massenhinrichtungen wirkten abschreckend auf das aufmüpfige Pack.«

Clärenore versuchte ihr Entsetzen zu verbergen.

»Was passierte mit den Menschen, die ihre Häuser verloren haben?«, fragte sie. Die emotionale Kälte, mit der der Botschafter sprach, ließ sie erschaudern. So als würde er über Schachzüge auf einem Spielbrett und nicht über Menschenleben reden. Clärenore hatte in den letzten Wochen die große Armut gesehen, unter der die einheimische Bevölkerung litt.

»Ganze Stadtteile mussten umgesiedelt werden«, fuhr der Botschafter fort. »Das hat die Aufständischen demoralisiert. Die Kämpfe wurden innerhalb kurzer Zeit beendet, und jetzt ist die Ordnung wiederhergestellt.« Er strich sich selbstgefällig über seinen mächtigen Schnurrbart.

Vor Clärenores innerem Auge entstanden Bilder des Leids und des Terrors. Sie sah Frauen, die ihre Männer und ihre Söhne beweinten, Familien, die obdachlos durch die Straßen zogen. Handwerker, die keine Werkstätten mehr hatten. Kinder, die im Schutt nach Essbarem suchten. Eine ganze Stadt befand sich im Elend, während Henri Ponco sich und seine Gäste bedienen ließ. Die Köstlichkeiten auf Clärenores Teller verloren plötzlich ihren Reiz.

»Der Weg durch die Wüste wird sehr anstrengend«, sagte der deutsche Textilhändler Brunner. Sie war ihm dankbar für den Themenwechsel. »Ganz besonders für eine zierliche Frau wie Sie.«

Clärenore fragte sich, warum die Fahrt für eine Frau strapaziöser sein sollte als für einen Mann. Schon setzte sie zu einer Entgegnung an, als Söderström sich zu Wort meldete.

»Fräulein Stinnes ist stärker und zäher, als sie aussieht«, sagte er lachend. »Sie verfügt über mehr Durchhaltevermögen als so mancher Mann an diesem Tisch.«

Clärenore errötete erneut. Sie hoffte, dass man ihre glühenden Wangen im flackernden Licht der Laternen nicht sehen konnte. Es war das zweite Kompliment aus seinem Mund an diesem Abend.

»Leiten Sie die Expedition?«, erkundigte sich Brunner.

»Nein, Fräulein Stinnes führt die Gruppe an.«

»Wie bitte? Aber wie kann das sein?« Brunner wirkte irritiert.

»Ich habe die gesamte Reise geplant und trage die Verantwortung für meine Mitarbeiter«, erklärte Clärenore.

Brunner schien die Welt nicht mehr zu verstehen. »Sie tragen die Verantwortung für die Männer? Sie nehmen mich wohl aufs Korn.«

»Keinesfalls.« Clärenore spießte eine Olive mit der Gabel auf und schob sie in den Mund. Sie war mit Knoblauch gefüllt und schmeckte würzig. »Welche Rolle sollte ich Ihrer Meinung nach sonst innehaben? Dass Sie mich für einen Mechaniker halten, schließe ich mal aus.«

»Ich muss gestehen, ich dachte, die Adlerwerke hätten Sie als optischen Aufputz mitgeschickt«, gab der Händler lachend zu. »Ihr Bild gibt eine hervorragende Reklame ab. So kann die deutsche Automobilindustrie der ganzen Welt zeigen, dass ihre Fahrzeuge so sicher und einfach gebaut sind, dass sie selbst der unsachgemäßen Bedienung einer Frau standhalten.«

»Optischer Aufputz?«, wiederholte Clärenore verärgert. »Unsachgemäße Bedienung durch eine Frau?« Sie war fassungslos.

Lag es an ihrem hübschen Kleid, dass Brunner sich dermaßen abfällig über sie äußerte? Statt zu antworten, drehte

Clärenore ihm demonstrativ den Rücken zu. Für einen Moment hatte sie es satt, sich ständig zu verteidigen. Der deutsche Kaufmann versuchte, erneut mit ihr ins Gespräch zu kommen, doch Clärenore ignorierte ihn. Heute Abend wollte sie nicht kämpfen. Die Laternen, das Büfett und der laue Sommerabend waren einfach zu schön.

Bolivianisches Hochland
November 1928

Schon beim Aufwachen spürte Clärenore die Veränderung. Ihre Kraft war zurückgekehrt und die Müdigkeit der letzten Tage verschwunden. Mühelos verließ sie das Bett und trat ohne Schwindel oder Schwächegefühl aus der Hütte. Die Medizin, die die junge Frau ihr eingeflößt hatte, zeigte Wirkung. Clärenore verweigerte einen weiteren Aufguss aus Kokablättern. Stattdessen trank sie einen bitteren Kräutertee, der die Lunge kräftigen sollte.

Auf ihren Wunsch hin war ein Esel gesattelt worden. Gemeinsam mit dem Alten, der Mayu hieß und ihre Genesung in den letzten Tagen genau im Auge behalten hatte, ritt sie zur Hacienda von Don Miguel. Über steinige Geröllhänge kletterten die Tiere bergab. Clärenore erkannte den Pfad, den sie auf allen vieren entlanggekrochen war, in der Hoffnung, bald auf eine Siedlung zu stoßen. Hinter der nächsten Biegung musste der Adler stehen. Und tatsächlich, kaum dass sie die schroffe Felswand passiert hatten, tauchte das staubige, mitgenommene Automobil vor ihnen auf. Die Bewohner des Dorfes hatten einen Teil ihres Gepäcks aus dem Wagen geholt. Die Kisten und Säcke stapelten sich jetzt in der Hütte, in der Clärenore schlief. Carl-Axels Fotoausrüstung war ebenso sichergestellt worden wie sein gesamtes

Filmmaterial der letzten Wochen und Monate. Der Adler hingegen sah schlimmer aus, als Clärenore ihn in Erinnerung hatte. Die Reifen waren durchlöchert, die Karosserie verbeult. Eine dicke Staubschicht ließ nur erahnen, in welcher Farbe das Automobil einst die Werkstatt verlassen hatte. Die Scheinwerfer waren eingeschlagen und das Dach eingedrückt. Ein trauriger Schrotthaufen aus Stahl, Blech und Rost. Nichts mehr erinnerte an den blumengeschmückten, glänzenden Wagen, mit dem Clärenore Frankfurt verlassen hatte. In den letzten anderthalb Jahren hatten sie und Carl-Axel mehr gesehen und erlebt als andere Menschen in ihrem ganzen Leben.

Carl-Axel. Seine sanften blauen Augen tauchten vor ihr auf, und nun konnte sie die Tränen nicht mehr zurückhalten. Es gab so vieles, was sie ihm sagen wollte. Mayu hatte berichtet, dass er immer noch nicht ansprechbar sei. Seit fünf Tagen kämpfte er um sein Leben, hatte hohes Fieber und fantasierte. Clärenore konnte es nicht erwarten, ihn zu sehen, und gleichzeitig ängstigte sie sich vor seinem Anblick. Innerlich versuchte sie sich zu wappnen. Hauptsache, er war am Leben, das allein zählte.

Sie ritten am Adler vorbei und erklommen über einen treppenähnlichen Steig ein Plateau. Immer steiler ging es bergauf. Geschickt bahnten die Esel sich einen Weg durch dorniges Gestrüpp. Die fingerdicken Stacheln waren wie spitze Messer, die erbarmungslos die Haut aufrissen, sobald man sie streifte. Die Esel waren die heimtückischen Pflanzen gewöhnt und wichen ihnen mit sicherem Tritt aus. Plötzlich führte der Weg wieder nach unten, und das Gelände weitete sich zu einer terrassenförmig angelegten, üppig bewachsenen Kulturlandschaft. Clärenore erkannte Kaffeepflanzen. Rot leuchtende Früchte hingen traubenweise an den Sträuchern. In der Ferne entdeckte sie ein weißes Gebäude mit einem orangebraunen Ziegeldach. Ein Glockenturm, an dessen Spitze ein Kreuz saß, zierte die riesige Hacienda. Das Gebäude war im Stil der spanischen Eroberer gebaut, es sah aus wie eine andalusische Finca.

Clärenore trieb ihren Esel zu einer schnelleren Gangart an, und das Tier beschleunigte. Sofort fiel Mayu zurück. Der Alte weigerte sich, seinem Esel ein höheres Tempo abzuverlangen. »Ihr Freund ist in guten Händen«, sagte er. »Nichts ändert sich, wenn wir die Esel zur Eile antreiben, außer dass die armen Tiere sich vielleicht verletzen.«

Schuldbewusst verlangsamte Clärenore den Schritt wieder, auch wenn sie sich nach dem Wiedersehen mit Carl-Axel sehnte. Entschuldigend strich sie dem Tier über das struppige Fell. Auch Mayu bedankte sich bei seinem Esel mit sanften Worten. Das war keine Selbstverständlichkeit, wie Clärenore im Lauf der Reise schmerzlich hatte erfahren müssen. Doch die Ureinwohner in Nord- und Südamerika lebten mit ihren Tieren und der Natur im Einklang. Mit derselben Großzügigkeit, mit der sie Clärenore aufgenommen hatten, behandelten sie auch ihr Vieh. Im Dorf gab es weder hungernde Esel noch geprügelte Hunde.

In nervenaufreibender Langsamkeit trabte Clärenore neben Mayu auf das Anwesen zu. Die Sonne brannte auf den Strohhut, den man ihr geliehen hatte. Ihre Erinnerungen schweiften ab und wanderten zurück in die brennend heiße Wüste des Orients.

Irak und Persien
Juli 1927

»Ich mache diese Schinderei nicht mehr mit«, beschwerte sich Grunow. »Seit fast vierzig Stunden sitzen wir am Steuer, ohne eine einzige Schlafpause. Zu trinken gibt es bloß das abgestandene Wasser, von dem viel zu wenig da ist. Wollen Sie uns alle umbringen?«

Erbarmungslos knallte die Sonne vom Himmel. Die Luft flirrte, und der Sand unter ihren Füßen glühte. Selbst der Gummi der Autoreifen gab nach und wurde weich. Weit und breit nichts als leblose Hügel. Lord konnte den Wagen erst verlassen, um sein Geschäft zu verrichten, wenn die Sonne untergegangen war. Seine Pfoten wären auf dem Sand erbarmungslos verbrannt. Die Karosserie der Automobile war so heiß, dass man mühelos ein Spiegelei darauf hätte braten können. Daran konnten auch die Wassersäcke nichts ändern, die Heidtlinger und Söderström in großen Mengen an den Fahrzeugen angebracht hatten.

Vor einer Woche hatten sie Damaskus hinter sich gelassen. Eine Stadt, deren Einwohner von ihren Besatzern gedemütigt und deren Häuser brutal zerstört worden waren. Es war genau so, wie Henri Ponco es erzählt hatte. Die niedergedrückte Stimmung hatte sich auf Clärenore und ihre Mitarbeiter übertragen. Deshalb hatten sie bloß die Vorräte aufgefüllt und den Ort so schnell wie möglich hinter sich gelassen.

Anschließend war es drei Tage lang durch die gefürchtete Wüste weiter nach Bagdad gegangen. Clärenore war sich sicher, dass es die heißeste Stadt der Welt war. Sie hatte mit Bagdad immer die Märchen aus Tausendundeiner Nacht verbunden. Vom Glanz der Stadt hatte sie allerdings nicht viel mitbekommen, denn sie war die meiste Zeit im schattigen Innenhof des Hotels geblieben. Wenn sie kurz durch die engen Gassen spaziert war, um einen Eindruck von Bagdad zu erhaschen, war sie entsetzten Blicken ausgesetzt gewesen. Von einem Mann, der sie trotz ihrer Hose als Frau erkannt hatte, war sie wüst beschimpft und mit einem Stein beworfen worden. Es war reines Glück gewesen, dass das Geschütz sie nicht getroffen hatte. Die wenigen Frauen, die man auf der Straße sah, trugen dunkle Gewänder, die ihren ganzen Körper und auch das Gesicht vollständig verdeckten. Bloß für die Augen gab es einen winzigen Sehschlitz. Clärenore hatte sich gefragt, wie man unter den dunklen Stoffschichten bei diesen Temperaturen atmen konnte und wie die Frauen damit aßen und tranken. Die sackähnlichen Verhüllungen waren ihr wie Folterwerkzeuge erschienen. Angeblich trugen auch in Persien die Frauen diese Art von Kleidung.

»Ich will niemanden umbringen«, versuchte sie Grunow zu beruhigen, als sie aus ihren Erinnerungen in die heiße Wüste der Gegenwart zurückgekehrt war. »Laut Landkarte befindet sich in einigen Kilometern Entfernung eine Oase, dort können wir unsere Wasservorräte auffüllen.«

»Das haben Sie gestern schon gesagt, und was war? Außer einer Fata Morgana, die unsere Sinne getäuscht hat, sind wir leer ausgegangen. Wenn wir heute kein Wasser finden, verdursten wir elendiglich.«

»Ich hätte diese Reise niemals antreten sollen«, jammerte Heidtlinger. Seine weinerliche Stimme hatte Ähnlichkeit mit der eines kleinen Kindes. Seine hochrote Stirn glänzte vom Schweiß. Er hatte in den letzten Wochen deutlich an Gewicht verloren, dabei verputzte er bei jeder Mahlzeit doppelt so viel wie die anderen.

»Was habt ihr vor?«, fragte Söderström ungeduldig. Solange die Fahrzeuge in Bewegung waren, kühlte zumindest der Fahrtwind. Stehen zu bleiben war fatal. »Wollt ihr hier warten, bis eine Karawane vorbeizieht?«

»Wir hätten uns in Bagdad einer anschließen sollen«, schimpfte Grunow.

Clärenore sah ein, dass eine Fahrt im Tross mehrerer Händler vernünftiger gewesen wäre. Sie hatte befürchtet, dass das Tempo zu langsam sein würde.

»In der Oase können wir das immer noch tun«, versprach sie. »Aber jetzt sollten wir unbedingt weiterfahren, bevor die Automobile so heiß werden, dass wir die Lenkräder nicht mehr anfassen können.«

Sie warf einen Blick auf Lord, der unter der Hitze besonders litt. Erschöpft lag er auf der Rückbank und hechelte mit halb geschlossenen Augen. Clärenore kletterte zu ihm und bot ihm etwas Wasser in einer Blechschüssel an, auf das sich der Hund gierig stürzte. Die bösen Blicke ihrer Mechaniker ignorierte sie geflissentlich. Sie hatte das Wasser von ihrer eigenen Ration abgezweigt.

»Was, wenn wir die Oase nicht finden?« Heidtlingers Stimme nahm einen hysterischen Klang an.

»Wir werden sie finden«, versprach Söderström. Seine Zuversicht übertrug sich auf die Mechaniker, die nun murrend wieder ins Begleitfahrzeug stiegen. Clärenore und Söderström nahmen auf der Fahrerbank Platz.

Die Temperatur im Wageninneren glich einem Backofen. Der Fahrtwind, der durchs offene Fenster strich, war heiß, dennoch tat er gut. Immerhin trocknete er den Schweiß.

»Danke«, sagte Clärenore.

»Wofür?«

»Es ist Ihnen wieder einmal gelungen, die Laune unserer Reisegefährten zu heben.«

Söderström verzog das Gesicht. »Ich fürchte, dass die Stimmung im Begleitfahrzeug jetzt nicht viel besser ist als zuvor.«

Clärenore wollte sich nicht vorstellen, wie die beiden sich gerade über sie beschwerten.

»Bereuen Sie auch, dass Sie die Reise angetreten sind?«, fragte sie.

»Ich muss zugeben, dass gerade jetzt ein schlechter Augenblick für diese Frage ist.«

Trotz der schwierigen Situation entlockte seine Antwort Clärenore ein Lächeln. Vor ihren Augen verschmolzen die sandige Wüste und der flirrende Horizont zu einem flimmernden Ganzen. Die Hitze war schier unerträglich. Ihre Zunge klebte am Gaumen, und ihre Lippen waren von der Trockenheit ganz blutig.

Nach einer Weile sagte Söderström: »Ich bereue die Entscheidung jetzt nicht mehr.«

»Jetzt nicht mehr?«

»Ich muss zugeben, dass ich zu Beginn unserer Reise gehadert habe. Besonders Ihre Besessenheit, möglichst rasch weiterzukommen, hat mich verärgert. Und dann all die hartgekochten Eier.« Angewidert schüttelte er den Kopf.

»Was ist schlimm an hartgekochten Eiern?«

»Sie stinken entsetzlich und schmecken fürchterlich.«

»Das sehe ich anders«, meinte Clärenore. »Aber was hat dazu geführt, dass Sie Ihren Entschluss jetzt nicht mehr bereuen?«

»Ihr Enthusiasmus ist ansteckend. Ich sehe die Fahrt als großes Abenteuer und einmalige Chance, die ganze Welt zu sehen.« Er machte eine kurze Pause. »Auch wenn es in diesem Moment ein bisschen schwerfällt.«

Clärenore drehte sich zu ihm. Seine blauen Augen waren ihr in den letzten Wochen ebenso vertraut geworden wie das Grübchen an seiner rechten Wange, das entstand, wenn er lächelte. Sie mochte beides und fühlte sich zu ihm hingezogen, auch wenn sie wusste, dass ihre Gefühle falsch waren und niemals erwidert werden durften. Er war ein verheirateter Mann. Auf keinen Fall würde Clärenore eine Ehe zerstören.

»Wann haben Sie sich eigentlich entschieden, Filmoperateur zu werden?«, fragte sie.

»Beim Militär. Ich hatte mein Studium für Ingenieurwesen begonnen, doch dann kam der Militärdienst dazwischen. Ich lernte den Laborchef des Pathé-Frères-Filmbüros in Stockholm kennen. Er hat mich dazu überredet, nach dem Militär eine Anstellung als Hilfsoperateur anzunehmen. Ich entschied mich dafür und habe es nie bereut. Nach einigen Jahren hatte ich mir einen Ruf erarbeitet. Ich bekam regelmäßig Angebote und durfte mit Greta Garbo drehen.«

»Das klingt sehr spannend.«

»Es war nicht annähernd so aufregend wie diese Reise, das kann ich Ihnen versichern.«

Clärenore wich einer Formation kleiner Felsen aus, die denselben rotgelben Farbton hatten wie der Sand.

»Und was ist mit Ihnen?«, fragte Söderström. »Wann haben Sie gewusst, dass Sie die Welt mit dem Automobil umrunden wollen?«

»Die Idee kam mir während der Allrussischen Prüfungsfahrt.«

»Die Strapazen dabei haben Ihnen nicht gereicht? Sie wollten mehr?«

»Ich wollte mich nicht mehr mit dem zufriedengeben, was andere an mich herantragen«, korrigierte Clärenore ihn. »Ich wollte mein Leben selbst gestalten.«

»Wäre das nicht mit weniger drastischen Mitteln gegangen?«

»Ich will der Welt zeigen, wozu Frauen in der Lage sind.«

»Der Welt?«, fragte Söderström amüsiert.

Clärenore schluckte hart. Nach all dem, was sie ihm bereits erzählt hatte, war es nicht schwer für ihn, sie zu durchschauen.

»Und meiner Familie«, gab sie leise zu.

Da tauchte am Horizont ein schmaler grüner Streifen auf.

Söderström richtete sich auf. »Ich glaube, das ist die angekündigte Oase.« Er nahm die Karte von der Rückbank und studierte sie aufmerksam. »Ja, das muss sie sein!«, rief er begeistert. Clärenore beschleunigte, und der Wagen wirbelte noch mehr Sand auf.

In den letzten Stunden hatten sie mehrmals geglaubt, die Oase vor sich zu erkennen, doch jedes Mal hatte sich ihre Wahrnehmung als Trugbild entpuppt. Diesmal war es anders. Der dünne Grünstreifen verschwand nicht, sondern wurde immer größer. Schon bald waren Palmen und Dächer zu erkennen und eine helle Fahne, die im Wind wehte. Sie hatten ihr Zwischenziel erreicht.

Auch Grunow und Heidtlinger hatten die Siedlung entdeckt. Einer der beiden hupte laut, und Clärenore antwortete voller Vorfreude auf Wasser und Schatten, indem sie ebenfalls die Hupe betätigte. Das laute Geräusch weckte Lord aus seiner Apathie. Er rappelte sich auf und hielt den Kopf aus dem offenen Fenster in den heißen Fahrtwind. Vielleicht spürte auch er, dass das Warten auf Wasser ein Ende hatte.

Jedes zweite Haus des kleinen Wüstendorfs war ein Café. Clärenore und ihre Begleiter entschieden sich für eines mit möglichst viel Schatten. Unter einer Dattelpalme tranken sie Limonade, die so aussah, als wären zuvor ein paar Goldfische darin geschwommen. Sie schmeckte auch so, aber angesichts des Dursts, den sie alle verspürten, nahmen sie die Getränke dankbar entgegen und leerten die Gläser in einem Zug. Clärenore hoffte inständig, dass sie keine Durchfallerkrankung bekommen würden. Grunow hatte schon nach Beirut über Bauchschmerzen geklagt. Auch Lord bekam Wasser, das ebenso seltsam aussah wie die Limonade. Jetzt lag er flach auf dem Boden, alle viere erschöpft von sich gestreckt.

Auf ihre Nachfrage hin erzählte der Besitzer des kleinen Cafés in fließendem Englisch von einem Karawanenführer, der am nächsten Tag mit einer Gruppe von Händlern in Richtung Teheran aufbrechen wollte. Clärenore und Söderström suchten den Karawanenführer auf, der ebenfalls perfekt Englisch sprach. Als Clärenore mit ihm einen Preis verhandeln wollte, richtete er seine Antworten ausschließlich an Söderström, als wäre sie Luft. In seinen Augen waren Frauen offenbar nicht geschäftsfähig. Schon gar nicht, wenn sie Hosen trugen und ohne Gesichtsschleier herumliefen. Er strafte Clärenores unsittliches Auftreten mit einer Mischung aus Verachtung und Spott. Clärenore war zu müde, um sich über sein unhöfliches Benehmen aufzuregen, und überließ Söderström die Verhandlungen.

Nachdem er sich mit dem Karawanenführer einig geworden war, suchten sie nach einer Unterkunft. In der Oase gab es eine Karawanserei, die Clärenore an eine alte Pferdepoststation in Deutschland erinnerte. Um einen geschlossenen Innenhof standen flache Gebäude, in denen sich einfache Wohnräume befanden. Die Außenmauern waren beinahe fensterlos und boten soliden Schutz gegen Angriffe. Als Clärenore einen Blick in den Schlafsaal warf, beschloss sie, lieber eine weitere Nacht im Automobil zu verbringen. Im dunklen, fensterlosen Raum stank es nach Urin und Dreck, an den Wänden und auf dem Boden tummelten sich Scharen von Ungeziefer. Auch Söderström, Grunow und Heidtlinger entschieden sich für das Automobil, was die ohnehin angespannte Stimmung nicht verbesserte.

Lange vor Sonnenaufgang brach die Karawane auf. Neben Kamelen und Pferden befanden sich drei weitere Automobile im Tross. Clärenore und Söderström fuhren in der Mitte,

Grunow und Heidtlinger waren ganz hinten eingereiht worden, zusammen mit zwei Fords, die französischen Handelsbeauftragten gehörten.

Den ganzen Vormittag schlängelte sich der Zug durch die Wüste. Mit jedem Meter, den sie zurücklegten, nahm die Hitze wieder zu. Kurz bevor die Sonne im Zenit stand, blieb einer der Fords im Sand stecken. Heidtlinger und Grunow befestigten ein Abschleppseil daran und halfen den Franzosen aus der Falle.

Erst am frühen Nachmittag änderte sich allmählich das Landschaftsbild, denn im Osten tauchten Berge auf. Die persische Grenze rückte näher, leider viel langsamer, als Clärenore sich das gewünscht hätte. Nach weiteren vierzig Kilometern erreichten sie endlich den Grenzübergang. Kurz davor löste sich die Karawane auf. Das unwegsame Wüstengebiet lag hinter ihnen, statt endlosem Sand gab es wieder einfache, unbefestigte Straßen. Zwar waren sie uneben und an manchen Stellen schwierig zu befahren, doch Clärenore empfand sie dennoch als Segen.

Die Zollstation war in einem unscheinbaren Dorf untergebracht, das nicht mehr als zwanzig einfache Lehmhäuser zählte. Der Beamte, ein junger Mann mit guten Englischkenntnissen, erledigte die Zollformalitäten überraschend schnell und unbürokratisch. Die Nacht verbrachten sie auf dem Innenhof einer Karawanserei. Sie bedienten sich nur am Brunnen und lehnten den Schlafsaal dankend ab. Die nächsten Tage verliefen ähnlich. Tagsüber fuhren sie über staubige Wege, immer der Sonne ausgesetzt. Abends suchten sie nach einer Herberge, wo sie aßen, aber nicht schliefen. Clärenore hatte längst aufgehört, sich um ihr Aussehen oder ihren Körpergeruch zu kümmern. Sie wusste, dass sie in einem erbärmlichen Zustand war, und wenn sie ihr eigenes Bild in einem der Rückspiegel sah, erschrak sie. Ihre Wangen waren von dunklen Schmutzschlieren überzogen, die Spitzen ihrer Haare schauten strähnig unter dem Tuch auf ihrem Kopf hervor, und der einst knallrote Stoff war mittlerweile grau.

Der Durst war ein ständiger Begleiter. Tagsüber herrschte eine schier unerträgliche Hitze, doch sobald die Sonne unterging, wurde es empfindlich kühl. In manchen Nächten musste Clärenore zusätzliche Decken aus dem Gepäck holen, weil ihr Schlafsack nicht ausreichte.

Nach einer besonders kalten Nacht erreichten sie den Fuß der Berge, die bisher in unerreichbarer Ferne zu liegen schienen. Nun wurden auch tagsüber die Temperaturen erträglicher. Endlich fuhren sie wieder über befestigte Straßen. Die engen Wege wurden immer steiler, und Clärenore musste im niedrigsten Gang fahren, um die Anhöhe zu bezwingen. Sie überholte eine Gruppe Kaufleute mit Pferden, die ihre Waren nach Teheran brachten. Es waren ausschließlich Männer mit köchellangen hellgrauen Kaftanen und turbanähnlichen Kopfbedeckungen. Skrupellos und brutal schlugen sie die Tiere mit langen Stecken. Eines der Pferde humpelte, denn sein rechter Hinterlauf war gebrochen. Das arme Tier vermochte sich auf seinen drei Beinen kaum vorwärtszuschleppen. Trotzdem hatte sein Besitzer es mit schweren Säcken beladen, schimpfte unentwegt und schlug mit brutaler Härte zu.

Clärenore verlangsamte das Tempo. »Um Himmels willen«, sagte sie entsetzt. »Was tut der Mann? Das Tier leidet doch Höllenqualen.«

»Haben Sie Ihre Pistole griffbereit?«

Fragend fuhr Clärenore herum und verriss dabei das Lenkrad. Es dauerte einen kurzen Moment, bis sie das Fahrzeug wieder auf Kurs hatte. »Was haben Sie vor?«, fragte sie tonlos.

»Ist die Waffe geladen?«

»Ja, sie liegt im Handschuhfach, wie immer.«

»Gut, dann halten Sie an.«

Clärenore folgte Söderströms Anweisung. »Sie werden doch keinen Streit anfangen, oder?« Ihre Stimme klang besorgt. Es passte so gar nicht zum Wesen des sanften Schweden, sich mit Männern zu zanken, die er nicht kannte.

»Keine Sorge«, meinte er und sprang aus dem Wagen. »Sobald ich das Tier käuflich erworben habe, kommen Sie mit der Pistole.«

Es dauerte einen Moment, bis Clärenore begriff. »Sie wollen das arme Tier erlösen.«

»Hatten Sie etwa gedacht, ich spiele den Rächer der rechtlosen Tiere?« Sein Lächeln wurde breiter. Noch nie hatte Clärenore ihn so attraktiv gefunden. Vom Fahrersitz aus beobachtete sie, wie Söderström mit dem Treiber verhandelte. Der Mann schien Söderströms Worten keinen Glauben zu schenken. Erst als der Schwede ein paar Münzen aus seiner Hosentasche zog und sie dem Händler reichte, reagierte der Mann, indem er sich blitzschnell das Geld schnappte. Dann holte er die Säcke vom Pferd und winkte einem seiner Kollegen, der daraufhin die Ware auf die anderen Tiere verteilte. Clärenore griff nach der Pistole und kletterte aus dem Adler. Hastig lief sie zu Söderström, der das verletzte Tier vorsichtig vom Weg führte. Im Schatten eines dürren Strauchs hielt er an.

»Soll ich oder wollen Sie dem Tier den Gnadenschuss geben?« Nun war jede Heiterkeit aus seinem Gesicht gewichen. Clärenore hielt mit zitternder Hand die schwere Waffe.

»Sie, bitte«, sagte sie, trat näher zu dem verletzten Tier und streichelte sanft über den geschundenen Körper. Sie war mit Pferden aufgewachsen. Auf Asa gård hatte es eine ganze Koppel mit kräftigen Isländern gegeben, auf denen sie jeden Sommer mit Hilde geritten war. Sie hatten die Ponys gestriegelt, gefüttert und sich schweren Herzens im Herbst wieder von ihnen verabschiedet.

»Wie kann man so grausam sein?«, fragte Clärenore niedergeschlagen. Das Tier rollte mit den Augen und schnaubte leise. Seine Nüstern zitterten. Es litt entsetzliche Qualen, schien aber zu spüren, dass weder Clärenore noch Söderström ihm etwas Böses wollten. Mühevoll und unter sichtlichen Schmerzen legte es sich auf den Boden. Das Tier ahnte wohl, dass seine Qualen bald vorbei waren.

»So ist es gut, mein Braver.« Clärenore flüsterte leise und strich weiter über den zitternden Körper.

»Ich bin kein Tierarzt«, sagte Söderström nachdenklich. »Ich hoffe, dass ich das Gehirn des Tieres erwische, damit es schnell geht.«

Er setzte die Pistole an den Kopf des verletzten Hengstes und drückte ab. Der Schuss zerriss die Luft. Lord, den Clärenore im Wagen zurückgelassen hatte, heulte laut auf, kratzte bellend an der Autotür und wollte zu ihr. Das Pferd zuckte, rollte die Augen, sodass nur noch das Weiße zu sehen war, dann sackte es in sich zusammen. Um ganz sicherzugehen, schoss Söderström ein zweites Mal. Nun war eindeutig klar, dass das Tier tot war. Es streckte alle viere von sich.

Der Treiber und seine Kollegen kamen angelaufen, blieben in einigem Abstand stehen und starrten fassungslos die Europäer an. Es war unschwer zu erkennen, dass sie Clärenore und Söderström für verrückt hielten.

Clärenore rannte zurück zum Wagen, um Lord zu beruhigen. Söderström folgte ihr in einigem Abstand. Noch bevor beide wieder im Automobil saßen, machten die Treiber sich daran, dem noch warmen Tier das Fell abzuziehen. Clärenore verspürte nur einen einzigen Wunsch, sie wollte so rasch wie möglich von hier fort. Mit quietschenden Reifen fuhr sie los und hinterließ eine riesige Staubwolke.

Eine ganze Weile schwiegen Söderström und sie. Erst als die Treiber völlig aus ihrem Blickfeld verschwunden waren, fragte Clärenore: »Was haben Sie dem Mann bezahlt?«

»Umgerechnet zwanzig deutsche Reichsmark in persischen Silbermünzen.«

»Das ist viel Geld für eine gute Tat.«

»Er wollte die doppelte Summe.«

»Die doppelte Summe? Dachte er, wir können nicht rechnen?«

Söderström fand seine gute Laune wieder. »An unserem Verstand haben die Männer bereits gezweifelt, als sie Sie gesehen haben.«

»Wie bitte?«

»Eine Frau in Hosen, die sich fremden Männern zeigt, bricht alle Tabus. Sie erzielen in diesem Land die Wirkung eines rosa Elefanten oder eines blauen Kamels.«

Nun konnte auch Clärenore wieder lachen. »Ein blaues Kamel ist doch eine nette Vorstellung. Bestimmt würde es schick aussehen, wenn es durch die Wüste liefe.«

»Ich glaube, dass mir das auch gefallen würde«, meinte Söderström gutgelaunt.

»Ist es nicht erstaunlich, dass die Frauen sich in diesem Land derart unterdrücken lassen? Dabei leben wir im zwanzigsten Jahrhundert«, sagte Clärenore. »Während ich mich darüber beschwere, dass ich nicht die gleichen Rechte wie meine Brüder habe, dürfen Frauen hier nicht mal allein das Haus verlassen.«

Söderström wurde wieder ernst. »Ich glaube, dass wir nicht das Recht haben, mit dem Finger auf die Menschen zu zeigen. Denken Sie daran, wie wenig Frauen noch vor ein paar Jahren in Deutschland erlaubt war.«

»Gerade deshalb finde ich es ja so skandalös«, regte sich Clärenore auf. »Aus Religion und Tradition wird ein gefährlicher Cocktail gebraut, der sich vor allem auf die Frauen nachteilig auswirkt.« Sie verbesserte sich gleich. »Cocktail ist vielleicht der falsche Vergleich. Die Menschen hier trinken ja keinen Alkohol.«

Söderström verzog den Mund. »Zumindest behaupten sie es, aber so mancher Kaffee riecht verdächtig stark nach Hochprozentigem. Und ich will nicht wissen, was in den Wasserpfeifen enthalten ist, die ständig geraucht werden.«

Gebannt blickte Clärenore auf die Fahrbahn und umfuhr im letzten Moment geschickt ein breites Straßenloch. Heidtlinger hinter ihnen reagierte zu spät. Sie hörte das Automobil rumpeln und schaute in den Rückspiegel.

»Ich hoffe, dass Grunow sich bald wieder besser fühlt«, sagte sie besorgt. »Er ist ganz eindeutig der geschicktere Fahrer.«

»Heute Morgen hat Grunow sehr mitgenommen ausgesehen«, bestätigte Söderström. »Ich fürchte, dass er ernsthaft krank wird und ein paar Tage Ruhe benötigt.«

»Ob er die Limonade nicht vertragen hat?«

»Vielleicht kann er sich in Teheran erholen.«

»Ganz sicher«, meinte Clärenore. »Wir werden eine Ruhepause von zwei Tagen einlegen.«

»Zwei Tage?«, wiederholte Söderström. »Ich dachte, wir wollten länger bleiben.«

»Denken Sie an den …«

Söderström fiel ihr mit einer abwehrenden Handbewegung ins Wort. »Sagen Sie es nicht«, bat er. »Es hat dieselbe Wirkung auf mich wie hartgekochte Eier.«

Schuldbewusst presste Clärenore die Lippen aufeinander. Sie wusste, dass sie den sibirischen Winter zu oft als Schreckgespenst an die Wand malte. Aber sie fürchtete sich tatsächlich davor, in Russland stecken zu bleiben und die Expedition schlimmstenfalls abbrechen zu müssen.

»Wir werden sehen, wie sich Grunows Gesundheitszustand entwickelt«, lenkte sie ein. Nach einer Weile fügte sie hinzu: »Besser, wir verraten den beiden nicht, was wir für das Pferd bezahlt haben.«

Söderström grinste. »Sie haben recht. Heidtlinger hätte wenig Verständnis dafür, dass wir den Gaul nicht mitgenommen und zu einem ordentlichen Gulasch verkocht haben.«

Bereits einige Kilometer vor Teheran kam ihnen ein Automobil der Deutschen Handelsvertretung entgegen. Von der

Grenze aus hatte Clärenore ein Telegramm aufgegeben, aus dem Heinrich Kochauf, der Leiter der Gesellschaft, ihr Ankunftsdatum hatte ableiten können. Ohne weiter nach dem richtigen Weg suchen zu müssen, folgten sie dem deutschen Automobil. Die längst zerfledderte Landkarte blieb bei Lord auf der Rückbank liegen. Sie passierten das Kaswiner Tor und erreichten ohne Unterbrechung den Sommersitz der Deutschen Gesellschaft. Das herrschaftliche Anwesen lag am Fuße des Demawend, jenes mächtigen Berges, der mit ewigem Schnee bedeckt war und der persischen Hauptstadt eine imposante Kulisse bot.

Wieder einmal sehnte sich Clärenore nach einem Bad. Der Anblick gepflegter, sauberer Menschen führte ihr drastisch vor Augen, wie verwahrlost sie und ihre Reisegefährten aussahen. Sobald sie in ihrem Zimmer war, ließ sie sich ein Bad ein und verweilte darin so lange, bis das nach Rosen duftende Seifenwasser auskühlte und ihre Haut ebenso samtig weich war wie der Badeschaum auf der Wasseroberfläche. Nach dem Bad fühlte sie sich wie ein neuer Mensch. Auch Lord wurde abgeschrubbt, was er mit stoischer Ruhe über sich ergehen ließ. Seine Verletzung war längst abgeheilt. Die Stellen blieben kahl, was Clärenore jedoch nicht im Geringsten störte.

Ihre Kleidung und den Schlafsack trug sie in eine Wäscherei. Für gewöhnlich legte sie selbst Hand an, doch diesmal war die ursprüngliche Farbe ihrer Hemden nicht mehr zu erkennen. Alles hatte einen undefinierbaren Grauton angenommen. Sie war dankbar, dass sie die unangenehme Arbeit Wäscherinnen überlassen konnte.

In den Straßen der Stadt zeigte sich an allen Ecken die Liebe der Menschen zur Natur. Selbst die engsten Gassen waren mit Bäumen bepflanzt. Jedes Haus, und war es noch so klein, besaß seinen eigenen Blumengarten, und überall summten Bienen. Nie hatte Clärenore den Duft von Blumen so genossen wie nach den Wochen der Hitze und des Staubs. Lord lief schwanzwedelnd und vergnügt neben ihr her.

Nach dem Mittagessen, das aus einer Lammfleischsuppe mit Tomaten, Kartoffeln und Kichererbsen bestand, zu der frisches Fladenbrot und Joghurt gereicht wurden, lud Kochauf Clärenore zu einem Spaziergang ein. Söderström begleitete die beiden mit seiner Kamera. Zuerst ging es in den südlichen Stadtteil, wo sich der Große Basar Teherans befand. Über eine Strecke von zehn Kilometern erstreckte sich der größte Marktplatz, den Clärenore bisher gesehen hatte. In jedem der breiten Korridore, die sich durch den Basar zogen, hatten sich die Händler auf den Verkauf bestimmter Waren spezialisiert. Hier konnte man alles käuflich erwerben – vom handgeknüpften Teppich über filigranen Goldschmuck bis hin zu Lebensmitteln, Tieren, Fliesen, Möbeln und Kleidung. Um sich herum hörte Clärenore deutsche, spanische, russische, französische und englische Wortfetzen. Sie konnte sich gar nicht sattsehen an der Vielfalt, während Söderström versuchte, so viele Eindrücke wie möglich mit seiner Kamera festzuhalten. Nach Wochen, in denen Clärenore keine Frauen zu Gesicht bekommen hatte, war es eine Freude, sie wieder im öffentlichen Leben zu sehen. Einige trugen Schleier, doch die meisten waren modern gekleidet, flanierten lachend über die Bürgersteige, kauften auf dem Markt ein und unterhielten sich mit Freundinnen. Der Besuch von Kaffeehäusern war ihnen allerdings auch hier verwehrt. In den Lokalen saßen ausschließlich Männer.

Nach dem Basar ging es weiter zum Golestanpalast, dem Herzstück der Stadt und einstigen Sitz der persischen Herrscherfamilie. Heute wurde das Gebäude nur noch für offizielle Empfänge und repräsentative Zwecke genutzt.

»Die Perser sind sehr stolz auf den Palast. Er ist ein Meisterwerk orientalischer Kunst«, erklärte Kochauf. »Beachten Sie die unzähligen Ornamente auf den Fliesen und Mosaiken der Fassade.«

Clärenore war beeindruckt von den Farben und der Formenpracht der Muster. Vor dem Palast lag ein künstlich angelegter Teich, an dem sie eine kurze Rast einlegten, bevor sie sich wieder auf den Weg zurück machten. Auf dem Rückweg zeigte Kochauf seinen Gästen die modernen Errungenschaften der Stadt. »Seit Jahren findet eine große Modernisierung statt«, erklärte er. »Die transiranische Eisenbahn, die Teheran mit dem Kaspischen Meer und dem Persischen Golf verbinden soll, ist eines der ehrgeizigen Projekte.« Söderström wollte noch weitere Bauwerke sehen, doch Clärenore hatte vorerst genug und kehrte mit Kochauf zurück zum Quartier.

Aus den geplanten zwei Tagen wurden vier, denn Grunow erholte sich nur langsam. Er klagte über heftige Bauchschmerzen und verbrachte die Vormittage im Bett. Erst mittags schaffte er es zum Tisch, um eine klare Suppe und ein paar Bissen Brot zu essen.

»Soll ich einen Arzt rufen lassen?«, fragte Clärenore besorgt.

»Nicht nötig«, antwortete der Mechaniker mit zusammengebissenen Zähnen. »Von dem Zeug, das mir die Quacksalber verschreiben, werde ich erst richtig krank.«

Clärenore dachte schmerzvoll an den Tod ihres Vaters, der vermeidbar gewesen wäre. Hugo Stinnes war der stümperhaften Arbeit eines Chirurgen zum Opfer gefallen. Also berücksichtigte sie Grunows Bitte und wartete ab. Zu ihrer großen Erleichterung besserte sich Grunows Zustand am dritten Tag deutlich. Sein Appetit kehrte zurück, und er langte bei den köstlichen orientalischen Speisen, die ihnen im Haus von Heinrich Kochauf serviert wurden, wieder ordentlich zu. Es gab in Honig eingelegte Datteln und Nüsse, zuckersüßen Grießbrei mit Granatapfelkernen, gewürzten Fleischeintopf und knuspriges Fladenbrot.

Am vierten Tag war klar, dass die Reise nach einer weiteren Nacht fortgesetzt werden konnte. Vor ihnen lag der nächste abenteuerliche Abschnitt. Ab jetzt ging es wieder in den Norden, Richtung Tiflis. Die große Hitze lag endlich hinter ihnen.

Nach Kaswin hörten die guten Straßen schlagartig wieder auf. Die einzigen Orientierungsmöglichkeiten in dem unübersichtlichen Gebiet waren die englischen Telegraphenmasten, an denen sie entlangfuhren. Diesmal war Clärenore mit dem Kleinen hinter dem Begleitfahrzeug. Irgendwo zwischen Hajj Aqa und Täbris hielt Grunow den Großen an. Clärenore blieb hinter ihm stehen und stieg aus dem Wagen. Söderström und Lord folgten ihr.

»Was ist los?«, fragte sie.

»Mir geht es nicht gut.« Grunows Gesicht war schmerzverzerrt. Umständlich schob er sich hinter dem Lenkrad hervor, kletterte aus dem Wagen und ging am Straßenrand in die Hocke. Mit beiden Händen fasste er sich an die Seite.

Clärenore spürte, wie ihre Kehle sich zusammenzog. Weit und breit gab es keinen Arzt, und es würde Tage dauern, bis ihnen wieder medizinische Versorgung zur Verfügung stand. Sie war für den Mechaniker verantwortlich.

»Dann muss Herr Heidtlinger das Fahren übernehmen«, bestimmte Clärenore. Ihre Stimme klang sicherer, als sie sich fühlte.

Der großgewachsene Mechaniker wirkte entsetzt. »Ich weiß nicht, ob ich das in diesem unwegsamen Gelände schaffe«, meinte er. »Sobald es bergauf geht, habe ich Probleme mit dem Regulieren des Treibstoffs. Das Benzin-Benzol-Gemisch braucht mehr Sauerstoff. Mir fehlt die Übung, sicher säuft mir der Motor ständig ab. Bis jetzt ist Hans alle Bergstrecken gefahren.«

Und die anderen auch, fügte Clärenore in Gedanken hinzu. Sie verkniff sich die böse Bemerkung, die im Moment niemandem weiterhalf. Grunow konnte in seinem Zustand unmöglich hinter dem Steuer sitzen. Ob er an einer Erkrankung des Blinddarms litt? Wenn ja, brauchte er dringend einen Chirurgen, doch vor Tiflis würden sie wohl kaum ein vertrauenswürdiges Krankenhaus finden.

Clärenore atmete tief durch, damit die Panik, die in ihr aufstieg, nicht die Oberhand gewinnen konnte. Als Leiterin der Expedition hatte sie sich schriftlich dazu verpflichtet, für die Sicherheit ihrer Mitarbeiter zu sorgen. Sie hätte in Teheran einen Arzt rufen sollen. Ärgerlich biss sie sich auf die Unterlippe, bis es weh tat.

»Ich übernehme den Großen«, schlug Söderström vor. »Grunow kann im Kleinen mitfahren. Der Sitz lässt sich auch während der Fahrt umlegen.«

»Eine gute Idee«, sagte Clärenore erleichtert. Warum war ihr selbst diese Lösung nicht eingefallen? Vor lauter Angst und Sorge um Grunow schien ihr Hirn blockiert zu sein. Wieder einmal schaffte es der Schwede mit seiner besonnenen Art, ihre Nerven zu beruhigen.

»Können Sie einsteigen?«, fragte Clärenore.

Grunow nickte, hievte sich schwerfällig auf den Beifahrersitz und legte ihn um. Er sah bemitleidenswert aus. Die ganze weitere Fahrt bemühte sich Clärenore, möglichst ruhig zu fahren, was angesichts der Straßenlage schier unmöglich war. Zugleich wollte sie ein gewisses Tempo nicht unterschreiten. Grunow neben ihr schloss die Augen und fiel in einen Halbschlaf. Sein Gesicht war blass, seine Stirn glänzte vom Schweiß. Möglich, dass er Fieber hatte.

Erst nach Sonnenuntergang erreichten sie eine Karawanserei, einen einfachen Steinbau mit einem großen Innenhof, der zu einer Seite offen war. An der Rückseite des Baus befand sich eine kleine Gaststube, die überraschend gemütlich aussah. Mehrere Männer hockten um einen dampfenden Samowar und tranken dunklen Tee aus kleinen bauchigen Gläsern. Als Söderström um Einlass bat, wurde er ihm verweigert. Der Raum, der auch dem Gebet diente, war gläubigen Muslimen vorbehalten.

»Wir haben einen kranken Mann dabei«, erklärte Söderström auf Englisch. »Er braucht ein warmes Lager für die Nacht.« In weniger als einer Stunde würden die Temperaturen wieder dramatisch sinken. Es galt, einen warmen Platz für den fiebernden Grunow zu finden. Ein Armenier, der gebrochenes Englisch sprach, übersetzte für Söderström, doch auch er konnte nichts ausrichten. Der Besitzer der Gaststube blieb hart und wies den vier Europäern den Stall zu.

»Besser als nichts«, meinte Grunow schwach. Er schleppte sich gekrümmt in den niedrigen Verschlag und ließ sich erschöpft auf dem schmutzigen Stroh nieder.

»Wir brauchen etwas zu essen«, sagte Clärenore besorgt. »Hat es Sinn, dass ich danach frage?«

Söderström schüttelte den Kopf. »Den Mann trifft der Schlag, wenn er mitbekommt, dass Sie eine Frau sind. Von Weitem hat er Sie wohl für einen jungen Mann gehalten. Besser, er bleibt bei seiner Annahme.«

Clärenore schnaubte verärgert. »Mir gehen all diese überheblichen Männer mit ihren engstirnigen Meinungen langsam auf die Nerven. Keiner von ihnen wäre auf der Welt, wenn eine Frau ihn nicht neun Monate mit sich herumgeschleppt hätte.«

Heidtlinger zuckte gleichgültig mit den Schultern. »Andere Länder, andere Sitten. In Deutschland können Frauen sich nicht beschweren. Meine Rosa fühlt sich ganz sicher nicht unterdrückt.«

»Auch nicht, wenn du auf ihr liegst?«, bemerkte Grunow und versuchte zu lachen, doch stattdessen krümmte er sich vor Schmerzen.

»Solange Sie dermaßen geschmacklose Witze machen, kann es Ihnen ja nicht so schlecht gehen«, zischte Clärenore.

»Tut mir leid«, meinte Grunow verkniffen, rollte sich zur Seite und stöhnte dabei laut.

»Für Frauen in Deutschland gibt es noch jede Menge Gründe, sich zu beschweren«, sagte sie düster und dachte an Hilde, die gegen ihren Willen einen Mann geheiratet hatte, den sie nicht liebte. »Wir sind noch lange nicht dort, wo wir hingehören«, fuhr sie fort und blickte zur warm erleuchteten Gaststube, wo die Männer lachten und Tee tranken.

»Aber in Deutschland würden betende Christen einen kranken Muslim nicht in den Stall schicken«, behauptete Heidtlinger.

»Sind Sie sicher?« Söderström hob die rechte Augenbraue.

Heidtlinger zögerte und schien keine weitere Diskussion vom Zaun brechen zu wollen. Clärenore war ihm dankbar. Sie war müde, hungrig und wütend – und sie hatte Angst um Grunow. Der Mann lag zitternd im dreckigen Stroh. Dass man ihm ein ordentliches Bett verweigerte, ärgerte sie maßlos. Am liebsten wäre sie zur Gaststube gestapft und hätte den verbohrten Männern entgegengebrüllt, dass ihr Verhalten ihrem Gott ganz sicher nicht gefallen würde.

»Ich werde uns etwas zu essen besorgen«, sagte Söderström.

»Ich komme mit!« Heidtlinger sprang auf und folgte ihm.

Während die beiden sich auf den Weg machten, durchsuchte Clärenore die Reiseapotheke. Nichts von dem, was sich darin befand, schien ihr passend. Hilde hatte einmal so starke Bauchschmerzen gehabt, dass die Köchin befürchtet hatte, es könnte der Blinddarm sein. In Wirklichkeit hatte sie bloß zu viele Kirschen gegessen. Vielleicht hatte Grunow sich einfach den Magen verdorben, so oft wie er in den letzten Tagen erbrochen hatte. Sein Körper war das exotische Essen mit den scharfen Gewürzen nicht gewohnt.

»Ich hätte in Teheran einen Arzt rufen sollen«, sagte sie.

»Unsinn. Das wird schon wieder«, meinte Grunow. Trotz seiner Schmerzen war er zuversichtlich und richtete sich mühevoll auf. »Morgen fahr ich wieder den Großen.«

»Das werden Sie nicht tun«, bestimmte Clärenore. »Ich bin für Ihre Gesundheit verantwortlich, und solange Sie unter derart starken Schmerzen leiden, ruhen Sie sich aus.«

Er verzog das Gesicht.

»So gut es eben möglich ist«, fügte Clärenore hinzu. »Vielleicht finden wir in einem der Dörfer einen fähigen Arzt.«

»Ich lasse mich ganz sicher nicht von einem Bergdoktor anfassen, der ansonsten nur Schafen auf die Welt verhilft und Esel kuriert«, empörte sich Grunow.

Die medizinische Versorgung der Menschen auf dem Land war wirklich bescheiden. In einigen der Dörfer, die sie passiert hatten, kannte man Ärzte wohl nur vom Hörensagen. Man half sich mit altbewährten Hausmitteln aus der Natur, was in manchen Fällen vielleicht gar nicht so schlecht war.

»Spätestens in Tiflis werden wir ein ordentliches Krankenhaus aufsuchen«, sagte Clärenore bestimmt. »Leider werden wir bis dahin noch ein paar Tage unterwegs sein. Die Straßen sind eine Katastrophe.«

»Das können Sie gleich wieder vergessen«, meinte Grunow. »Ich gehe bestimmt in kein Krankenhaus in Tiflis. Am Ende will mich einer von denen aufschneiden.«

»Ich kann Ihre Angst gut verstehen«, sagte Clärenore ernst.

Da betrat Söderström den Stall mit einem Tablett, auf dem eine Kanne Tee, vier Gläser und ein Topf standen.

»Die Männer lassen uns nicht in ihre Stube, aber sie sind nicht geizig, was das Essen betrifft«, sagte Heidtlinger mit einem breiten Grinsen. »Man hat uns für wenig Geld einen ganzen Topf Hühnersuppe, frisches Brot und Pfefferminztee mitgegeben.«

»Das ist ja auch das Mindeste, was sie tun können«, meckerte Clärenore. Der Duft, der aus dem Topf strömte, verhieß eine wohlschmeckende Mahlzeit.

Sie leerten den Topf bis auf den Boden, und Heidtlinger wischte den letzten Rest Suppe mit einem Stück Brot auf. Grunow aß nur ein paar Bissen, aber zu Clärenores Erleichterung behielt er die Nahrung bei sich. Danach richteten sie sich ein Lager im Stroh. Clärenore breitete eine Decke unter ihrem Schlafsack aus, doch auch der zusätzliche Stoff konnte sie vor den Flöhen und Wanzen nicht schützen, die schon nach kurzer Zeit in ihren Schlafsack krochen. Sie spürte die Insekten unter ihre Kleidung und in ihr Haar kriechen. Mit der flachen Hand zerdrückte sie gleich mehrere Tiere auf einmal. Hinterher klebte ihr eigenes Blut zwischen den Fingern. Immer hysterischer versuchte sie sich gegen die kleinen Biester zu wehren, jedoch ohne Erfolg. Auch Söderström neben ihr kämpfte gegen das Ungeziefer an und kratzte sich. Irgendwann gab Clärenore auf und schlief erschöpft ein. Am nächsten Tag war ihr ganzer Körper übersät mit Stichen und Bissen. Die Männer sahen nicht minder zerschunden aus.

»Diese Nacht wird uns noch lange in Erinnerung bleiben«, sagte Söderström und fuhr sich mit der Handfläche über den Unterarm. Grunow hatte trotz Wanzen und Schmerzen überraschend gut geschlafen und wirkte wieder erholter. Trotzdem bestand Clärenore darauf, dass er bei ihr im Wagen mitfuhr. »Ich will das Schicksal nicht herausfordern«, sagte sie. »Besser, Sie schonen sich noch ein paar Tage.«

Grunow widersprach nicht und kletterte anstandslos in den Kleinen, während Söderström sich hinter das Lenkrad des Großen setzte.

Armenien und Georgien
Juli 1927

Bereits zwei Tage später erreichten die Automobile die russische Zollstation. Schon bei der Abfahrt in Berlin war die Grenze von Moskau aus benachrichtigt worden. Seither wartete man auf Clärenores Ankunft. Der Zollbeamte, ein junger Mann in Uniform, begrüßte sie mit überschwänglicher Freude. Die Erleichterung war ihm ins Gesicht geschrieben. Offenbar hatte er die Order, sich sofort zu melden, wenn das Fräulein aus Deutschland eintraf. Endlich konnte er für einen ungehinderten Grenzübergang sorgen. In einer Mischung aus Deutsch und Russisch lud er die langerwarteten Gäste zum Mittagessen ein und erledigte nebenbei die Formalitäten. Clärenore und Heidtlinger sprachen bruchstückhaft Russisch, weshalb die Kommunikation überraschend gut funktionierte. Mit vollen Bäuchen und mit etwas Wodka gestärkt, konnten sie bereits eine Stunde später weiterfahren.

Sie waren jetzt in der armenischen Republik der Sowjetunion. Die Herbsternte war in vollem Gange. Auf den Feldern lagen gelbe Melonen, die Weinstöcke bogen sich unter reifen Trauben. Überall boten die freundlichen Bauern ihnen Früchte an und begegneten ihnen gastfreundlich und voller Neugier. Die Menschen kamen aus ihren Bauernhäusern gelaufen, bestaunten die Automobile und luden sie zum kurzen Verweilen im Schatten ein.

In Jerewan nahmen sie Quartier in einem Hotel. Grunows Gesundheitszustand hatte sich so verbessert, dass er alle Speisen problemlos essen konnte und keinerlei Schmerzen verspürte. Er saß nun wieder hinter dem Steuer des Großen, wechselte sich aber regelmäßig mit Söderström ab. Heidtlinger hatte neben Clärenore Platz genommen. Der große, stämmige Mann verschlief den Großteil der Fahrt.

Über schmale Serpentinen führte der Weg in die Berge zum Sewansee. Der Hotelbesitzer in Jerewan hatte ihnen gesagt, dass es hier die besten Lachsforellen der Welt gab. Leider war die Fischsaison bereits zu Ende, doch der Weg zum See hatte sich dennoch gelohnt. Der Anblick war atemberaubend. Kristallklares Wasser funkelte in der warmen Herbstsonne. Die Ufer waren von dichten Laubwäldern gesäumt, deren Blätter gerade anfingen sich zu färben. Mitten im See stand ein Kloster auf einer Insel, ein kompakter Steinbau mit einem breiten Kirchturm. Um dorthin oder ans andere Ufer zu gelangen, nutzte man einen Dampfer, der langsam und gemächlich übers Wasser tuckerte.

Clärenore lenkte den Wagen am See entlang und dann wieder den Berg hinunter Richtung Tiflis. Sie durchquerten Laubwälder mit mächtigen Steineichen und fuhren an einfachen Holzhütten vorbei. Nur die wenigsten Bauern wohnten in Häusern aus Stein. Überall wurden sie gastfreundlich begrüßt. Nach Clärenores Schätzungen befanden sie sich nur noch eine Tagesreise von Tiflis entfernt. Die Gegend kam ihr bekannt vor, denn das Allrussische Autorennen hatte durch ähnliches Gebiet geführt. Leider wurden die Straßen wieder schlechter. Riesige Schlaglöcher entpuppten sich als heimtückische Fallen. Wenn man sie zu spät entdeckte, holperte man krachend hinein. Clärenore war darauf bedacht, die Löcher zu umfahren.

Nach stundenlanger Fahrt kündigte lautes Rauschen einen Fluss an, der auf der Karte nicht eingezeichnet war. Das Wasser tauchte hinter einer Kurve auf, und Clärenore hielt gerade noch im letzten Moment vor einer Brücke an, einer marode aussehenden Konstruktion ohne Geländer. Zwischen den Bohlen befanden sich dreißig Zentimeter breite Zwischenräume.

»Da wollen Sie rüber?«, fragte Heidtlinger ängstlich. Das abrupte Anhalten hatte ihn aus seinem Halbschlaf gerissen.

»Haben Sie eine bessere Idee?«

Statt zu antworten, stieg er aus dem Wagen. Er inspizierte die Brücke skeptisch und kam zu dem Schluss, dass die Bretter solide aussahen.

»Könnte halten«, meinte er. »Sie dürfen aber keinen Zentimeter zu weit zur Seite fahren, sonst landen Sie im Wasser.«

Söderström und Grunow waren ebenfalls ausgestiegen.

»Soll ich den Wagen lenken?«, bot Grunow Clärenore an.

»Warum? Glauben Sie etwa, ich kann es nicht?« Clärenores Antwort klang schnippisch. Mittlerweile sollte Grunow doch gemerkt haben, dass sie das Automobil besser im Griff hatte als Heidtlinger.

»Selbstverständlich können Sie das«, versicherte Grunow und trat einen Schritt zur Seite, sodass nur Clärenore ihn hören konnte. »Ich wollte mich bloß revanchieren.«

»Wofür?«

Grunow senkte beschämt den Blick. »Ich weiß es zu schätzen, dass Sie sich um meine Gesundheit sorgen.«

»Ich bin Ihre Arbeitgeberin, das ist meine Pflicht.«

»Wir wissen beide, dass es keine Selbstverständlichkeit ist. Ich habe in meinem Leben schon so manchen Arbeitgeber erlebt und weiß, dass den meisten Männern das Wohl ihrer Arbeiter egal ist.«

»Tja, dann wird es vielleicht Zeit, dass mehr Frauen das Ruder übernehmen«, meinte Clärenore und wollte das Gespräch beenden.

Doch Grunow lag noch etwas auf dem Herzen. »Ich habe Sie für eine verwöhnte Industriellentochter gehalten«, sagte er.

»Und jetzt?«, fragte Clärenore überrascht.

»Jetzt glaube ich, dass Sie ein Fräulein mit einer verrückten Idee sind. Keine Ahnung, was Sie zu diesem Abenteuer treibt. Ich nehme an, Sie haben Ihre Gründe«, sagte er. »Aber als Chefin sind Sie in Ordnung.«

Ein größeres Kompliment hätte Grunow ihr nicht machen können.

»Was immer gerade besprochen wird, kann es bitte auf später verschoben werden?«, rief Söderström. Er trat zur Brücke und inspizierte sie eingehend. »Wir haben da ein echtes Problem.«

»Das kriegen wir schon hin«, entgegnete Grunow zuversichtlich. »Ich sage zuerst dem Adler und dann dem Großen den Weg an. Achten Sie auf meine Anweisungen.« Und schon bestieg er die wackelige Konstruktion, unter der der Fluss entlangrauschte.

Clärenore wünschte, sie könnte seinen Optimismus teilen. Ängstlich schaute sie ihm nach. Wenn der Adler zu schwer war, würden sie beide hinunterstürzen. Besser, er ging nach drüben ans sichere Ufer. Aber davon wollte er nichts wissen.

»Das wird Millimeterarbeit«, sagte er. »Auf der anderen Seite des Flusses bin ich Ihnen keine Hilfe.«

»Aber wenn die Brücke ...« Clärenores Worte gingen im Rauschen des Flusses unter.

»Sie wird halten«, versicherte Grunow.

Clärenore kletterte in das Automobil, legte den ersten Gang ein und gab sachte Gas. Langsam fuhr sie auf die Holzkonstruktion. Ein gefährliches Knirschen, das so laut war, dass es das Rauschen des Flusses übertönte, ließ sie erschauern. Sie hielt die Luft an. Nicht zur Seite schauen, sagte sie sich.

Auch Lord schien die Gefahr zu erkennen. Er lag auf der Rückbank und winselte leise. Balken für Balken arbeitete Clärenore sich vorwärts. Eiskalter Angstschweiß rann ihr über den Rücken, und ihr Herz raste. Als sie sich genau in der Mitte der Brücke befand, krachte es so laut unter ihr, dass sie am liebsten Vollgas gegeben und über die verbleibenden Balken gebraust wäre. Grunow hielt sie davon ab. Er stand mit ausgebreiteten Armen vor ihr und bedeutete ihr, nach rechts zu lenken und das Schritttempo zu halten. Seine Anweisungen waren unschätzbar wertvoll. Sobald sie Gefahr lief, die Spur zu verlieren, riss er die Arme hoch.

Clärenore umklammerte das Lenkrad so fest, dass ihre Knöchel weiß wurden, doch das hielt sie immerhin vom Zittern ab. Kurz vor dem Ziel zeigte Grunow ihr an, sich weiter nach rechts zu halten, was ihr völlig absurd erschien. Doch als sie sich aus dem Fenster beugte, verstand sie sofort den Grund dafür. Eines der Bretter war morsch. Sie sah das Wasser in der Tiefe, und ihr wurde übel.

»Geben Sie ordentlich Gas!«, schrie Grunow gegen das laute Rauschen an, dann sprang er auf die Uferböschung.

Clärenore vertraute ihm. Sie trat aufs Gaspedal und schoss in einem Satz über das letzte Stück der Brücke. Am Ufer führten mehrere Treppen abwärts, auf die Clärenore nicht vorbereitet war, und sie rumpelte über breite Rundhölzer. Lord jaulte protestierend auf, das Gepäck verrutschte, doch sie hielt mit aller Kraft das Lenkrad fest, sauste über einen holprigen Weg und bremste rechtzeitig vor einer kleinen Böschung ab. Sie hatte es geschafft. Es dauerte eine Weile, bis sie begriff, dass die Gefahr gebannt war. Erleichtert ließ sie sich vornüber auf das Lenkrad sinken.

Kaum stand das Auto, kletterte Lord von der Rückbank zu ihr und schleckte ihr über den Hals. Auch er schien dankbar zu sein, dass er überlebt hatte.

»Igitt!«, rief sie und schob ihn lachend zur Seite.

Die kurze Erleichterung währte nicht lange, denn im Rückspiegel sah sie, dass nun Söderström mit dem Begleitwagen auf die Brücke fuhr. Ohne Einweisung überquerte er die Balken, näherte sich viel zu schnell dem anderen Ufer und hörte Grunows Warnrufe nicht. Ein Balken ging laut krachend in die Brüche. Clärenore stieg aus.

»Halt!«, schrie sie entsetzt. »Sie sind zu schnell!« Das rechte Hinterrad verfing sich, doch Söderström stieg aufs Gas und preschte weiter nach vorne. Holzsplitter fielen in die Tiefe, der Motor heulte auf, und in einem Satz erreichte der Große das andere Ufer. Der Wagen polterte ebenfalls über die Treppen und sauste dann ungebremst weiter. Die Wucht des Aufpralls löste das Gepäck auf dem Dach. Zwei Kisten mit Ersatzteilen rutschten nach rechts, das Fahrzeug bekam Schlagseite, und plötzlich kippte es um.

Clärenore rannte los. Das laute Scheppern hallte immer noch in ihren Ohren. Die Beifahrertür öffnete sich quietschend, und Heidtlinger kletterte schimpfend aus dem Wagen, gefolgt von Söderström.

»Sind Sie verletzt?«, erkundigte sich Clärenore besorgt.

Söderströms Schläfe blutete, doch es schien bloß ein Kratzer zu sein.

»Alles in Ordnung«, beruhigte er sie. Auch Heidtlinger war mit ein paar blauen Flecken glimpflich davongekommen.

»Warum haben Sie nicht auf die Anweisungen von Grunow gewartet?«, fragte sie vorwurfsvoll. Söderström hatte sein Leben völlig unnötig aufs Spiel gesetzt.

»Ich habe gesehen, wie die Bretter unter Ihnen geknarrt haben«, erklärte er. »Wenn ich langsamer gefahren wäre, hätte das Holz dem Gewicht des Großen nicht standgehalten. Also musste ich rasch sein.«

»Das war aber verdammt knapp«, meinte Grunow und deutete nach hinten. Inzwischen fehlten der Brücke zwei Balken, die auf dem Wasser talwärts sausten. »Wer immer nach uns kommt, muss sich etwas überlegen.«

»Die anderen interessieren mich nicht!«, rief Heidtlinger ungehalten. »Was machen wir mit dem Großen?«

Alle vier standen ratlos vor dem umgekippten Lastwagen.

»Na, was wohl?«, sagte Söderström zerknirscht und drückte sich ein Taschentuch gegen die Schläfe. »Wir müssen das Ding wieder aufstellen.«

»Hast du eine Ahnung, wie schwer der Wagen ist?« Heidtlinger sah Söderström an, als hätte er den Verstand verloren.

»Wir haben einen Wagenheber.«

»Das können wir mit dem Kleinen machen, aber unmöglich mit dem Großen.«

»Was ist, wenn wir das Fahrzeug vorher komplett ausräumen?«, fragte Clärenore.

Grunow warf ihr einen finsteren Blick zu. Vergessen schienen die freundlichen Worte von zuvor. Im Moment sah er wieder die sklaventreibende Industriellentochter vor sich.

Vier Stunden, zahlreiche Flüche, Schimpftiraden und Schweißperlen später stand der Wagen wieder. Müde und hungrig kletterten sie in die Fahrzeuge. Insgeheim sehnte sich Clärenore nach einem Bett. Laut sagte sie: »Das nächste Dorf ist wenige Kilometer entfernt. Dort habe ich ein Treibstofflager anlegen lassen. Außerdem suchen wir nach einem Quartier für die Nacht und essen ordentlich.«

Die Aussicht auf gutes Essen wirkte immer. Noch ein wenig mürrisch, aber widerspruchslos fuhren sie weiter. Mit fast leerem Tank erreichten sie die kleine georgische Ortschaft und machten sich auf die Suche nach dem ortsansässigen Mechaniker, an den der deutsche Automobilclub den Treibstoff geschickt hatte.

Die Werkstatt war ein windschiefer Holzschuppen neben einem baufälligen Wohnhaus. Erst nach wiederholtem Klopfen öffnete ein stämmiger Mann mit langem Vollbart. Hinter dem Fenster sah Clärenore mehrere Gesichter, die sich neugierig gegen die schmutzige Fensterscheibe drückten.

»Benzin? Wir haben keines.«

»Der deutsche Automobilclub hat die Kanister schon vor Monaten geschickt. Es handelt sich dabei um eine Benzin-Benzol-Mischung. Sie sind doch Ditiri Popow, oder?«

»Das ist mein Name. Aber wir haben weder Benzin noch Benzol. Hier ist nie etwas angekommen.«

»Das kann nicht sein, die Lieferung wurde bestätigt«, empörte sich Clärenore. Ihr Russisch war nicht sonderlich gut, aber es reichte, um ihre Empörung zu äußern.

»Wenn Kanister gekommen sein sollten, dann sind sie jetzt jedenfalls weg.« Der Mann grinste verschlagen.

»Benzinkanister können sich nicht in Luft auflösen«, mischte sich Heidtlinger ein. Er sprach mit hartem deutschem Akzent, fand aber die richtigen Worte.

Dann spähte er in den Schuppen, dessen Tor offen stand. Bäuerliche Gerätschaften stapelten sich neben Maschinenteilen und Werkzeug. Der Mechaniker zuckte bloß mit den Schultern.

»Der Treibstoff wurde aber bezahlt«, meinte Clärenore und kramte in ihrer Ledertasche nach den Unterlagen. Rasch fand sie die Zahlungsbestätigung und hielt sie dem unfreundlichen Mann vor die Nase.

Der schien davon völlig unberührt und zuckte bloß mit den Schultern.

»Ich bestehe darauf, dass Sie mir den Treibstoff aushändigen«, fuhr sie aufgeregt fort.

Der Mann ließ sich auch von ihrem Ärger nicht beeindrucken, sondern schob seine Stoffmütze gelassen nach hinten und kratzte sich die braungebrannte Stirn.

»In Tiflis kriegen Sie so viel Treibstoff, wie Sie wollen. Wir haben keinen.« Er redete in einem breiten Dialekt und machte sich nicht die Mühe, deutlicher zu sprechen, damit Clärenore ihn besser verstand. Sie kochte vor Wut und ballte die Hände zu Fäusten.

Nun kletterte Söderström aus dem Lastwagen und trat hinzu. »Es hat keinen Sinn, sich aufzuregen«, versuchte er sie zu beruhigen. »Fragen Sie den Mann, wo wir Treibstoff bekommen.«

»Aber der Treibstoff muss hier sein«, beharrte Clärenore. Ihre Nerven lagen blank. Zuerst die Brücke, dann die Panne und jetzt kein Treibstoff – das war eindeutig zu viel. Sie spürte Tränen in sich aufsteigen, die sie beharrlich zurückdrängte. Stattdessen brüllte sie den Mechaniker an, beschuldigte ihn, den Treibstoff gestohlen zu haben oder ihn absichtlich zurückzuhalten. Obwohl sie auf Deutsch schimpfte, schien der Mann zu verstehen, worum es ging. Sein Gesicht verfinsterte sich. Schließlich drehte er ihr den Rücken zu, trat in sein Haus und knallte einfach die Tür vor ihrer Nase zu.

»Na bravo«, meinte Heidtlinger. »Jetzt haben wir keinen Treibstoff, nichts zu essen und dürfen wieder mal im Wagen schlafen. Ich bin diese ganze Plackerei leid.«

Grunow stimmte ihm zu.

»Probieren wir es beim Dorfvorsteher«, schlug Söderström vor.

»Der Mann, der uns eben die Tür vor der Nase zugeschlagen hat, ist Dorfvorsteher, Mechaniker, Schmied und reichster Bauer der Gegend«, sagte Clärenore zerknirscht. »Zumindest hat man mir das in Deutschland bei der Planung der Treibstoffdepots gesagt.« Ihr wurde schmerzlich bewusst, wie kurzsichtig ihr impulsives Verhalten gewesen war. Sie blickte sich niedergeschlagen um. Alle anderen

Hütten im Dorf sahen ähnlich heruntergekommen wie der Schuppen aus. Sicher gab es hier nirgendwo Treibstoff.

»Wenn der Mann der reichste im Dorf ist, hatte er den Treibstoff dringender nötig als wir«, sagte Söderström. »Sehen Sie es als gute Tat.« Er wollte ihre Stimmung aufheitern, bewirkte aber das Gegenteil.

Kochend vor Wut, stapfte Clärenore zum Wagen und kramte nach der Landkarte. Erschöpft hockte sie sich auf den staubigen Boden und breitete sie vor sich aus. Söderström setzte sich neben sie, und auch die beiden Mechaniker ließen sich nieder.

»Wenn mein Magen nicht so knurren würde, könnte ich auf der Stelle einschlafen«, jammerte Heidtlinger.

»Der nächste Ort ist nur wenige Kilometer entfernt«, meinte Clärenore. Trotz ihres Ärgers versuchte sie, klar zu denken. Irgendwie mussten sie zu Treibstoff kommen.

»Hat der Große noch genug im Tank, um das Dorf zu erreichen?«

Söderström rechnete sich die Kilometerzahl aus. »Ich denke schon.«

»Wir fahren weiter?«, fragte Heidtlinger entsetzt. »Was, wenn es kein weiteres Dorf gibt? Wie oft waren auf den Karten Häuser eingezeichnet, und dann war da nichts als Staub und Wüste?«

»Wollen Sie etwa hier auf der Straße übernachten?«

»Hier kriegen wir vielleicht etwas zu essen.«

»Sie haben den Mann doch erlebt«, sagte Clärenore. »Ich glaube nicht, dass wir hier willkommen sind.«

»Das ist einzig und allein Ihre Schuld!«, schrie Heidtlinger sie an. Sein Gesicht war dunkelrot vor Zorn. »Sie und Ihre verdammte Sturheit! Wenn Sie auch nur einmal an uns denken würden, dann würde diese Reise anders verlaufen.«

»Sie können gerne den Rest vom Zwieback aufessen«, antwortete Clärenore mit zusammengebissenen Zähnen. Sie wollte sich nicht anmerken lassen, wie sehr Heidtlingers Schimpftirade sie traf. Im Moment fühlte sie sich tatsächlich schuldig an dieser Misere.

»Nun beruhige dich wieder, Viktor«, meinte Grunow versöhnlich. »Nimm den Zwieback, und lass uns die letzten Kilometer fahren.«

»Und was, wenn wir dort auch keinen Treibstoff bekommen? Wenn wir nichts zu essen kaufen können und auch kein Nachtlager finden? Willst du schon wieder hungrig im Auto schlafen? Ich bin von Wanzen zerstochen und stinke wie ein Iltis. Mir tut jeder Knochen weh, und ich bin hundemüde. Um ein Haar wäre ich heute draufgegangen. Nur weil Fräulein Stinnes sich einbildet, sie muss die Welt umrunden. Wozu das alles? Ich pfeif auf diese Reise.«

Grunow schaute zur Seite. Er stimmte nicht in Heidtlingers Schimpftiraden ein, wie er es früher getan hätte, aber er widersprach auch nicht. Wieder einmal war es Söderström, der für Clärenore Partei ergriff. »Es war meine Schuld, dass der Wagen gekippt ist. Und die Sache mit dem Treibstoff konnte niemand vorhersehen.« Er klopfte Heidtlinger auf die Schulter. »Komm jetzt, wir fahren weiter und kaufen im nächsten Dorf vier Hühner. Mit vollem Magen schaut die Welt wieder besser aus.«

»Ich habe aber jetzt Hunger«, murrte Heidtlinger.

»Ach Viktor, nun komm schon. Du klingst wie ein verwöhntes Kleinkind«, meinte Grunow. »Vier gebratene

Hühner sind besser als hartgekochte Eier.« Er wandte sich an Clärenore: »Die werde ich mein ganzes Leben lang nicht mehr anfassen.«

Es war seine Art, ihr zu sagen, dass er nach wie vor bereit war, sie zu unterstützen. Widerwillig hievte sich Heidtlinger hoch und stapfte zum Wagen. In der Abenddämmerung verließen sie das Dorf.

Die untergehende Sonne zwang Clärenore, die Karte an Grunow abzugeben und sich voll auf den Weg zu konzentrieren. Schon nach einem Kilometer befanden sie sich auf einem schmalen Feldweg. Rechts und links von ihnen mannshohes Gras, das den Blick auf alles verstellte, was dahinterlag.

»Haben wir uns verfahren?«, fragte Clärenore und hielt an.

»Laut Plan sind wir richtig.« Grunow hielt die Karte dicht vor sein Gesicht und legte die Stirn in tiefe Falten. »Wobei das schwer zu sagen ist, da es keine markanten Gebäude gibt, an denen wir uns orientieren könnten.«

»Es gibt gar keine Gebäude«, stimmte Clärenore niedergeschlagen zu. Ihr Blick auf die Tankanzeige bereitete ihr Sorgen. Wenn sie nicht bald das Dorf erreichten, hatten sie tatsächlich ein Problem.

»Der letzte Telegraphenmast liegt ein gutes Stück hinter uns«, sagte Grunow. »Laut meinen Berechnungen sollten wir das Dorf schon erreicht haben.«

Plötzlich richtete sich Lord auf der Rückbank auf. Er spitzte die Ohren und stellte das Fell auf.

»Was ist los?«, Clärenore drehte sich zu ihm.

»Pst.« Grunow legte den Finger auf den Mund. »Ich höre etwas.«

Angespannt schaute Clärenore aus dem Fenster. Alles, was sie wahrnahm, war das Motorengeräusch. Doch dann sah sie, wie ein Mann zwischen den hohen Grashalmen hervortrat und sich vor den Wagen stellte. Er trug ein Gewehr vor sich her und zielte damit auf Clärenore. Die drei Hunde, die ihn begleiteten, knurrten laut. Einer fletschte die Zähne, ein anderer bellte wild und sprang mit Schaum vor dem Maul gegen die Wagentür. Lord zog winselnd den Schwanz ein und verkroch sich unter der Rückbank.

Der Mann rief den Hund zurück und hielt dabei seine Waffe immer noch auf die Windschutzscheibe gerichtet.

Clärenores Herz raste. Der Mann starrte sie finster an, sein Zeigefinger lag am Abzug. Ein Klicken war zu hören. Er brachte das Gewehr in Position. Sie waren vom Regen in die Traufe gekommen. Was war das bloß für ein schrecklicher Tag? Hatten sie nicht schon genug durchgemacht?

Langsam öffnete Clärenore die Wagentür einen Spaltbreit. Sofort bellte einer der Hunde und versuchte, in den Wagen zu springen. Grunow reagierte blitzschnell, langte über Clärenores Körper und zog die Wagentür knallend zu.

»Haben Sie den Verstand verloren?«, schrie er sie entsetzt an.

»Wie soll ich mit dem Mann reden, wenn er seine Hunde nicht zurückpfeift?«

»Ich glaube nicht, dass er mit uns reden will«, meinte Grunow. Er war leichenblass.

Nun hatte auch Söderström den Lastwagen zum Stehen gebracht. Der Fremde trat näher und hielt dabei den Gewehrlauf direkt an die Scheibe der Wagentür. Clärenore kurbelte das Fenster einen Spaltbreit herunter.

»Wir haben uns verirrt«, stotterte sie.

Der Mann reagierte nicht, sondern schob den Gewehrlauf ins Wageninnere. Er zielte auf Clärenores Stirn. Grunow neben ihr zitterte so heftig, dass seine Zähne klapperten und die Landkarte von seinem Schoß auf den Boden rutschte.

»Verirrt. Wir haben den Weg verloren«, wiederholte Clärenore in gebrochenem Russisch.

Plötzlich hörte sie die Wagentür des Begleitfahrzeugs quietschen. Der Mann riss das Gewehr herum und zielte nun auf Söderström. Was hatte der Schwede vor? Wollte er sich abschießen lassen?

»Bitte, wir haben keine bösen Absichten«, versicherte Clärenore. »Wir wollen bloß ins nächste Dorf. Wir brauchen dringend Treibstoff und etwas zu essen und einen Platz zum Schlafen.« Sie faltete die Hände und hielt sie an ihr Ohr. Diese Geste hatte sich als universell erwiesen.

Die Hunde liefen kläffend zu Söderström, der mittlerweile aus dem Wagen geklettert war. Clärenore wollte ihm zurufen, dass er auf der Stelle umkehren solle, doch stattdessen starrte sie ihn mit angstgeweiteten Augen an. Sie vergaß zu atmen und rechnete mit dem Schlimmsten. In Gedanken sah sie, wie die Hunde Söderström in Stücke rissen. Schon rannten die kläffenden Hunde auf den Schweden zu, und Clärenore entfuhr ein Schrei, doch einen Meter vor Söderström blieben die Tiere stehen und bellten nur noch bedrohlich. Söderström verharrte in seiner Bewegung. Sobald er auch nur mit der Hand zuckte, sprangen die Hunde hoch und bellten noch lauter. Ängstlich starrte er die Tiere an. Clärenore bat den Fremden, seine Tiere zurückzurufen.

»Bitte, wir wollen Ihnen nichts Böses«, wiederholte sie. Ihr Herz schlug ihr nun bis zum Hals und so laut, dass sie meinte, der Mann müsse es hören.

Schließlich gab er mit kehliger Stimme einen Befehl. Augenblicklich waren die Hunde still und trotteten zurück zu ihrem Besitzer. Immer noch war die Waffe auf Söderström gerichtet.

»Wir suchen das nächste Dorf«, erklärte Clärenore hastig. »Wenn wir keinen Treibstoff kriegen, müssen wir hier mitten im Feld übernachten. Können Sie uns sagen, wo wir Benzin kaufen können?« Sie glaubte nicht, dass der Mann irgendetwas von ihrem deutsch-russischen Kauderwelsch verstand, doch plötzlich ließ er die Waffe sinken. Sein Gesicht war ausdruckslos. Mit ausgestrecktem Arm zeigte er in die Richtung, aus der er gekommen war.

»Dort ist das Dorf?«, fragte Clärenore fassungslos und erleichtert zugleich.

Er antwortete nicht.

»Haben Sie vielen, vielen Dank!« Am liebsten hätte sie hysterisch gelacht. Der Mann drehte ihr den Rücken zu und verschwand wieder im hohen Gras.

»Was macht er jetzt?«, flüsterte Grunow. »Holt er noch ein paar Höllenhunde?«

Kurz darauf kam er mit einem Pferd zurück. Geschickt schwang er sich auf den Rücken und bedeutete den Automobilen, ihm zu folgen. Söderström kehrte zurück zum Großen und kletterte hinein. Im Schritttempo zuckelten die Fahrzeuge hinter Pferd und Hunden her. Schon nach kurzer Zeit lichtete sich das Gras, und sie erreichten eine Ansammlung von Häusern. Sie waren nur einen Steinwurf von ihrem Ziel entfernt gewesen. Das Gras hatte die Sicht auf das Dorf versperrt.

Der Mann wies auf ein niedriges Gebäude mit flachem Dach, das etwas abseits lag. »Dimitri ist der Mechaniker. Er hat Treibstoff«, sagte er in beinahe akzentfreiem Deutsch. Clärenore fiel die Kinnlade nach unten. Tausend Fragen lagen ihr auf der Zunge, doch der Fremde hob zum Abschied sein Gewehr und ritt gemächlich in die entgegengesetzte Richtung davon, gefolgt von seinen Hunden. Verdattert starrte Clärenore ihm nach.

»Was für ein seltsamer Kauz«, meinte Grunow stirnrunzelnd.

»Und ich habe wie eine Verrückte sinnloses Zeug gestammelt, dabei versteht er Deutsch«, sagte Clärenore. »Schauen wir, ob auch der Mechaniker uns versteht.« Sie lenkte den Wagen zum niedrigen Haus. Kurz darauf klopfte sie mit immer noch weichen Knien an eine grüngestrichene Holztür. Eine Laterne brannte einladend auf der Veranda. Der Mechaniker hatte tatsächlich Treibstoff, den er zuerst nicht verkaufen wollte, da er fürs Militär reserviert war. Erst als Clärenore mehrere Empfehlungsschreiben hervorholte, einen Brief vom russischen Botschafter in Berlin aus der Tasche kramte und eine unverschämt hohe Summe bot, verkaufte der Mechaniker ihnen ein paar Kanister des wertvollen Sprits. Außerdem bekamen sie warmen Bohneneintopf mit frischem Brot und gezuckerten Schwarztee, und sie durften in der Scheune übernachten. Diesmal rollten sie die Schlafsäcke im frischen, duftenden Heu aus. Noch während Clärenore den Geruch einatmete, der sie an unbeschwerte Sommertage auf Asa gård erinnerte, fiel sie in einen tiefen Schlaf.

Wie immer brachen sie kurz nach Sonnenaufgang auf. Niemand beschwerte sich mehr über die kurzen Nächte. Sie waren längst zur Gewohnheit geworden. Ohne große Komplikationen erreichten sie Tiflis, wo sie sich in einem einfachen Hotel einquartierten. Clärenore widersprach nicht, als Heidtlinger darauf drängte, die Nahrungsmittelvorräte in der Stadt aufzufüllen. Sie selbst hätte lieber den freien Platz für noch mehr Treibstoffkanister genutzt, aber sie sah ein, dass auch Zwieback, Konservendosen und Hartwurst wichtig waren. Grunow ging es wieder besser, er weigerte sich hartnäckig, einen Arzt aufzusuchen.

»Was soll der tun?«, fragte er. »Mir geht es wieder gut. Ich habe bloß die eklige Limonade nicht vertragen. Mein deutscher Magen ist das Gesöff nicht gewöhnt.«

Nach Tiflis stand die Überquerung des Kaukasus an. Clärenore kannte die Strecke bereits von der Allrussischen Prüfungsfahrt. Sobald sie die Passhöhe über die zweihundert Kilometer lange, gut ausgebaute Straße überquert hatten, erwartete sie bis Moskau nur noch Flachland.

Serpentine reihte sich an Serpentine. Felsige, zerklüftete Schluchten durchzogen die wildromantische Landschaft. Vor einem der Tunnel, die zum Schutz vor Lawinen gebaut worden waren, hielt Söderström an, um die beeindruckende Kulisse mit der Kamera festzuhalten. Eine ganze Stunde nahm diese Pause in Anspruch. Heidtlinger und Grunow lagen dösend im Schatten einer knorrigen Eiche, während Clärenore ihre Ungeduld zähmen musste. Nervös marschierte sie auf und ab und schaute dabei ständig auf die Uhr.

Am späten Abend kündigten dunkle Wolken ein Unwetter an. Kurz darauf zuckten die ersten Blitze, Donner grollte, und ein sintflutartiger Regen setzte ein. Nun war ein Weiterkommen unmöglich, und so entschieden sie, erneut eine Nacht im Auto zu verbringen. Zum Glück verfügten sie über ausreichend Nahrungsmittel.

Die kommenden Tage verliefen ähnlich, und der Regen wollte gar nicht mehr aufhören. Sobald sie die Berge hinter sich gelassen hatten, verwandelten sich die Straßen in Schlammlöcher. Immer wieder hieß es, im anhaltenden Regen auszusteigen und die Automobile anzuschieben oder mit Abschleppseilen aus den Schlammmassen zu befreien.

Schon nach der ersten Rettungsaktion war Clärenore so schmutzig, dass sie den Dreck von ihren Wangen und Augen kratzen musste, um wieder sehen zu können. Den Männern erging es nicht besser. Söderströms blondes Haar war ebenso graubraun wie das der anderen. Der Dreck klebte ihnen in der Kleidung und im Gesicht. Selbst zwischen den Zähnen glaubte Clärenore Schlamm zu schmecken.

In einer winzigen Ortschaft im zunehmend flacheren Land mussten sie acht Stunden lang warten, bis das Regenwasser so weit ausgetrocknet war, dass eine Weiterfahrt möglich wurde. Von außen schauten sie durch die vom Fliegendreck verschmutzten Fensterscheiben eines Gasthauses. Das Innere des Lokals wirkte so unappetitlich, dass sogar Heidtlinger sich weigerte hineinzugehen. Also warteten sie in den Automobilen, knabberten Haferkekse und beobachteten einen struppigen Straßenköter, der ein ausgemergeltes Schwein so lange über die Straße hetzte, bis es in einem der Schlammlöcher klatschend ausrutschte.

Sobald der Starkregen nachließ und in ein Nieseln überging, fuhren sie wieder los. Aber schon nach wenigen Kilometern blieben sie erneut stecken und benötigten die Hilfe eines Bauern, der mit seinem Pferd den Adler wieder freisetzte. Kurz vor Charkow musste Clärenore einsehen, dass ein Weiterkommen unmöglich war.

»Wir steigen auf den Güterzug um«, entschied Clärenore, auch wenn das Verladen auf die Bahn eine weitere Zeitverzögerung bedeutete. »Der erhöhte Bahndamm ist die einzige Möglichkeit, die überfluteten Gebiete zu durchqueren.«

Die Männer wirkten erleichtert. Keiner widersprach.

Russland
August 1927

Als die Automobile im russischen Tula von den Waggons geladen wurden, riss endlich die graue Wolkendecke auf, und nach den vielen Regentagen blitzte die Sonne wieder hervor. Im hellen Licht sah Clärenore, wie schmutzig die Fahrzeuge waren. Sie selbst hatte schon lange kein sauberes Hemd mehr zur Verfügung. Es war höchste Zeit für eine gründliche Reinigung der gesamten Ausrüstung.

»So können wir nicht nach Moskau fahren«, sagte sie entschieden.

»Seit wann legen Sie Wert auf Äußerlichkeiten?«, fragte Söderström überrascht.

»Grundsätzlich bin ich nicht eitel«, erklärte Clärenore. »Aber wenn ein Foto von mir um die Welt geht, will ich darauf nicht wie eine Minenarbeiterin aussehen.«

Amüsiert hob Söderström die Augenbrauen.

»Wir suchen uns ein Hotel, reinigen die Automobile, so gut es eben geht, und legen einen Tag Pause ein«, beschloss sie.

»Und das aus Ihrem Mund? Ich dachte schon, Pause existiert nicht in Ihrem Wortschatz.«

Clärenore tat so, als überhörte sie die Bemerkung. »Sie können ja die Zeit nutzen und Tolstois Geburtshaus mit Ihrem Fotoapparat einfangen.«

»Das werde ich machen«, sagte Söderström. »Außerdem werde ich mir die weltberühmten Silberarbeiten ansehen.«

Tula war bekannt für kunstvoll verarbeiteten Silberschmuck.

»Ich halte mich lieber an den Lebkuchen«, meinte Heidtlinger. Er hatte gehört, dass es in der Stadt die besten Prjaniki-Bäcker des Landes geben sollte.

»Und Sie, Herr Grunow? Was haben Sie vor?«, fragte Clärenore. Seit zwei Tagen war der Mechaniker wieder stiller als gewöhnlich.

»Ich werde mich aufs Ohr hauen«, brummte er leise.

»Wollen Sie nicht lieber einen Arzt aufsuchen?«

Beharrlich schüttelte er den Kopf. »Nein, danke.«

Noch akzeptierte Clärenore seinen Sturkopf, doch spätestens in Moskau würde sie den Mann zum Arztbesuch zwingen. In diesem Zustand konnte er unmöglich die Reise nach Sibirien antreten.

Am Nachmittag musste Clärenore per Telegramm ihre Ankunft in Moskau ankündigen. Darin würde sie anmerken, dass sie die Adresse eines erfahrenen Internisten benötigte.

Sie brachten die Automobile in eine Werkstatt am Stadtrand, wo zwei junge Burschen sie ordentlich wuschen. Heidtlinger nahm nur die notwendigsten Kontrollen vor. Eine gründliche Überholung der Fahrzeuge war erst in Moskau geplant. Clärenore kümmerte sich um einen Teil ihrer Kleidung. Zumindest ihr Hemd und ihre Hose sollten sauber sein, wenn sie den Reportern in Moskau entgegentrat.

Nachdem sie eine Wäscherei gefunden hatte, gönnte sie sich einen ausgedehnten Spaziergang durch die Stadt. Vor der Auslage eines Silberschmieds entdeckte sie Söderström. Unschlüssig stand er davor.

»Waren Sie schon bei Tolstois Geburtshaus?«, fragte sie.

Er zuckte zusammen, da er sie nicht hatte kommen hören. Lächelnd drehte er sich zu ihr. Seine Wangen waren frisch rasiert, sein Haar wieder hell und vom Friseur gekürzt. »Es liegt zwanzig Kilometer von der Stadt entfernt. Wir werden es morgen auf dem Weg mitnehmen müssen.«

»Oh, das wusste ich nicht«, gab Clärenore zu.

»Jetzt bin ich auf der Suche nach einem passenden Geschenk.« Er zeigte in die Auslage, wo auf dunkelrotem Samt filigraner Silberschmuck lag. »Wollen Sie mich beraten?«

Clärenore überlegte kurz. Vielleicht würde sie bei der Gelegenheit ein weiteres Geschenk für Hilde oder für ihre jüngste Schwester Else finden. Ob ihre Mutter ein Schmuckstück zu schätzen wusste? Sofort verwarf Clärenore den Gedanken wieder. Cläre Stinnes würde das Päckchen unberührt zur Seite legen und von einem der Dienstmädchen in einen Schrank räumen lassen, aber Hilde und Else würden sich bestimmt über einen Anhänger oder eine Brosche freuen.

»Ja, gerne.« Gemeinsam betraten sie den Laden. Eine helle Glocke ertönte, als sie die Tür öffneten. Über zwei Stufen gelangten sie in den Verkaufsraum. Nach dem grellen Sonnenlicht auf der Straße war es hier so dunkel, dass es eine Weile dauerte, bis Clärenores Augen sich daran gewöhnt hatten. Hinter einem Verkaufstresen aus glänzend poliertem Kirschholz stand ein kleiner, alter Mann. Er trug eine runde Metallbrille, über deren Rand hinweg er sie anblinzelte.

»Guten Tag«, grüßte er auf Deutsch. Er schien nicht nur erkannt zu haben, dass er Ausländer vor sich hatte, sondern auch, aus welchem Land sie stammten.

»Guten Tag«, antwortete Clärenore überrascht.

»Was kann ich für die Herrschaften tut?«, erkundigte sich der Silberschmied.

»Ich suche nach einem Geschenk für meine Frau«, erklärte Söderström.

Der kleine Mann lächelte Clärenore an. »Ich bin mir sicher, dass wir etwas Hübsches für Sie finden werden.«

Blut schoss in ihre Wangen. »Nein, Sie missverstehen die Lage«, stellte sie richtig. »Ich bin nicht die Ehefrau.«

»Oh, ich verstehe.« Er hüstelte dezent, schaute zuerst zu Söderström, dann zu Clärenore. »Wir werden trotzdem etwas Passendes finden.«

Geschäftstüchtig beugte er sich nach unten und holte eine flache Lade aus seinem Tresen. Auf der mit dunklem Samt ausgelegten Fläche lagen zündholzschachtelgroße Silberdosen in unterschiedlichen Designs. Sie alle waren mit aufwendigen Blumenmustern versehen.

»Das sind ja richtige Kunstwerke!«, rief Clärenore begeistert. Sie griff nach einer ovalen Dose, auf deren Deckel Kornblumen eingraviert waren.

»Kleine Silberdosen eignen sich hervorragend zur Wiedergutmachung oder Entschuldigung«, bemerkte er und grinste vielsagend.

»Ich muss mich weder entschuldigen noch irgendetwas wiedergutmachen«, entgegnete Söderström.

»Herr Söderström arbeitet für mich«, ergänzte Clärenore und legte die Dose wieder zurück auf den Samt.

»Ach so«, sagte der Silberschmied. »Bitte verzeihen Sie mir. Sie wirkten so vertraut, da habe ich übers Ziel hinausgeschossen.« Er wirkte verlegen. »Wie töricht von mir. Wollen Sie sich die Ringe und Ketten ansehen, um ein passendes Geschenk auszusuchen?«

»Ja, bitte«, forderte Söderström.

Der Schmied schob die Dosen zur Seite und zog eine weitere Lade aus der Theke. Glänzende Ringe in unterschiedlichen Breiten steckten in kleinen Samtkissen.

»Woran haben Sie denn gedacht?«, erkundigte sich der geschwätzige Schmied.

»Ich weiß nicht«, murmelte Söderström und ließ seinen Blick über die Schmuckstücke gleiten. »Was meinen Sie?« Er wandte sich hilfesuchend an Clärenore. »Welcher Ring würde Ihnen gefallen?«

»Ich finde den schmalen Ring hübsch«, sagte Clärenore. »Den mit den eingravierten Mohnblumen und Margeriten.«

»Eine sehr gute Wahl«, bestätigte der Silberschmied. Er zwinkerte Clärenore zu. »Sie mögen Feldblumen, die sind schlicht und unaufdringlich.«

»Ja, sie erinnern mich an unbeschwerte Sommermonate.« Dann wandte sie sich an Söderström. »Welche Blumen mag Ihre Frau?«

»Ich bin mir nicht ganz sicher«, gab er zerknirscht zu.

»Der Ring, den das Fräulein ausgesucht hat, ist etwas für Frauen, die die Natur lieben«, bemerkte der Silberschmied geschäftstüchtig.

Söderström zögerte. »Würden Sie den Ring mal anprobieren?«, fragte er. »Damit ich sehe, wie er an einer Hand aussieht?«

Clärenore griff nach dem Schmuckstück und zog es über ihren Ringfinger. Es passte wie angegossen, so als hätte der Silberschmied es für sie angefertigt. Das helle Silber bildete einen hübschen Kontrast zu ihrer sonnengebräunten Haut.

»Sie haben mich überzeugt«, meinte Söderström. »Ich nehme den Ring.«

Während Clärenore das Schmuckstück wieder vom Finger streifte, beschlich sie so etwas wie Enttäuschung. Dazu mischte sich ein Gefühl, das sie zuerst nicht zuordnen konnte. Es dauerte eine Weile, bis sie erkannte, dass es der Eifersucht ähnelte, die sie als Kind gegenüber Hilde empfunden hatte. Damals war es um die Gunst ihres Vaters gegangen – heute missgönnte sie einer Ehefrau die Liebe ihres Mannes.

Entsetzt gestand Clärenore sich ein, sich in den letzten Wochen immer öfter zu ihrem Filmoperateur hingezogen gefühlt zu haben. Er war witzig, charmant, attraktiv, mutig und klug. Wenn sie nicht aufpasste, würde genau das geschehen, wovor ihre Mutter sie gewarnt hatte. Sie würde eine Ehe zerstören und den Namen Stinnes in den Dreck ziehen. Es galt, rasch gegenzusteuern.

»Ich muss weiter«, log sie. »Wir sehen uns beim Abendessen.« Die Geschenke für Hilde und Else waren vergessen.

Clärenore eilte zur Ladentür, gefolgt von Lord. Als sie auf der Straße stand, warf sie einen Blick zurück durchs Schaufenster und beobachtete, wie der Silberschmied das Geschenk für Söderströms Frau in Seidenpapier wickelte. Nun griff die Eifersucht mit langen Fingern nach ihrem Herzen und drückte unbarmherzig zu.

Am 22. August 1927 erreichten sie Moskau. Schon von Weitem waren die goldenen Kuppeln der Erlöserkirche im milchigen Morgenlicht zu sehen. Die vier waren viel zu früh dran und entschieden sich daher für den Besuch einer Teestube, bevor es zum offiziellen Empfang ging. In einem gemütlichen Lokal, das an eine vornehme Konditorei am Ku'damm erinnerte, servierte ihnen ein Kellner den typischen gezuckerten Schwarztee. Dazu gab es kleine, kunstvoll dekorierte Brote.

Clärenore hatte die ganze Nacht wachgelegen und über ihr weiteres Vorgehen nachgedacht.

»Meine Herren«, sagte sie feierlich. »Wir haben die erste große Etappe unserer Reise glücklich überstanden. Ich möchte mich bei Ihnen für Ihren Einsatz von ganzem Herzen bedanken.« Sie stand auf und erhob ihr Teeglas. »Stoßen wir auf diesen Erfolg an!«

Die Männer prosteten ihr zu.

»Und wir haben den Zeitplan eingehalten«, ergänzte Söderström. »In nur drei Monaten haben Sie uns durch die Wüste gejagt.«

»Noch nie hat die Welt eine Frau gesehen, die sämtliche Märkte des Orients in einer solchen Geschwindigkeit abläuft«, meinte Heidtlinger lachend.

Clärenore verkniff sich die spitze Antwort, die ihr auf der Zunge lag. Die Stimmung war einfach zu gut. Sie setzte sich wieder.

»Bevor wir weiter Richtung Sibirien aufbrechen, müssen die Wagen gründlich überholt werden. Wir haben bereits einen Termin in einer Werkstatt des deutschen Automobilclubs. Herr Heidtlinger, Sie werden die Arbeiten überwachen«, sagte sie.

Der Mechaniker nickte ernst.

»Das kann ich auch übernehmen«, meinte Grunow. Im nächsten Moment fasste er sich an die Seite. Der Schmerz schien für ihn ein selbstverständlicher Begleiter geworden zu sein.

»Für Sie habe ich einen Termin in einem der besten Krankenhäuser der Stadt arrangiert, Herr Grunow«, erklärte Clärenore.

»Wie bitte?« Sein Kopf schnellte hoch, und er verzog gleich darauf das Gesicht. Die abrupte Bewegung löste offenbar weiteres Unwohlsein aus.

»Eine hervorragende Idee«, sagte Söderström. »Du solltest dich wirklich untersuchen lassen.«

»Ich brauche keinen Arzt«, brummte Grunow.

»Das sehe ich anders«, widersprach Clärenore. Dann wurde ihre Stimme weicher. »Wissen Sie, ich kann Ihre Angst gut verstehen. Ich habe meinen Vater verloren, weil ein Chirurg gepfuscht hat.«

Die drei Männer schwiegen betroffen.

»Genau aus diesem Grund habe ich den Vertreter des deutschen Automobilclubs gebeten, den besten Arzt ausfindig zu machen«, fuhr sie fort. »Sie müssen sich keine Gedanken um das Honorar machen. Ich übernehme die Rechnung.«

Grunow runzelte die Stirn.

»Das ist ein großzügiges Angebot«, sagte Söderström. »Das kannst du unmöglich ablehnen, Hans.«

Lange schwieg Grunow. Es war unschwer zu erkennen, dass er Angst hatte. Als die Stille kaum noch zu ertragen war, lenkte er schließlich ein. »Danke.«

»Sehr gerne«, antworte Clärenore erfreut. Dann wandte sie sich an Söderström. »Für Sie habe ich auch eine Überraschung.«

»Ach ja?« Er hob neugierig die Augenbrauen.

Clärenore musste sich zusammenreißen, um nicht zu lange in seinen blauen Augen zu verweilen.

»Ich habe einen Flug nach Stockholm für Sie gebucht.«

»Was?« Seine Kinnlade rutschte nach unten. »Wollen Sie mich loswerden?«

Abwehrend hob Clärenore die Hände. »Nein, um Himmels willen. Natürlich nicht.«

»Warum soll ich dann nach Schweden fliegen?«

»Ich dachte, dass Sie Ihre Ehefrau sehen wollen«, sagte sie leise. Sie hatte damit gerechnet, dass er vor Freude aufspringen würde. Dass er es nicht tat, erfüllte sie mit Erleichterung, was gar nicht gut war. »Sie sind seit drei Monaten von ihr getrennt. Das ist eine lange Zeit. Sicherlich haben Sie Sehnsucht nach ihr.«

Söderström musterte sie ruhig. Es war unmöglich zu sagen, was hinter seiner Stirn vorging. War er dankbar, froh, glücklich? Sehnte er sich danach, seine Frau wiederzusehen?

Heidtlinger klopfte ihm auf die Schulter. »Carl-Axel, jetzt lass endlich einen Jubelschrei los. Deine Martha kann es doch gar nicht erwarten, dich zu sehen.«

Langsam breitete sich ein Lächeln auf Söderströms Gesicht aus. Er wandte sich an Clärenore. »Meine Frau wird Ihnen unendlich dankbar sein, Fräulein Stinnes.«

»Das will ich hoffen.« Sie wandte sich ab. Er sollte auf keinen Fall sehen, wie schwer ihr diese Entscheidung gefallen war. »Die Karten für den Flug haben ein Vermögen gekostet.«

»Bei der Gelegenheit kann ich das Filmmaterial in Sicherheit bringen und neue Rollen mitbringen«, meinte Söderström gut gelaunt. Die Nachricht schien erst jetzt richtig zu ihm vorgedrungen zu sein.

»Wunderbar.« Sie rief den Kellner, um die Rechnung zu begleichen, doch er wollte kein Geld von ihr annehmen. Stattdessen richtete er seinen Blick auf die Männer, so als wäre es ihre Aufgabe zu bezahlen.

»Das sind meine Mitarbeiter«, erklärte Clärenore. Wie oft hatte sie diesen Satz in den letzten Wochen gesagt? Nicht einmal im modernen Moskau schien die Emanzipation der Frauen bei allen Menschen angekommen zu sein, und das trotz der großen Revolution.

»Entweder nehmen Sie das Geld von mir, oder Sie lassen es bleiben«, beharrte sie.

Dieses Argument überzeugte den Kellner. Mit mürrischem Gesicht griff er nach dem Geldschein. Clärenore ließ das Trinkgeld klein ausfallen.

Bevor sie zum Empfang gingen, bezogen sie ihre Hotelzimmer. Clärenore hatte eigentlich ihre Hose und ein frisches Hemd anziehen wollen, doch dann entschied sie sich für eines von Hildes Kleidern, das sie ausbürstete und aufbügelte. Es war ein schlichtes Nachmittagskleid mit versetzter Taille.

Der Empfang, den man ihnen im Zentrum Moskaus bereitete, hätte nicht feierlicher sein können. Vor dem Kreml hatte sich eine Gruppe Schaulustiger versammelt, die voller

Freude bunte Fähnchen schwenkten. Dann ging es weiter zum deutschen Automobilclub. Am Straßenrand standen Leute, die ihnen mit Stofftaschentüchern zuwinkten und ihre Hüte in die Luft warfen. Aus den vorbeifahrenden Omnibussen riefen ihnen die Menschen Glückwünsche zu. Clärenore fühlte sich wie damals, als sie als stolze Gewinnerin der Allrussischen Prüfungsfahrt durch Moskau gefahren und von der internationalen Presse gefeiert worden war. Auch ihre drei Begleiter schienen vom Beifall überwältigt. Grunow hielt sich mit beiden Händen am Steuer fest. Er hatte es sich nicht nehmen lassen, die letzten Meter wieder hinter dem Lenkrad des Lastwagens zu sitzen, und Söderström filmte den denkwürdigen Augenblick.

Eine kleine Delegation, die aus lokalen Politikern und Automobilclubmitgliedern bestand, überreichte Clärenore vor dem Hauptsitz des Clubs einen riesigen Blumenstrauß. Sie wurden in eines der vornehmsten Lokale der Stadt eingeladen und mussten nach dem Essen zahlreiche Interviews geben. Da Clärenore nicht alle Fragen auf einmal beantworten konnte, wurden für den kommenden Tag weitere Termine vereinbart.

»Wie lange beabsichtigen Sie, in Moskau zu bleiben?«, erkundigte sich Herbert Waldmüller, der Direktor des deutschen Automobilclubs.

»Ich weiß es noch nicht genau«, antwortete Clärenore wahrheitsgemäß. Die Dauer des Aufenthalts hing von den Vorbereitungen für die Weiterfahrt nach Sibirien ab. Sie benötigten Schaffelle, warme Schuhe, gefütterte Schlafsäcke und einen Übersetzer, der sie begleitete. Mit ihren spärlichen Sprachkenntnissen stießen sie rasch an Grenzen. Das hatten sie in den letzten Tagen schmerzlich erlebt. »Aber ich will so schnell wie möglich weiterfahren, damit wir Peking noch vor dem Jahreswechsel erreichen.«

Der Direktor verzog belustigt den Mund. Dann nahm er einen Zug aus seiner Zigarre und sah sie mitleidig an. »Mein liebes Fräulein Stinnes, Ihr Vorhaben ist unmöglich. Selbst wenn Sie heute noch aufbrechen, würden Sie im sibirischen Winter stecken bleiben.«

Das selbstgefällige Grinsen des Mannes stachelte Clärenores Widerstand an. »Sie können sich gar nicht vorstellen, wie oft ich in den letzten Wochen und Monaten gehört habe, dass mein Vorhaben scheitern wird. Und dennoch ...« Sie machte eine Pause. »Ich habe es in drei Monaten nach Moskau geschafft, durch die Wüste und über den Kaukasus.«

Waldmüller nahm einen weiteren Zug und blies genüsslich den Rauch aus. Er lehnte sich zurück und verschränkte die Arme vor der Brust. Clärenore unterdrückte den Hustenreiz. Sie hatte in den letzten Wochen aufgehört zu rauchen – zunächst, weil ihr der Tabak ausgegangen war, und dann, weil sie festgestellt hatte, dass ihre Lunge wieder über mehr Volumen verfügte und sie sich gesünder fühlte. Mittlerweile verstand sie gar nicht mehr, was sie am Tabak gemocht hatte. Sie fand den Qualm, der dabei entstand, widerlich.

»Das ist alles überaus beeindruckend«, sagte der Direktor. »Aber in Sibirien wird Ihnen der Treibstoff einfrieren. Bei minus fünfzig Grad ist ein Weiterkommen undenkbar. Egal wie mutig oder motiviert Sie sind. Es ist unmöglich.«

»Wir werden sehen.«

»Besser, Sie fahren zurück nach Deutschland und setzen Ihre Reise nächstes Jahr im Frühling fort. Erholen Sie sich erstmal von den Strapazen, genießen Sie Ihren Erfolg. Vielleicht haben Sie in ein paar Monaten andere Pläne.« Er grinste vielsagend. Offenbar hielt er sie für eine flatterhafte Person, die ständig anderen Träumen nachhing.

»Auf gar keinen Fall.« Clärenore wies den Vorschlag entschieden zurück. Würde sie nach Deutschland zurückkehren, käme das einem Versagen gleich. »Lieber schlage ich in Sibirien mein Winterquartier auf.«

»Sie stellen sich den Winter in Sibirien vielleicht romantisch vor.« Waldmüller klang jetzt wie ein Oberlehrer, der mit einem widerspenstigen Kind redete. »Aber die Kälte ist schrecklich. So mancher hat den Schnee nicht überlebt. Sie wären nicht die Erste, die an der Eiswüste scheitert. Nehmen Sie meinen Rat an, und drehen Sie um, solange Sie noch können.«

»Ich werde nicht scheitern«, beharrte Clärenore. »Nach Deutschland kehre ich erst zurück, wenn ich mein Reiseziel erreicht habe.«

»Wann wird das sein?«

»Wenn ich New York vor der Freiheitsstatue stehe.«

Als Waldmüller einen weiteren Zug von seiner Zigarre nahm, entschuldigte sich Clärenore und stand auf. Die Luft war jetzt schon zum Schneiden dick. Es würde Stunden dauern, bis sie den Qualm wieder aus ihrer Lunge bekam. Waldmüllers Warnungen schlug sie in den Wind. Sobald sie den Raum verlassen hatte, würde sie sie einfach vergessen.

Die Petroleumlampe warf flackernde Schatten an die Wand. Clärenore saß vor dem Waschtisch und betrachtete ihr Spiegelbild. In den letzten drei Monaten war ihr Gesicht schmaler geworden. Ihre Stirn war sonnengebräunt, ihr Haar hatte einen strohblonden Farbton angenommen, und ihre hellen Augen wirkten größer und ausdrucksstärker. Ihre Mutter würde schimpfen und erklären, dass sie wie eine Bauernmagd aussähe, doch die Reporter hatten ihr heute Nachmittag bewundernde Blicke zugeworfen und sie unzählige Male fotografiert.

»Warum begibt sich eine so hübsche junge Frau auf ein so großes Abenteuer?«

»Was bewegt eine attraktive Frau, sich solchen Gefahren auszusetzen?«

Ihr Interesse hatte nicht nur ihrer Expedition gegolten, sondern auch ihrer Person. Clärenore strich sich die langen Stirnfransen hinter die Ohren. Seit Tagen beschäftigte sie eine völlig absurde Frage. Sie wollte wissen, wie Martha Söderström aussah. Ob sie eine begehrenswerte Frau war? Söderström hatte sie bei den Dreharbeiten mit Greta Garbo kennengelernt. Martha hatte als Sekretärin für die Filmfirma gearbeitet. Kurz danach hatten die beiden geheiratet. Martha war nicht, wie geplant, mit Garbo nach Hollywood gegangen, sondern war mit Söderström in Schweden geblieben. Das hatte er ihr während der langen Fahrt durch die Wüste erzählt.

»Hat Ihre Frau nie versucht, Sie dazu zu überreden, gemeinsam mit ihr nach Hollywood zu gehen?«, hatte sie wissen wollen.

»Ich bin nicht für Hollywood geschaffen«, hatte er geantwortet.

»Wofür sind Sie dann geschaffen?«

»Wer weiß das schon genau?« Er hatte sie neugierig angesehen. »Wussten Sie immer, dass Sie die Welt mit dem Automobil umrunden wollen?«

»Um Himmels willen, nein«, hatte Clärenore lachend erwidert. »Sie kennen die Antwort bereits.«

»Nur zum Teil. Sie geben wenig Persönliches von sich preis.«

»Sie sind aber auch kein großer Redner«, hatte Clärenore gekontert. »Das Filmen und Fotografieren macht Ihnen große Freude. Wäre Hollywood dann nicht der ideale Ort für Sie?«

»Ich bin kein Stadtmensch. Ich liebe das Land.«

»Ich auch.«

Danach hatten sie wieder geschwiegen. Dabei hätte Clärenore darauf gebrannt, mehr zu erfahren. Wie war es um die Ehe der beiden bestellt? Waren sie glücklich? Wollten sie Kinder bekommen? Was dachte Martha Söderström darüber, dass ihr Mann mit einer unverheirateten Frau um die Welt fuhr? In Clärenores Kopf schwirrten so viele Fragen. Gleichzeitig wusste sie, dass sie keinerlei Recht auf Antworten hatte. Ganz egal, ob Söderström glücklich oder unglücklich verheiratet war – er hatte eine Frau, der er persönlich verpflichtet war, während er mit Clärenore bloß einen Arbeitsvertrag unterzeichnet hatte.

In diesem Moment klopfte es. Sie schreckte auf. Lord lief bellend zur Tür. Er hatte bereits auf dem Teppich gedöst, jetzt war er wieder hellwach.

»Pst«, machte Clärenore. »Du weckst ja das ganze Hotel auf.« Sie ging zur Tür und öffnete. Söderström stand davor. Er sah aufgelöst aus.

»Was ist passiert?«, fragte sie erschrocken.

»Hans geht es wieder schlechter. Ich denke, er kann nicht auf den Termin beim Spezialisten warten, sondern muss auf der Stelle ins Krankenhaus.«

Clärenore griff nach ihrer Handtasche und suchte fieberhaft nach ihrem Notizheft. Ganz unten am Boden der Tasche lag es. Sie schlug es auf. »Dr. Petrow. Ich habe die Telefonnummer«, sagte sie. »Ich rufe ihn sofort an.«

»Es ist kurz nach zehn«, meinte Söderström.

»Wenn er uns nicht weiterhelfen kann, wird er uns das schon sagen.«

Gemeinsam liefen sie zur Rezeption, wo Clärenore um ein Inlandsgespräch bat. Nervös trommelte sie mit den Fingern auf die Holzplatte des Schalters, während sie wartete. Schon nach wenigen Minuten winkte der Rezeptionist sie in die Telefonkabine. Als sie nach dem Hörer griff, war Dr. Petrow bereits in der Leitung.

»Ich komme ins Hotel und sehe nach Ihrem Mechaniker«, versprach der Arzt in beinahe akzentfreiem Deutsch. Später stellte sich heraus, dass er in Berlin studiert hatte. Als sie schon auflegen wollte, fügte er hinzu: »Ich habe einen Bericht über Sie in der Abendzeitung gelesen.« Er klang beeindruckt. »Unglaublich, dass Sie die Wüste mit dem Automobil durchquert haben.«

»Danke.«

Dann legte sie auf und trat aus der Kabine.

»Kommt der Arzt?«

»Ich frage mich, ob Dr. Petrow alle seine Patienten mit diesem Eifer betreut oder ob sein Engagement mit unserem Auftritt am Nachmittag zusammenhängt.«

»Ist doch völlig egal«, meinte Söderström. »Hauptsache, er ist dazu bereit, mitten in der Nacht quer durch Moskau zu fahren.«

Um Mitternacht wurde Grunow ins Krankenhaus eingeliefert. Sein Blinddarm war entzündet und musste auf der Stelle notoperiert werden.

»Wenn wir nicht rasch vorgehen, überlebt Ihr Mechaniker die nächsten Stunden nicht«, erklärte Dr. Petrow.

Grunows Zustand hatte sich seit dem Abendessen dramatisch verschlechtert. Er fieberte und war kaum ansprechbar. Zwei Sanitäter brachten ihn auf einer Trage aus dem Hotel. Mit einem modernen Krankenwagen wurde er ins nahe gelegene evangelisch-lutherische Krankenhaus gebracht. Clärenore und Söderström brausten im Adler hinterher. Die Straßen waren menschenleer, die Beleuchtung spärlich.

Während Grunow sofort in einen der Operationssäle geführt wurde, saßen Clärenore und Söderström im halbdunklen Warteraum. Eine winzig kleine Lampe sorgte für diffuses Licht. Über der Eingangstür hing eine Uhr, deren Sekundenzeiger monoton vor sich hin tickte. Der beißende Geruch nach Jod und Chlorkalk stach in der Nase und erinnerte Clärenore schmerzlich an das Krankenhaus in Berlin.

Plötzlich tauchte das Bild des überheblichen Arztes vor ihr auf, der damals ihren Vater operiert hatte. Er war nicht dem Wunsch von Hugo Stinnes gefolgt, die Gallenblase mit einer modernen Operationsmöglichkeit zu entfernen. Stattdessen hatte der Arzt lediglich eine Drainage gelegt. Als ihr Vater im Sterben lag, sollten sich die Kinder einzeln von ihm verabschieden. Clärenore war weinend an das Krankenlager getreten. Ihr Vater war blass gewesen, hatte kaum noch Leben in sich. Er wusste, dass er diese Welt verlassen musste, wegen des sinnlosen Fehlers eines Chirurgen. Clärenore ergriff seine Hand. Sie war warm und überraschend kräftig und fühlte sich genauso an wie immer. Entscheidungsstark und besonnen zugleich.

»Papa, hörst du mich?«, hatte Clärenore gefragt.

»Natürlich höre ich dich … ich bin ja nicht taub oder … dumm.«

»Papa, du darfst nicht gehen. Ich brauche dich noch.«

Hugo Stinnes hatte sich ein Lächeln abgerungen und geschwiegen. Clärenore hielt seine Hand fest, und er erwiderte den Druck. Solange sie seine Hand hielt, würde er nicht gehen, dessen war sie sich sicher. Ihre Mutter hatte sie schließlich aus dem Raum geschickt, und Clärenore hatte bitterlich geweint.

»Geht es Ihnen gut?« Söderström riss sie aus ihren Erinnerungen. Es dauerte einen Moment, bis Clärenore sich wieder zurechtfand.

»Ja, natürlich«, log sie.

»Sie sehen aber nicht so aus.«

Clärenore richtete sich auf und fuhr sich mit beiden Händen übers Gesicht. »Wir hätten schon in Tiflis einen Arzt aufsuchen sollen.«

»Hans wäre in kein Krankenhaus gegangen.«

»Ich hätte trotzdem darauf bestehen müssen. Ich bin für seine Gesundheit verantwortlich. Ich bin die Leiterin dieser Expedition. Ich bin schuld, wenn …«

Söderström unterbrach ihren Redefluss. »Nein, das sind Sie nicht«, widersprach er. »Hans trägt auch Eigenverantwortung. Er ist ein zäher Kerl, und Dr. Petrow ist der beste Arzt, den wir bekommen konnten. Er hat an der Charité gearbeitet. Er weiß ganz genau, was er tut. Alles wird gut.«

»Alles wird gut?«

»Ja.«

Sie hätte ihm zu gern geglaubt, doch sie wusste, dass es ein kindlicher Wunsch war. Es gab Dinge, auf die weder sie noch Söderström Einfluss nehmen konnten.

Gerade als sie ihm widersprechen wollte, betrat Dr. Petrow den Raum. Sein weißer Arztkittel trug Blutspuren. Clärenore bemühte sich, den Flecken keine Beachtung zu schenken. Sein Gesicht strahlte Zuversicht aus.

»Es schaut sehr gut aus«, meinte er stolz. »Die Operation ist völlig problemlos verlaufen.«

Es dauerte einen Moment, bis Clärenore die Botschaft begriff.

»Vielen Dank!«

»Es war Glück«, gab Dr. Petrow zu. »Ein paar Stunden später – und die Sache wäre anders ausgegangen. Der Patient ist sprichwörtlich im letzten Augenblick in den OP-Saal geschoben worden.«

»Wie lange wird Herr Grunow brauchen, bis er wieder an unserer Expedition teilnehmen kann?«, fragte Clärenore.

Dr. Petrow schüttelte den Kopf. »Er wird nicht mehr weiterfahren können.«

»Wie bitte?« Die Worte trafen sie wie ein Schlag ins Gesicht. »Das darf nicht sein. Wir brauchen Herrn Grunow. Er lenkt das Begleitfahrzeug.«

»Herr Grunow muss mindestens zwei Wochen hierbleiben und dann nach Deutschland zurückkehren, um sich in Ruhe zu erholen. Wir haben seine Bauchdecke aufschneiden müssen. Die vollständige Rekonvaleszenz wird mehrere Monate in Anspruch nehmen.«

Clärenore ließ sich auf die schmale Holzbank plumpsen. Ohne Grunow war sie verloren. Nie im Leben würde Heidtlinger seine Rolle übernehmen können. Grunow packte mit an, wenn es schwierig wurde, und er verfügte über einen praktischen Verstand, der Heidtlinger oft fehlte.

Dr. Petrow schien ihre Reaktion nicht nachvollziehen zu können. »Sie entschuldigen mich, ich muss zurück«, verabschiedete er sich ein wenig konsterniert.

Clärenore reagierte nicht. Sie saß niedergeschlagen auf der Bank und starrte auf den gefliesten Boden. Das hübsche Blumenmuster war ihr zuvor gar nicht aufgefallen. Söderström setzte sich neben sie. Sie spürte die Wärme, die von seinem Körper ausging.

»Machen Sie sich keine Sorgen«, sagte er sanft. »Ich werde über Deutschland zurückfliegen und einen neuen Mechaniker aus den Adlerwerken mitnehmen. Ich werde jemand finden, der Grunows Aufgabe übernehmen will.«

Clärenore hob den Kopf. »Glauben Sie das wirklich? Die Fahrt ist voller Strapazen und Entbehrungen. Wie oft hat Heidtlinger schon damit gedroht aufzugeben?«

»Diese Expedition ist ein großes Abenteuer«, widersprach Söderström. »Jeder, der darauf verzichtet, ist ein Narr.« Er grinste schief. »Und wer sich darauf einlässt, ebenfalls.«

»Sie nennen sich selbst einen Narren?«

Söderström lachte vergnügt. »Oh ja.«

Seine Antwort verwirrte Clärenore. In ihrer Familie war es nicht üblich, sich über sich selbst lustig zu machen. Aber es hatte etwas Befreiendes. Humor verlieh dem Leben Leichtigkeit.

»Schreiben Sie den Adlerwerken ein Telegramm, damit nach einem geeigneten Mann gesucht wird«, schlug Söderström vor.

Sein Tatendrang war ansteckend. Die konkreten Handlungsschritte waren genau das, was sie brauchte.

»Ich gehe zum Postamt, sobald es aufsperrt«, versprach Clärenore. Ihre Lebensgeister kehrten zurück. »Sie müssen mir etwas versprechen«, sagte sie dann.

Neugierig hob er die Augenbrauen.

»Ganz egal, wie schwer Ihnen der Abschied von der Heimat fallen wird. Bitte, kommen Sie zurück.« Gemeint hatte sie »von Ihrer Frau«, aber das hatte sie nicht sagen wollen.

»Keine Sorge, ich werde pünktlich wieder hier sein«, versicherte er und lächelte auf diese ganz bestimmte Art, die Clärenores Knie weich werden ließ. »Schließlich will ich die Chinesische Mauer fotografieren.«

Während seiner Abwesenheit würde Clärenore nicht nur seinen Humor vermissen ...

Jeden Tag besuchte Clärenore Grunow im Krankenhaus. Sein Gesundheitszustand besserte sich rasch, aber es war klar, dass er die Reise nicht fortsetzen konnte.

Am Ende der Woche saß er aufrecht in seinem Krankenbett und hatte wieder etwas Farbe im Gesicht. Er löffelte ein Glas Apfelmus. »Ich verdanke Ihnen mein Leben.«

»Diesen Satz sollten Sie Dr. Petrow sagen. Er hat Sie operiert«, entgegnete Clärenore.

»Sie wissen ganz genau, was ich meine. Ich selbst wäre nie zum Arzt gegangen.«

»Ohne die Strapazen der letzten Wochen hätte sich Ihr Blinddarm vielleicht nie entzündet.«

»Die Schmerzen habe ich schon vor der Abreise immer wieder gehabt«, gab Grunow zerknirscht zu.

»Wie bitte? Und das sagen Sie mir erst jetzt? Ich dachte, die Adlerwerke hätten eine Gesundheitsuntersuchung vorgenommen?«

»Haben sie auch, aber ich dachte ja nicht, dass es etwas Ernstes werden könnte, deshalb habe ich es verschwiegen. Wer hat nicht hin und wieder Bauchweh?«

»Ach, Herr Grunow, Sie sind ein echter Sturschädel.« Clärenore seufzte. »Wie auch immer«, meinte sie dann versöhnlich. »Wichtig ist, dass Sie jetzt wieder gesund werden.«

»Aber was ist mit Ihnen? Viktor ist ein guter Mechaniker, aber ein lausiger Fahrer. Mit ihm kommen Sie niemals nach China. Er kann weder schalten noch das richtige Benzin-Luft-Verhältnis für eine Bergfahrt mischen.«

»Ich weiß«, sagte Clärenore. »Herr Söderström hat mir versprochen, einen Ersatzmann aus Deutschland mitzubringen. Angeblich haben die Adlerwerke schon jemanden gefunden.«

»Wie heißt der Mann?«

»Jürgen Blattschneider. Kennen Sie ihn vielleicht?«

Grunow verzog sorgenvoll das Gesicht. »Wenn es der Blattschneider ist, den ich vermute, dann schickt man Ihnen einen Sprücheklopfer. Hinter seinen großen Worten steckt meistens nicht viel.«

»Hauptsache, er kann den Wagen lenken und fällt nicht in Herrn Heidtlingers Jammern ein, wenn er sich wieder mal über schlechtes Essen oder zu viel Arbeit beschwert.«

»Was das Essen betrifft, kann ich im Moment auch ein Klagelied singen.« Grunow schob die leere Schüssel von sich. »Es wird noch Tage dauern, bis ich endlich feste Nahrung bekomme.«

Clärenore verkniff sich ein Schmunzeln. »Sie werden es überstehen. Da bin ich mir sicher.«

Die Tage während Söderströms Abwesenheit waren vollgepackt mit Arbeit. Clärenore gab Interviews, kümmerte sich um weitere Ersatzteile, ließ Verbesserungen an der Einspritzvorrichtung anbringen und überprüfte die Visa und Diplomatenpässe. Während des Tages blieb kaum Zeit, über den Filmoperateur nachzudenken. Erst wenn sie abends allein im Bett lag und an die Zimmerdecke starrte, gingen ihr seltsame Gedanken durch den Kopf. Sie hatte längst ein Bild von Martha Söderström. In ihrer Fantasie war sie eine umwerfende Schönheit, ähnlich wie die Hollywoodstars.

Sobald Clärenore schlief, quälten sie verstörende Träume. Sie sah Söderström, wie er mit Greta Garbo Zärtlichkeiten austauschte. Die Filmdiva flüsterte ihm ins Ohr, dass er nicht zu Clärenore zurückkehren dürfe. Jedes Mal wachte sie schweißgebadet und verärgert auf. Sie wollte weder diese Bilder im Kopf haben noch eine fremde Frau um ihren Mann beneiden.

Clärenore hasste ihre heimlichen Wünsche und stürzte sich noch intensiver in die Arbeit. Sie wollte so schnell wie möglich weiterfahren, denn der Winter rückte mit jedem Tag näher. Leider war Söderström immer noch in Schweden. Er hätte schon vor zwei Tagen zurückfliegen sollen, aber der Flug war wegen schlechter Wetterlage abgesagt worden.

Als sich Clärenore am nächsten Morgen an den Frühstückstisch setzte, lag Post auf ihrem Platz. Sie starrte ängstlich auf das Kuvert. Hatte Söderström es sich anders überlegt? Erklärte er ihr per Brief, dass er die Reise nicht fortsetzen wolle? Mit klopfendem Herzen ergriff sie das Schreiben, drehte den Umschlag um und stieß vor Erleichterung die Luft aus. Es war die vertraute Handschrift ihrer Schwester, die jetzt Hilde Fiedler hieß.

Nach dem Frühstück öffnete sie das Kuvert auf ihrem Zimmer. Hastig überflog sie die Zeilen.

Liebste Clärenore, wie du meinem Namen entnehmen kannst, bin ich inzwischen eine verheiratete Frau. Die Hochzeit fand auf Gut Weißkollm statt und war genauso, wie ich sie mir immer erträumt hatte.

Clärenore schaute noch einmal in den Umschlag. Tatsächlich lagen zwei Fotografien darin – die eine zeigte Hilde und ihren Ehemann Max Fiedler, die andere die ganze Familie Stinnes mit dem neuen Schwiegersohn. Hilde sah ernst und ein bisschen ängstlich aus, aber sie war trotzdem eine wunderschöne Braut. Max war deutlich älter als sie und starrte finster in die Kamera. Clärenore hoffte für ihre Schwester, dass das Foto bloß eine Momentaufnahme und sein Gesichtsausdruck der Nervosität geschuldet war.

Der Rest der Familie sah aus wie immer. Ihre beiden älteren Brüder wirkten selbstgefällig, die jüngeren Geschwister hielten sich bescheiden im Hintergrund. Cläre Stinnes stand zwischen dem Brautpaar und ihrem ältesten Sohn Edmund. Clärenore fragte sich, wo ihr Platz auf diesem Bild gewesen wäre, und kam zu dem Schluss, dass man sie zwischen Ernst und Else gequetscht hätte, die beiden Jüngsten.

Sie legte die Fotos wieder zurück ins Kuvert und las weiter. Hilde beschrieb die Hochzeit bis ins kleinste Detail. Über vier Seiten listete sie Gäste und Hochzeitsgeschenke auf. Mit keinem Wort erwähnte sie ihre eigene Befindlichkeit. Dass sie in ihrem letzten Brief von ihrer Angst geschrieben hatte, war dem Ausnahmezustand geschuldet, in dem sie sich vor der Eheschließung befunden hatte. Ihr Bericht von der Hochzeit las sich wie eine Zeitungsreportage, ein Lobgesang auf die reiche Industriellenfamilie Stinnes. Hatte Clärenore zu früh auf mehr Nähe zu ihrer Schwester gehofft? Sie selbst war in ihren Briefen schonungslos ehrlich gewesen und hatte von ihren Selbstzweifeln erzählt. Fast widerwillig las sie den Brief zu Ende. Erst Hildes letzte Zeilen versöhnten sie wieder.

Werden wir dich zu Weihnachten sehen? Mutter meint, dass du vor dem sibirischen Winter ins warme Deutschland flüchten wirst. Auch Edmund und Hugo teilen ihre Meinung und glauben, dass du die Reise abbrichst. Ich hingegen drücke dir ganz fest die Daumen, dass du durchhalten wirst. Otto, Ernst und Else glauben ebenfalls an deinen Erfolg. Sie schneiden alle Zeitungsartikel über dich aus und kleben sie in eine Mappe. Ich hebe die Sammlung für dich auf. Achte auf dich und denk an mich. Innigste Grüße von deiner Schwester Hilde.

Nachdenklich faltete Clärenore den Brief zusammen. Sie sollte mit dem zufrieden sein, was Hilde und sie im Moment verband. Mehr Vertrautheit unter den Geschwistern Stinnes war nicht möglich. Sie hatten nie gelernt, über ihre Gefühle zu reden. Niemand konnte das Rad der Zeit zurückdrehen und nachträglich Herzlichkeit oder Ehrlichkeit säen, wo Konkurrenz und Misstrauen herrschte. Es reichte, wenn Hilde, Otto, Ernst und Else an Clärenore glaubten, dafür war sie ihnen dankbar.

Bolivianisches Hochland
November 1928

Clärenore ritt in einen beschatteten Innenhof ein, als ein rotbrauner Gordon Setter bellend auf sie zulief. Für einen Moment glaubte sie, einer optischen Täuschung zum Opfer gefallen zu sein. Wie konnte es sein, dass Lord hier war? Doch im selben Augenblick trat Hauptmann Galvez mit einem weiteren Mann aus dem Haus. Der Fremde pfiff seinen Hund zurück. Sofort kehrte das Tier um und lief zu seinem Besitzer, der ihm lobend über den Kopf strich.

»Was für eine Freude, Sie lebend zu sehen!«, rief der Hauptmann. Der peruanische Militär hatte sie von Lima aus begleitet. Er war für die topographischen Vorarbeiten eines Straßenbaus verantwortlich. Über die Dringlichkeit eines befahrbaren Weges über die Anden konnte Clärenore ein Lied singen. Sie schwang sich vom Esel, trat auf den Hauptmann zu und schüttelte ihm herzlich die Hand.

»Ich freue mich auch, Sie wiederzusehen.« Ihre Wege hatten sich bei einem Lager für Straßenarbeiter getrennt, erst danach war für Clärenore und Carl-Axel alles aus dem Ruder gelaufen. »Wie kommen Sie hierher?«

»Don Miguel steht im ständigen Kontakt mit den Bauingenieuren des Straßenbauprojekts und hat mich freundlicherweise informiert. Er wusste, dass wir bis vor Kurzem gemeinsam gereist sind. Als ich hörte, dass Sie und Herr Söderström in Not geraten sind, habe ich mich sofort auf den Weg gemacht. Ihr Automobil ist übrigens in einem erbärmlichen Zustand.«

»Ich weiß«, sagte Clärenore. »Wie geht es Herrn Söderström? Kann ich zu ihm?«

Ein Schatten legte sich über Hauptmann Galvez' Gesicht. »Herr Söderström ist am Leben. Viel mehr Erfreuliches kann ich Ihnen leider nicht berichten.«

»Ich muss ihn sehen«, drängte Clärenore.

Der Mann neben dem Hauptmann streckte ihr die Hand entgegen: »Mein Name ist Don Miguel. Ich freue mich, Sie in meinem Haus begrüßen zu dürfen.« Mit stolzgeschwellter Brust stand er da und zeigte auf die Gartenanlage, die sich rund um das Gebäude erstreckte. Eine grüne Oase nach Wochen in der staubigen Steinwüste.

»Sehr erfreut.« Sie schüttelte seine Hand. »Darf ich zu Herrn Söderström?«

»Nur, wenn Sie mir versprechen, anschließend mit mir und meiner Frau auf der Terrasse Kaffee zu trinken.«

Clärenore nickte, auch wenn ihr im Moment der Sinn nicht nach Smalltalk stand.

Hauptmann Galvez führte sie ins Haus. Innerhalb der dicken Steinmauern war es angenehm kühl. Ein leichter Zitronenduft lag in der Luft, begleitet von einem Geruch nach getrockneten Kräutern. Durch eine breite Eingangshalle gelangten sie in einen weiteren Innenhof, der Clärenore an ein Kloster erinnerte. In den vor Wind und Sonne geschützten Arkadengängen luden hölzerne Bänke zum Verweilen ein. Sie wünschte, Carl-Axel würde auf einer von ihnen sitzen und den üppig begrünten Innenhof genießen.

Stattdessen lief Galvez weiter. »Ich war sehr besorgt, als Don Miguel mir von Herrn Söderström erzählt hat«, sagte er. »Sie hätten den Weg niemals allein antreten dürfen.«

Das wusste Clärenore jetzt auch, aber für diese Einsicht war es zu spät.

Sie betraten einen niedrigen Seitentrakt und gelangten in einen abgedunkelten Raum, in dem sich neben einem Krankenbett nur eine Holztruhe und ein Schemel befanden. An der weiß gestrichenen Wand hing ein großes Kruzifix mit einem sterbenden Jesus. Galvez bekreuzigte sich beim Anblick der Skulptur. Clärenore zeigte weniger Respekt. Sie stürzte zum Bett und hielt erschrocken den Atem an. Einem Toten gleich lag Carl-Axel aufgebahrt da. Ein Rascheln aus einer der Ecken ließ Clärenore zusammenzucken. Jetzt erst entdeckte sie den Mönch, der im Schatten eines Vorhangs saß. Er stand auf und verneigte sich. Clärenore erwiderte den Gruß.

»Sind Sie der Arzt?«

»Dr. Cervantes wird morgen zurückerwartet. Das hier ist Bruder Alfonso, der sich um Herrn Söderström kümmert. Er ist taubstumm, kann aber Ihre Lippen lesen und kennt sich in der Heilkunde aus.«

Clärenore wandte sich an den stummen Mönch. »Wie geht es ihm?« Sie redete langsam und so deutlich, wie es ihre Spanischkenntnisse erlaubten. Auch wenn ihr eingerostetes Wissen in den letzten Wochen wieder aufgefrischt worden war, so wünschte Clärenore, sie hätte sich als junges Mädchen noch intensiver mit dem Vokabellernen beschäftigt.

Der Mönch machte einen besorgten Gesichtsausdruck. Dann legte er sich die gefalteten Hände ans Ohr.

»Herr Söderström braucht viel Ruhe«, übersetzte Galvez. Doch Clärenore verstand die Geste auch so.

»Wird er überleben?« Sie wagte kaum, die Worte auszusprechen.

Der Mönch zeigte mit betenden Händen zum Kruzifix.

»Herr Söderström ist seit drei Tagen nicht ansprechbar. Es kostet viel Mühe, ihn zum Trinken zu bewegen. Dazu muss er aufgesetzt werden, damit man ihm Flüssigkeit einflößen kann. Zum Glück schluckt er und trinkt. Er ist immer wieder kurz wach. Dann fantasiert er und redet wirres Zeug auf Schwedisch. Niemand hier versteht ihn.«

»Ich bleibe jetzt bei ihm«, bestimmte Clärenore. »Denken Sie, dass Don Miguel mir Quartier gibt?«

»Ganz bestimmt! Es wird ihm eine große Ehre sein. Er ist ein Verehrer von Ihnen und findet Ihre abenteuerliche Reise vorbildhaft.«

Clärenore ging nicht auf das Kompliment ein. Sie zog den Hocker näher, schob ihn zu Carl-Axels Bett und nahm darauf Platz.

»Wir lassen Sie jetzt allein«, sagte Galvez leise. Er winkte den Mönch zu sich und verließ mit ihm zusammen den Raum. Kaum dass Clärenore allein mit Söderström war, griff sie nach seiner Hand. Sie glühte förmlich, und auf seiner blassen Stirn standen Schweißtropfen. Offenbar hatte er hohes Fieber. Seine unrasierten Wangen waren eingefallen und grau. Clärenore kämpfte nicht mehr gegen die Tränen an. Sie liefen ihr über die Wangen und fielen in ihren Schoß.

»Bitte verzeih mir«, flüsterte sie. »Dass du so unendlich leiden musst, ist allein meine Schuld.«

Sie drückte seine Hand, die voller kleiner Narben war. Erinnerungen der letzten Monate. Wie oft hatten sie gemeinsam Ersatzteile ausbauen und wieder einsetzen müssen? Wie viele Steine hatten sie von der Straße gerollt und zuletzt mit Dynamit weggesprengt?

»Bitte verlass mich nicht. Bitte.« Ihre Stimme klang flehend. »Du bist der wichtigste Mensch in meinem Leben.«

Ganz kurz war es ihr, als zuckte sein Mundwinkel. Aber als sie genau hinsah, erkannte sie, dass es bloß sein schwerer Atem war. Seine Brust hob und senkte sich langsam. So als kostete jeder Atemzug ihn unheimlich viel Kraft.

Clärenore umklammerte mit ihren Fingern seine heiße Hand. Solange sie sie hielt, würde er am Leben bleiben, und diesmal ließ sie sich nicht wegschicken. Sie würde bleiben, bis Carl-Axel zu ihr zurückkehrte.

Auf dem Weg nach Sibirien
September 1927

»Herr Grunow hat mich ja davor gewarnt, dass Herr Blattschneider in Wahrheit ein Aufschneider ist, der viel redet, aber wenig kann.« Clärenore sah die Schlammpfütze zu spät und fuhr mitten hindurch. Rechts und links spritzte braunes Regenwasser in hohen dunklen Fontänen weg.

Das Wetter war gegen sie. Ständiger Regen weichte die Straßen auf, die oft im Nichts endeten. Die Landkarten stimmten nicht mit der Realität überein. Immer wieder mussten sie aussteigen und die Fahrzeuge mit Körperkraft aus dem Morast befreien. Zum Glück hatten sie sich in einem Magazin kurz nach Moskau Schaftstiefel gekauft, die bis zu den Oberschenkeln reichten und wasserdicht waren. Das Schuhwerk war schwer und steif, aber es schützte vor Nässe.

»Die Fahrt seit Moskau ist sehr anstrengend«, entgegnete Söderström. »Das müssen doch sogar Sie zugeben, oder?«

Wie versprochen war Söderström nach zehn Tagen zurückgekommen. Er hatte nicht nur Jürgen Blattschneider mitgebracht, sondern auch drei neue Gewehre, Jagdausrüstung und eine Ladung Ersatzteile, alles Gaben der Adlerwerke. Dort war man von Clärenores Reise begeistert. Die Bilder aus Moskau waren um den Globus gegangen, eine unbezahlbare Werbung für die deutsche Automobilindustrie. Allein aus Moskau waren innerhalb weniger Tage zehn neue Großaufträge in den Frankfurter Werken eingetroffen.

Seither waren drei Wochen vergangen, und genauso lange waren sie schon wieder unterwegs. Blattschneider hatte bereits nach vier Tagen aufgegeben und war zurück nach Moskau gereist, um von dort nach Berlin zu fahren. Die Nächte in den einfachen Holzschuppen waren ihm zu beschwerlich gewesen. Zum Glück war auch Ivan Balijeff mitgekommen, ein Mitglied des russischen Automobilclubs, der ihn auch bezahlte. Als feststand, dass Grunow ausfallen würde, hatte er sich bereiterklärt, die Expedition zu begleiten. Der junge Mann war weniger zart besaitet und hatte kein Problem mit den erschwerten Bedingungen in seinem Heimatland. Leider litt er seit ein paar Tagen an einem bösen Husten, weshalb Clärenore sich zunehmend Sorgen um ihn machte. Er und Heidtlinger wechselten sich beim Lenken des Begleitfahrzeugs ab.

Das Übernachten im Freien wurde von Tag zu Tag ungemütlicher. Die Temperaturen im Ural sanken empfindlich. Meist suchten sie Unterkunft bei einfachen Bauern, die ihnen ein Quartier im Stall anboten. Die Menschen begegneten ihnen mit Neugier und Staunen. Viele hatten noch nie zuvor ein Automobil gesehen. In einem Dorf kam eine Lehrerin mit ihrer Klasse, um den Kindern zu erklären, dass es sich um ein Fortbewegungsmittel und keinen Höllenhund handelte.

Noch nie hatte Clärenore so viel Elend auf einmal gesehen. Viele Menschen trugen Lumpen und wohnten in baufälligen Holzhütten. Die Kinder besaßen trotz der kalten Temperaturen keine Schuhe. Mit nackten, von der Kälte blaugefärbten Füße liefen sie über den eisigen Morast. Überall gab es Ungeziefer, Ratten und Dreck. Doch die Menschen begrüßten sie voller Freude und teilten das Wenige, was sie besaßen.

Clärenore hielt an. Die Windschutzscheibe war so verdreckt, dass sie die Straße nicht mehr sehen konnte.

»Es hat keinen Sinn, sie wieder abzuwischen«, meinte Söderström.

»Ich sehe aber nicht, wohin ich fahre.«

»Soll ich ans Steuer? Ich lenke aus dem Fenster raus.«

Gerne nahm Clärenore das Angebot an, denn sie hatte Kopfschmerzen, die dem Schnaps zu verdanken waren, den der Bauer am Vorabend ausgeschenkt hatte. Ihn abzulehnen wäre unhöflich gewesen. Um dem Elend zu entfliehen, tranken viele Menschen hierzulande Unmengen von Alkohol. Hochprozentiger Schnaps wurde zu jeder Mahlzeit gereicht und auch zwischendurch getrunken. Manche Männer waren den ganzen Tag über betrunken.

Clärenore stieg aus, und sie tauschten die Sitzplätze. Söderström fuhr mit offenem Fenster weiter. Eisiger Fahrtwind blies ihnen um die Nase. Clärenore zog den Schal enger um ihren Hals. Weit nach draußen gebeugt, lenkte Söderström den Wagen im Schritttempo über den sumpfigen Weg. Sie hatten Nischni Nowgorod vor Stunden hinter sich gelassen. Clärenore übernahm die Landkarte und stellte fest, dass sie in einigen Kilometern Entfernung an einen Fluss kommen würden, die Sura. Tatsächlich stießen sie wenig später auf den reißenden Strom. Söderström hielt an. Die Regenfälle der letzten Tage hatten den Fluss anschwellen lassen. Es fehlte nicht viel, und er würde über die Ufer treten. In den schlammbraunen Wassermassen trieben ganze Baumstämme, Tierkadaver und Unrat. Die Fähre, die auf das gegenüberliegende Ufer führte, war für die Automobile viel zu klein. Die Fährleute, ein alter Mann und seine Söhne, erklärten ihnen, dass für gewöhnlich bis zu fünf Pferde von einem Ufer zum anderen transportiert wurden, mehr nicht. Die Landungsbrücke war alt und teilweise angefault.

»Und was jetzt?«, fragte Heidtlinger. Er und Balijeff standen am Flussufer und betrachteten sorgenvoll die schlammigen Fluten.

»Wir könnten nach Nischni Nowgorod zurückfahren und dann mit einem Wolgadampfer nach Kasan«, schlug Balijeff, der junge Russe, vor. »Oder wir nehmen die nächste Eisenbahnbrücke, die liegt etwa zweihundert Kilometer weit entfernt. Ich muss allerdings zugeben, dass ich den Weg nicht genau kenne.«

Clärenore fand beide Vorschläge indiskutabel. Sie würden viel zu viel Zeit verlieren. »Ich frage die drei Männer, ob sie die Fähre den Nachmittag über stilllegen und uns gegen Bezahlung helfen, sie zu verstärken. Gemeinsam können wir die Landungsbrücke ausbessern.«

Heidtlinger schnappte nach Luft. »Sehen Sie sich doch die Fähre an«, forderte er aufgeregt. »Wenn wir die ausbessern wollen, schuften wir den ganzen Tag. Sie müssen Bäume fällen, um an Holz zu gelangen.«

»Nun, davon gibt es ja reichlich«, sagte Clärenore. »Und wir haben Äxte dabei.«

Ihre Worte kamen bei Heidtlinger nicht gut an. Aufgebracht riss er die Arme in die Höhe. »Wenn Sie glauben, dass ich da mitmache, dann haben Sie sich getäuscht!«, schrie er. »Ich werde fürs Autofahren und für Reparaturen bezahlt und nicht, um eine marode Fähre instand zu setzen.«

»Und was haben Sie vor?«, fragte Clärenore.

»Ich fahre den Wagen bestenfalls zurück, aber keinen Meter weiter. Ich habe genug von dieser Reise. Die letzten Wochen waren eine gnadenlose Schinderei. Jede Nacht schlafen wir in einem versifften Loch. Mein ganzer Körper ist voller Wanzenstiche. Ich kann mich nicht daran erinnern, wann ich mich das letzte Mal ordentlich waschen konnte. Blattschneider hat das einzig Richtige getan.«

»Wollen Sie mir damit sagen, dass Sie vorhaben, die Expedition zu verlassen?«

»Ja!«, brüllte Heidtlinger so laut, dass die Fährmänner neugierig zu ihnen herüberschauten. Sein Gesicht war dunkelrot angelaufen. »Ich pfeife auf Ihre Expedition. Und wenn ich aufhöre, dann können auch Sie einpacken, Fräulein Stinnes. Ohne meine Hilfe sind Sie nämlich aufgeschmissen.« Er grinste böse.

Clärenore vermutete, dass er diese Worte schon lange mit sich herumtrug. Jetzt hatte er sie in einer Heftigkeit geäußert, wie er es vielleicht gar nicht beabsichtigt hatte.

»Wenn Sie uns beim Ausbau der Fähre nicht helfen wollen, dann ist das Ihre Entscheidung«, sagte sie erstaunlich ruhig. »Ich kann Sie dazu nicht zwingen.«

Sie machte einen Schritt auf ihn zu und senkte die Stimme, damit nur er sie hören konnte. »Doch wenn Sie umkehren, dann nicht mit diesem Fahrzeug. Sollten Sie es dennoch tun, werde ich Sie wegen Diebstahls anzeigen. Noch bevor Sie die deutsche Grenze überschreiten, werden Sie festgenommen. Habe ich mich deutlich ausgedrückt, Herr Heidtlinger?«

Er starrte sie hasserfüllt an. Für einen Moment glaubte Clärenore, er würde zuschlagen. Doch stattdessen ballte er seine Hände zu Fäusten und stieß schnaufend die Luft aus.

»Sie können sich auf die Seite setzen und warten, bis wir fertig sind«, fuhr Clärenore fort und ging zu den Fährmännern, um ihnen ihren Vorschlag zu unterbreiten. Sie hatte keine Ahnung, was sie tun würde, sollte Heidtlinger diesmal Ernst machen. Ohne ihn war die Expedition tatsächlich gefährdet. Sie hoffte inständig, dass er sich wieder beruhigen würde. Er war ein Choleriker, das wusste sie mittlerweile. Meistens löste sich sein Ärger, sobald er vor einer ordentlichen Mahlzeit saß. Grunow war es immer gelungen, ihn zu besänftigen, doch der war leider nicht mehr da. Und Balijeff war zu jung und zu unerfahren, als dass Heidtlinger ihn ernst genommen hätte.

Die Fährmänner waren mit Clärenores Vorschlag einverstanden. Den ganzen Nachmittag schufteten sie unter großer körperlicher Anstrengung. Bäume wurden gefällt, um die Fähre damit zu verstärken. Notdürftig besserten sie die Befestigung am Ufer so weit aus, dass man über zwei massive Bretter zur Fähre gelangen konnte. Aus Angst, dass die Fahrzeuge zu schwer sein könnten, wurden sie geleert. Einzeln schafften sie die Kisten und Säcke, die Ersatzteile und das Werkzeug auf die Fähre. Es war eine kräfteraubende Schlepperei. Balijeff hustete so heftig, dass Clärenore Angst hatte, er könnte ersticken. Sie bat ihn, eine Pause einzulegen, was dieser aber ablehnte. Die ganze Zeit über hockte Heidtlinger grimmig neben dem Haus des Fährmanns und beobachtete die anderen mit verschränkten Armen bei der Arbeit.

Als das gesamte Gepäck verladen war, riss Söderström der Geduldsfaden. Er stapfte auf Heidtlinger zu und schrie ihn an: »Jetzt heb deinen dicken Hintern, steh auf und hilf mit!«

»Ich fahre nicht mehr weiter«, erklärte Heidtlinger stur.

»Selbst wenn du aufgibst, musst du irgendwie zu einem Bahnhof gelangen.« Söderström stemmte die Hände in die Hüften. »Wenn du nicht aufstehst, sorge ich dafür, dass du keines der Fahrzeuge mehr betrittst. Dann kriechst du auf allen vieren zum nächsten Bahnhof.« Clärenore hatte den ruhigen Schweden noch nie so wütend erlebt. Er sprühte vor Zorn.

Seine Worte zeigten Wirkung. Widerwillig stand Heidtlinger auf und kam murrend zu den anderen. Kurz darauf wurde die Leine gekappt, und die Fähre setzte sich in Bewegung. Balijeff blieb als Einziger zurück. Gefährlich schaukelnd, schipperte das Gefährt über die dunklen Wellen. Clärenore zitterte vor Aufregung, doch die Fährmänner wirkten völlig entspannt. Mit langen Stecken lotsten sie die Fähre über den Fluss. Die neu angebrachten Verstärkungen zeigten Wirkung, und die ungewöhnlich schwere Fracht gelangte sicher ans andere Ufer. Heidtlinger half mit, die Fähre zu entladen. Als Nächstes setzte der Kleine über den Fluss, zuletzt folgte der Große, begleitet von Balijeff.

Als die beiden Automobile, das Gepäck und die Fahrer am anderen Ufer waren, dauerte es eine ganze Stunde, bis die Fahrzeuge wieder beladen waren. Die Sonne ging bereits unter, und alle waren erschöpft und müde. Clärenore hätte auf der Stelle einschlafen können, doch sie wusste, dass niemand eine weitere Nacht im Auto verbringen wollte.

»Wir brauchen ein Quartier für die Nacht«, sagte sie. »Wenn wir im Freien übernachten, verliert Herr Heidtlinger erneut die Beherrschung.«

»Laut Karte befindet sich die nächste Siedlung nur eine Fahrstunde entfernt«, erklärte Balijeff.

»Das ist gut«, sagte Clärenore erleichtert. Sie richtete ihren Blick nach vorne. Die Scheibe war sauber, denn sie hatte sie gerade erst geputzt. Doch kaum startete sie den Motor und fuhr die ersten paar Meter, spritzte bereits neuer Schlamm auf das Glas.

»Soll ich wieder fahren?«, bot Söderström an.

»Danke, aber noch geht es«, meinte Clärenore. »Vielleicht sollten Sie besser Heidtlinger fragen. Er macht immer noch ein mürrisches Gesicht.«

Sie schaute sorgenvoll in den Rückspiegel.

»Viktor hat den halben Nachmittag verschlafen«, sagte Söderström gelassen. »Er ist als Einziger von uns erholt. Bei der nächsten Panne wird er die Arbeit verrichten müssen, weil wir anderen zu müde sind.«

Clärenore bezweifelte, dass Heidtlinger auch nur einen Finger rühren würde. Sie hoffte inständig, dass es bis zum nächsten Quartier keine weiteren Zwischenfälle geben würde.

Zum Glück erreichten sie schon nach kurzer Fahrt ein Dorf. Im größten Bauernhof fanden sie Unterkunft. Die Aussicht auf ein Abendessen schien Heidtlingers Gemüt besänftigt zu haben. Die Bäuerin, eine Frau undefinierbaren Alters, hieß sie willkommen und bat sie in die Stube, einen winzigen Raum, in dem ein Metallofen für behagliche Wärme sorgte. An den Wänden hingen bestickte Tücher und gerahmte Fotografien ernster Menschen, und von der Decke baumelte ein geflochtener Korb, in dem ein Kind in einem fest verschnürten Steckkissen lag und friedlich schlummerte. Sobald es jammerte, stieß die Bäuerin den Korb sanft an, und der Säugling schaukelte erneut in den Schlaf.

»Wie praktisch«, sagte Clärenore. Söderström fragte, ob er ein Foto von der Wiege machen dürfe. Stolz willigte der Bauer ein. Er rief die gesamte Familie zusammen, neun Kinder, die sich der Größe nach aufreihten. Er selbst und seine Frau nahmen neben der Wiege Aufstellung. Es war keine Seltenheit, dass Frauen so viele Kinder bekamen, aber es war ungewöhnlich, dass alle überlebten. Clärenore war in den letzten Wochen vielen Müttern begegnet, die etliche ihrer Kinder zu Grabe getragen hatten. Die medizinische Versorgung auf dem Land war katastrophal und die Kindersterblichkeit erschreckend hoch. Mancherorts schien man sich so an den Tod gewöhnt zu haben, dass über den Verlust kaum noch gesprochen wurde. Kinder zu verlieren, schien ebenso zum Leben zu gehören wie die vielen Geburten.

Söderström versprach, die Fotografie zu schicken, sobald sie entwickelt war. Clärenore fragte sich im Stillen, wie oft die Post dieses Dorf erreichen mochte, doch der Bauer freute sich über Söderströms Vorschlag, was wohl hieß, dass durchaus Briefe ankamen.

Zum Abendessen versammelten sich alle um einen quadratischen Tisch. Es gab mit Fleisch gefüllte Teigtaschen, Pelmeni, dazu saure Sahne und wie immer hochprozentigen Schnaps. Kurz nach der Revolution war Alkohol im ganzen Land verboten worden. Daraufhin hatten die Bauern angefangen, selbst ihre Schnäpse zu brennen. Mit dem Ergebnis, dass jedes Jahr Menschen an Alkoholvergiftungen starben. Durch das Verbot hatte man das Problem keineswegs in den Griff bekommen. Die Menschen hielten sich am Schnaps fest, der sie für ein paar Stunden von ihrem Elend ablenkte und die Kälte und die harte Arbeit erträglich machte.

Als alle satt vor dem Ofen saßen, fragte Clärenore den Bauern nach dem kürzesten Weg nach Kasan. Sie erklärte ihm, dass sie Sibirien durchqueren und weiter in die Mongolei fahren wolle.

»Im nächsten Frühling«, sagte der Mann.

»Nein, noch vor dem Jahreswechsel.«

»Das ist unmöglich«, meinte der Bauer.

»Wir beeilen uns und nehmen die kürzeste Strecke.«

Der Gastgeber schüttelte den Kopf.

»Wir scheuen uns auch nicht davor, im Freien zu schlafen«, beteuerte Clärenore. »Dadurch gewinnen wir Zeit.«

»Im Freien schlafen ist gefährlich«, entgegnete der Mann. »Wenn der Schnee kommt, erfrieren Sie. Außerdem lauern die Wölfe in Rudeln auf törichte Menschen.«

Clärenore hatte seine Worte verstanden. Balijeff übersetzte sie auch für die anderen.

»Die Tiere fallen jeden an, der ungeschützt im Wald unterwegs ist«, ergänzte die Bäuerin. »Es gibt jedes Jahr Tote.«

»Wir haben Gewehre und Pistolen dabei.«

»Die schützen nicht vor Wölfen«, erklärte der Bauer. »Mit einer Pistole oder einem Gewehr töten Sie einen, vielleicht zwei oder drei Wölfe, doch die restlichen fallen Sie an und zerfetzen Sie. Es ist ein qualvoller, schrecklicher Tod, und es dauert Stunden, bis es vorbei ist.«

Die anschauliche Beschreibung ließ Clärenore erschauern. Balijeff schmückte die Erzählung noch etwas aus und fügte hinzu, dass die Tiere ihre Opfer bis auf die Knochen abnagten.

»Man sollte immer eine Kugel für sich selbst aufbewahren«, endete der Bauer. »So kann man im Notfall das Unausweichliche beschleunigen.«

Statt weiter zu übersetzen, begann Balijeff heftig zu husten. Besorgt stand die Bäuerin auf und holte frischen Tee vom Samowar, doch auch die warme Flüssigkeit konnte den Hustenreiz nicht lindern.

»Wir brauchen wieder einen Arzt«, meinte Söderström.

»Wo sollen wir hier einen finden?«, fragte Clärenore.

»Ärzte gibt es nur in den Städten«, bestätigte der Bauer. »Die besten sind in Kasan. Dort gibt es Spezialisten für alle Krankheiten.«

»Aber sie verlangen viel Geld«, warf seine Frau ein.

»Daran soll es nicht liegen«, meinte Clärenore finster. Sie hatte viel mehr Angst davor, noch mehr kostbare Zeit zu verlieren und einen weiteren Mitarbeiter zurückschicken zu müssen.

Heidtlinger blieb auch die folgenden Tage mürrisch und wortkarg. Söderström übernahm das Lenken des Begleitwagens, und Balijeff fuhr mit Clärenore. Der Zustand des jungen Mannes wurde immer schlimmer. Als er sich den Mund nach dem Husten mit einem Taschentuch abwischte, sah Clärenore aus dem Augenwinkel, dass sich Blutspuren darauf befanden. Vor Schreck kam sie vom Weg ab und landete rumpelnd im Graben. Rasch stieg sie aufs Gas und befreite den Adler wieder aus der misslichen Lage, bevor jemand aussteigen und anschieben musste.

»Herr Balijeff«, sagte sie entsetzt. »Sie husten Blut.«

Er schien darüber weniger schockiert zu sein. »Ja, ich weiß.«

»Ist Ihnen das schon öfter passiert?«

Er nickte. Wieder verriss Clärenore das Lenkrad. Diesmal nicht ganz so heftig.

»Sie wussten, dass Sie krank sind, und haben sich dennoch für diese Reise gemeldet?«

»Ich wollte unbedingt dabei sein«, gab er entschuldigend zu.

»Sie haben uns belogen«, fuhr Clärenore verärgert fort. Wenn sich ihre Vermutung bewahrheitete und er Tuberkulose hatte, musste sie Balijeff in den nächsten Zug Richtung Moskau setzen. So schnell würde sie keinen Ersatz bekommen. Damit war sie von Heidtlinger abhängig. Die Vorstellung gefiel ihr gar nicht.

»Der russische Automobilclub hat ausdrücklich nach einem gesunden, robusten Mechaniker gesucht«, fuhr sie fort.

»Ich war der Einzige, der sich mit Ihren Automobilen auskennt und sie lenken kann«, verteidigte sich der junge Mann zerknirscht.

Clärenore musste zugeben, dass er ein hervorragender Fahrzeuglenker war, geschickt mit dem Werkzeug umging und stets vollen Einsatz zeigte, ganz egal, wie anstrengend und kniffelig die Probleme waren, die auftauchten. Er war der perfekte Mitarbeiter. Aber in diesem Zustand konnte sie ihn unmöglich mitnehmen.

»Ich kann die Verantwortung für Ihre Gesundheit nicht übernehmen«, sagte sie.

»Das brauchen Sie gar nicht«, entgegnete Balijeff. »Die übernehme ich selbst. Ich weiß, was ich meinem Körper zumuten kann.«

Clärenores Ärger verwandelte sich in Mitleid. Der junge Mechaniker wünschte sich nichts sehnlicher, als weiterzufahren. Sie konnte ihn so gut verstehen. Aber es war unvernünftig und gefährlich. Sie trug die Verantwortung für den Mechaniker.

»Sie gehören in ein Sanatorium für Lungenkranke«, sagte sie ernst. »Ich hoffe, dass Sie die Kinder der Bauern nicht angesteckt haben. Sie waren gastfreundlich und haben uns großzügig bei sich aufgenommen.«

»Mir geht es morgen wieder gut«, beharrte Balijeff und hustete. Das Reden strengte ihn sichtlich an.

Um das Gespräch nicht weiter in die Länge zu ziehen, sagte Clärenore: »Niemand wünscht sich das mehr als ich, das können Sie mir glauben.«

In Kasan schliefen sie nach langer Zeit wieder einmal in einem Hotel. Balijeff hatte sich erholt, doch Clärenore bestand trotzdem darauf, dass er einen Arzt aufsuchte. Sie wollte den Fehler, den sie mit Grunow gemacht hatte, nicht wiederholen. Den ganzen Nachmittag verbrachte der junge Russe bei einem Spezialisten und kehrte schließlich mit Hustensaft und einer Packung Lutschtabletten wieder zurück. Freudestrahlend erklärte er, dass er weiterfahren durfte. Kurz kam Clärenore der Gedanke, dass er sie anlog, doch dann wischte sie die Bedenken zur Seite und versuchte, dem Mann zu vertrauen. Er würde kaum sich selbst und seine Mitfahrer gefährden.

Nach einer kurzen Verschnaufpause ging es weiter Richtung Nowosibirsk. Es regnete unaufhörlich. Eine zentimeterdicke Schmutzschicht überzog die Fahrzeuge. Der Dreck verklebte den Kühler, und schon nach kurzer Zeit lief der Motor heiß. Clärenore stieg aus. Mit einem Holzmesser, das sie sich selbst notdürftig geschnitzt hatte, versuchte sie, die Lamellen wieder freizubekommen. Es war eine Sisyphusarbeit, deren Erfolg keine fünf Minuten anhielt. Schon bald waren ihre Finger steif vom eisigen Regen. Erst als sie wieder in den Wagen kletterte, kehrte das Blut in die Adern zurück.

Zum ersten Mal bereute sie es, sich für Kurbelfenster entschieden zu haben anstatt für gerahmte Glasplatten, die man vollständig herausnehmen und bei Bedarf wieder einsetzen konnte. Durch die Ritzen pfiff erbarmungslos der eiskalte Wind. In Swerdlowsk fiel der erste Schnee, und Clärenore beschlich die Angst, dass sie Sibirien möglicherweise doch nicht vor Wintereinbruch durchqueren konnten.

Sobald die Sonne hinter den Wolken auftauchte, schmolz die weiße Pracht wieder. Es blieb in den folgenden Tagen kalt, allerdings war es nicht so eisig, dass der Boden im Flachland gefroren wäre. Immer wieder mussten sie Schlammlöcher umfahren und sumpfiger Moorlandschaft ausweichen. Trotz aller Vorsicht gerieten die Hinterreifen des Kleinen in ein Sumpfloch – eine dünne Eisschicht hatte sicheren Boden vorgetäuscht. Rasch sank das Hinterteil des Wagens ein, zum Glück blieb die Motorhaube unversehrt. Es dauerte Stunden, bis sie den Adler mit Seilwinden, Hebeln und Brettern wieder aus dem Sumpf befreien konnten. Es war eine anstrengende, schweißtreibende Plackerei. Hinterher waren alle von oben bis unten voller Schlamm.

Wegen der Verzögerung erreichten sie ihr geplantes Ziel Swerdlowsk nicht und mussten die Nacht im Freien verbringen. Heidtlinger sprach kein Wort, aber Clärenore sah ihm an, dass er vor Wut und Ärger fast platzte. Da half es auch nicht, dass sie auf dem Gaskocher einen schmackhaften Eintopf aus den Resten der letzten Tage zauberte.

Als Balijeff das Geschirr notdürftig säuberte, vernahmen sie die ersten Rufe eines Wolfes. Ein langgezogenes, furchterregendes Heulen, das von einem anderen Tier beantwortet wurde. Lord legte die Ohren an, zog den Schwanz ein und duckte sich. Er schien zu spüren, dass er in einem Kampf der Unterlegene wäre.

»Wenn wir heute Nacht in den Automobilen schlafen, sollten wir die Türen von innen absperren«, sagte Clärenore.

»Eines kann ich Ihnen versprechen«, knurrte Heidtlinger. »Sobald wir Nowosibirsk erreicht haben, bin ich weg. Nichts in der Welt kann mich dazu zwingen, diesen Wahnsinn fortzusetzen.«

Clärenore hatte diese Worte in den letzten Wochen schon zu oft gehört, als dass sie darauf antworten wollte. Stattdessen achtete sie darauf, dass Lord sein Geschäft verrichtete, damit er nachts nicht auf die Idee kam, aus dem Auto zu wollen.

Sie verstaute alle Lebensmittelreste möglichst luftdicht, damit sie keine verlockenden Gerüche verströmten. Söderström reichte Heidtlinger und Balijeff zwei der neuen Gewehre und gab ihnen eine kurze Einweisung. Clärenore bezweifelte, dass die Männer im Notfall damit hantieren könnten, und wenn doch, dann würden sie wohl mehr Schaden als Nutzen anrichten. Die Waffen gaukelten ihnen

Sicherheit vor. Mit zufriedenen Gesichtern zogen sie sich in den Begleitwagen zurück. Clärenore machte es sich, so gut es eben ging, auf dem umgelegten Autositz gemütlich. Söderström kroch neben ihr in seinen Schlafsack.

»Denken Sie, dass wir im Automobil vor den Wölfen sicher sind?«, fragte sie zaghaft.

»Ich wüsste nicht, wie die Tiere die versperrte Tür aufbringen sollten.«

»Und wenn sie so lange gegen die Scheibe springen, bis sie in Brüche geht?«

»Tja, dann sollten wir den Rat der Bäuerin berücksichtigen und zwei Kugeln für uns aufbewahren.« Er hatte die Pistolen aus dem Gepäck geholt und griffbereit aufs Armaturenbrett gelegt.

Clärenore schluckte hart. »Ich werde eine zusätzliche für Lord zurückhalten.«

Söderström langte zur Rückbank und kraulte den Gordon Setter hinter dem Ohr. »Das ist ein guter Plan, aber ich denke nicht, dass wir die Waffen brauchen werden. Grundsätzlich gehören wir Menschen nicht ins Beuteschema der Wölfe.« Er rollte sich zur Seite. Wenn er Angst hatte, dann zeigte er sie zumindest nicht. »Ich wünsche Ihnen eine gute Nacht.«

»Schlafen Sie gut«, sagte Clärenore. Schon nach kurzer Zeit hörte sie den gleichmäßigen Atem des Schweden neben sich. Sie selbst fand keinen Schlaf, sondern lauschte auf das Heulen der Wölfe. Kamen die Tiere näher? Lauerten sie bereits hinter einem der knorrigen Bäume? Clärenore starrte auf die Schatten der Blätter und Äste, die sich im Wind bewegten und in ihrer Fantasie die Form von wilden Tieren annahmen. Aus dem Begleitfahrzeug drang Balijeffs Husten.

Die Anstrengung des heutigen Tages hatte sein Leiden wieder verstärkt.

So als könne er Clärenores Unruhe spüren, legte Lord seine Schnauze auf ihre Schulter. Die Berührung war wie Balsam für ihre blankliegenden Nerven. Dankbar kraulte sie sein Fell. »Auch diese Nacht wird vorübergehen«, flüsterte sie leise in sein Ohr.

»Das wird sie«, bestätigte Söderström.

»Ich dachte, Sie schliefen längst.«

»Wie soll ich schlafen, wenn Sie sich ununterbrochen hin und her drehen und jetzt auch noch mit Ihrem Hund reden?«

»Verzeihung.«

Er wandte sich ihr zu. »Solange wir im Auto bleiben, wird uns nichts passieren.«

Etwas an seiner Zuversicht schwappte auf Clärenore über. Erholsamen Schlaf fand sie dennoch keinen. Irgendwann nickte sie kurz ein und träumte, wie ein Reporter ihrer Mutter die Nachricht überbrachte, dass ihre Tochter in Sibirien erfroren sei. Statt zu weinen, sagte Cläre Stinnes unbeeindruckt: »Töchter sind eine Strafe für jede Mutter. Clärenore war immer das störrischste aller Kinder.«

Am nächsten Morgen sahen sie anhand der Spuren im feuchten Boden, dass die Wölfe sich ihrem Lager weiter genähert, es aber bloß umrundet und nicht angegriffen hatten. Man begnügte sich mit einem raschen Frühstück und fuhr dann schnell weiter.

Am späten Vormittag verschlechterte sich Balijeffs Gesundheitszustand dramatisch. Er bekam hohes Fieber und konnte den Großen nicht mehr lenken. Heidtlinger weigerte sich beharrlich, sich hinters Steuer zu setzen. Also übernahm Söderström die Aufgabe, und Balijeff stieg in den Kleinen.

»Ich verstehe nicht, warum die Medizin des Arztes keine Wirkung zeigt«, sagte Clärenore besorgt.

Balijeff war zu erschöpft, um zu antworten. In den nächsten Stunden stieg sein Fieber so hoch, dass er anfing zu fantasieren. Schließlich erkannte er Clärenore nicht mehr und redete wirres Zeug auf Russisch. Sie beschleunigte, so gut es ging. Die Sorge um den jungen Mechaniker trieb sie an.

Ohne weitere Komplikationen erreichten sie am frühen Nachmittag Nowosibirsk. Clärenore fragte nach dem Weg zum deutschen Konsulat und fuhr von dort aus schnurstracks zum nächsten Krankenhaus, wo sie Balijeff ablieferte. Ihre Befürchtungen bestätigten sich – der russische Mechaniker hatte sie in Kasan belogen. Er hatte Tuberkulose. Damit war eine Weiterfahrt für ihn undenkbar.

»Machen Sie dem Burschen keine Vorwürfe«, sagte Söderström, als sie wieder im Automobil saßen und er ihr wütendes Gesicht sah. »Er wollte auf dieses Abenteuer nicht verzichten. Wäre er gesund, wäre er der perfekte Mann für Ihre Expedition.«

»Aber er ist nicht gesund«, entgegnete Clärenore aufgebracht. Was sollte sie jetzt tun? Konnten sie die Fahrt zu dritt fortsetzen?

Beim Abendessen kam es noch schlimmer. Nachdem der Kellner einen Rindfleischeintopf serviert hatte, ließ Heidtlinger die Bombe platzen: »Ich habe eine Fahrkarte nach Moskau gekauft. Der Zug geht morgen früh. Von dort aus kehre ich nach Deutschland zurück.«

Vor Schreck versenkte Clärenore den Löffel in ihrem Eintopf.

Entschuldigend reichte Heidtlinger ihr seine Stoffserviette. »Es tut mir leid«, sagte er zerknirscht. Gleichzeitig wirkte er unglaublich befreit. »Ich habe lange darüber nachgedacht und mir die Entscheidung nicht leichtgemacht, aber ich bin einfach nicht der Richtige für dieses Unternehmen. Ich bin nicht mutig genug. Es fehlt mir der Wille, mich zu quälen. Ich sehe den Sinn in all der Plackerei nicht.«

Clärenore wollte widersprechen. Wie konnte Heidtlinger sie einfach im Stich lassen? Woher sollte sie jetzt Ersatz bekommen? Er hatte einen Vertrag unterschrieben und sich dazu verpflichtet, sie zu unterstützen.

»Ich habe heute Nachmittag an meine Rosa telegraphiert und im Telegraphenamt auf ihre Antwort gewartet. Sie will auch, dass ich nach Hause komme. Das ganze Unternehmen ist zu gefährlich.« Sein Gesicht hellte sich auf, und er lächelte so breit, dass Clärenore all ihre Schimpftiraden für sich behielt. Heidtlinger hatte seine Entscheidung getroffen. Ängstlich schaute sie zu Söderström. Würde er jetzt ebenfalls aufgeben? Auch auf ihn wartete zu Hause seine Frau.

»Herr Söderström? Wie steht es mit Ihnen?« Sie wagte es kaum, ihre Frage zu stellen.

»Ich fahre weiter«, versicherte er.

»Wirklich?«

»Ja.« In seinen Augen lag ein Versprechen, das Clärenores Knie weich werden ließ. Wie gut, dass sie saß.

»Aber wir sollten trotzdem um einen Ersatzmann aus Moskau bitten«, fuhr er fort.

»Ich schicke auf der Stelle ein Telegramm.« Clärenore sprang auf. Erneut fiel ihr der Löffel aus der Hand. Diesmal landete er klirrend auf dem Boden. Sie war völlig durcheinander.

Söderström griff nach ihrem Unterarm und zog sie zurück auf den Stuhl. »Jetzt essen Sie zuerst mal in Ruhe auf«, bestimmte er. »Für den sibirischen Winter brauchen Sie ein paar Kilo mehr auf den Knochen.«

Tatsächlich war Clärenore in den letzten Wochen abgemagert. Ihre Knochen traten an den Hüften deutlich hervor. War sie etwa hässlich dürr geworden? Beschämt blickte sie an sich herab. Es war höchste Zeit, wieder mehr Wert auf ihr Aussehen zu legen.

»Das war ein Scherz«, beruhigte sie Söderström. »Sie sehen hübsch aus wie immer.«

Sie errötete. Konnte er ihre Gedanken lesen? Als er ihr einen frischen Löffel vom Gedeck am Nebentisch reichte, klopfte ihr Herz in einem ungewohnt schnellen Rhythmus. »Es wäre schade um den guten Eintopf. Heute liest ohnehin niemand mehr das Telegramm.«

Clärenore setzte sich. Es dauerte einen Moment, bis sie ihre Gedanken wieder ordnen konnte. Sie musste dem russischen Automobilclub eine höfliche und zugleich dringliche Nachricht schicken. Sie brauchten rasch Ersatz für Balijeff. Jeder Tag, den sie hier festsaßen, brachte sie dem sibirischen Winter näher.

Zwei Wochen später war klar, dass sich kein Ersatzmann finden würde. Niemand wollte die Aufgabe übernehmen. Der deutsche Konsul riet ebenfalls von der Weiterfahrt ab.

»Sie müssen Ihr Unternehmen beenden«, erklärte er. »Ich habe einen Brief vom Außenminister Stresemann erhalten. Auch er spricht sich gegen eine Fortsetzung der Expedition aus. Sibirien im Winter ist einfach zu gefährlich. Kehren Sie zurück nach Deutschland. Im Frühling können Sie einen neuen Versuch starten.«

Clärenore und Söderström saßen dem vornehm gekleideten Mann in seinem Salon gegenüber. Der Raum war maßlos überhitzt. Der Kachelofen in der Ecke des Zimmers glühte förmlich. Clärenore hatte bereits ihren Pullover ausgezogen, dennoch war ihr so heiß, dass sie am liebsten das Fenster aufgerissen hätte, um kühle Luft hereinzulassen. Der Konsul schien sich nicht an den Temperaturen zu stören. Genüsslich griff er nach einem der Honigkuchen auf dem Kaffeetischchen und biss herzhaft hinein. Mit vollem Mund sprach er weiter. »Niemand kann die Verantwortung für Ihre Sicherheit übernehmen.«

»Das muss auch niemand«, antwortete Clärenore. »Die übernehmen wir.« Innerlich stutzte sie. Hatte sie wirklich eben »wir« gesagt? Söderström hatte es gehört. Er bedachte sie mit einem neugierigen Blick.

»Sie wissen nicht, worauf Sie sich einlassen«, gab der Konsul zu bedenken.

»Wie sollten wir das auch so genau wissen?«, entgegnete Clärenore. »Wir waren ja noch nie in Sibirien.«

»Fräulein Stinnes, Sie haben bereits Großartiges für die deutsche Automobilindustrie geleistet. Alle sind zufrieden. Drehen Sie um. Fahren Sie zu Ihrer Familie.«

»Nein.«

»Sie wollen alle Empfehlungen in den Wind schlagen?«

Der Konsul tupfte sich die Mundwinkel mit einer Serviette ab.

»Ich werde diese Reise fortsetzen«, beharrte sie. »Ich habe gesagt, dass ich mit dem Automobil die Welt umrunde, und genau das werde ich tun.«

»Die sibirische Regierung gibt Ihnen keine Erlaubnis, die Strecke nach Irkutsk zu befahren. Wegen der hohen Schneemengen ist der Weg zu gefährlich. Niemand will Sie tot aus Ihrem Automobil bergen.«

»Wir werden die Fahrzeuge für die Strecke auf die Bahn verladen.«

Der Konsul seufzte laut. »Sie werden den ganzen Winter in Irkutsk verbringen müssen, bevor die Straßen wieder passierbar sind.«

»Wir haben uns bereits erkundigt«, sagte Clärenore. »Sobald der Baikalsee zugefroren ist, kann man ihn überqueren.«

»Wie bitte?« Klirrend stellte der Konsul seinen leeren Teller auf dem Tischchen ab.

»Die Einheimischen fahren mit Pferdefuhrwerken über den See und kürzen so ihre Routen ab«, erklärte Clärenore.

»Es ist ein Unterschied, ob Sie den See mit einem Schlitten befahren oder mit einem Automobil«, erwiderte der Konsul und schüttelte fassungslos den Kopf. Er sprach mit Clärenore, als wäre sie eine Irre, die eben ihren letzten Rest Verstand verloren hatte. »Der Baikalsee ist kein harmloser Teich, auf dem man Schlittschuhfahren übt. Er ist von der Größe her so groß wie ein Meer. Einmal auf dem See, sehen Sie tagelang kein Ufer. Ihn mit einem Automobil zu überqueren wäre Selbstmord.«

Sein belehrender Tonfall schürte Clärenores Ärger nur noch.

»Ich bin mir der Größe des Sees durchaus bewusst. Ich kann Landkarten lesen.« Sie nutzte das Schweigen des Konsuls und fuhr fort. »Wir werden uns an die Empfehlungen der Einheimischen halten. Mit etwas Glück dauert unser Aufenthalt nicht länger als einen Monat. Diese Zeit können wir nutzen, um die Fahrzeuge gründlich zu überholen und genügend Ersatzteile für die Weiterfahrt zu besorgen. Die sibirische Regierung kann nichts dagegen einwenden, dass wir den See überqueren.«

»Ich halte Ihr Vorhaben für undurchführbar«, beharrte der Konsul.

»Wir werden sehen«, meinte Clärenore. Sie richtete sich in dem tiefen, gepolsterten Sessel auf. »Können Sie uns dabei helfen, ein passendes Quartier in Irkutsk zu finden? Anderenfalls werden wir uns allein auf die Suche begeben.«

Der Konsul gab sich seufzend geschlagen. »Für wie lange benötigen Sie das Quartier?«

»Bis die Flüsse gefroren sind.«

»Himmel, war es heiß in diesem Raum!«, rief Clärenore und atmete erleichtert die kühle Luft ein, als sie das Haus des Konsuls verlassen hatten. Sie hielt die glühenden Wangen in den kühlenden Wind. Söderström war den ganzen Nachmittag über ungewöhnlich schweigsam gewesen. Am Vortag hatte er mit seiner Frau telegraphiert. Ob sich seine Pläne geändert hatten?

»Sind Sie immer noch bereit, mich zu begleiten?«, fragte Clärenore ängstlich, während sie über den Bürgersteig zurück zum Hotel liefen.

»Ja, natürlich. Wie kommen Sie auf die Idee, es hätte sich etwas verändert?«

»Die Pause in Irkutsk dauert vielleicht länger als vier Wochen.«

»Es wird nicht die letzte unvorhergesehene Verzögerung auf dieser Reise bleiben.«

»Und wir kriegen keinen Ersatzmann«, sagte Clärenore zerknirscht.

»Das ist in der Tat ärgerlich«, meinte Söderström. »Vielleicht finden wir in Irkutsk jemanden. Wenn nicht, sind wir immer noch zu zweit und haben zwei Fahrzeuge. Jeder kann eines lenken.«

»Und was sagt Ihre Frau dazu?«

Bei der Erwähnung seiner Ehefrau gefror Söderströms Lächeln. Er ging schweigend weiter.

»Sicher macht sie sich große Sorgen um Sie«, fuhr Clärenore fort.

»Hm.«

»Soll ich ihr ein Telegramm schicken, um ihr zu versichern, dass wir uns keinen vermeidbaren Gefahren aussetzen werden?«

»Es geht nicht um diese Art von Gefahr«, entgegnete er.

»Aber was …?« Clärenore blieb stehen.

Söderström suchte ihren Blick, und sie errötete.

»Ihre Frau hat Angst, dass wir zwei …?« Sie sprach die Worte nicht aus.

Söderström zuckte bloß mit den Schultern.

»Ich kann Ihrer Frau ein Telegramm schicken und ihr versichern, dass unsere Beziehung rein beruflicher Natur ist«, bot Clärenore an. Sie würde alles tun, um Söderström zum Durchhalten zu bewegen. Sie durfte ihn nicht verlieren.

»Ich denke nicht, dass so ein Telegramm meine Frau beruhigen würde«, sagte er.

»Aber warum?«, fragte Clärenore. »Es ist die Wahrheit. Es verbindet uns bloß ein Arbeitsverhältnis.«

Das Gespräch, das sie in Beirut mitgehört hatte, kam ihr in den Sinn. Schon damals hatte er seine Frau beschwichtigen müssen.

»Wir verbringen Tag und Nacht miteinander«, sagte Söderström. »Das gefällt meiner Frau nicht. Solange auch andere Männer dabei waren, konnte sie sich noch irgendwie mit der Situation abfinden. Jetzt ist sie sehr aufgebracht. Aber ich will Sie nicht mit Marthas Vorwürfen behelligen.«

»Die Vorwürfe sind völlig unberechtigt!«, rief Clärenore. »Ich werde Ihrer Frau schreiben. Es ist in meinem eigenen Interesse, dass keine falschen Gerüchte entstehen.«

»Das wird die Situation nicht verändern. Wenn Martha sich etwas in den Kopf gesetzt hat, lässt sie nicht davon ab.«

»Werden Sie mich trotzdem begleiten?«

»Ja«, sagte Söderström. »Wir stehen diese Reise gemeinsam durch. Ich habe Ihnen mein Versprechen gegeben, und dabei bleibe ich.«

»Vielen Dank.«

»Ich sehe unsere Beziehung übrigens nicht nur als rein beruflich«, sagte Söderström ernst.

Clärenore wurde heiß. Das Blut schoss in ihre Wangen. Sie hielt den Atem an.

»Denken Sie nicht, dass uns nach all den Erlebnissen der letzten Wochen auch eine Freundschaft verbindet?« Er sah sie fragend an.

»Ja, natürlich«, versicherte sie schnell. Empfand sie selbst nicht mehr als bloß freundschaftliche Gefühle für ihn? Sie verwarf den Gedanken sofort wieder. Wichtig war, dass ihr Verhältnis trotz ihrer Freundschaft rein beruflich blieb. Söderström war verheiratet, das durfte Clärenore niemals aus den Augen verlieren.

Er schien auf etwas zu warten. War jetzt der passende Zeitpunkt, ihm das Du anzubieten? Sie dachte schon seit Wochen darüber nach, hatte aber bisher nicht den Mut dazu aufgebracht. Entschlossen streckte sie ihm die Hand entgegen: »Ich bin Clärenore.«

Er griff nach ihrer Hand und drückte sie. Die Berührung fühlte sich wie ein kleiner elektrischer Schlag an. »Freut mich, Carl-Axel.« Er blickte ihr so tief in die Augen, dass Clärenore noch heißer wurde. Erneut blieb ihr die Luft weg. Diesmal lag es nicht an einem überheizten Raum. Als er ihre Hand wieder losließ, spürte sie noch lange seine Berührung.

»Soll ich ein Telegramm an deine Frau schicken?«, fragte sie. Es fühlte sich intim und gleichzeitig richtig an, ihn zu duzen.

»Du kannst es versuchen. Aber es wird nichts ändern«, meinte Carl-Axel. »Martha und ich haben Probleme, die sind ganz anderer Natur.«

Zu gern hätte Clärenore mehr darüber erfahren. Aber sein ernster Gesichtsausdruck hielt sie davon ab, genauer nachzufragen.

Irkutsk
November 1927

Schon kurz nach der Ankunft in Irkutsk, dem »Paris Sibiriens«, war klar, dass der Aufenthalt länger als einen Monat dauern würde. Es würde mindestens zwei Monate brauchen, bis alle Flüsse zugefroren waren und der Baikalsee befahrbar wurde. Also suchten Clärenore und Carl-Axel nach einem neuen Quartier. Das Hotel, das der deutsche Konsul in Nowosibirsk vorbestellt hatte, war für die Dauer von zwei Monaten eindeutig zu kostspielig. Der Leiter des dänischen Telegraphenamts half ihnen bei der Suche. Irkutsk war eine der wichtigsten Zwischenstationen der Telegraphenleitung zwischen Kopenhagen und Peking, weshalb es eine dänische und eine deutsche Kolonie in der Stadt gab. Clärenore und Carl-Axel fanden zwei möblierte Zimmer in einer kleinen Wohnung im Haus einer russischen Familie, die nicht nur erschwinglich, sondern auch sehr komfortabel waren. Trotz der ungewohnten Umgebung, der Reparaturarbeiten an den Fahrzeugen und der vielen neuen Menschen, denen sie täglich begegneten, fiel ihnen schon rasch die Decke auf den Kopf.

»Wir sollten die Zeit sinnvoll nutzen«, meinte Carl-Axel.

»Tun wir das denn nicht?«, fragte Clärenore. Sie hatte weitere Treibstoffkanister und Ersatzteile angefordert, von denen sie wusste, dass sie sie im Falle eines Defekts nicht so schnell bekommen würden.

»Ich dachte an ein paar außergewöhnliche Filmaufnahmen.«

Clärenore sah von ihrem Abendessen auf, einer einfachen Bohnensuppe, die sie gekocht hatte.

Alle Aufnahmen, die bisher gemacht worden waren, konnten nicht als alltäglich bezeichnet werden. Aber Carl-Axel hatte etwas ganz Besonderes vor. Das konnte sie seiner Stimme entnehmen.

»Woran denkst du?«, wollte sie wissen.

»An eine Erkundungsfahrt in die angrenzende Burjatische Republik nördlich des Dorfs Jelanzy.«

»Was gibt es dort?«

»Ich habe gestern einen Mann kennengelernt, der uns die Teilnahme an einer traditionellen Jagd ermöglichen würde.«

»Eine Jagd?« Clärenores Begeisterung hielt sich in Grenzen. Sie wischte ihren Teller mit einem Stück Brot aus.

»Ja, und ich darf die Jagd mit der Kamera festhalten. Noch nie hat ein Filmoperateur bei den Burjaten gedreht. Damit schreibe ich Filmgeschichte.«

»Aber ausgerechnet eine Jagd? Kannst du die Menschen nicht bei etwas anderem filmen?«

»Die Burjaten sind nun mal ein Jägervolk.«

»Aha.«

»Wir werden nicht selbst schießen, sondern nur mitreiten und zusehen«, versicherte Carl-Axel. Dann runzelte er die Stirn. »Du kannst doch reiten, oder?«

»Ja, natürlich«, sagte Clärenore entrüstet. Sie war schon als kleines Mädchen ausgeritten.

»Die Jäger nehmen uns mit auf ihren heiligen Berg. Mit etwas Glück schaffen die Bilder es in die wichtigsten Zeitschriften Europas und Amerikas.«

Clärenore verspürte wenig Interesse an dem Vorhaben, aber sie wollte Carl-Axel nicht enttäuschen und fühlte sich dazu verpflichtet, ihm diesen Gefallen zu erfüllen. Schließlich harrte er mit ihr in Sibirien aus, statt zu Hause in Stockholm mit seiner Frau Weihnachten zu feiern.

»In Ordnung«, sagte sie.

»Du wirst sehen, das wird ein großartiges Abenteuer.«

Schon zwei Tage später fuhren sie früh am Morgen mit dem Adler bis zu einem kleinen Dorf nördlich von Jelanzy. Es war noch stockfinster, als sie aufbrachen. Als sie den Leiter der Jagd trafen, einen etwa fünfzigjährigen Burjaten, der sich als Alexander vorstellte, ging gerade die Sonne auf. Bevor sie in einen Pferdeschlitten wechselten, mussten sie das Wasser des Kühlers ablassen und die Batterie ausbauen. Letztere kam in den Schuppen, wo auch der Adler für die nächsten zwei Tage untergebracht wurde.

Alexander trug einen Fellmantel, der ihm bis zu den Knöcheln reichte, und auf dem Kopf eine spitz zulaufende Fellmütze, die Clärenore an einen Wichtel erinnerte. Seine Haut war wettergegerbt, und er hatte dunkle, mandelförmige Augen. Sobald alles verstaut war, kletterte Clärenore in den Schlitten, Carl-Axel und Lord folgten ihr. Zum Schutz vor der Kälte lag eine dicke Felldecke bereit, die sie über ihre Oberschenkel legten.

Über schmale, verschneite Straßen ging es zum Ausgangspunkt der Jagd. Clärenore genoss die Schlittenfahrt. Die Luft war frostig und klar, der Himmel über ihnen wolkenfrei. Tausenden Kristallen gleich funkelte die Schneedecke im hellen Sonnenlicht. Die sanfte Hügellandschaft mit den flachen Tälern, in denen sich winzige Holzhütten zu kleinen Dörfern formten, sahen aus wie die Illustrationen aus einem Märchenbuch. Clärenore konnte sich nicht stattsehen an der weißen Pracht.

Alexander erklärte ihnen, dass sie auf dem Weg zum vereinbarten Treffpunkt am heiligen Berg vorbeikommen würden. »Die Menschen aus den umliegenden Dörfern suchen ihn zum Beten auf«, erzählte er.

Durch tief verschneite Tannenwälder führte der Weg bergauf. Kurz vor dem Gipfel des heiligen Berges lichtete sich der Wald. Oben befanden sich große graue Steinplatten, die Clärenore an einen Altar erinnerten. Alexander erzählte, dass einige Bauern den Wald rund um den Platz erst betraten, nachdem sie ein Opfer gebracht hatten – aus Angst vor den Geistern, die dort wohnten. Es war bei Strafe untersagt, am heiligen Berg zu jagen. Clärenore wollte sich gerade nach den Opfern erkundigen, als ihr Blick an einem toten Schaf hängenblieb. Man hatte es bei lebendigem Leib gepfählt. Entsetzt wandte sie den Blick ab. Ihre gute Stimmung war schlagartig dahin.

Auch Carl-Axel wirkte entsetzt. Als er dennoch seinen Fotoapparat auspacken wollte, hielt Clärenore ihn davon ab. »Du wirst doch das arme Tier nicht auf einem Bild festhalten wollen.«

Er legte die Kamera zur Seite, doch Clärenore konnte sehen, dass er das Schaf nur zu gerne fotografiert hätte. Langsam glitt der Schlitten weiter. Clärenore senkte vorsichtshalber die Augenlider und spähte nur durch einen schmalen Spalt. Neben einem grabähnlichen Tischaufbau aus Baumstämmen entdeckte sie ein bleiches, vermutlich von Vögeln blankgefressenes Pferdegerippe.

»Wenn ein Burjate stirbt, wird er von seinem Lieblingspferd in den Tod begleitet«, erklärte Alexander stolz.

Clärenore fand die Vorstellung schrecklich. Warum sollte ein Tier getötet werden, bloß weil sein Besitzer ums Leben kam? Sie behielt ihre Meinung für sich, da sie den Jagdleiter nicht vor den Kopf stoßen wollte.

Erst als die Sonne unterging, erreichten sie ihr Quartier, eine einfache Holzhütte in einem tief verschneiten Wald. Die anderen Jäger waren bereits eingetroffen, darunter ein chinesischer Arzt und zwei Deutschrussen. Insgesamt saßen zwanzig Männer um mehrere Tische und aßen Pelmeni, dazu gab es gezuckerten Tee.

Die Männer musterten Clärenore mit unverhohlener Neugier. Sie war die einzige Frau im Raum, und die Gespräche schienen sich den ganzen Abend um sie zu drehen. Doch Alexander war höflich genug, sie nicht zu übersetzen. Stattdessen erzählte er noch mehr über die Bräuche seines Volkes und erklärte ihnen schließlich den geplanten Ablauf für den nächsten Tag. »Wir brechen um sechs auf«, sagte er. »Besser, Sie legen sich bald zum Schlafen.«

Die ersten Männer rollten bereits ihre Schlafsäcke auf dem Boden aus. Die Hütte bestand aus einem einzigen Raum, in dem sie alle gemeinsam übernachten würden. Clärenore holte ihren eigenen Schlafsack und suchte nach einem Platz in der Nähe des Ofens. Zwischen der Wand, Lord und Carl-Axel fühlte sie sich einigermaßen sicher.

Lange vor dem Aufbruch erwachte sie. Einer der Jäger wärmte Teewasser. Dazu gab es wieder Pelmeni. Offenbar waren die fettigen Hackfleischtaschen das Hauptnahrungsmittel im sibirischen Winter.

Vor der Hütte warteten bereits vierzig Treiber. Clärenore und Carl-Axel bekamen Pferde zugewiesen, und obwohl es einige Jahre her war, dass sie das letzte Mal geritten war, stieg Clärenore geschickt auf. Die zwanzig Jäger bildeten einen Kreis. Aus einem Topf zog jeder von ihnen einen Zettel mit einer Nummer, die den jeweiligen Standort angab. Dann nahmen sie in Abständen von ungefähr hundert Metern Aufstellung. Die Treiber galoppierten davon, schlugen einen großen Bogen und positionierten sich parallel zu den Jägern. Zwischen ihnen lag ein Waldstück von drei bis vier Kilometern Breite. Sobald alle ihre Plätze eingenommen hatten, wurde die Jagd mit Geschrei und lautem Klopfen gegen Baumstämme eröffnet.

Nun ergriffen die Tiere, die sich in diesem Waldstreifen aufgehalten hatten, die Flucht – Rehe, Hasen und Auerhühner –, und die Jäger eröffneten das Feuer. Ohrenbetäubende Schüsse zerrissen die eisige Winterluft. Clärenore sprang vom Pferd und beruhigte Lord, der nervös winselte, weil er derlei Lärm nicht gewöhnt war.

Einer der Burjaten brachte das erste Reh zur Strecke. Er zog ein Messer aus seinem Gurt und schnitt mit raschen, geübten Griffen den Leib des toten Tiers auf, riss Herz, Nieren und Leber heraus und verschlang das noch warme Eingeweide. Dann schöpften er und die anderen Jäger das frische Blut mit bloßen Händen aus der Bauchhöhle des Tiers und tranken davon. Fassungslos sah Clärenore zu, dann rannte sie zum nächsten Gebüsch und übergab sich mit einem heftigen Schwall.

Auch mit den anderen Rehen verfuhr man auf diese Weise. Schon bald war der weiße Schnee rot gefärbt, und die erlegten Tiere türmten sich auf dem mitgebrachten Schlitten. Erst als die Sonne so niedrig stand, dass sie die Baumwipfel erreichte, war das grausige Schauspiel beendet. Carl-Axel hielt alles mit der Filmkamera fest. Am Ende des Tages war er ebenso zufrieden wie die Jäger. Die Einzige, die zurückgezogen darauf gewartet hatte, dass das Töten endlich ein Ende fand, war Clärenore. Sie hatte sich den Schal fest ums Gesicht gewickelt, sodass nur ein schmaler Schlitz offen blieb. So konnte niemand sehen, dass sie die meiste Zeit ihre Augen geschlossen hatte. Nur vor den Schüssen und vor der Kälte konnte sie sich nicht schützen. Die Temperaturen waren unter minus vierzig Grad geklettert, doch die Männer schienen die Kälte in der Euphorie nicht zu bemerken. Clärenore und Lord hingegen zitterten um die Wette. Am Ende des Tages hatten die Jäger siebenundzwanzig Rehe, vierzig Hasen und eine Menge Auerhühner erlegt.

In der Hütte wurde kräftig gefeiert. An diesem Abend gab es keine Hackfleischtaschen, sondern gebratenes Fleisch mit gestampften Kartoffeln. Statt gezuckertem Tee flossen Wodka und Cognac in rauen Mengen. Der chinesische Arzt hatte einen ganz speziellen Schnaps aus seiner Heimat mitgebracht, den er jetzt an alle verteilte.

Clärenore hielt sich zurück. Statt zu trinken, schüttete sie den Inhalt ihres Glases immer wieder auf den Boden. Am widerlichsten fand sie das Getränk Tarasun, das die Bauern aus vergorener Stutenmilch unter Zusatz von Alkohol herstellten. Es galt als große Beleidigung, wenn man das angebotene Glas nicht leer trank. Clärenore gelang es trotzdem, den Inhalt unter den Tisch zu kippen.

Als Erster fiel einer der Deutschrussen vom Stuhl. Clärenore half mit, den Mann zu seiner Schlafstatt zu schleppen. Bald darauf folgten zwei Russen. Als Clärenore sich das nächste Mal im Raum umsah, konnte sie Carl-Axel nicht entdecken. Wo steckte er nur? Eben noch hatte er mit dem chinesischen Arzt gescherzt und getrunken. Clärenore nahm ihren Pelzmantel vom Haken und trat vor die Tür.

Nach der Wärme in der Hütte spürte sie die eisige Kälte auf den Wangen wie winzige Nadelstiche. Clärenore zog den Mantel enger um sich. Es war völlig windstill, und ein satter Vollmond tauchte die winterliche Landschaft in ein silbernes Licht. Tausende kleine Schneekristalle glitzerten ihr entgegen. Aus der Hütte drangen grölende Männerstimmen nach draußen. Lord sprang von der niedrigen Holztreppe in den Schnee und nahm Witterung auf. Plötzlich bellte er.

»Was ist los, Lord?« Clärenore trat näher. Da entdeckte sie Carl-Axel, der ausgestreckt im Schnee lag. Sein Gesicht war zur Seite gedreht, er schlief tief und fest.

»Carl-Axel, wach auf!« Sie rüttelte heftig an ihm. »Steh auf. Du holst dir den Tod!«

»Warum?«, lallte er mit halb geschlossenen Augen. »Der Schnee is so … er is so … schön warm.«

Entschlossen zog Clärenore ihn am Oberarm hoch. »Aufstehen, los. Du erfrierst sonst!«

»Isch … isch … bleib in meinem … warmen weischen … Bettschen.«

»Du stehst jetzt auf!«, forderte Clärenore. Als Lord erneut bellte, schien der Lärm an Carl-Axels Ohr zu dringen. Er blinzelte, rappelte sich auf und legte den Arm um Clärenores Schultern. Dann torkelte er an ihrer Seite zurück zur Hütte. Carl-Axel war nicht nur groß, sondern in diesem Zustand auch unglaublich schwer. Mit ihrer ganzen Kraft zog und zerrte Clärenore ihn vorwärts. Kaum waren sie in der Hütte, wollte der chinesische Arzt Carl-Axel weiteren Schnaps einflößen, aber Clärenore hielt abwehrend die Hand hoch. »Nein«, sagte sie entschieden. »Er hat bereits genug.«

Ein grölendes Lachen ging durch den Raum. Clärenore ignorierte es und schleppte Carl-Axel zu seinem Schlafplatz, bevor er weitere Alkoholangebote annehmen konnte. Mit dem Einsatz ihres ganzen Körpers schob sie ihn auf seinen Schlafsack. Kaum dass Carl-Axel sich hingesetzt hatte, fiel er um und schnarchte wie ein Walross. Clärenore nahm neben ihm Platz. Jetzt erst bemerkte sie, wie sie zitterte. Sie rollte sich neben ihm ein, fand aber keinen Schlaf. Die Männer tranken, sangen und grölten. Immer wieder hörte sie, wie jemand ins Freie ging und sich übergab. Irgendwann nach Mitternacht wurde es leiser. Es stank entsetzlich nach Alkohol, Schweiß und anderen Ausdünstungen. Clärenore konnte nicht einschlafen, zu groß war die Angst, einer der Betrunkenen könne sich daran erinnern, dass auch eine Frau im Raum lag. Lord rollte sich zu ihren Füßen zusammen. Er schloss die Augen, schlief aber nicht. Offenbar war er bereit, sie zu beschützen, was Clärenore beruhigte. Sie legte die Hand auf Carl-Axels Oberarm, um zu verhindern, dass er noch einmal in den Schnee lief, doch er schlief tief und fest bis zum nächsten Morgen.

Es war erstaunlich, dass die meisten Männer trotz des enormen nächtlichen Alkoholkonsums noch vor Sonnenaufgang aufstanden. Carl-Axel litt an schrecklichen Kopfschmerzen, doch auch er riss sich zusammen. Nachdem er einen ganzen Krug kaltes Wasser getrunken hatte, sah er immer noch mitgenommen aus. Es war ihm sichtlich unangenehm, dass Clärenore ihn in betrunkenem Zustand vor dem Erfrieren hatte retten müssen.

»Vergiss es einfach«, sagte sie. »Es ist vorbei, und wir müssen nicht mehr über den Vorfall reden.« Dankbar nahm er ihr Angebot an.

Nach dem Frühstück, wieder gab es Hackfleischtaschen, brachte Alexander sie mit dem Schlitten zurück nach Irkutsk. Dort erwartete sie eine böse Überraschung: Der Adler war komplett eingefroren. Das Öl war so fest, dass die Kurbelwelle sich keinen Millimeter weiterdrehte.

»Lass uns ein Holzfeuer unter den Maschinen entzünden«, schlug Carl-Axel vor. »Vielleicht tauen sie wieder auf.«

Clärenore holte Streichhölzer und Brennholz. Mit klammen Fingern entzündete sie ein Feuer. Außerdem bauten sie die Zündkerzen aus und baten ihre Vermieterin, sie im Backofen zu wärmen. Zylinderblock und Ansaugeleitungen bearbeitete Carl-Axel mit der Lötlampe, dann füllten sie den Kühler mit kochendem Wasser und entleerten ihn wieder. Diesen Vorgang wiederholten sie mehrere Male, bis sie glaubten, dass das Material wieder warm genug war. Dennoch scheiterte der erste Startversuch.

»Was hältst du von Äther im Zylinder?«, schlug Clärenore vor und rieb sich die wunden Finger. Sie mussten die dicken

Fäustlinge beim Arbeiten ausziehen, doch gleich beim ersten Kontakt mit dem gefrorenen Metall waren Hautfetzen daran kleben geblieben.

»Wir können es probieren.«

Aus dem Gepäck holte Clärenore die Flasche mit dem Lösungsmittel. Vorsichtig kippte sie einen Teil davon in den Zylinder. Dabei achtete sie penibel darauf, nichts zu verschütten. Zuvor hatte sie versehentlich Benzin über ihre Finger gekippt. Sofort war die Haut weiß und gefühllos geworden. Nur intensives Reiben hatte verhindert, dass die Glieder abstarben.

Auch der zweite Versuch verlief erfolglos. Clärenore wünschte sich, Heidtlinger oder Grunow wären hier. Die beiden Mechaniker hätten vielleicht bessere Ideen gehabt. In diesem Moment zündete der Funken, und der Motor sprang an.

»Na bitte. Wer sagt es denn«, meinte Carl-Axel grinsend. »Unser Kleiner lässt uns auch bei minus fünfzig Grad nicht im Stich. Das nenne ich deutsche Präzisionsarbeit.«

»Ich glaube nicht, dass einer der Ingenieure daran gedacht hat, den Motor auf diese Temperaturen vorzubereiten. Das war purer Zufall.«

»Lass das ja keinen deiner Sponsoren hören.«

»Ich werde mich hüten.«

Während der Motor weiterlief, packten sie alles wieder zusammen und machten sich schleunigst auf den Weg ins Quartier. Clärenore sehnte sich nach einem Bad und einem warmen Bett.

Schon zwei Tage vor Heiligabend bekam Carl-Axel zwei Päckchen aus Schweden. Eines stammte von seinen Eltern, das andere von seiner Frau. Er wollte mit dem Aufmachen nicht warten und packte die Geschenke sofort aus. Seine Eltern schickten ihm einen warmen Wollpullover mit einem kunstvollen Norwegermuster. Von seiner Frau bekam er Fäustlinge. Clärenore hatte für Carl-Axel eine Pfeife und frischen Tabak aus Deutschland bestellt. Während einer langen Fahrt durch die Wüste hatte er erwähnt, dass er früher eine Pfeife besessen habe und den Tabak vermisse. Das Geschenk gab sie ihm auch gleich, und er freute sich riesig.

Clärenore wartete vergebens auf Post. Nicht einmal Hilde schien an sie gedacht zu haben. Dabei hatte Clärenore schon zwei Wochen vor Weihnachten einen Karton nach Deutschland versendet. Für jedes Familienmitglied war etwas dabei gewesen. Sogar für ihren kleinen Neffen Dieter hatte sie ein silbernes Löffelchen eingepackt. Sebastian und Käthe hatte sie ein eigenes Paket geschickt, denn ihrer Mutter hätte es nicht gefallen, wenn die Geschenke für die Bediensteten im Karton der Familie gelegen hätten. Jedes Mal, wenn der Briefträger kam, sauste Clärenore zur Haustür, nur um enttäuscht wieder umzudrehen. Dabei kam sie sich lächerlich vor und ärgerte sich über ihr kindisches Verhalten.

»Es ist leicht möglich, dass die Post deiner Familie verlorengegangen ist oder noch irgendwo beim Zoll festhängt«, meinte Carl-Axel, dem ihre Sehnsucht nicht entgangen war.

»Wie kommst du auf die absurde Idee, dass ich auf Post warte?«, fuhr ihn Clärenore schnippisch an. Carl-Axel schwieg und erwähnte das Thema kein weiteres Mal.

Den Heiligen Abend verbrachten sie beim Vertreter der deutschen Handelsgesellschaft. Seine Familie feierte nach traditionellen deutschen Bräuchen: Der Tannenbaum reichte bis zur Zimmerdecke und war über und über mit Zuckerwerk, Lebkuchen und glitzernden Glaskugeln geschmückt. Zum Essen gab es einen deftigen Schweinebraten mit Sauerkraut und Klößen, dazu wurde kühles Bier getrunken. Nach dem Essen holten die Kinder ihre Instrumente, und man sang gemeinsam deutsche und schwedische Weihnachtslieder. Clärenore sah in rundum zufriedene Gesichter. Auch Carl-Axel schien glücklich zu sein.

Noch nie hatte Clärenore ein so gemütliches Weihnachtsfest erlebt. Zu Hause hatte der Tag stets in einem Drama geendet. Die Kinder waren morgens von den Bediensteten festlich eingekleidet und frisch gebadet worden. Den ganzen Tag über hatten sie sich tadellos zu verhalten. Am späten Nachmittag besuchten alle den Gottesdienst, bei dem es vor allem darum ging, sich als perfekte Familie zu präsentieren. Danach wartete ein steifes Abendessen. Erst wenn alle Teller wieder weggeräumt waren, bekamen die Kinder ihre Geschenke.

Clärenore erinnerte sich an ein ganz besonders enttäuschendes Weihnachtsfest. Ihre Brüder hatten die Indianerkostüme ausgepackt, die sie sich sehnlichst gewünscht hatten. Auch sie hätte so gern eines gehabt, doch sie hatte stattdessen den Umhang einer Squaw geschenkt bekommen. Weinend vor Zorn, war sie in ihr Zimmer gelaufen. Ihre Mutter hatte sie wegen ihres undankbaren Verhaltens fürchterlich ausgeschimpft, und die restlichen Feiertage hatte Clärenore kein Zuckerzeug naschen dürfen, weil sie angeblich das Weihnachtsfest ruiniert hatte. Zwei Wochen später hatte ihr Vater ihr heimlich ein weiteres Päckchen überreicht. Ein herrlicher Federschmuck war darin. »Damit du beim Spiel die passende Rolle übernehmen kannst«, hatte er gesagt. Clärenore hatte ihn so lange umarmt, bis ihr Vater sich lachend befreite.

Es war spät geworden, als Clärenore und Carl-Axel sich von ihren Gastgebern verabschiedeten und aufbrachen. Schon am Nachmittag hatte es erneut zu schneien begonnen. Immer noch fielen dicke weiße Flocken vom Himmel und segelten lautlos zu Boden. Die Kristalle landeten auf Clärenores erhitzten Wangen und schmolzen sofort zu Wasser. Aus den Fenstern der Häuser fiel warmer Kerzenschein auf die Straße. Nur das Knirschen ihrer Schritte im Schnee war zu hören. Clärenore hätte noch ewig weiterspazieren können, viel zu schnell hatten sie ihr Quartier erreicht. Als sie die Tür zur Wohnung aufsperrte, schlug ihnen angenehme Wärme entgegen. Sie hatten vor dem Weggehen ordentlich Holz in den Kachelofen geschichtet, sodass jetzt immer noch ein kleines Feuer brannte.

Clärenore wollte sich zum Schlafen zurückziehen, als Carl-Axel sie zurückhielt.

»Ich habe auch ein Geschenk für dich«, sagte er.

Überrascht blieb sie stehen. »Man beschenkt seine Chefin nicht.«

»Wer sagt das?«

Sie zuckte mit den Schultern. »Das ist eine ungeschriebene Regel.«

»Es ist eine unsinnige Regel«, widersprach Carl-Axel. Aus der Hosentasche zog er ein kleines Päckchen und hielt es Clärenore entgegen. Er hatte es die ganze Zeit mit sich herumgetragen. »Frohe Weihnachten.«

Etwas beschämt nahm Clärenore es entgegen. Das Geschenk passte in ihre Hand. Vorsichtig schnürte sie das dünne Goldband auf und nahm das Seidenpapier ab. Ihr Herz setzte für einen Moment aus. Es war die kleine ovale Silberdose mit den Kornblumen, die sie sich in Tula angesehen hatte.

Sie klappte den Deckel auf und schnappte nach Luft. In der Dose lag der Ring mit den Mohnblumen, den sie für Carl-Axel probiert hatte. Sie streckte den Arm aus und hielt das Geschenk ihrem Filmoperateur entgegen.

»Das kann ich nicht annehmen«, sagte sie ernst. »Der ist doch für deine Frau bestimmt.«

Er schüttelte entschieden den Kopf. »Ich habe für Martha eine Brosche gekauft«, sagte er. »Sie mag keine Feldblumen.«

»Ich kann das Geschenk trotzdem nicht annehmen. Es ist zu wertvoll.«

»Wenn du es nicht annimmst, beleidigst du mich, und ich muss mir ernsthaft überlegen, ob ich diese Fahrt mit dir fortsetze.« Er legte den Kopf schräg. Noch nie hatte er so unwiderstehlich attraktiv ausgesehen.

»Der Ring ist wunderschön«, flüsterte sie leise. »Ich habe noch nie ein so hübsches Geschenk bekommen.«

»Dann wurde es höchste Zeit. Steck ihn an«, forderte er.

Clärenore streifte den Ring auf ihren Finger. Er passte noch immer perfekt.

»Der Ring wurde nur für dich gemacht«, sagte Carl-Axel zufrieden. »Es wäre ein Jammer gewesen, ihn einer anderen Frau zu überlassen.«

»Vielen Dank.« Wie gerne hätte Clärenore ihn jetzt umarmt. Mit jeder Faser ihres Körpers fühlte sie sich zu ihm hingezogen. Sie suchte in seinen Augen nach einem Zeichen, dass er ähnlich empfand. In diesem Moment hätte sie alle guten Vorsätze über Bord geworfen. Sie hätte in sein blondes Haar gefasst und endlich erfahren, wie es sich anfühlte. Für einen Moment glaubte sie in seinen Augen eine Sehnsucht zu erkennen, die ihr eigenes Herz förmlich in Stücke riss. Doch dann wandte Carl-Axel sich ab.

»Gute Nacht, schlaf gut«, sagte er. »Es war ein wunderschöner Weihnachtsabend.«

»Ja, das finde ich auch. Danke.«

Am Dreikönigstag kam mit der Post ein kleines Päckchen für Clärenore. Hilde hatte ihr belgische Schokolade geschickt, die sie so liebte. Gemeinsam mit Carl-Axel verspeiste sie die ganze Packung an einem einzigen Abend. Danach hatten beide Bauchschmerzen.

Den Brief ihrer Schwester las sie allein.

Liebste Clärenore, als ich gehört habe, dass du den Winter in Sibirien verbringen wirst, war ich sehr stolz auf dich. Denn die Entscheidung bedeutet, dass du deine Reise nicht aufgibst. Selbst wenn einige an dir zweifeln, so glaube ich ganz fest an deinen Erfolg. Auch wenn meine Sorgen um dich nun noch größer geworden sind. Sebastian und Käthe schließen dich in ihre Gebete ein. Das soll ich dir ausrichten. Die Dienstboten haben sich riesig über deine Geschenke gefreut. Mutter hat nichts von dem Paket mitbekommen.
Es fühlt sich seltsam an, nicht mehr auf Gut Weißkollm zu wohnen. Anfang Dezember bin ich dennoch zu Mutter gefahren, um ihr bei den Vorbereitungen für das Fest zu

*helfen. Max hat seine Einwilligung für den Besuch gegeben. Dass ich dich beim Weihnachtsfest vermissen werde, das weiß ich jetzt schon. Pass auf dich auf und schreib mir recht bald. Ich freue mich über jeden deiner Briefe. Sie geben mir das Gefühl, auch ein kleines Stück Abenteuer zu erleben. Vielen Dank für die Geschenke. Der Stoff ist himmlisch. Ich werde mir daraus eine Bluse nähen lassen. Sei fest umarmt.
Deine Hilde.*

Clärenore las den Brief noch einmal. Ihr Ärger darüber, dass Hilde die Erlaubnis ihres langweiligen Ehemanns einfordern musste, um ihre Mutter zu besuchen, wurde noch größer. Mit keinem Wort hatte Hilde erwähnt, wie sie sich als Ehefrau fühlte. Ob sie glücklich war? Liebte sie ihren Mann? Clärenore hoffte es für ihre Schwester von ganzem Herzen.

Baikalsee
Januar 1928

Anfang Januar trieb das erste Eis auf der Angara. Die Pontonbrücke wurde eingezogen, und kleine Fährdampfer übernahmen den notdürftigen Verkehr zwischen den Stadtteilen von Irkutsk. Wegen der gewaltigen Strömung fror der Fluss niemals vollständig zu, aber große und kleine Eisschollen türmten sich zu Eistrümmerhaufen auf. In den Flussbiegungen stauten sie sich zu Türmen, die krachend wieder zusammenfielen und festfroren. Teile der Eisblöcke trieben bis zum Baikalsee, wo sie sich zu gigantischen Gebirgen aufbauten. Sobald das Eis zum alles dominierenden Bild der Landschaft geworden war, packten Clärenore und Carl-Axel zusammen und brachen auf.

Herzlich verabschiedeten sie sich von ihren Vermietern und der Familie des deutschen Handelsvertreters. Auf Anraten eines Bauern transportierten sie auf dem Dach des Begleitwagens breite Holzbretter, die ihnen helfen sollten, unbeschadet spitze Eisblöcke und eventuelle Eisspalten zu überwinden.

Zügig fuhren sie den Flusslauf entlang und folgten der Angara bis zum Baikalsee. Schon von Weitem sahen sie das gigantische Eismeer. Kilometerweit erstreckte sich das eisige Weiß. Am Ufer stapelten sich die Blöcke zu haushohen Bergen. Ein ständiges Krachen war zu hören. Manchmal war es lauter, dann wieder leiser. Das Eis war ohne Unterlass in Bewegung.

Eine Gruppe von Eisfischern machte sich mit einem Schlitten auf den Weg zur Arbeit. Die Männer fuhren über den See, um an einer geeigneten Stelle Löcher ins Eis zu schneiden. Clärenore fragte einen von ihnen nach einem halbwegs sicheren Weg für die Automobile.

»Wohin wollen Sie?«

»Richtung Werchne-Udinsk.«

»Fahren Sie noch ein Stück Richtung Norden am Ufer entlang und überqueren Sie erst dann den See. Wenn Sie das Deltagebiet der Selengamündung auf der anderen Seite des Sees erreicht haben, ist die gefährlichste Strecke überstanden. Achten Sie zu Beginn auf die Eisspalten.« Er zeigte auf die Holzbretter auf dem Dach. »Und begehen Sie ja nicht den Fehler, die Bretter zu nehmen.«

»Aber wie sollen wir die Spalten sonst überwinden?«, fragte Clärenore.

»Tempo«, entgegnete der Fischer. »Fahren Sie so schnell Sie können.«

Die anderen Männer nickten zustimmend. Der Fischer riet, den See erst in zehn Kilometer Entfernung zu befahren. »Dort sind weniger Torsofelder.«

Clärenore bedankte sich. Tatsächlich fanden sie weiter nördlich eine geeignetere Einstiegsstelle. Vor ihnen war eine Schlittenkarawane unterwegs, die ihnen Sicherheit vorgaukelte.

Vorsichtig lenkte Clärenore den Wagen aufs Eis. Ein lautes Krachen war zu vernehmen, und sie erschrak, doch dann beruhigte sie sich wieder. Das Geräusch schien dazuzugehören, schließlich war das Eis in ständiger Bewegung. Sie steuerte den Wagen am Ufer entlang, als ein lautes Donnern aus dem Süden heraufzog, das dem Geräusch eines schweren Güterzugs glich. Der Himmel war wolkenlos und strahlend blau, und es dauerte einen Moment, bis Clärenore begriff, dass der Lärm vom Eis ausging. Der Donner sauste an ihr vorbei und verwandelte sich in ein singendes Pfeifen. Im selben Moment öffnete sich eine kilometerlange Spalte. Sie klaffte auseinander wie eine offene Wunde und zog sich bis zur Schlittenkarawane, die sofort in Richtung Ufer abbog. Der letzte Schlitten war zu nah am Spalt gewesen und wurde in die Tiefe gerissen. Das Pferd wieherte panisch, bäumte sich auf und stürzte ins Wasser. Es war an einem weiteren Schlitten befestigt, auf dem ein Junge saß. Im letzten Moment gelang es ihm, den Strick durchzuschneiden und somit sein Leben zu retten.

Clärenore beobachtete, wie die Karawane sich rasch auf die Siedlung am Ufer zubewegte und wenig später dort ankam. Carl-Axel war ihr gefolgt und lenkte nun den Begleitwagen neben Clärenore. Er kurbelte das Fenster nach unten. »Bist du sicher, dass wir diesen Weg nehmen sollten?«

»Wenn wir nicht weitere Wochen hier festsitzen wollen, haben wir keine andere Wahl«, erwiderte Clärenore. »Wir müssen über den See. Wenn wir erst das Deltagebiet auf der anderen Seite erreicht haben, ist das Schlimmste geschafft.«

»Willst du die Fahrtrichtung nicht ein wenig ändern? Wie sollen wir sicher über die Spalte vor uns kommen?«

»Ich werde ihr ausweichen«, versprach Clärenore.

Sie sah, dass Carl-Axel widersprechen wollte, doch bevor er etwas sagte, fuhr sie los. Mit klopfendem Herzen steuerte sie auf die spitzen Eisblöcke zu, die vor ihr aus dem See ragten. Auf diese Weise zog sie einen weiten Bogen um die Eisspalte. Das Krachen unter ihr versuchte sie zu ignorieren. Jedes Geräusch nahm sie als Bedrohung wahr.

Nach einigen Kilometern trafen sie auf die Spuren einer weiteren Gruppe von Fischern. Clärenore beschloss, ihnen zu folgen. Wenn die Eisfläche einem schweren Schlitten mit mehreren Männern standhielt, würde sie auch den Adler und das Begleitfahrzeug tragen. In einer breiten Bucht überholte Carl-Axel sie mit dem Großen, blieb aber in Sichtweite. Clärenores Anspannung löste sich ein bisschen. Abgesehen von den gruseligen Geräuschen, lief alles nach Plan. Die Torsofelder wurden kleiner. Immer seltener türmten sich Felsbrocken vor ihr auf. Die Sonne stand tief und glitzerte in märchenhafter Pracht auf dem spiegelglatten Eis.

Beinahe wähnte sich Clärenore in Sicherheit, als ein tiefer Donnerschlag sie erneut zusammenfahren ließ. Das ohrenbetäubende Krachen zerriss die klirrend kalte Luft. Direkt vor Clärenore klaffte das Eis auseinander, Wasser klatschte aus der Spalte auf die Oberfläche. Die Warnung des Fischers schoss ihr durch den Kopf. »Tempo«, hatte er gesagt. Sie stieg aufs Gas und sauste los. Die Räder drehten durch, doch sie blieb auf dem Gaspedal. Nun griffen die Gummireifen, der Adler setzte mit hoher Geschwindigkeit über die offene Stelle und landete auf der anderen Seite der Spalte.

Carl-Axel war ein Stück vor ihr mit dem Begleitwagen stehen geblieben und hatte fassungslos das halsbrecherische

Unternehmen beobachtet. Clärenores Herz raste. Sie wagte es nicht, nach hinten zu sehen. Erst als sie bei Carl-Axel angekommen war, riskierte sie einen Blick in den Rückspiegel. Ein meterbreiter Riss zog sich über das Eis. Sie konnte kaum glauben, dass sie die Spalte überwunden hatte.

Doch dann war der nächste Donner zu hören. Diesmal direkt unter ihnen. Das Eis knackte, und feine Risse bildeten sich unter den Rädern der Fahrzeuge.

»Wir dürfen nicht stehen bleiben!«, schrie Carl-Axel. Beide gaben kräftig Gas und fuhren in einem Höllentempo weiter. Etwa zwanzig Kilometer trennten sie noch von der Selengamündung. Clärenore hielt das Lenkrad so verkrampft, dass ihre Knöchel schmerzten. Hochkonzentriert wich sie einem weiteren Eisberg aus und entging mit einem halsbrecherischen Wendemanöver haarscharf einer neuen Spalte. Zweimal mussten sie anhalten und aussteigen. Mit Spitzhacken und Spaten schlugen sie sich den Weg frei. Dabei wuchs ihre Angst, dass sich erneut eine Spalte öffnen könnte. Doch sie hatten Glück. Nach etwa einer Stunde erreichten sie das Deltagebiet.

Wie die Fischer vorhergesagt hatten, verlief die Strecke von nun an ruhiger. Das Eis des zugefrorenen Deltagebiets war flach und glatt. Eine spiegelnde Fläche, die nicht nur stabil aussah, sondern es auch war. Wäre nicht immer noch das Bild des sterbenden Pferdes durch Clärenores Kopf gegeistert, hätte sie die restliche Fahrt vielleicht genießen können. So kämpfte sie gegen die Vorstellung an, dass unter ihr ein totes Pferd schwamm. Mit Sicherheit war es nicht das einzige Opfer, das der See in den letzten Tagen und Wochen gefordert hatte.

Kurz vor Sonnenuntergang erreichten sie Kabansk. In den Fenstern der kleinen Holzhäuser brannte heimeliges Licht, und aus den Schornsteinen stieg Rauch auf. Das Dorf lag eingebettet in eine tiefverschneite Landschaft, wie auf einer Weihnachtskarte. Sie fanden Quartier bei einem freundlichen Schuster, der ihnen ein warmes Abendessen und Tee mit einem Schuss Wodka anbot. Endlich fiel die Anspannung von Clärenore ab, und sie konnte sich gemeinsam mit Carl-Axel darüber freuen, die gefährliche Fahrt über den See unbeschadet überstanden zu haben.

Mongolei
Februar 1928

Während es auf russischer Seite entlang der Hauptverkehrsrouten gepflasterte Straßen gab, waren die Wege in der Mongolei allesamt unbefestigt. Es ging über tiefverschneite Feldwege zur Hauptstadt Ulan Bator. Hin und wieder begegneten ihnen Yaks, die Clärenore an Kühe mit pferdeähnlichem Schwanz erinnerten. Geduldig zogen die zottigen Tiere zweirädrige Karren. Besonders schwere Lasten wurden von Lamas getragen, den Kamelen der Steppe. Den sanften Tieren hatte man in die empfindliche Nase einen Ring getrieben, mit dem man sie zum Gehen und Arbeiten zwang. Abgesehen vom Ring, schienen die Menschen gut mit ihren Tieren umzugehen.

Selten waren Clärenore und Carl-Axel während der Reise auf so viel Gastfreundschaft gestoßen wie in der Mongolei. Sobald sie ein Dorf erreichten, liefen die Menschen ihnen entgegen und begrüßten sie freundlich. Frauen, Männer und Kinder trugen farbenprächtige Wollkleidung, die vor der Kälte schützte und einen fröhlichen Kontrast zum weißen Schnee bildete. Obwohl weder Clärenore noch Carl-Axel ein Wort von dem verstanden, was die Dorfbewohner sprachen, war klar, dass man ihnen wohlgesinnt war. Großzügig bot man ihnen Speisen und Getränke an. Carl-Axel hätte gerne in jedem Dorf verweilt, doch Clärenore drängte weiter. Auch wenn ihnen kein sibirischer Winter mehr drohte, galt es, die Reise zügig fortzusetzen, da sie bestimmte Termine einhalten mussten, um das Ablaufen ihrer Visa zu verhindern.

Außerdem war das Reisebudget beschränkt. Der unvorhergesehene Aufenthalt in Irkutsk hatte die Kosten erheblich in die Höhe schnellen lassen. Dass jetzt zwei Gehälter weniger bezahlt werden mussten, nützte Clärenore und Carl-Axel nichts, denn die Löhne wurden von den Adlerwerken bezahlt und nicht aus der Reisekasse.

Gegen Abend suchten sie in einer der Grenzstädte vergeblich nach einem Hotel. Das einzige, das es vor Ort gab, war heillos überbelegt. Einer der Gäste nannte ihnen den Namen eines deutschen Ingenieurs, Peter Hansson. Über eine steile, tief verschneite Bergstraße erreichten sie ein solides Holzhaus, das vom Grundriss an einen Bauernhof in Deutschland erinnerte. Elisabeth Hansson, eine schwarze Amerikanerin aus Philadelphia, öffnete die Tür und begrüßte sie so herzlich, als hätte sie Clärenore und Carl-Axel seit Tagen erwartet. Sie sprach fließend Deutsch, Englisch, Russisch, Mongolisch und Französisch. »Kommen Sie herein. In unserem Haus sind Gäste immer willkommen.«

Sie führte die beiden in eine geheizte Stube und servierte ein köstliches Abendessen, eine Mischung aus europäischer und asiatischer Küche. Sobald alle satt waren, holte Elisabeth ein Grammofon aus dem Nebenraum.

»Jetzt wird getanzt!« Sie klatschte in die Hände, während ihr Mann Peter mehrere Schallplatten aus einem Regal nahm. Kurz darauf ertönte eine beschwingte Jazzmelodie, und Elisabeth bewegte sich mit weichen, fließenden Bewegungen zur Musik. Dann trat sie auf Carl-Axel zu und ergriff seine Hände.

»Darf ich bitten, Herr Söderström?«

Nur widerwillig stand er auf. »Ich weiß nicht so recht«, meinte er verlegen. »Ich bin kein geübter Tänzer.« Hilfesuchend sah er zu Clärenore.

»Das schaffst du schon«, sagte sie übermütig und unterdrückte ein Kichern. Der Wodka, den sie zuvor getrunken hatten, zeigte Wirkung.

Während Elisabeth mit Carl-Axel tanzte, forderte Peter Hansson Clärenore auf. Nur zu gerne nahm sie das Angebot an. Es war Monate her, dass sie sich das letzte Mal zu Musik bewegt hatte. Ganz besonders gern hörte sie amerikanischen Jazz. Zu den Trompetenklängen von Louis Armstrong glitt sie gemeinsam mit ihrem Gastgeber über den ausgetretenen Holzfußboden. Draußen schneite es wieder, und die Situation hatte etwas Magisches und gleichzeitig Unwirkliches.

Als das Musikstück zu Ende war, meinte Elisabeth: »Und jetzt Partnerwechsel.« Sie griff nach der Hand ihres Ehemanns und schob Carl-Axel zu Clärenore. Nach der beschwingten Melodie folgte ein langsameres Stück. Ratlos stand Carl-Axel vor Clärenore und sah auf sie herab. Sie reichte ihm gerade bis zu den Schultern.

»Worauf warten Sie? Los geht's«, meinte Elisabeth.

Zögerlich fasste Carl-Axel nach Clärenores Hüfte und zog sie fast entschuldigend näher zu sich heran. Obwohl er ihr in den letzten Wochen und Monaten so vertraut geworden war wie kein anderer, war es ungewohnt, so nah bei ihm zu stehen. Clärenore roch den Duft seines Rasierwassers und spürte die Wärme, die von seinem Körper ausging. Sie fühlte sich geborgen und sicher. Nervös wagte sie einen kurzen Blick in seine dunkelblauen Augen. Die Wintersonne der letzten Wochen hatte die kleinen Lachfältchen noch deutlicher hervortreten lassen. Ihre Knie wurden weich und ihre Hände feucht. War sie es, die sich näher an ihn schmiegte, oder zog er sie näher zu sich? Langsam bewegten sie sich im Einklang zur Musik durch den Raum. Carl-Axel führte, ohne dabei zu drängen. Wie gerne hätte sie ihre Wange an seine breite Schulter gelegt. Was für ein wunderbarer Mann er doch war. Ob er sich ebenso zu ihr hingezogen fühlte? Er musste doch das Knistern zwischen ihnen bemerken? Wie kleine elektrische Stöße, die sich ständig entluden.

Als die Musik zu Ende war und die Platte sich kratzend weiter auf dem Teller drehte, trat Clärenore bedauernd einen Schritt zurück. Wie konnte sich etwas, das verwerflich war, so richtig anfühlen? Carl-Axel war ein verheirateter Mann, und sie hatte kein Recht auf seine Zuneigung. Was sie eben tat, war Verrat an seiner Frau.

Den Rest des Abends hörten sie Swing, eine neue Musikrichtung, die ebenfalls aus den Staaten kam. Obwohl Clärenore die Stücke großartig fand, waren ihre Gedanken ganz woanders. Sie sehnte sich danach, noch einmal mit Carl-Axel zu tanzen. Plötzlich hörte sie die Stimme ihrer Mutter im Ohr: »Du wirst den guten Namen unserer Familie in den Schmutz ziehen und alles zerstören, was dein Vater mühsam aufgebaut hat.«

Vor der Weiterfahrt am nächsten Morgen rieten Peter und Elisabeth ihnen dringend zu einem Dolmetscher. »Sie werden jemanden brauchen, der für Sie übersetzt«, meinten die beiden. Zum Glück kannten sie einen jungen Burschen, der sich bereiterklärte, sie bis nach Ulan Bator zu begleiten. Der vierzehnjährige Sohn des Dorflehrers kletterte aufgeregt zu Carl-Axel in den Begleitwagen und sah dabei so stolz aus, als würde er in einer königlichen Kutsche reisen. In Ulan Bator würde Timur eine Weile bei seiner Tante bleiben und dann wieder zurück in seine Heimat fahren. Der Junge sprach nur einfaches Englisch, aber es reichte dafür, dass Clärenore und Carl Axel sich mit den Menschen verständigen konnten.

Über tief verschneite Wege ging es weiter Richtung Osten. Einmal blieben sie in einer Schneewehe stecken und mussten sich wieder freischaufeln, wobei Timur tüchtig mit anpackte. Der heftige Wind verschlimmerte die Situation, und schon bald war es schier unmöglich zu erkennen, in welche Richtung sie weiterfahren sollten. Clärenore musste sich auf ihren Kompass verlassen.

Als die Sonne unterging, war immer noch kein Dorf in Sicht. Sie beschlossen, keine Rast einzulegen – in der Hoffnung, irgendwo auf ein Haus zu treffen. Der sichelförmige Mond sorgte für ausreichend Licht, und zum Glück ließ der Wind wieder nach. Stunde um Stunde fuhren sie weiter. Clärenores Augen brannten vor Müdigkeit, aber sie wollte nicht als Erste klagen.

Sie fuhren ohne Schlaf die ganze Nacht durch. Auch am nächsten Morgen war keine menschliche Behausung in Sicht. Sie bewegten sich durch völlig unbewohntes Gebiet, gönnten sich nur eine kurze Frühstückspause, bestehend aus heißem Tee und Brot, bevor es weiterging. In weiser Voraussicht hatten sie genug Treibstoff und auch ausreichend Lebensmittel dabei. Dennoch sehnte sich Clärenore nach einem Bett. Bei diesen Temperaturen im Automobil zu übernachten könnte fatal enden. Da half auch die dicke Fellbekleidung wenig, die sie aussehen ließ wie ein kleiner Bär.

Erst gegen Abend tauchten am Horizont die Lichter einer Stadt auf. Clärenore stieß einen Schrei der Erleichterung aus, und Carl-Axel hinter ihr hupte begeistert. Vor ihnen lag Ulan Bator, mitten in der Steppe und umgeben von schneebedeckten Bergen.

Zügig erreichten sie die Stadtgrenze, wo sie von einem Soldaten aufgehalten und weiter zum Büro des Zollinspektors geführt wurden. Sie stellten die Fahrzeuge in einem Innenhof ab und kletterten aus den Automobilen. Benommen vom Schlafentzug, betraten sie das flache Gebäude, aus dessen Fenstern warmer Lichtschein drang. Es war der 22. Februar. Später sollten sie erfahren, dass es sich um den mongolischen Silvesterabend handelte.

Der Zollinspektor saß gemeinsam mit seinen Kollegen auf teppichbelegten Bänken. In der Mitte des Raums lag ein kariertes Tuch, auf dem bronzene Spielfiguren standen. Die Männer hoben die Köpfe und musterten sie erstaunt. Timur trat vor und übersetzte, was Clärenore ihm vorgab.

»Mein Name ist Clärenore Stinnes. Ich komme aus Deutschland.«

»Was ist Deutschland?«, fragte der Beamte und wechselte ratlose Blicke mit seinen Kollegen. Auch sie hatten nie zuvor von diesem Land gehört.

»Deutschland liegt in Europa«, fuhr Clärenore fort. »Es ist eine große Industrienation. Wir produzieren Maschinen für die ganze Welt. Die Automobile, mit denen wir unterwegs sind, stammen aus deutschen Fabriken.«

Die Männer schüttelten die Köpfe. Auch Europa schien ihnen unbekannt zu sein. Der Zollinspektor redete in langen Sätzen auf Timur ein. Der übersetzte verzagt und schien dabei nur einen Bruchteil dessen wiederzugeben, was der Mann zu ihm sagte: »Sie müssen so lange hierbleiben, bis irgendwer Ihre Aussagen bestätigen kann. Außerdem müssen Ihre Fahrzeuge gründlich untersucht werden.«

Clärenore war so müde, dass sie auf der Stelle hätte einschlafen können. Die Vorstellung, hier auszuharren, bis irgendjemand eine Landkarte in die Hand bekam und darauf Deutschland entdeckte, war beängstigend. Hektisch kramte sie in ihren Unterlagen die Empfehlungsschreiben des deutschen Außenministers heraus. Wo war die Liste mit den Namen, die ihr im Notfall weiterhelfen sollten?

Unterdessen widmeten sich die Zollbeamten wieder ihrem Spiel. Carl-Axel hatte sich auf einen der Hocker gesetzt und lehnte sich erschöpft gegen die Wand. Seine Augen fielen immer wieder zu.

»Sampilon!«, rief Clärenore schließlich. »Herr Sampilon, der Berater des Volkswirtschaftsministers, kann uns weiterhelfen!«

Der Name wirkte wie ein Zaubermittel. Augenblicklich stand der Zollinspektor auf. Er verbeugte sich und begrüßte Clärenore nun so höflich, als sei sie ein langerwarteter Gast. Dann ging er zu einem Schreibtisch im Nebenraum und führte ein längeres Telefonat.

Carl-Axel hatte die Augen wieder geöffnet und hielt fragend die Hände in die Höhe. Clärenore schüttelte den Kopf.

»Der Inspektor ruft gerade Herrn Sampilon an«, flüsterte Timur. »Sobald er bestätigt, dass Sie die Wahrheit sagen, können Sie weiterfahren.«

»Und die Kontrolle der Fahrzeuge?«

»Die ist nicht mehr wichtig.«

Clärenore hoffte, dass Herr Sampilon erreichbar war. Sie hörte den Inspektor, der sich lautstark in einer Sprache unterhielt, von der sie nicht eine Silbe verstand. Aber die Stimmlage klang freundlich, was vielversprechend war. Tatsächlich kam der Beamte kurz darauf zurück und redete lang und umständlich mit Timur. Der Junge fasste die Rede kurz zusammen: »Alles ist gut. Wir können weiterfahren.«

Bevor die Herren es sich wieder anders überlegen konnten, verließen sie das Zollgebäude, stiegen in die Automobile und machten sich auf die Suche nach einem Quartier, was sich schwieriger gestaltete als gedacht. Die ganze Stadt war voll mit Besuchern aus der Umgebung, denn offenbar wollte jeder das Neujahrsfest in der Hauptstadt begehen. Erst bei der fünften Anfrage, als Clärenore fast schon aufgeben wollte, wurden sie fündig. Das Hotel verfügte noch über zwei freie Zimmer, die sie sofort bezogen. Und während die Menschen auf den Straßen der Stadt feierten, fielen Clärenore, Carl-Axel und Timur müde in die Betten. Sie verschliefen das Neujahrsfest.

Während der nächsten Tage tauchten sie in eine fremde, grellbunte Welt ein. Bei jedem Schritt durch die Stadt stießen sie auf Bilder, die sie in Staunen versetzten und zugleich irritierten. In den engen Straßen drängten sich Automobile neben Kamelen und Menschen, sodass an ein zügiges

Weiterkommen nicht zu denken war. Der Hotelbesitzer erzählte, dass dieser Andrang den Neujahrsfeierlichkeiten geschuldet sei.

Besonders eng war es auf den drei großen, ineinander übergehenden Plätzen im Zentrum von Ulan Bator, die die Grenze zwischen dem weltlichen Teil und der Priesterstadt bildeten. Gläubige pilgerten in Scharen hierher, warfen sich alle drei Schritte auf den Boden und küssten die Erde. Ihre Gesichter waren verschmiert vom Schweiß und Staub der Straße. Timur erklärte, dass der Bußgang mehrere Tage dauerte. In kleinen Holzhütten, die nach einer Seite offen waren und Clärenore an Verkaufsstände erinnerten, waren Trommeln auf feststehenden Achsen angebracht. Sie waren mit Gebeten und frommen Sprüchen bemalt. Während des Gebets bewegten die Gläubigen diese Trommeln. Diejenigen, die keinen Platz in den Hütten ergatterten, nahmen mit den Holzplatten vor den Hütten vorlieb, wo sie im Liegen beteten.

Die einfachen Menschen waren in graue Stoffe gehüllt, während die Priester gelbe Gewänder trugen. Kunstvolle Stickereien und unterschiedliche Formen der Hüte kennzeichneten ihren Rang. Clärenore hatte im Vorfeld gelesen, dass der Lamaismus die tibetische Form des Buddhismus bildete, der bereits im 16. Jahrhundert in der Mongolei eingeführt worden war.

Anlässlich des Neujahrsfestes hatte man bunte Fahnen von einem Tempel zum anderen gespannt. Der Stoff klatschte laut im Wind, der den ganzen Tag über heftig blies – ein Geräusch, das Clärenore irritierend fand.

Die Tempel waren mit kunstvollen Ornamenten, Schnitzarbeiten, bunten Fliesen und fabelähnlichen Figuren geschmückt, die Clärenore in ihrer üppigen Pracht an eine Mischung aus chinesischer und indischer Kunst erinnerten. Carl-Axel war mit dem Fotografieren beschäftigt, baute ständig das Stativ auf und montierte die Kamera. An die Neugier der Menschen gewöhnte er sich rasch. Clärenore fand das Interesse anfangs unangenehm, doch auch sie nahm die fragenden Blicke bald nicht mehr wahr.

Vier Tage lang hielten die Feierlichkeiten an, bevor der Alltag wieder in die Stadt einzog. Straßenhändler und Verkaufsstände kehrten zurück, an jeder Ecke wurden bunte Stoffe, Schnitzarbeiten und andere Kunstgegenstände angeboten. Clärenore erstand mehrere Meter weichen Wollstoff, den sie nach Deutschland verschickte. Es gab auch Geschirr, Lebensmittel und Möbelstücke zu kaufen. Die schweren Waren wurden von mehr als zwanzigtausend Kamelen getragen, die in Ulan Bator lebten und als Lastentiere dienten.

Sobald die Menschenmassen verschwanden, kehrten die Straßenhunde zurück. Wilde Tiere, die durch die Steppe zogen und sich dort von Kadavern ernährten. Die Einheimischen warnten vor ihnen, da sie im Rudel auch Menschen angriffen. Am zweiten Tag ihres Aufenthalts hatte Clärenore den Fehler gemacht, Lord in die Stadt mitzunehmen. Schon nach wenigen Metern hatten sie und Carl-Axel alle Hände voll zu tun gehabt, den Gordon Setter zu schützen. Rasch waren sie zurück ins Hotel geeilt, wo sie Lord zurücklassen mussten. Der ans Hotel angrenzende Garten, der durch eine Mauer vor den wilden Hunden geschützt war, blieb während des Aufenthalts der einzige Ort für seinen täglichen Auslauf.

In der zweiten Woche ihres Aufenthalts brachten Clärenore und Carl-Axel Timur zu seiner Familie, die in einer Ortschaft etwas außerhalb der Hauptstadt lebte.

Timurs Tante bat die Gäste ins Haus, wo sie bereits Tee und Gebäck vorbereitet hatte. Der Onkel sprach Englisch und hatte viele Jahre für ein britisches Handelsunternehmen gearbeitet. So konnten sie sich unterhalten, während die Tante die Teegläser auffüllte.

»Sie sollten nicht durch die Wüste Gobi reisen«, warnte der Onkel. Es war nicht das erste Mal, dass Clärenore diesen Satz hörte.

»Wir sind uns der Gefahr durch die Hunghutzen durchaus bewusst«, sagte Clärenore. Sie nahm das Glas entgegen, das die Tante ihr reichte, und nippte am maßlos überzuckerten Tee.

»Ich glaube nicht, dass Sie wissen, was Sie erwartet«, meinte der Onkel mit düsterer Miene. »Es handelt sich um skrupellose Räuberbanden, die vor keinerlei Gewalt zurückschrecken.«

Seine Frau mischte sich ins Gespräch ein, da sie offenbar das Wort Hunghutzen erkannt hatte. Aufgeregt redete sie auf Clärenore ein, die zwar kein Wort vom Inhalt verstand, aber die Angst der Frau förmlich spüren konnte.

»Der Bruder meiner Frau hat im Herbst versucht, bis nach Peking zu reisen. Er wurde überfallen«, erklärte Timurs Onkel und machte eine dramatische Pause, bevor er weitersprach. »Die Banditen nahmen ihn gefangen. Zuerst schickte man der Familie meiner Frau sein Ohr, zusammen mit einer Lösegeldforderung. Da man das Geld nicht bezahlen konnte, folgte ein paar Tage später seine Hand.«

»Mein Gott.« Clärenore verschluckte sich, und Carl-Axel wurde blass.

»Sie können sich vorstellen, was dann mit ihm passiert ist«, fuhr der Onkel fort.

»Man hat ihn umgebracht?«

Das Ehepaar nickte.

Carl-Axel sah aus, als würde er sich gerade bildhaft vorstellen, was ihnen blühte, sollten sie von den räuberischen Hunghutzen überfallen werden, die schwerbewaffnet durch die Wüste zogen und Jagd auf Menschen machten.

»Wir haben keine andere Wahl«, sagte Clärenore. »Der einzige Weg nach Peking führt Richtung Osten. Wir müssen die Wüste Gobi durchqueren.«

Timurs Onkel schüttelte den Kopf. »Das kommt einem Selbstmord gleich.«

Auch dieser Satz war Clärenore nicht neu. Sie hatte ihn vor jeder gefährlichen Strecke ihrer Reise gehört – bei der Querung der Wüste ebenso wie beim Befahren des Baikalsees. Jedes Mal hatte man ihr den sicheren Tod vorhergesagt.

»Was können wir tun, um die Reise sicherer zu gestalten?«, fragte sie.

»Nichts.«

»Gibt es ortskundige Männer, die uns gegen Bezahlung den Weg weisen würden?«

»Nur ein Lebensmüder würde Sie begleiten«, sagte Timurs Onkel. Seine Frau wollte Tee nachschenken, aber Clärenore hatte ihr Glas noch nicht geleert und lehnte dankend ab.

»Wir würden für den Mut bezahlen«, hakte Clärenore nach. »Wir brauchen einen ortskundigen Führer, der die Landessprache spricht.«

Das Ehepaar tauschte einen Blick, den Clärenore nicht deuten konnte. Kannten sie etwa jemanden, der sich auf das Abenteuer einlassen würde?

»Boy«, sagte die Tante leise.

»Ein Junge?«, fragte Clärenore hoffnungsvoll.

»Boy ist ein Landarbeiter«, erklärte der Onkel finster. »Seinen wahren Namen kennt keiner, und niemand weiß, was er früher gemacht hat. Er verrichtet alle Arbeiten, auch anstrengende und gefährliche. Und er kennt sich in der Wüste aus.«

»Ist er vertrauenswürdig?«, fragte Clärenore.

»Er ist ein Chinese.« In der Antwort lag Verachtung. Offenkundig hielt Timurs Onkel nicht viel von den Einwohnern des Nachbarlandes.

»Wo finden wir diesen Boy?«, wollte Clärenore wissen.

Der Onkel schrieb ihnen nach kurzem Zögern die Adresse auf.

Wüste Gobi
März 1928

Boy war ein kleiner, drahtiger Mann, der aussah wie vierzehn, in Wirklichkeit aber in Carl-Axels Alter war. Er sprach fließend Englisch und Chinesisch, doch beim Reden hielt er die meiste Zeit den Kopf gesenkt, offenkundig bemüht, seinen Gesprächspartner nicht anzusehen. Seinen wahren Namen verriet er nicht. Weder Clärenore noch Carl-Axel glaubten, dass dieser unsicher wirkende Mann ihnen bei der Durchquerung der Wüste Gobi behilflich sein konnte, aber auf der Suche nach anderweitiger Unterstützung stießen sie überall auf Ablehnung und Entsetzen.

Der deutsche Handelsvertreter versuchte, ihnen ihr Vorhaben auf drastische Weise auszureden. »Diesen Weg überlebt niemand«, sagte er. »Bitte nehmen Sie Abstand von Ihrem Vorhaben. Besser, Sie brechen Ihre Reise ab. Denken Sie an Ihre Familien, wenn sie Ihre zerstückelten Leichen in der Heimat in Empfang nehmen müssen.«

Clärenore und Carl-Axel schlugen alle gutgemeinten Empfehlungen in den Wind und entschieden schließlich, Boy für ihre Reise zu engagieren. Als sie am 1. März vor seiner bescheidenen Unterkunft, einem winzigen Kellerloch am Stadtrand, anhielten, hatte er außer der Kleidung auf seinem Leib keinerlei Gepäck dabei.

»Brauchen Sie denn gar nichts unterwegs?«, fragte Clärenore erstaunt.

»Alles von Wert bedeutet Gefahr«, sagte er leise und kletterte flink in den Begleitwagen. Als er das Gewehr sah, das zur Sicherheit auf Carl-Axels Beifahrersitz lag, erstarrte er. »Das muss weg«, sagte er.

»Wie meinen Sie das?«

»Alle Waffen müssen hierbleiben.«

»Das geht nicht«, antwortete Carl-Axel entrüstet. »Womit sollen wir uns verteidigen, wenn wir angegriffen werden?«

»Wenn die Hunghutzen angreifen, helfen keine Waffen.« Boy sprang wieder aus dem Wagen. »Ein einziger Schuss bedeutet den sicheren Tod.« Er sprach ruhig, ohne dabei Gefühlsregungen zu zeigen, und sah geflissentlich an ihnen vorbei.

»Das verstehe ich nicht.« Carl-Axel war nicht bereit, sich vom Gewehr zu trennen.

»Wenn die Banden wissen, dass sich Waffen in den Fahrzeugen befinden, dann werden sie uns töten, ohne zu zögern«, erklärte Boy. »Wenn Sie die Waffen behalten wollen, müssen Sie die Gewehre und Pistolen auf dem Postweg nach Peking verschicken.«

Die Vorstellung, ohne Verteidigungsmittel durch ein Gebiet voller gewaltbereiter Krimineller zu reisen, war beängstigend. Boy setzte sich auf ein trocknes Plätzchen Erde am Wegrand und wartete.

»Ich fahre nicht ohne Gewehr«, beharrte Carl-Axel. »Und wenn ich es bloß dazu benutze, mir selbst eine Kugel durch den Kopf zu jagen, bevor irgendwer versucht, mir die Hand abzuhacken.«

Ohne ein weiteres Wort stand Boy wieder auf und ging zurück zu seiner Unterkunft.

»Wo wollen Sie hin?«, rief Clärenore ihm hinterher.

»Ich fahre nicht mit Waffen durch die Wüste.« Seine Entscheidung klang endgültig. Er schien ganz genau zu wissen, worauf er sich einließ. Clärenore wog alle Vor- und Nachteile ab. Ohne ortskundigen Führer konnte die Fahrt zu ihrer letzten werden. Allerdings war es absurd, gerade jetzt auf die wertvollen Waffen zu verzichten, da sie ihren Schutz so dringend brauchten.

Sie wandte sich fragend an Carl-Axel. Ihm schienen dieselben Gedanken durch den Kopf zu gehen. Ängstlich sah er zwischen den Waffen und Boy hin und her, der gerade die Tür zu seiner finsteren Kellerwohnung öffnete. Schließlich zuckte Carl-Axel resigniert mit den Schultern. »Na gut, aber lass uns zuerst zum Postamt fahren.«

Kaum hatte er den Satz auf Englisch ausgesprochen, kehrte Boy wieder zurück und kletterte in den Begleitwagen. »Das Post- und Telegraphenamt befindet sich drei Straßen weiter. Ich zeige Ihnen den Weg.«

Boy erwies sich als noch schweigsamer als zuerst angenommen. Die meiste Zeit saß er stumm neben Carl-Axel und zeigte mit dem Arm den Weg an. Doch er schien die Gegend so gut zu kennen wie seine eigene Westentasche. Ohne Umwege lotste er Clärenore und Carl-Axel von einem Dorf zum anderen. In Abständen von sechzig bis hundert Kilometern erreichten sie winzige Zeltdörfer, die aus wenigen Lehmhäusern und einigen Jurten bestanden, wo man ihnen Schlafplätze anbot. Die Menschen machten die unwirtliche

Landschaft durch ihr freundliches Verhalten wett. Großzügig teilten sie mit ihren Gästen das Wenige, was sie besaßen, und luden zum Essen und Trinken ein. Gemeinsam saß man auf Teppichen rund um einen großen Kessel und löffelte ein Schaffleischgericht direkt aus dem Topf.

Zum Essen wurde stets Airag gereicht, ein Getränk aus vergorener Stutenmilch. Clärenore fand den Geschmack entsetzlich. Sie hielt sich jedes Mal die Nase zu, wenn sie ihren Becher leer trank, um ihre Gastgeber nicht vor den Kopf zu stoßen. Carl-Axel und Clärenore fühlten sich in jeder Jurte willkommen, und nichts deutete darauf hin, dass sie sich in einem Gebiet befanden, wo man ihnen feindlich gesinnt war. Als Clärenore Boy darauf ansprach, meinte dieser düster: »Wir haben die Wüste noch nicht erreicht.«

Mit jedem Tag veränderte sich die Umgebung. Der Schnee wurde weniger und verschwand schließlich völlig. Die Abstände zwischen den Bergketten vergrößerten sich, und immer öfter konnten sie mit bis zu fünfzig Kilometern pro Stunde über die Hochplateaus brausen, bis wieder enge Pfade die Fahrt verlangsamten. Die Landschaft war atemberaubend schön. Tiefe Schluchten und zerklüftete Felswände boten Carl-Axel herrliche Fotomotive. Regelmäßig hielten sie an, um die endlose Wildnis zu bestaunen.

Nach einer Woche erreichten sie kurz vor Mitternacht ein weiteres Zeltdorf. Diesmal wies man ihnen eine kalte, schmutzige Jurte zu. Nach der bisher so freundlichen Bewirtung war es ein ungewohnt kühler Empfang. Der Kochherd, der zugleich als Ofen diente, war ein kleiner eiserner Korb, der mit getrocknetem Kuhmist entzündet wurde. Der Rauch zog durch ein Loch in der Mitte der Decke ab. Clärenore wärmte Bohnen aus der Dose, dazu aßen sie trockenen Zwieback. Ein bescheidenes Mal nach den üppigen Eintöpfen der letzten Tage. Nachts sanken die Temperaturen so dramatisch ab, dass stets einer von ihnen auf das Feuer achtgeben musste, denn ohne dieses wären sie alle jämmerlich erfroren. Sie wechselten sich reihum ab, und als Clärenore an der Reihe war, kam heftiger Wind auf, der an den Zeltwänden zerrte und riss.

Am nächsten Morgen verließ sie als Erste die Jurte. Jetzt erst sah sie die Wüste Gobi, die sich vor ihren Augen ausbreitete. Bei der Ankunft in der Dunkelheit hatte sie sie nur erahnen können. Schier grenzenlose Steppe lag vor ihr, die sie an ein weites Meer erinnerte. Der Wind blies Clärenore direkt ins Gesicht und trieb ihr ein paar Sandkörner in die Augen. Sie legte schützend die Hand an die Stirn. Dann machte sie sich daran, ihren Schlafsack wieder in den Adler zu packen.

»Wir werden eine weitere Nacht hierbleiben«, sagte Boy.

»Auf gar keinen Fall, wir müssen weiter«, entgegnete Clärenore. »Ich will Kalgan so schnell wie möglich erreichen.«

»Ein Sandsturm zieht auf«, erklärte Boy. »Ich rate Ihnen, die Automobile in den Windschatten eines festen Hauses zu stellen. Am besten mit den Motoren zur Wand.«

Schon wollte Clärenore protestieren, als sie in der Ferne die gelben Wolken entdeckte, die sich wie schmale Türme Richtung Himmel erhoben. Die Bewohner des Dorfes reagierten schnell. Hektisch wurden die Jurten mit Steinen und Stangen befestigt, und ein Hirte trieb die Kamele in einen Stall aus Lehm, wo auch ein paar Kinder Zuflucht suchten. Clärenore, Carl-Axel und Boy wurden vom Dorfältesten zusammen mit ein paar Frauen und Kindern ins Hauptgebäude gewinkt. Zuvor brachten sie die Automobile in Stellung, wie Boy es ihnen geraten hatte. Gerade rechtzeitig erreichten sie das Haus. Eine der Frauen wollte Lord vor die Tür jagen, aber Clärenore hielt ihn schützend fest. »Mein Hund bleibt bei mir.«

Verständnislos sah die Frau sie an, aber als die erste Sturmböe Sand und kleine Steine gegen die Fensterscheiben peitschte, wandte sie sich von Clärenore ab und widmete sich ihrem Kind, das sich ängstlich an ihrem Bein festklammerte. Ein Klirren war zu vernehmen, doch die Scheibe hielt stand. Fassungslos sah Clärenore hinaus. Nichts mehr war von der Wüste zu sehen, die dahinter lag. Gelbgrauer Sand wirbelte durch die Luft und vernebelte die Sicht. Selbst die Fahrzeuge, die direkt vor der Tür standen, waren nicht mehr zu erkennen.

»Ich glaube, ich habe eines der Fenster nicht vollständig hochgekurbelt«, sagte Clärenore plötzlich. Sie hatte den Adler so eilig zur Hauswand gefahren, dass sie nicht mehr an das Fenster gedacht hatte. Rasch wollte sie zur Tür, um nachzusehen.

»Wenn Sie jetzt hinausgehen, ersticken Sie«, warnte Boy und setzte sich seelenruhig auf den Boden. Ganz anders die Dorfbewohner, die sich nervös beim Fenster versammelten und hinausstarrten, in der Hoffnung, ihre Jurten würden noch stehen, sobald der Sandsturm vorbei war.

Carl-Axel zog Clärenore neben sich auf den Boden. »Im schlimmsten Fall schaufeln wir den Sand wieder aus dem Wagen«, meinte er.

Clärenore gab sich geschlagen und ließ sich auf den Boden plumpsen. Lord legte sich neben sie und platzierte seinen Kopf auf ihren Oberschenkeln. Clärenore streichelte sein weiches Fell und beruhigte damit eher sich selbst als den Hund.

»Gibt es solche Stürme öfter?«, wollte sie wissen.

»Ein Sandsturm ist wie ein heftiges Gewitter«, meinte Boy gelassen. »Unangenehm, aber er geht vorbei.«

Tatsächlich hielt das Treiben bis zum späten Nachmittag an, erst dann ließ der Sandsturm nach. Als die Sicht wieder gut war, machten sich die Dorfbewohner daran, die Jurten erneut aufzubauen. Der angerichtete Schaden war überraschend gering. Clärenore stellte fest, dass die Fenster des Adlers vollständig verschlossen waren und nicht, wie sie befürchtet hatte, einen Spaltbreit offen. Dennoch war Sand durch dünne Ritzen ins Wageninnere gedrungen. Ansonsten waren die Automobile unversehrt. Die Hausmauer hatte die Motoren geschützt, genau wie Boy es vorhergesagt hatte.

»Ohne Ihre Weitsicht wären die Motoren jetzt kaputt«, sagte Clärenore dankbar.

Boy zuckte bloß mit den Schultern.

»Wollen Sie uns nicht Ihren Namen verraten?«, bat sie, denn es kam ihr so respektlos vor, einen erwachsenen Mann Boy zu nennen.

»Ich habe keinen Namen«, antwortete er und drehte ihr den Rücken zu. Sie warf Carl-Axel einen fragenden Blick zu, doch er wirkte ebenso ratlos wie sie.

Bis Seleban galt die Strecke als ungefährlich. Die Räuberbanden lauerten erst auf dem letzten Teilstück kurz vor Kalgan.

Nach wenigen Kilometern Fahrt stießen sie nicht auf Banditen, sondern auf eine Herde Wildpferde. In Gruppen weideten die Tiere in geschützten Tälern. Ergriffen hielt Clärenore an und kurbelte das Fenster nach unten. Carl-Axel hielt neben ihr an.

»Sind sie nicht wunderschön?«, rief sie ihm aus dem Fenster zu.

»Ich muss diese Tiere filmen!«, antwortete er begeistert.

Zum ersten Mal seit ihrem Aufbruch aus Ulan Bator zeigte Boy Nervosität. »Wir sollten uns nicht zu lange in dieser Gegend aufhalten«, meinte er.

»Ich dachte, dieser Teil der Strecke sei ungefährlich.« Schon packte Carl-Axel seinen Fotoapparat aus. Der Wunsch, diesen Anblick festzuhalten, war größer als jede Vernunft.

»Ich sagte, dass sie nicht ganz so gefährlich ist wie der Rest«, erwiderte Boy. »Die Hunghutzen greifen noch nicht an, aber sie sehen genau zu, was wir tun.«

»Sie meinen, wir werden beobachtet?« Clärenore drehte sich verwundert nach allen Seiten, konnte aber nichts als menschenleere Hügelketten, Grassteppe und Sand erkennen.

»Sie können sie nicht sehen«, sagte Boy ernst. »Aber sie sind da, glauben Sie mir. Die Räuberbanden registrieren, was wir tun. Sollten sie zu dem Schluss kommen, dass wir Wertgegenstände mitführen, werden sie aus ihren Verstecken kommen und uns überfallen.«

Carl-Axel ließ ebenfalls seinen Blick über die Hügelketten schweifen und schien zum gleichen Schluss zu kommen wie Clärenore. »Nur ein paar Fotos«, sagte er. »Ich werde mich beeilen. Aber diese Chance ungenutzt verstreichen zu lassen, wäre ein riesengroßer Fehler. Noch nie hat jemand diese majestätischen Tiere fotografiert.«

Boy zuckte ergeben mit den Schultern. »Sagen Sie hinterher nicht, ich hätte Sie nicht gewarnt.«

Kurz darauf fuhren sie auf die Pferdeherde zu. Kaum nahmen die Tiere die Geräusche der Automobile wahr, stoben sie davon.

Carl-Axel hielt den Begleitwagen an. »Ich kann nicht gleichzeitig fotografieren und den Wagen lenken«, erklärte er und bat Boy, das Lenkrad zu übernehmen.

Doch der schüttelte den Kopf. »Ich kann kein Automobil lenken.«

»Ich fahre den Adler, und du fotografierst«, schlug Clärenore vor.

Carl-Axel hatte einen noch besseren Vorschlag: »Ich setze mich auf die Motorhaube.«

»Um Himmels willen, warum das denn?«

»Auf diese Weise bin ich näher bei den Tieren und habe mehr Spielraum beim Fotografieren.« Seine Augen funkelten vor Begeisterung und Vorfreude. In Gedanken schien er die fertigen Fotos bereits vor sich zu sehen. Wildpferde in der Steppe – was für eine Sensation! Clärenore wollte ihm das waghalsige Vorhaben nicht ausreden.

»Ich werde vorsichtig fahren«, versprach sie.

»Egal, wie Sie fahren oder fotografieren – Sie sollten dabei schnell sein«, warnte Boy. Er blieb mit Lord im Begleitwagen sitzen. Eigentlich hätte seine Nervosität Clärenore und Carl-Axel zu denken geben sollen, doch die beiden waren vom Anblick der Wildpferde wie hypnotisiert. Carl-Axel kletterte auf die Motorhaube und hielt sich mit einer Hand am Vorsprung des Autodachs fest, mit der anderen umklammerte er seinen Fotoapparat. Vorsichtig lenkte Clärenore den Adler zur Herde.

Die Tiere grasten friedlich im Tal. Sobald sie die Fahrzeuge hörten, stellten sie die Ohren auf. Als sich die ersten Tiere in Bewegung setzten, war Clärenore darauf vorbereitet. Sie schnitt ihnen den Weg ab und zwang sie, neben dem Automobil herzulaufen. Die schnelleren Pferde verfolgte sie. Der Wagen rumpelte über Grasnarben und Steine.

Carl-Axel änderte seine Position. Jetzt fixierte er die Kamera mit den Knien, während er sich mit der Linken am Kühler festhielt und mit der Rechten die Kamera bediente. Immer weiter folgte Clärenore den Tieren auf den grasbewachsenen Hügeln und verlor dabei den Begleitwagen aus den Augen. Sie spürte den Fahrtwind im Gesicht und geriet in einen wahren Glücksrausch. Ihr Haar wehte im Wind des offenen Fensters, die Wildpferde waren nur ein paar Armlängen von ihr entfernt. Sie fühlte sich großartig.

Erst als das Begleitfahrzeug völlig aus ihrem Blickfeld verschwand, verlangsamte sie das Tempo. Im nächsten Moment schlug die ganze Herde einen scharfen Haken nach rechts und jagte dann über eine Hochebene davon. Nur der Staub, den die Tiere aufwirbelten, war noch zu sehen. Als auch er verblasste, kam es Clärenore so vor, als wäre die Fahrt bloß ein Traum gewesen.

»Was ist los?«, fragte Carl-Axel enttäuscht. »Warum hältst du an?«

»Ich kann Boy und den Großen nicht mehr sehen.«

Betroffen kletterte er von der Motorhaube. Sein Haar war zerzaust, die Wangen gerötet, und die blauen Augen funkelten noch vom Rausch, der auch ihn erfasst hatte.

»Was für eine Fahrt.« Er stieg zu ihr in den Wagen, setzte sich auf den Beifahrersitz und klopfte zufrieden auf seine Kamera. »Wenn auch nur ein paar Fotos gelungen sind, hat sich diese Jagd gelohnt.«

Er schaute in den Rückspiegel, holte den Kompass aus seiner Hosentasche und meinte lachend: »Den werden wir für die Rückfahrt brauchen.«

Es dauerte länger als geplant, bis sie den Begleitwagen wiedergefunden hatten. Boy und Lord drehten nervöse Kreise um das Fahrzeug, und der Hund bellte glücklich, als er Clärenore wiedersah.

»Bitte verzeihen Sie, dass wir so spät sind«, entschuldigte sich Clärenore.

»Sie kommen keine Minute zu früh«, meinte Boy und zeigte auf eine Anhöhe im Westen. Dort hatte sich eine Gruppe von etwa zwanzig Reitern in Position gebracht. »Lassen Sie uns keine Zeit verlieren. Wenn wir länger hier stehen, werden sie uns überfallen.«

Carl-Axel stieg eilig in den Begleitwagen. Hektisch betätigte Boy die Kurbel, während Carl-Axel das Fahrzeug startete. Dann sprang auch Boy in die Fahrerkabine, und mit Karacho brausten sie los. Clärenore sah im Rückspiegel, dass auch die Reitergruppe sich in Bewegung setzte. Mit einem Mal kam sie sich fürchterlich töricht und verantwortungslos vor. Mit dem Fotografieren der Wildpferde hatten sie sich alle unnötig in Gefahr gebracht. Sie stieg aufs Gas, der Motor heulte laut auf, sie beschleunigte und überholte Carl-Axel, der jetzt hinter ihr fuhr.

Clärenore wagte kaum, nach hinten zu schauen. Ihre Konzentration galt dem Weg. Immer wieder musste sie großen Felsbrocken ausweichen, die wie Findlinge in der einsamen Weite lagen. Mit beiden Händen hielt sie das Lenkrad fest umklammert, während der Adler laut scheppernd über Steine und getrocknete Grasbüschel rumpelte. Sie selbst wurde ebenso durchgerüttelt wie Lord, der auf der Rückbank leise winselte.

Der Abstand zu den Reitern vergrößerte sich mit jedem zurückgelegten Kilometer. Schon wollte sie erleichtert auflachen, als sie im Rückspiegel aus der Motorhaube des Begleitwagens eine hohe, helle Flamme aufsteigen sah. Sie hupte laut, doch Carl-Axel hatte das Malheur bereits entdeckt. Er bremste mit quietschenden Reifen und sprang aus dem Wagen. Clärenore drehte um und hielt neben ihm an. Im Begleitfahrzeug befanden sich vierhundert Liter Benzol und dreitausend Meter Filmband. Und weit und breit kein Tropfen Wasser in Sicht. Der ganze Vorderteil des Begleitwagens stand in Flammen.

Der Autominimax!, schoss es ihr durch den Kopf. Die ganze Zeit schon führten sie den Handfeuerlöscher mit sich, den Heidtlinger mehrfach hatte zurücklassen wollen. Clärenore griff unter der Rückbank nach der Pumpe und lief damit zum Begleitwagen. Noch während sie zu Carl-Axel rannte, schlug sie die Kappe ab. Zischend schoss ein Strahl Tetrachlorkohlenstoff aus der Düse. Die stinkende Flüssigkeit erstickte die Flammen im Nu. Zurück blieben Rauch, Dampf und giftige Gase. Clärenore hielt die Kartusche mit beiden Händen fest und drückte den gesamten Inhalt heraus. Erst als sie sicher war, dass kein Brandherd mehr zurückgeblieben war, ließ sie den Minimax sinken.

»Schade, dass Viktor das nicht sehen kann«, sagte Carl-Axel. Doch für Entspannung war es zu früh, denn die Reitertruppe holte den Abstand, der zwischen ihnen entstanden war, zügig wieder auf.

»Lass uns nachsehen, was kaputtgegangen ist!«, rief Clärenore. Sie warf den leeren Minimax zur Seite und holte die Werkzeugkiste. Carl-Axel öffnete die dampfende Motorhaube und verschaffte sich hektisch einen Überblick.

Clärenore überprüfte das Auspuffrohr. »Ich glaube, hier liegt das Problem. Die Dichtung des Auspuffrohrs ist verbrannt. Die Funken sind in den Motor gelangt und haben den Vergaser in Brand gesetzt.«

»Du bist ja eine erstklassige Mechanikerin geworden«, meinte Carl-Axel anerkennend. Zu jedem anderen Zeitpunkt hätte Clärenore sich über das Kompliment gefreut. Im Moment wollte sie nur eines: so rasch wie möglich weiterfahren.

Boy behielt währenddessen die Räuberbande im Auge. Langsam, aber sicher rückte sie näher. »In einer Viertelstunde haben sie uns erreicht«, sagte er trocken.

Clärenore und Carl-Axel arbeiteten unter Hochdruck. Mit zitternden Fingern schraubten und zogen sie an dem defekten Teil. Trotz der kalten Luft lief Clärenore der Schweiß über die Schläfen und tropfte auf die Hände. Sie wagte es nicht, zum Horizont zu schauen, sondern konzentrierte sich auf die Dichtung. Weder sie noch Carl-Axel hatten sie bisher gewechselt, aber sie hatten Heidtlinger mehrmals dabei beobachtet. Jetzt zeigte sich, wie viel sie beim Zusehen gelernt hatten. Geschickt brachte Carl-Axel den Dichtungsring an. Ohne zu überprüfen, ob er festsaß, warf er das Werkzeug zurück in die Kiste. Clärenore verstaute den Koffer im Begleitwagen und eilte zum Adler. Der Motor lief noch. Würde auch der des Großen anspringen?

Ängstlich blickte sie zur Seite. Boy betätigte die Antriebskurbel, Carl-Axel startete. Ein rumpelndes Geräusch ertönte, ein Knall folgte. Erschrocken fuhr Clärenore zusammen, doch dann vernahm sie das vertraute Knattern, und schon brauste der Große los. Clärenore setzte ihm nach. Im Rückspiegel sah sie die Reitertruppe, die sich in rasantem Tempo näherte. In der Aufregung hatten sie vergessen, den leeren Minimax mitzunehmen. Der Handfeuerlöscher weckte die Neugier eines Reiters, der stehen blieb und das unbekannte Gerät vom Pferd aus musterte. Clärenore schwor sich, gleich nach ihrer Ankunft in Peking einen neuen Autominimax aus Deutschland zu bestellen. Der Feuerlöscher war sein Geld wert.

Der Abstand, der sie von den Reitern trennte, wurde immer größer. Irgendwann gaben die Männer auf und zogen sich zurück.

Sie fuhren die ganze Nacht durch, ohne ein einziges Mal anzuhalten. Auch am nächsten Tag begegneten sie Reitertruppen, die sie ein Stück des Weges verfolgten, ohne sie zu überfallen. Erst gegen Ende des Tages wich die Steppe an manchen Stellen frischem Grünland. Sie gelangten wieder in bebautes Gebiet, das aber nicht weniger gefährlich war, denn auch hier trieben rivalisierende Räuberbanden ihr Unwesen. Boy führte sie in eine kleine Siedlung, wo sie in einer einfachen Gaststätte Quartier bezogen. Der Wirt riet ihnen davon ab, weiter an der Telegraphenlinie entlangzufahren, die von Transportunternehmen gerne gewählt wurde.

»Vor ein paar Wochen sind zwei Automobile der mongolischen Regierung auf dieser Strecke überfallen worden. Der eine Chauffeur wurde per Kopfschuss umgebracht«, erzählte er.

»Sind die Transportunternehmen denn nicht sicher?«, wollte Clärenore wissen.

»Einige arbeiten mit den räuberischen Banden zusammen«, mischte sich Boy ins Gespräch ein. »Es gibt Abkommen zwischen ihnen.«

Clärenore hatte längst aufgegeben, die kriminellen Strukturen dieser Gegend verstehen zu wollen. Sie vertraute Boy. Wenn er den Worten des Wirtes glaubte, tat sie es auch.

Nach zwei weiteren Tagen lag die Wüste Gobi endgültig hinter ihnen. Auf einer Anhöhe in der Ferne zeigten sich die ersten Bäume. Von dort führte eine Passstraße in steilen Windungen ins Tal. Der Weg war direkt in den Berg gehauen und sah aus, als würde er den Menschen seit tausenden von Jahren als Straße dienen. Sie passierten eine alte Festung, die aus meterdicken Ziegelsteinmauern bestand und sehr verfallen wirkte, aber bewohnt zu sein schien. In den Bergwänden befanden sich schwarze Löcher, die an einen Bienenstock erinnerten.

Boy erklärte, dass es sich um Wohnungen handelte. Die Menschen, die hier hausten, mussten kilometerweit zur Feldarbeit laufen, um dort für die wohlhabenden Landbesitzer gegen einen Hungerlohn zu arbeiten. Einige von ihnen waren gerade unterwegs zu ihren einfachen Behausungen – Männer, Frauen und Kinder. Sie waren barfuß und in Lumpen gehüllt und liefen in gebückter Haltung. Clärenore empfand große Mitleid mit den Menschen, die sie an lebende Tote erinnerten.

»Willkommen in China«, sagte Boy bitter. Er hatte den Platz gewechselt und saß jetzt neben Clärenore.

Sie fuhren an riesigen Feldern vorbei, die mit primitiven Gerätschaften bearbeitet wurden. Die Bilder erinnerten Clärenore an Illustrationen aus mittelalterlichen Folianten. Sie sah ausgemergelte, von der Anstrengung gezeichnete Menschen, die ohne Unterlass schufteten.

In einem kleinen Dorf kurz vor Kalgan teilte Boy ihnen mit, dass sie nun in Sicherheit seien und er sie nicht weiter begleiten werde. »Ich kehre um.«

»Was, wieso?«, fragte Carl-Axel entsetzt. »Wir brauchen Ihre Hilfe.«

»Wir erhöhen Ihr Gehalt«, bot Clärenore an. Boy war ein wertvoller Dolmetscher. Sie hatte sich an den ernsten Mann gewöhnt und schätzte ihn.

Er schüttelte den Kopf. »Es geht nicht um Geld. Sie zahlen bereits sehr viel.«

»Warum wollen Sie dann nicht weiter? Ist Kalgan denn so gefährlich?«

»Nicht für Sie«, sagte er, und zum ersten Mal, seit sie ihn kannten, lag eine schier grenzenlose Traurigkeit auf seinem Gesicht.

»Aber für Sie?«, fragte Clärenore leise.

Er nickte bloß.

Nur ungern verabschiedeten sie sich von ihrem Begleiter und bezahlten ihm doppelt so viel, wie vereinbart war. Boy wollte ihnen die Hälfte zurückgeben, doch Clärenore bestand darauf, dass er das Geld behielt. »Ohne Ihre Hilfe wären wir niemals lebend durch die Wüste gekommen«, erklärte sie.

Dankend steckte er das Geld ein.

»Verraten Sie uns zum Abschied Ihren Namen?«

»Ich heiße An Tri.«

»Hat der Name eine Bedeutung?«

»Der Friedliche.«

China
April 1928

Auf den Straßen von Kalgan fielen die beiden Automobile trotz ihrer grauen Staubschicht auf wie bunte Hunde, denn es gab hier nur ganz wenige motorisierte Fahrzeuge. Dafür waren die engen Gassen mit Rikschas vollgestopft – gut gefederten Wagen mit zwei Rädern, die von Menschen gezogen wurden. Auch hier zeigte sich, dass menschliche Arbeitskraft nichts wert war. Die Kulis arbeiteten für einen lächerlich niedrigen Lohn. Statt Scheinwerfern hingen Laternen mit Kerzen an der Vorderseite der Wagen. An jeder Straßenecke regelte ein Polizist den Verkehr.

Clärenore hatte eine Adresse im Gepäck, die sie bereits in Berlin erhalten hatte. Nun suchten sie nach dem Haus der Familie May, wo sie die nächsten Tage verbringen wollten. Laut Clärenores Unterlagen mussten sie am Bahnhof vorbeifahren und den Fluss queren.

Zerschossene und ausgebrannte Waggons auf den Gleisen erinnerten daran, dass Kalgan sich an der Kriegsfront befand. Zwar hatte sich der chinesische General Zhang Zuolin im Krieg der Generäle als Sieger behaupten können, aber seine Macht war längst nicht abgesichert.

Auf der Brücke, die über den Fluss führte, stockte ihr plötzlich der Atem. Vor Schreck verriss sie das Lenkrad und hätte um ein Haar einen der zahlreichen Verkaufsstände am Straßenrand umgefahren. Auf langen Stangen steckten abgehackte Menschenköpfe, die mit leblosen Augen die Vorbeilaufenden anstarrten. Clärenore wurde schlagartig übel. Rasch wandte sie den Blick ab und konzentrierte sich wieder auf den Weg.

Kaum hatte sie die schaurige Brücke hinter sich gelassen, musste sie erneut anhalten. Eine Gruppe Schaulustiger versperrte die Straße, und Clärenore war gezwungen mehrmals hupen, um die Menschen auseinanderzutreiben. Als sie den Grund der Ansammlung sah, drehte sich ihr wieder der Magen um. Schwer bewaffnete Polizisten trieben gefesselte, halb verhungerte Männer über die Straße. Die meisten wiesen Verletzungen auf, die auf schwere körperliche Misshandlungen schließen ließen. Sie alle waren barfuß und in Lumpen gehüllt, und in ihren Gesichtern lag blankes Entsetzen. Mit Schlagstöcken prügelte man sie zur Brücke.

Clärenore konnte sich vorstellen, was sie dort erwartete. Benommen lenkte sie den Wagen durch die Menge, denn sie wollte so schnell wie möglich weg von hier. Aber sie kam nur im Schritttempo voran. Neugierig starrten die Menschen zu ihr ins Wageninnere und betrachteten sie wie ein exotisches Tier.

Sie fuhr an Straßenhändlern vorbei, die Vögel und Reptilien in kleinen Bambuskäfigen verkauften. Auch diesen Anblick fand sie entsetzlich. Ein Waschbär lag leblos in einer Kiste. Daneben feilschte ein Mann um den Preis eines kleinen Affen. Es dauerte schier endlos, bis sie endlich das dichte Treiben hinter sich gelassen hatte und erleichtert durchatmen konnte. An der nächsten Straßenkreuzung fragte sie eine Frau nach dem Weg zur Familie May. Die Fremde verstand nur den Namen May, redete auf Chinesisch auf Clärenore ein und deutete dabei stadtauswärts zu einem grünen Hügel.

Dankbar folgte Clärenore dem angezeigten Weg. Endlich waren alle Händler aus dem Straßenbild verschwunden. Über einen schmalen Pfad gelangten sie zu einem festungsähnlichen Gebäude, das das eigentliche Wohnhaus mit einer dicken Mauer vor unliebsamen Gästen und neugierigen Blicken schützte. Ein Wachmann hielt sie auf.

»Wir sind Gäste der Familie May und werden erwartet«, sagte Clärenore auf Englisch.

Der Mann schien sie zwar zu verstehen, ihr aber nicht zu glauben. Ungeduldig winkte er sie weg, doch Clärenore blieb hartnäckig und holte ihr Einladungsschreiben hervor. Herr May war ein ehemaliger Geschäftspartner ihres Vaters. Als er von der Expedition gehört hatte, war er sofort bereit gewesen, Clärenore zu unterstützen und sie bei sich aufzunehmen. Sie war dem Ehepaar May allerdings noch nie persönlich begegnet.

Der Wachmann zeigte sich von dem Schreiben unbeeindruckt. Gerade als Clärenore zu einer Schimpftirade ansetzen wollte, fuhr ein weiteres Automobil den Hügel hoch. Eine Frau in einem modernen Kleid saß auf der Rückbank. Sie wies den Chauffeur an, stehen zu bleiben, und kurbelte das Fenster herunter.

»Was ist los?«, fragte sie den Wachmann. »Gibt es Ärger?«

»Die Kerle behaupten, sie würden von Ihnen erwartet«, antwortete der Mann. Er sprach gebrochenes Deutsch und schien Clärenore für einen Mann zu halten.

Die Frau stieg aus. »Wie kann ich Ihnen weiterhelfen?« Sie musterte Clärenore mit gerümpfter Nase.

»Ich bin Clärenore Stinnes, und das ist mein Filmoperateur, Herr Söderström. Wir umrunden mit dem Automobil die Welt.«

»Fräulein Stinnes?« Überrascht zog die Frau ihre gepflegten Augenbrauen hoch.

»Ja.«

»Du meine Güte, wir hatten schon Angst, Sie wären in der Wüste Gobi umgekommen! Die letzten Nachrichten über Ihren Verbleib stammten vom Handelsdelegierten in Ulan Bator. Ich bin Frau May.«

Clärenore stieg aus dem Wagen, um der Frau die Hand zu geben. Trotz ihres erbärmlichen Aussehens trat Frau May auf sie zu und umarmte sie so herzlich, als wäre sie eine verloren geglaubte Tochter.

»Herzlich willkommen in China!« Als sie sie wieder losließ, sagte sie: »Kommen Sie mit, meine Liebe. Ich werde der Dienerschaft Bescheid geben, damit sie die Gästezimmer für Sie herrichtet.« Sie machte eine kurze Pause. »Und die Bäder.«

Wie die restliche Einrichtung des Hauses waren auch die Bäder in europäischem Stil gestaltet. Inmitten einer exotischen Stadt hatten die Mays sich hinter ihren hohen Mauern eine eigene kleine Welt geschaffen. Clärenore genoss das Vertraute, freute sich über das weiße Leinenbettzeug mit dem feinen Rosenmuster, war sich aber gleichzeitig nicht sicher, ob es richtig war, es zu mögen.

Die Wände und die Decke im Speisezimmer waren mit dunklem Holz vertäfelt und erinnerten sie an das Gut

Weißkollm. Herr May war über ihren Besuch ebenso erfreut wie seine Frau. Während des gesamten Abendessens mussten Clärenore und Carl-Axel von ihrer abenteuerlichen Fahrt durch die Wüste berichten.

»Ihr Boy war sicher ein desertierter Soldat«, erklärte Herr May. »Würde man in Kalgan seiner habhaft werden, würde man ihn auf der Stelle hinrichten.«

Clärenore dachte an die abgeschlagenen Köpfe und die gefesselten Männer. Mit einem Mal verstand sie, warum An Tri sie nicht begleitet hatte.

»Man fackelt nicht lange mit Feiglingen herum«, fuhr Herr May fort. »Wer sein Vaterland verrät, muss sterben. Das ist in allen Armeen der Welt so.«

»Abgeschlagene Köpfe zur Schau zu stellen, erscheint mir aber schon eher ungewöhnlich«, sagte Clärenore. Sie dachte an all die Frauen und Kinder, die täglich die Brücke überquerten und den Anblick ertragen mussten.

»Das dient der Abschreckung«, meinte Herr May gelassen. »Damit niemand auf die Idee kommt, es den Verrätern gleichzutun.«

»Die meisten Deserteure schließen sich den räuberischen Banden an. Sie sind die gefürchteten Hunghutzen. Sicher haben Sie von ihnen gehört«, ergänzte Frau May.

»Wir sind ihnen sogar begegnet«, sagte Carl-Axel.

»Na, dann wissen Sie ja, dass es völlig richtig ist, sie umzubringen.«

Die Brutalität ihrer Worte stimmte Clärenore nachdenklich. Es war, als redete Frau May über Ungeziefer und nicht über Menschen. An Tri hatte sich gegen den Krieg, aber auch gegen das Dasein als Räuber entschieden. Der Preis, den er dafür zahlte, war hoch. Er war ein Mann ohne Namen und Geschichte und hauste in einem Kellerloch in einer Stadt, in der er nicht erwünscht war. Clärenore wünschte ihm von ganzem Herzen ein besseres Leben.

»Die Hunghutzen bestehen aus Deserteuren der chinesischen Armee und aus Landarbeitern, die lieber rauben, als zu arbeiten«, erzählte Frau May.

Clärenore dachte an die dunklen Löcher in den Bergen. War es den Menschen zu verdenken, dass sie dort nicht leben wollten? Doch sie behielt ihre Gedanken für sich. Sie war erst einen Tag in China und wusste so gut wie nichts über das Land. Es stand ihr nicht zu, über die Gebräuche und Sitten zu urteilen.

Herr May wechselte das Gesprächsthema. »Sie wollen also weiter nach Peking?«

»Ja.«

»Sie sollten sich beeilen, bevor die Kampfhandlungen Ihnen den Weg absperren«, meinte Frau May besorgt. »Die Unruhen dehnen sich immer weiter aus. Wie ein Flächenbrand erfassen sie das ganze Land.«

»Wir werden so schnell wie möglich aufbrechen«, sagte Clärenore. Am liebsten wäre sie gleich am nächsten Morgen losgefahren.

»Mit dem Automobil können Sie die Strecke im Moment unmöglich zurücklegen«, sagte Herr May ernst. »Das Militär lässt Sie nicht passieren. Da hilft kein Empfehlungsschreiben der Welt.«

»Aber wie sollen wir dann weiterkommen?«

»Sie werden Ihre Fahrzeuge auf die Bahn verladen müssen.«

Clärenore erinnerte sich an die zerschossenen Waggons am Bahnhof. »Fahren denn Güterzüge nach Peking, die uns aufnehmen?«

Herr May grinste. »Dabei kann ich Ihnen behilflich sein. Machen Sie sich keine Sorgen.«

Es dauerte acht Tage, bis sich ein geeigneter Zug fand. Die Zeit in Kalgan verbrachte Clärenore fast ausschließlich im Haus der Familie May. Sie hatte keine Lust, durch die Straßen der Stadt zu schlendern. Ihre Angst, dabei auf abgehackte Köpfe oder ausgepeitschte Deserteure zu stoßen, war zu groß.

Schließlich wurden die Fahrzeuge unter großem Aufwand auf einen Waggon verladen. Leider hielt der Zug erst in Nankou, weshalb Clärenore und Carl-Axel einen Teil der Strecke wieder zurückfahren mussten, um den Nankoupass zu überqueren. Auf diese Weise hatten sie die Gelegenheit für einen Abstecher zur Chinesischen Mauer. Das gigantische Bauwerk zog sich über die Bergformationen, als wäre es Teil der Landschaft. Die Mauer war so breit, dass sie in der Mitte Platz für einen Treppengang bot. An der Außenseite waren Zinnen und Schießscharten angebracht wie bei einer mittelalterlichen Burg. Wie viele tausende Menschen mochten an diesem gigantischen Bau mitgewirkt haben? Und wie viele hatten ihr Leben dabei gelassen?

Carl-Axel war ebenso beeindruckt wie Clärenore. Er musste einen der chinesischen Soldaten bestechen, die den Nankoupass bewachten, um Fotos von der Mauer aus schießen zu dürfen. Immer wieder fand Carl-Axel neue Motive und Perspektiven. Nach zwei Stunden drängte Clärenore schließlich zur Weiterfahrt, denn sie wollte Peking noch am selben Tag erreichen.

Die Eile erwies sich als gute Entscheidung, denn mit Sonnenuntergang schloss die Stadt ihre Tore. Wie im Mittelalter durfte danach niemand hinein oder heraus. Peking wurde von zwei Doppelmauern umgeben, deren Eingänge vom Militär streng bewacht wurden. Clärenore und Carl-Axel passierten das Tor, kurz bevor es verriegelt wurde. Hinterher erfuhren sie, dass man gegen genügend Geld auch nach der Schließung noch ins Zentrum der Hauptstadt gelangte. Überhaupt schien vieles in Peking eine Frage des Geldes zu sein.

Sie fanden Quartier in einem hübschen Hotel, in dem ausschließlich Europäer wohnten. Es war von einer Mauer umgeben, ähnlich wie das Haus der Familie May. Beim Abendessen erklärte ein niederländischer Handelsreisender, dass man diese Schutzmauern um die Häuser baute, weil man glaubte, dass sie die bösen Geister abhalten könnten.

»Wirklich?« Clärenore war erstaunt über so viel Aberglauben.

»Sie scheinen nicht viel über die chinesische Kultur zu wissen«, meinte der Niederländer besorgt. »Besser, Sie organisieren sich einen Dolmetscher. Sonst geraten Sie womöglich in unangenehme Situationen.« Er empfahl ihnen gleich mehrere geeignete Dolmetscher.

Schon am nächsten Morgen engagierte Clärenore Luan, den Sohn eines Porzellanladenbesitzers. Der junge Mann, dessen Vater mit Europäern gute Geschäfte machte, erzählte ihnen während der Führung durch die Stadt von den Sitten und Bräuchen des Landes.

Doch auch mit seinen Erklärungen blieb vieles für Clärenore ein Rätsel. Hatte sie Ulan Bator bereits als exotisch und fremd erlebt, so erschien ihr Peking wie ein völlig anderer Kosmos mit eigenen Regeln. Den Mittelpunkt der Stadt bildete der Palast des Kaisers. Das Betreten des gesamten Areals war Normalsterblichen strengstens untersagt. Die Chinesen waren davon überzeugt, dass der Palast der Mittelpunkt der Welt sei. Clärenore fand die Vorstellung insofern witzig, als sie soeben die Hälfte ihrer geplanten Strecke zurückgelegt hatten und somit an der Mitte ihrer Reise angelangt waren.

Gemeinsam mit Luan spazierten Carl-Axel und sie durch die Straßen und Gassen Pekings. Clärenore wusste nicht, wo sie zuerst hinschauen sollte: auf all die kleinen Straßenhändler, die Garküchen, die bunten Plakate mit den fremden Schriftzeichen oder auf die unzähligen Papierlampions, die vor jedem Eingang hingen. Es roch nach scharfen, unbekannten Gewürzen, süßsauren Saucen und gebratenem Fleisch. An einem der Kioske wurden Schlangen und Fledermäuse angeboten. Die Tiere hingen leblos von einer quergespannten Leine, und Clärenore hoffte inständig, dass sie in den nächsten Tagen kein solches Tier serviert bekommen würde. Als Luan erzählte, dass auch Katzen und Hunde mit Vorliebe verspeist wurden, achtete sie ganz besonders darauf, dass Lord nah bei ihr blieb, und nahm ihn entgegen ihrer Gewohnheit an die Leine – nicht, um die anderen vor ihm zu schützen, sondern um Lord in Sicherheit zu wissen.

Eine Hochzeitsgesellschaft zog an ihnen vorbei, bunt gekleidete Menschen, die Trommeln schlugen, Papierfähnchen schwangen und Holzklappern schlugen. Carl-Axel zückte seine Kamera und schoss ein Foto nach dem anderen. Drei Straßenzüge weiter kam ihnen erneut eine musizierende Menschengruppe entgegen. »Noch eine Hochzeit?«, fragte Clärenore.

»Nein, ein Begräbnis«, erklärte Luan.

Verdattert blieb Clärenore stehen. »Ein Begräbnis?« Die Menschen trugen fröhliche helle Kleider, und die Musik, die gespielt wurde, klang ebenso beschwingt wie die der Hochzeitsgäste. Keiner der Trauernden weinte. Clärenore konnte keinen Unterschied zur vorherigen Gesellschaft entdecken.

Irritiert gingen sie weiter, vorbei an Teehändlern, Schuhputzern, Messerschleifern und Straßenbäckern. Jeder, der es sich leisten konnte, ließ sich von Rikschas durch die Stadt führen oder von Eseln tragen. Besonders Frauen vom Land mussten auf diese Form der Fortbewegung zurückgreifen.

»In den Städten werden den Mädchen die Füße nur noch ganz selten abgebunden«, sagte Luan. »Aber auf dem Land ist es nach wie vor Tradition. Kaum ein Mädchen kann sich der schmerzhaften Prozedur entziehen.«

»Was soll das heißen – Füße abbinden?«, fragte Clärenore.

»Man wickelt dicke Stoffbinden um die kleinen Füße der Mädchen und verhindert damit das natürliche Wachstum.«

»Das ist ja eine barbarische Quälerei!«, rief Clärenore entsetzt. Auf der gegenüberliegenden Straßenseite entdeckte sie eine alte Frau, die mit winzigen Schritten auf kleinen verkrüppelten Füßen in ein Fischgeschäft trippelte.

Luan zuckte entschuldigend mit den Schultern. »Es wird von der Regierung nicht mehr empfohlen, aber es dauert eben, bis alte Traditionen verschwinden.«

Überall waren neben Chinesisch auch englische, französische, niederländische und deutsche Wortfetzen zu hören. Es gab ganze Stadtteile in Peking, in denen fast ausschließlich Europäer wohnten, doch auch hier waren die Häuser von den traditionellen Schutzmauern umgeben. Wer darauf verzichtete, fand kein einheimisches Personal.

»Die Menschen schuften für ein paar Cents pro Stunde, ohne sich zu beschweren, aber sie weigern sich, in einem Haus ohne Außenmauern zu arbeiten?«, fragte Clärenore ungläubig.

Luan schien ihre Frage seltsam zu finden. Zumindest antwortete er nicht.

Am Abend waren sie bei Herrn Dr. Müller eingeladen, einem Antiquitätenhändler und Korrespondenten des Berliner Tageblatts, der einen Artikel über Clärenore und Carl-Axel schreiben wollte. Es gab chinesische Speisen, die für den deutschen Geschmack adaptiert worden waren. Gegessen wurde trotzdem mit Stäbchen. Sein Haus war ein Palast, verglichen mit denen der Einheimischen. Wo Clärenore in den letzten Monaten auch hingekommen war – überall hatten die Europäer sich die hübschesten Plätzchen gesichert.

Den schottischen Whisky nahmen sie bei Sonnenuntergang auf der Terrasse im Garten ein. Rosarote Lotosblumen öffneten zaghaft ihre ersten Blüten und verströmten einen betörenden Duft.

»Was ist das dort hinten für ein Schuppen?«, fragte Clärenore. Sie nippte nur zaghaft an ihrem Getränk, während ihr Gastgeber sich fröhlich nachschenkte.

»Sie meinen unseren kleinen Tempel?«

Es handelte sich um einen Holzbau mit kunstvollen Schnitzarbeiten und Tierfiguren. Vor dem Häuschen standen Schalen mit Orangenschalen und Blüten.

»Sie haben einen eigenen Tempel im Garten?«

Dr. Müller lachte. »Jedes Haus hat einen Tempel. Er ist so wichtig wie die Schutzmauer. Im Tempel wohnen die Geister. Auf diese Weise bleiben sie besänftigt und stören uns nicht.«

Clärenore sah genauer hin und stellte fest, dass sich neben dem Schuppen ein weiterer Tempel befand.

»Warum haben Sie gleich zwei davon?«

»Wir haben einen sehr fleißigen Mitarbeiter, der sich um das Haus kümmert, wenn meine Frau und ich in Deutschland sind. Li ist nicht mit Gold aufzuwiegen, er ist loyal, klug und ehrlich. Wir schätzen ihn sehr.« Er blickte sich um. Erst als er sicher sein konnte, dass sein Mitarbeiter nicht hier war, sprach er weiter. »Vor einem Jahr hat sich eine riesige Ratte in unsere Abstellkammer geschlichen. Die Köchin schrie aus Leibeskräften, und Li eilte ihr zur Hilfe. Er schlug das Tier mit einem Besenstiel tot. Nach einer Woche kam er zu mir und sagte, dass er nicht mehr für mich arbeiten könne, weil er nicht mehr schlafen könne. Tag und Nacht quäle ihn der Geist der Ratte. Er war davon überzeugt, dass er das Tier nicht hätte töten dürfen, da es sich um einen Geist gehandelt habe, der sich Eintritt in das Haus verschafft hatte.«

»Was haben Sie getan?« Clärenore nahm nun doch einen kräftigeren Schluck aus ihrem Glas.

Dr. Müller neigte den Kopf und grinste listig: »Ich habe einen Tempel für den Rattengeist bauen lassen. Dort wohnt er jetzt. Li bringt ihm jeden Tag ein paar Opfergaben. Damit ist er besänftigt, und alles ist wieder gut.« Er richtete sich auf und lehnte sich zufrieden zurück.

Zweifellos war das eine elegante Lösung, sie führte Clärenore jedoch wieder einmal vor Augen, wie fremd ihr die chinesische Kultur war. Auch die folgenden Tage bescherten ihr Erlebnisse, die sie irritierten, faszinierten und teilweise sogar abstießen.

Carl-Axel schien weniger über all die Widersprüche nachzudenken. Er war damit beschäftigt, das Fremde und Exotische mit der Kamera einzufangen. Theaterspieler mit kunstvollen Verkleidungen aus Papier, Schattentheater, fantastische Schnitzarbeiten, die Drachenköpfe und den ewig lächelnden Buddha in tausenden verschiedenen Gestalten zeigten. An immer abenteuerlicheren Orten brachte er seinen Fotoapparat in Position. Während er das Stativ auf dem Rücken eines riesigen Steintieres vor einem Kloster im Westen Pekings aufbaute, griff Clärenore nach seiner Kamera und drückte ab.

»Was hast du eben fotografiert?«, wollte er wissen.

»Du wirst es sehen, wenn du die Bilder entwickelst«, sagte sie. »Lass dich überraschen.«

Als sie nach zwei Wochen ihre Sachen zusammenpackten, um die Stadt zu verlassen, war Clärenore erleichtert. Carl-Axel wäre gern noch länger geblieben. Für einen Fotografen bot das Land einen schier unerschöpflichen Fundus an großartigen Motiven. Doch schließlich gab er sich geschlagen. In den zwei Wochen hatte er zig Filmmeter abgespult. Es würde Tage dauern, alles zu entwickeln und zu sichten.

»Unser nächstes Ziel heißt Japan!«, sagte Clärenore am Abend vor der Abreise und prostete Carl-Axel mit Reiswein zu. »Dort wird es hoffentlich wieder einfacher werden, nach Deutschland zu telegrafieren.«

»Ich habe heute telegrafiert und innerhalb einer Stunde Antwort erhalten.«

»Tatsächlich?« Clärenore war erstaunt. Sie hatte am Vortag versucht, mit den Adlerwerken Kontakt aufzunehmen, jedoch ohne Erfolg. Die Verbindung war ständig unterbrochen worden. Auch die Nachricht an Hilde war nur zögerlich verschickt worden. Sie hatte ihrer Schwester geschrieben, dass sie gesund die Wüste Gobi durchquert hatten.

»Dr. Müllers Artikel über uns ist bereits im *Berliner Tageblatt* erschienen«, sagte Carl-Axel.

»Das ist ja großartig!«, rief Clärenore. »Hast du ihn gesehen?«

»Ja, ich habe ihn gleich nach dem Besuch beim Telegraphenamt von ihm geholt.«

»Zeig her.« Clärenore war ganz aufgeregt.

Carl-Axel holte ein einzelnes Blatt aus seiner Kameratasche, entfaltete es und legte es auf den Tisch. Dr. Müller hatte eines der Fotos ausgewählt, die er an dem Abend gemacht hatte, als sie bei ihm gegessen hatten. Es zeigte Carl-Axel und Clärenore vor dem Adler. Beide lächelten, und Carl-Axel hatte seinen Arm freundschaftlich um ihre Schulter gelegt. Es war ein Vorschlag von Dr. Müller gewesen.

»Wir sehen gut aus«, sagte sie zufrieden. »Findest du nicht?«

»Doch, ich mag das Foto.« Etwas an seiner Stimme verriet ihr allerdings, dass er nicht hundertprozentig zufrieden war.

»Aber deine Frau nicht?«, mutmaßte sie. Clärenore zog das Bild näher zu sich. »Ist es dein Arm? Du hast deiner Frau doch erklärt, dass das Dr. Müllers Vorschlag war, oder?«

»Es ist nicht der Arm.« Carl-Axel nahm einen Schluck von seinem Reiswein, bevor er weitersprach. »Es ist der Blick, mit dem ich dich auf dem Foto ansehe.«

Clärenore kniff die Augen zusammen und musterte das Bild erneut. Dann hob sie den Kopf und sah ihn fragend an. »Was ist mit diesem Blick?« In diesem Moment hatten seine Augen denselben Ausdruck.

»Martha meint, dass es ein verliebter Blick sei.«

»Oh.« Clärenore ließ das Blatt sinken. Blut schoss in ihre Wangen, ihr wurde heiß. Eigentlich sollte sie ihn jetzt fragen, ob das der Wahrheit entsprach. Dass sie verliebt war, wusste sie seit Langem, aber wie es um Carl-Axels Gefühle stand, konnte sie nur erahnen. Die unvernünftige Stimme in ihr wünschte sich sehnlichst, dass er sich ebenso zu ihr hingezogen fühlte, wie sie sich zu ihm. Die andere sagte, dass das verwerflich und unmoralisch war. Auf gar keinen Fall wollte sie eine Ehe zerstören.

»Ich werde deiner Frau noch ein Telegramm schreiben«, sagte sie knapp und schob den Artikel über den Tisch. »Sie muss sich keine Sorgen machen. Wir sind nicht ineinander verliebt. Unsere Beziehung ist rein beruflicher Natur. Wir umreisen bloß gemeinsam die Welt.«

Mit gesenktem Kopf stand sie auf, und ihr Blick verriet, dass das eindeutig eine Lüge war.

Bolivianisches Hochland
November 1928

Der Kaffee schmeckte fruchtig und malzig, mit einer leichten Note von Schokolade. Ganz anders als das bittere Gebräu, das sie zu Hause in Deutschland trank.

»Sie dürfen auf keinen Fall aufgeben«, wiederholte Hauptmann Galvez. Seit über einer Stunde redeten er und Don Miguel auf Clärenore ein. Die beiden Männer beknieten sie förmlich, den Adler wieder flottzumachen und im schlimmsten Fall mit einem neuen Wegbegleiter weiterzureisen. Doch davon wollte sie nichts wissen.

»Sollte Herr Söderström nicht gesund genug werden, um weiterzufahren, endet mein Abenteurer in Peru.«

»Das können Sie nicht machen«, widersprach ihr Gastgeber. »Wie steht unser Land denn da, wenn die Welt erfährt, dass unsere Straßen so schlecht sind, dass Sie ausgerechnet hier aufgeben mussten?«

»Es ist ein Jammer, dass unser Straßenprojekt noch mitten im Bau ist«, pflichtete Hauptmann Galvez ihm bei. »Mit einer ausgebauten Straße über die Anden wäre Ihre Reise deutlich einfacher.«

»Aber die Sache hat auch etwas Gutes«, fuhr Don Miguel fort. »Wir verfügen über ausreichend Arbeiter, die Ihren Adler abschleppen können.«

»Wir legen eine Knüppelstraße, über die wir Ihr Automobil ziehen werden«, berichtete Galvez.

»Und die notwendigen Ersatzteile lassen wir von der Küste anliefern. Brauchen Sie einen Mechaniker, der die Arbeiten für Sie erledigt?«

Hätte Clärenore nicht so furchtbar große Angst um Carl-Axel gehabt, wäre sie gerührt gewesen. Seit ihrer Abreise aus Frankfurt war es das erste Mal, dass man versuchte, sie zum Weitermachen zu überreden und nicht zum Aufgeben. Die beiden Männer glaubten an ihren Erfolg, und das, obwohl sie eine Frau war. Was hätte sie noch vor ein paar Wochen dafür gegeben! Doch jetzt kam ihr alles sinnlos vor. Die ganze Plackerei, die Anstrengung und die Entbehrungen – wofür das alles?

»Wie lange wird der Doktor noch brauchen?«, fragte sie hastig. Sie hatte das Gefühl, als wäre der Mann schon seit Stunden bei Carl-Axel. Nervös schaute sie auf ihre Armbanduhr. Es waren erst zwanzig Minuten vergangen. Sie schob den Ärmel ihrer Bluse wieder über ihr Handgelenk. Das Schmuckstück hatte ebenso gelitten wie sie selbst. Gestern hatte sie den Silberring aus Tula an den Finger gesteckt. Carl-Axels Geschenk. Plötzlich fühlte es sich richtig an, ihn zu tragen. Das polierte Silber hob sich noch deutlicher von ihrer sonnengebräunten Haut ab.

»Dr. Cervantes ist ein hervorragender Arzt«, versuchte der Hauptmann, sie zu beruhigen. »Er wird alles in seiner Macht Stehende tun, um Herrn Söderström zu retten.«

»Und bis dahin nutzen Sie die Zeit, um das Automobil wieder in Schwung zu bekommen«, setzte Don Miguel nach.

Clärenore wollte etwas erwidern, doch in dem Moment trat der Mediziner auf die Terrasse. Ungeduldig sprang sie von ihrem Stuhl auf. »Wie geht es Herrn Söderström? Wird er wieder gesund?«

»Immer langsam, Señorita.« Doktor Cervantes lächelte milde. Sein graues Haar war mit Brillantine nach hinten gelegt, doch die Hitze hatte es wieder gelöst, weshalb ihm ein paar einzelne Strähnen in die Stirn hingen. »Gibt es noch Kaffee?«, erkundigte er sich bei Don Miguel.

»Selbstverständlich.«

»Dann nehme ich eine große Tasse.« Er setzte sich auf die Bank neben Hauptmann Galvez.

Clärenore konnte nicht fassen, dass er ihre Frage immer noch nicht beantwortet hatte.

»Kann ich zu Herrn Söderström?«

»Ja, natürlich«, sagte der Arzt. »Es geht ihm den Umständen entsprechend. Er fiebert immer noch und ist sehr schwach. Offenbar fantasiert er, aber ich verstehe seine Worte nicht. Ich glaube, dass er zweimal Ihren Namen genannt hat. Es ist aber auch möglich, dass es der einer anderen Frau war.«

Martha Söderström, schoss es Clärenore durch den Kopf. Natürlich träumte er von ihr. Sie war schließlich seine Ehefrau. Die Eifersucht bohrte sich in ihr Herz wie ein giftiger Pfeil. Im nächsten Moment war es ihr peinlich. Sie hatte kein Recht auf einen verheirateten Mann.

»Wird er sich wieder erholen? Wird das Fieber zurückgehen?«

»Wird er die Fahrt fortsetzen können?«, fiel ihr Don Miguel ins Wort.

Doktor Cervantes nahm lächelnd seinen Kaffee entgegen. »Meine Herrschaften«, sagte er langsam. »Ich bin Arzt, kein Hellseher.«

»Aber Sie müssen doch eine Prognose abgeben können!« Am liebsten hätte Clärenore den Mann am weißen Kragen gepackt und kräftig geschüttelt.

»Das wäre aber sehr unseriös.«

»Warum? Weil es ihm so schlecht geht?« Die Tränen stiegen in Clärenores Kehle auf und schnürten sie zu.

»Señorita Stinnes«, sagte der Doktor. »Herr Söderström hat ein schweres Lungenfieber. Viele Männer überleben so eine Krankheit nicht.«

Clärenore schluckte. Tränen bahnten sich ihren Weg.

»Aber Ihr Reisegefährte ist zäh und kräftig. Er kämpft um sein Leben, und das ist gut. Im Moment schaut es so aus, als würde er den Kampf gewinnen. Aber ...« Er hob die Hand, um Clärenore an einem Freudenschrei zu hindern. »... ob er wirklich über den Berg ist, können wir erst in ein paar Tagen sagen.«

Clärenore wollte nur den ersten Teil seiner Worte hören. Carl-Axel war zäh und kräftig, und er kämpfte, um am Leben zu bleiben. Daran wollte sie sich festklammern.

»Wird Herr Söderström weiterfahren können, wenn er wieder gesund wird?«, wollte Don Miguel wissen.

»Darüber können wir reden, wenn er fieberfrei ist. Jetzt geht es darum, dass er wieder gesund wird.«

Die Worte gaben Clärenore neue Hoffnung. Sollte Carl-Axel das Fieber loswerden, könnte er die Reise vielleicht fortsetzen. Noch vor ein paar Minuten hatte sie nicht einmal gewagt, diesen Satz auch nur zu denken.

»Das klingt doch schon ganz gut«, sagte Hauptmann Galvez gut gelaunt und grinste Clärenore breit an. »Denken Sie nicht, dass ein auf Hochglanz polierter Adler ihm bei der Rekonvaleszenz helfen könnte?«

Ein Wagen, den Carl-Axel nicht reparieren und schleppen müsste. Das würde ihm tatsächlich gefallen, dessen war Clärenore sicher.

»Ich werde jetzt nach ihm sehen«, sagte sie.

»Sollen wir die Arbeiter mit dem Abschleppen des Fahrzeugs beauftragen?«, wollte Don Miguel wissen.

Clärenore sah zu Dr. Cervantes. Von ihm würde sie keine anderen Informationen erhalten. Sie selbst musste entscheiden, was zu tun war. Selten war ihr die Rolle als Leiterin der Expedition so schwergefallen.

Schließlich sagte sie leise: »Ja, bitte. Lassen Sie uns den Adler zur Hacienda holen. Wir werden ihn auf Vordermann bringen.«

Der Hauptmann klatschte freudig in die Hände, und Don Miguel meinte zufrieden: »Das ist eine kluge Entscheidung.«

Clärenore hoffte inständig, dass er recht hatte. Dann eilte sie zurück ins Krankenzimmer.

Japan
Mai 1928

Die Überfahrt von der chinesischen Hafenstadt Tientsin, die hundertzwanzig Kilometer südlich von Peking lag, zum japanischen Hafen Moji verlief die ersten zwei Tage völlig problemlos und ruhig. Clärenore zog sich in die Bibliothek des Dampfers zurück und las, während Carl-Axel mit seiner Kamera an Deck auf Motivsuche ging. Er fotografierte Matrosen, Möwen und Passagiere, ließ sich Zeit und genoss es, nicht von Clärenore zur Eile angetrieben zu werden.

Am Nachmittag des dritten Tages zogen dunkle Wolken auf, und erste Blitze schlugen in der Ferne ins Wasser. Die Matrosen wurden unruhig, und das Gerücht eines möglichen Taifuns machte die Runde. Beim Abendessen war der Speisesaal nur zur Hälfte besetzt. Einigen Passagieren war der Appetit aufgrund des heftigen Wellengangs vergangen. Clärenore langte dennoch kräftig zu.

»Erstaunlich, dass du bei dem Geschaukel essen kannst«, meinte Carl-Axel amüsiert. Er begnügte sich mit trockenem Brot. Gerade als Clärenore ein weiteres Stück Fisch auf ihren Teller nehmen wollte, ging ein heftiger Ruck durch das gesamte Schiff. Tische und Stühle verrutschten, das gesamte Geschirr samt Speisen und Getränke landete auf dem Boden. Clärenore sprang auf und hielt sich mit beiden Händen an einem Fenstergriff fest. Panik brach aus, und die Menschen hasteten zu ihren Kabinen. Carl-Axel war vom Sessel gerutscht und rappelte sich mühsam wieder auf.

»Bist du verletzt?«

»Nein, alles in Ordnung.«

Regen peitschte gegen die runden Schiffsluken, Blitze zuckten über die stürmische See. Ein Matrose kam wankend in den Speisesaal und hielt sich bei jedem Schritt an festgeschraubten Möbelstücken fest, um nicht auszurutschen. Seine Kleidung und sein Haar waren völlig durchnässt. Er war auf der Suche nach Clärenore und Carl-Axel.

»Kommen Sie!«, brüllte er. »Helfen Sie uns beim Festbinden der Automobile!«

Als sie das Deck betraten, klatschte eisig kaltes Salzwasser in ihre Gesichter, das sich mit dem Regen mischte, der sintflutartig vom Himmel stürzte. Es war finsterste Nacht. Nur die Blitze erhellten die Dunkelheit. Das Meer tobte und schwappte meterhoch an Deck. Am hinteren Ende des Schiffs erkannte Clärenore die Konturen der beiden Automobile. An den Haltetauen, die entlang der Schiffskabinen befestigt waren, hangelte sie sich Meter für Meter bis zu den Fahrzeugen vor. Einer der Matrosen warf ihr das Ende eines dicken Seils entgegen. Carl-Axel neben ihr fing es auf. Gemeinsam schlangen sie es über die Motorhaube des Adlers und zurrten es an einem Ring in den Schiffsplanken fest.

Clärenores Finger waren eisig kalt. Das Seil schnitt tief in ihre Haut, doch sie spürte es kaum. Salzwasser tropfte ihr in die Augen, und sie musste blinzeln, denn es brannte höllisch. Ein weiteres Seil wurde ihnen zugeworfen. Carl-Axel stand direkt hinter ihr. Mit seinem breiten Oberkörper schützte er ihren Rücken vor den angreifenden Wellen. Plötzlich kippte der Dampfer zur Seite. Die beiden hielten sich am Seil fest und schlitterten einige Meter bis zur Reling. »Festhalten!«, rief ihnen der Matrose auf Englisch zu.

Carl-Axel umfasste Clärenore von hinten und schlang das Seil um seine Handgelenke, um zu verhindern, dass er selbst vom Schiff geschleudert wurde. Er hielt sie mit beiden Armen fest umklammert, während Clärenore still betete und an Lord dachte, der allein in der Kabine eingesperrt war. Ein weiterer Blitz zuckte über den nächtlichen Himmel. Im selben Moment krachte ein ohrenbetäubender Donnerschlag. Das Gewitter war direkt über ihnen. Der Wind riss und zog an Clärenores triefnasser Kleidung. Alles, was nicht festgebunden war, fiel klatschend ins Meer. Kisten, Säcke, Seile. Die Automobile waren festgezurrt und bewegten sich nicht vom Fleck.

Carl-Axels Nähe gaukelte ihr trotz der aussichtslosen Situation Sicherheit vor. Sie konnte seinen Herzschlag durch das klatschnasse Hemd spüren. Wenn sie unterging, würde sie zumindest in seinen Armen sterben. Sie schmiegte sich gegen seinen Oberkörper. Eine gigantische Welle klatschte auf das Deck, und Clärenore hörte den Matrosen neben sich laut beten.

Willkürlich wurde der Dampfer hin und hergerissen. Mal war er auf einem Wellenkamm, dann wieder im Wellental. Clärenore und Carl-Axel krochen auf allen vieren zurück ins Innere des Schiffs. Der Speisesaal glich einem Schlachtfeld. Ganze Marmorplatten lagen zerbrochen am Boden. Einige Passagiere hockten vor Angst wimmernd in einer Ecke, die meisten anderen waren in ihren Kabinen. Carl-Axel zog

Clärenore auf eine Holzbank unterhalb eines Bullauges, und sie ließen sich darauf nieder. Ganz selbstverständlich legte er seinen Arm um sie und zog sie an sich. Clärenore ließ es geschehen. Solange sie seine Wärme spürte, seinen Atem und seinen Herzschlag, war sie lebendig. Draußen erhellte der nächste Blitz die weißen Schaumkronen auf dem dunklen Meer. Es dauerte einige Sekunden, bis der Donner ertönte.

»Das Gewitter zieht weiter«, sagte Carl-Axel. Clärenore wagte nicht aufzuatmen. Noch tanzte der Dampfer unkontrolliert über die Wellenberge. Sie lehnte sich an Carl-Axels Brust und konzentrierte sich weiter auf seine Nähe. Es war das Einzige, was im Moment zählte. Nach jedem Blitz zählte Carl-Axel im Sekundentakt. Die Abstände wurden jedes Mal länger.

Langsam nahm auch der Wellengang ab, und das Brüllen des Windes wurde schwächer. Clärenore fand ein paar Stunden unruhigen Schlaf an Carl-Axels Schulter. Auch er nickte ein. Als sie im Morgengrauen erwachte, richtete sie sich mit steifem Nacken auf. Sie schaute aus dem Bullauge und konnte ihr Glück kaum fassen. Vor ihnen lag ein felsiger Küstenstreifen. Sie hatten Japan erreicht.

Die Einreiseformalitäten gestalteten sich kompliziert. Es dauerte mehrere Stunden, bis sie abladen und weiter nach Kobe fahren durften, denn die Beamten waren gründlich. Unmengen von Formularen wurden ausgefüllt und abgestempelt, und auch wenn Clärenore sicher war, dass die Männer ihr Englisch verstanden, taten sie so, als wäre das Gegenteil der Fall. Weit und breit gab es keinen Dolmetscher. Erst als ein Mitreisender sich erbarmte und beim Ausfüllen der Papiere half, kam Schwung in die Angelegenheit.

Kurz darauf fuhren sie über gut chaussierte Straßen, die nach den Strapazen der letzten Wochen eine Wohltat waren. In Kobe mussten sie erneut Zollformulare ausfüllen. Ein ganzer Tag verging, bis alles erledigt war. Auch ein Dolmetscher, der fließend Englisch sprach, konnte die Prozedur nicht beschleunigen. Schon nach wenigen Stunden hatte Clärenore das Gefühl, dass sie in diesem Land geduldet, aber unerwünscht war. Daran sollte sich während ihres ganzen Aufenthalts nichts ändern. Sie übernachteten in einem einfachen Hotel und engagierten einen Dolmetscher, der bei Carl-Axel im Begleitwagen mitfuhr. Es war erstaunlich, mit welcher Selbstverständlichkeit die Einwohner Ruhe und Ordnung hielten.

Es gab keine Revolution, die sie beachten, und keine Banditen, vor denen sie sich schützen mussten – trotzdem fühlte Clärenore sich nicht wohl. In jeder Stadt begannen die Behördengänge von Neuem. Stets stießen sie auf eine Wand von Ablehnung. Selbst der Dolmetscher, ein junger Bursche, der einige Jahre in den Vereinigten Staaten von Amerika gelebt hatte, verhielt sich ihnen gegenüber reserviert. Es schien, als wäre das Geld, das sie im Land ließen, die einzige Legitimation für ihren Aufenthalt. Von der Offenheit, die ihnen die Menschen in der Mongolei entgegengebracht hatten, konnten sie hier nur träumen.

Auf dem Weg nach Tokio übernachteten sie in Ermangelung anderer Möglichkeiten in einem Teehaus. An der Schwelle hielt die Besitzerin sie auf und signalisierte ihnen durch Gesten, dass sie die Schuhe ausziehen sollten. Clärenore öffnete die Schnürsenkel und wartete darauf, dass auch Carl-Axel die Schuhe abstreifte, doch er zierte sich.

»Was ist los?«, fragte sie ihn. »Bist du nicht hungrig? Ein ausgiebiges Bad würde uns beiden wohl auch nicht schaden.«

Beschämt senkte er die Stimme. »Ich kann meine Schuhe nicht ausziehen.«

»Warum?«

»Weil sich in meinen Socken mindestens ein Dutzend Löcher befinden.«

Clärenore lachte schallend.

»Das ist nicht lustig«, meinte er beleidigt.

Doch Clärenore sah das anders. Sie folgte der Besitzerin ins Innere des Hauses, und so musste sich auch Carl-Axel seiner Schuhe entledigen. Sowohl seine großen Zehen als auch seine Fersen kamen zum Vorschein. Clärenore unterdrückte ein Kichern. Der Fußboden war mit goldgelben, tischglatt geflochtenen Strohmatten ausgelegt. Alle Räume wurden durch beliebig verschiebbare Papierwände voneinander getrennt. Auf diese Weise entstanden die Räume je nach Bedarf. Clärenore und Carl-Axel erhielten ein gemeinsames Zimmer. Die Vorstellung, dass ein Mann und eine Frau zusammen reisten und dann getrennt voneinander übernachteten, war der Teehausbesitzerin trotz Dolmetscher nicht zu vermitteln.

Dienerinnen in seidenen Kimonos eilten herbei und stellten Holzkohlefeuer auf, die in schwarzen Lackschalen auf Sand glühten. Eine ebenfalls schwarze Porzellanvase mit drei roten Chrysanthemen wurde vor eine mit Tuschzeichnungen verzierte Pergamentwand gesetzt, um den Raum heimelig zu gestalten.

Die Besitzerin erkundigte sich nach ihren Wünschen, und sie ließen mithilfe des Dolmetschers um ein Bad, ein Abendessen und einen Schlafplatz bitten. Der Dolmetscher selbst zog sich zurück, da er einen Freund im Ort besuchen wollte. Clärenore und Carl-Axel blieben sich selbst überlassen.

Eine der Dienerinnen holte Carl-Axel fürs Bad ab. Er wollte Clärenore den Vortritt lassen, doch die Mädchen schüttelten vehement den Kopf. Clärenore war es einerlei. »Geh ruhig zuerst«, meinte sie und setzte sich auf eines der seidenen Kissen, um zu warten. Sie lauschte auf die leisen Stimmen aus den Nebenräumen. Trotz der dünnen Wände war nur ein Flüstern zu vernehmen.

Nach einiger Zeit kehrte Carl-Axel frisch gewaschen mit noch feuchtem Haar zurück. Er trug einen seidenen Kimono und wirkte verlegen. Seine löchrigen Socken hatte er abgelegt.

»Was ist los?«, fragte Clärenore. Nach all den gemeinsamen Wochen konnte sie in seiner Mimik lesen wie in einem offenen Buch.

»Die Mädchen haben mich nicht allein baden lassen. Sie haben darauf bestanden, mich einzuseifen.«

»Das klingt doch ganz angenehm«, neckte Clärenore ihn. Er errötete, was sie erneut zum Kichern veranlasste.

Nun war sie an der Reihe. Erstaunt stellte sie fest, dass sie Carl-Axels Badewasser benutzen sollte. Offenbar wurde nur einmal frisches Badewasser erhitzt, und der Mann durfte als Erster in die Wanne klettern. Doch sie nahm die Sitten ergeben hin und stieg ins Wasser, auf dem noch die Seifenkrönchen von Carl-Axel schwammen. Das Bad war trotzdem eine Wohltat. Im Unterschied zu ihm durfte sie sich selbst einseifen, nur beim Abspülen des Schaums war ihr eine Dienerin behilflich. Clärenore erhielt ebenfalls einen Seidenkimono. Auf der vom Bad erhitzten Haut fühlte sich der fließende Stoff angenehm kühl an. Eine der Dienerinnen bestäubte ihren Körper mit einem Duft, der an blühenden Hibiskus erinnerte. Ihr bloß schulterlanges Haar steckte sie kunstvoll mit unzähligen Spangen zu einem Knoten hoch. Clärenore schwebte förmlich auf Wolken zurück zu Carl-Axel.

Als sie den Raum betrat, musterte er sie. In seinem Blick lag eine sanfte Neugier, die Clärenore nervös machte. Kaum dass sie neben ihm Platz genommen hatte, brachte eine der Dienerinnen ein niedriges Lacktischchen und eine andere ein Tablett mit blau bemalten Porzellanschüsseln, in denen Speisen kunstvoll angerichtet waren. Sie legte noch einmal Hand an, um alles mit essbaren Blüten und Saucen zu dekorieren. Erst als sie zufrieden war, verbeugte sie sich und verließ den Raum.

Normalerweise hätten sie jetzt beide herzhaft zugelangt, doch es hatte sich etwas verändert. Zwischen ihnen lag eine Spannung in der Luft. Clärenore wagte kaum zu atmen, geschweige denn zu essen.

Carl-Axel schien es ähnlich zu ergehen. Er suchte ihren Blick. Es lag so viel Zärtlichkeit in seinen blauen Augen, dass sie nach Luft schnappte. Als er sich langsam zu ihr beugte, wich sie nicht aus. Mit jeder Faser ihres Körpers sehnte sie sich nach seiner Berührung. Suchend strebte ihr Mund nach seinen Lippen. In den letzten Wochen hatte sie sich immer wieder heimlich gefragt, wie es sich wohl anfühlen mochte, sie zu berühren. Als er so nah bei ihr war, dass sie seinen Herzschlag spüren konnte, hielt er inne. In seinem Blick lag eine Frage. Clärenore beantwortete sie, indem sie ihm ihr Gesicht entgegenstreckte. Der Kuss, der folgte, fühlte sich wie eine lang ersehnte Erlösung an. Zärtlich umfasste er ihre Hüften und zog sie an sich.

Sie gab sich dem Zauber des Augenblicks hin. So lange hatte sie davon geträumt und sich den Moment in ihrer Fantasie ausgemalt. Jetzt, da der Traum Wirklichkeit wurde, fühlte es sich tausendmal intensiver an als in ihren Vorstellungen. Clärenore vertraute ihm und ließ sich fallen.

Später aßen sie gemeinsam all die Köstlichkeiten, die man so liebevoll für sie zubereitet hatte. Die exotischen Gerichte fühlten sich auf dem Gaumen ebenso aufregend an wie die Berührungen, nach denen sie sich so lange gesehnt hatten. Nach dem Essen räumten die Dienerinnen ab, entrollten weiche Schlafmatten und zogen sich lächelnd zurück. Kurz fragte sich Clärenore, wie viel sie durch die Papierwände gehört haben mochten, stellte dann aber fest, dass es ihr erstaunlich egal war. Auch Carl-Axel schien sich keine Gedanken darüber zu machen. Kaum hatten die Frauen den Raum verlassen, zog er Clärenore erneut zu sich.

»Du weißt gar nicht wie sehr ich mich nach diesem Moment gesehnt habe.«

Als sie sich das zweite Mal liebten, war es weniger stürmisch, dafür aber intensiver und von einer unglaublichen Leidenschaft. Müde und zufrieden schliefen sie schließlich Arm in Arm ein.

Als Clärenore am nächsten Morgen erwachte, lag ihre Wange auf Carl-Axels Brust. Im Rhythmus seines Atems hob und senkte sich ihr Kopf. Seine Haut fühlte sich warm und vertraut an. Mit einem Schlag wurde ihr bewusst, was sie gestern Abend getan hatte. Sie war zur Ehebrecherin geworden. Die schlimmsten Prophezeiungen ihrer Mutter hatten sich bewahrheitet. Abrupt schnellte sie hoch.

Carl-Axel erwachte von ihrer abrupten Bewegung. Schlaftrunken blinzelte er sie an. »Guten Morgen.«

Clärenore wurde sich ihrer Nacktheit bewusst. Schützend hielt sie das dünne Laken vor ihre Brust.

Carl-Axel grinste. »Glaube mir, ich weiß, wie du aussiehst.« Langsam beugte er sich zu ihr, um das Laken wegzuziehen, doch Clärenore sprang auf.

»Wir hätten das niemals tun dürfen«, sagte sie entsetzt.

»Wie bitte?« Seine Stimme veränderte sich. Er setzte sich auf.

»Du bist ein verheirateter Mann und ich eine unverheiratete Frau. Was wir getan haben, ist unmoralisch und verwerflich.«

»Wir haben bloß das getan, was wir schon vor Monaten hätten tun sollen«, entgegnete Carl-Axel. »Wir sind unseren Herzen gefolgt. Du wolltest es ebenso wie ich.«

»Ja, aber was wird Martha dazu sagen?« Clärenores Stimme überschlug sich. »Sie wird mich hassen. Ich werde in den Augen der ganzen Welt als Ehebrecherin dastehen. Als eine Frau, die dieses Vergehen von Anfang an geplant hat.«

»Worum geht es dir eigentlich gerade?« Carl-Axel starrte sie finster an. »Um dein schlechtes Gewissen Martha gegenüber oder um die Sorge, was die Welt von dir denken könnte?«

»Um beides!«, schrie Clärenore ihm verzweifelt entgegen. Den wahren Grund verschwieg sie – die Angst vor dem, was ihre Mutter und die übrige Familie dazu sagen würden.

»Was Martha betrifft, sollte vor allem ich mir Gedanken über ihre Befindlichkeit machen und weniger du.«

»Aber das tust du nicht. Du verletzt deine Frau wissentlich.«

Verärgert rappelte Carl-Axel sich auf, griff nach seiner Hose und schlüpfte hinein. Dann stand er auf und schob sich die blonden Haarsträhnen hinters Ohr. »Ist dies das Bild, das du von mir hast?«, fragte er finster. »Ein Mann, der absichtlich seine Frau verletzt?«

Clärenore schwieg.

»Du weißt gar nichts über die Beziehung zwischen Martha und mir.«

Clärenore fühlte sich schrecklich. Auf der einen Seite wünschte sie sich, dass sich die letzte Nacht wiederholen würde. Auf der anderen Seite wusste sie, dass genau das niemals passieren durfte. In Gedanken sah sie bereits die Schlagzeilen in den Boulevardblättern. Sie presste die Lippen fest aufeinander.

»Ich verstehe«, sagte Carl-Axel düster. Er nahm sein Hemd und verließ den Raum.

Clärenore wollte ihm nachlaufen. Aber was hätte sie sagen sollen? Dass sie selbst nicht wusste, was sie tun sollte? Dass sie sich das Unmögliche wünschte? Niedergeschlagen ging sie in die Hocke und vergrub das Gesicht in den Händen.

Die nächsten Tage wich Carl-Axel ihr aus und antwortete bloß knapp auf die dringendsten Fragen. Er hielt nur an, wenn es sich nicht vermeiden ließ. Beim Essen unterhielt er sich mit dem Dolmetscher. In den Pausen kümmerte er sich um seine Fotografien.

Clärenore kam es so vor, als drückte ein Stein auf ihre Brust. Sie liebte Carl-Axel, das musste er doch gespürt haben. Aber welche Zukunft hätten sie? Eine Scheidung wäre ein unglaublicher Skandal. Sobald bekannt werden würde, dass Carl-Axel seine Frau wegen Clärenore verließ, wäre ihrer beider Ruf dahin. Die Presse würde sich auf die Geschichte stürzen wie Geier auf das Aas. Der Name der Familie Stinnes würde in den Dreck gezogen werden, und Hugo Stinnes würde sich im Grab umdrehen. Er hatte einmal zu ihr gesagt: »Sorge nach meinem Tod dafür, dass das Familienunternehmen nicht auseinanderbricht.« Dass Clärenore nicht aktiv im Unternehmen mitarbeiten konnte, lag an ihrer Mutter. Aber sie musste dafür sorgen, dass das Lebenswerk ihres Vaters nicht wegen einer leidenschaftlichen Affäre zerstört wurde.

Nach fünf Tagen erreichten sie Tokio. Clärenore bekam von der pulsierenden Stadt ebenso wenig mit wie von der lieblichen Landschaft, den blühenden Orangenbäumen, dem Jasminduft, den kunstvoll angelegten Gärten oder dem schneebedeckten Vulkan Fujisan. Die Bilder zogen an ihr vorbei, ohne sie zu berühren. Sie aß rohen Fisch und Reis, ohne den Geschmack wahrzunehmen. Ihre Gedanken kreisten ausschließlich um Carl-Axel. Mit jedem Tag, der verging, wurde ihr klarer, wie sehr sie ihn verletzt hatte.

Als sie nach einer Woche den nächsten Dampfer Richtung Honolulu bestiegen und sich von ihrem Dolmetscher verabschiedeten, waren sie wieder allein. Carl-Axel versuchte ihr auch jetzt auszuweichen, doch ohne Erfolg.

Schon beim Abendessen forderte Clärenore: »Wir müssen miteinander reden.«

»Ich wüsste nicht, worüber«, sagte er gekränkt. »Es wurde doch schon alles gesagt.«

»Ich will aber, dass du mich verstehst«, beharrte sie.

»Oh, das tue ich«, erwiderte er bitter. »Zuerst dachte ich, es geht ausschließlich um Martha, aber da habe ich mich gründlich geirrt. Du bist um deinen guten Ruf besorgt und um den deiner Familie.«

»Es geht nicht um irgendeine Familie«, sagte Clärenore. »Ich bin eine Stinnes. Mein Vater hat eines der bedeutendsten Wirtschaftsunternehmen der Welt aufgebaut.«

»Und welche Rolle haben deine Brüder und deine Mutter dir dabei zugedacht?« Er machte sich gar nicht die Mühe, den Zynismus in seiner Stimme zu verbergen. Mit seinen Worten legte er den Finger in eine offene Wunde.

»Du kannst das nicht verstehen, dein Vater ist ein einfacher Schlosser.«

»Und was ist daran verkehrt?«

»Nichts, gar nichts ist daran verkehrt. Ich will dir nur erklären, dass meine Situation kompliziert ist.«

»Denkst du, dass es für mich leicht ist, Martha zu verletzen? Bei uns hängt schon lange der Haussegen schief. Wir sind einfach zu verschieden und wünschen uns unterschiedliche Dinge. Dennoch will sie an der Ehe festhalten. Bei meinem letzten Besuch hat sie mich angefleht zu bleiben, da sie ahnte, dass ich mein Herz bereits an dich verloren hatte. Jetzt frage ich mich, ob ich nicht besser geblieben wäre.«

Seine letzten Worte schmerzten.

»Was hast du jetzt vor?«, fragte sie ängstlich.

»Wie?«

»Willst du aufgeben?«

Er verzog traurig den Mund. »Sind das wirklich deine einzigen Sorgen? Dein guter Ruf und deine Expedition?«

Clärenores Kehle wurde eng. »Bleibst du?«

»Das habe ich dir doch versprochen«, sagte er düster. »Ein gebrochenes Versprechen reicht.«

»Welches meinst du?«

»Mein Eheversprechen.«

Dann stand er auf und ging in seine Kabine.

Los Angeles
Juni 1928

Die nächsten zwei Wochen verliefen ähnlich unterkühlt. Wenn sie miteinander redeten, dann nur, um Informationen auszutauschen, wann sie die nächste Pause einlegen oder wo sie übernachten sollten. Natürlich gab es auch Wichtiges zu besprechen wie ihre Vorbereitungen für die Reise durch Südamerika, aber Carl-Axel wich Clärenore geflissentlich aus, und so musste sie einen Großteil der Planung allein erledigen.

Mit dem Schiff ging es zuerst nach Honolulu und von dort weiter mit einem Dampfer nach San Francisco. Die ganze Fahrt über unterhielt sich Carl-Axel mit einem schwedischen Matrosen. Clärenore war schon bald klar, dass er nicht an den Erzählungen des Mannes interessiert war, sondern ihr einfach nur ausweichen wollte. Sie war unerwünscht und zog sich mit Lord in die Kabine zurück.

Im Hafen von San Francisco legte das Schiff kurz an und fuhr dann weiter nach Los Angeles. Dort wurden sie von Mitgliedern des deutschen Automobilclubs begeistert begrüßt. Unter anderen Umständen hätte Clärenore sich über den feierlichen Empfang, die bunten Papierfähnchen und das Blitzlichtgewitter gefreut, doch in diesem Moment fühlten sich selbst die interessierten Fragen der Reporter schal an. Der Direktor des Clubs half ihnen, die Zollformalitäten rasch zu erledigen.

»Wir haben das komfortabelste Hotel der Stadt für Sie gebucht«, sagte er stolz. »Ihnen stehen zwei große, luxuriöse Zimmer mit Bad und WC zur Verfügung.«

»Vielen Dank.«

»Und natürlich laden wir Sie zum Essen ein. Wir haben Tische im Cliff House reserviert. Von dort hat man einen atemberaubenden Blick auf den Ozean und bekommt die besten Fischgerichte weit und breit serviert.«

»Das klingt verlockend«, meinte Clärenore. Sie sah zu Carl-Axel. Eigentlich liebte er gegrillten Fisch, aber seine Begeisterung hielt sich in Grenzen. Statt Freude zu zeigen, starrte er düster vor sich hin. Sein Gesichtsausdruck änderte sich auch nicht, als man sie im Konvoi zum Hotel begleitete. Erst als das gesamte Gepäck in der Lobby war, verabschiedeten sich die Männer vom Automobilclub, und man verabredete sich für den Abend. Clärenore zog sich mit Lord in ihr Zimmer zurück, Carl-Axel verschwand schweigend in seinem.

»Sie können bei der Überquerung der Anden unmöglich das Begleitfahrzeug mitnehmen«, sagte Herr Kober, der deutsche Handelsvertreter. Er saß Clärenore gegenüber und wischte sich die fettigen Lippen mit einer Stoffserviette ab.

Der Hummer, den Clärenore gegessen hatte, war köstlich gewesen. Carl-Axel schien der Tintenfisch geschmeckt zu haben, den er bestellt hatte. Er blickte zumindest nicht mehr ganz so finster drein.

»Aber wir brauchen die Ersatzteile und den Treibstoff«, widersprach Clärenore. Sie hatte wieder Hildes Kleid aus dem Koffer geholt und war erstaunt über die Wirkung, die es erzielte. Die Augen der Männer im Saal waren auf sie gerichtet, nur ein einziger von ihnen ignorierte sie: Carl-Axel.

»Dann werden Sie sich eben unterwegs versorgen müssen«, sagte Kober.

Clärenore wollte etwas erwidern, doch Kober hob abwehrend die Hand. »Keine Sorge, Fräulein Stinnes. Wir haben dafür gesorgt, dass Hauptmann Galvez Sie begleitet, ein orts- und sprachkundiger Mann.«

»Ein Soldat?«, fragte Clärenore.

»Ein Techniker, der für die Straßenvermessung verantwortlich ist. Hätten Sie Ihre Reise ein paar Monate später geplant, wäre vielleicht schon ein Teil des Straßennetzes über die Anden fertig gewesen.«

Clärenore verkniff sich die Antwort, denn sie konnte sich nicht vorstellen, dass man Straßen innerhalb weniger Monate fertigstellte. Aber vielleicht war das Vorhaben schon so weit fortgeschritten, dass nur noch ein paar Kilometer fehlten. Es wäre ganz in ihrem Sinne.

»Der Mann wird in Lima zu Ihnen stoßen und Sie bis nach Bolivien begleiten. Das Gebiet, durch das Sie fahren werden, ist nur zum Teil kartografiert. Der Hauptmann wird Ihnen hilfreiche Dienste leisten.«

»Das sind sehr gute Nachrichten«, sagte Clärenore.

»Allerdings werden Sie Ihren Hund zurücklassen müssen«, sagte sein Kollege, ein dicker Mann mit Glatze und Backenbart.

»Das ist unmöglich«, entfuhr es Clärenore. »Lord bleibt nicht bei Fremden.« Die Vorstellung, sich von ihrem treuen Gefährten zu trennen, erschien ihr geradezu unmöglich.

»Anders werden Sie nicht ausreichend Platz im Adler haben«, meinte Herr Kober. »Ein Mindestmaß an Werkzeug und Ersatzteilen werden Sie brauchen.«

Clärenore schwirrte der Kopf. Sie hatte weder damit gerechnet, den Großen zurückzulassen, noch sich von Lord zu trennen.

»Es gibt hervorragende Hundepensionen in Los Angeles«, mischte sich Frau Kober ein, eine elegante Frau Mitte vierzig. Sie war selbst Hundebesitzerin und schien Clärenore zu verstehen. Ein Cockerspaniel saß zu ihren Füßen. »Wenn wir nach Deutschland reisen, gebe ich meine Bella immer in einer der Pensionen ab. Die Reise wäre zu anstrengend für die alte Hundedame. Ich habe sehr gute Erfahrungen mit einer der Einrichtungen gemacht.«

»Eine Hundepension?« Clärenore sah zu Lord, der ganz genau zu wissen schien, dass es um ihn ging. Er legte seinen Kopf auf ihren Oberschenkel, und sie kraulte seine weichen Ohren. Seine Augen blickten sie von unten her an. Er würde entsetzlich leiden, wenn sie ihn zurückließ. Vielleicht hörte er auf zu fressen, wie er es in Deutschland getan hatte. Clärenores Kehle zog sich schmerzhaft zusammen.

»Sie haben keine andere Wahl«, sagte der dicke Mann neben Herrn Kober. »Entweder Sie lassen den Hund hier, oder Sie brechen Ihre Reise ab.« Er lachte laut, dabei wackelten seine Hängebacken. »Was natürlich völlig absurd wäre. Jetzt, da Sie schon so weit gekommen sind.«

Frau Kober stellte ihre Handtasche auf den Tisch und kramte darin. »Ach, hier ist sie ja.« Sie holte eine Visitenkarte heraus und reichte sie Clärenore. Die Adresse einer Hundepension stand darauf.

»Ich bin mir sicher, dass Ihr Lord sich genauso wohlfühlen wird wie meine Bella.« Sie beugte sich nach unten und streichelte ihrer Cockerspanieldame über den Kopf. »Die Aufenthalte dort sind für meine Bella wie ein Jungbrunnen. Sie ist danach doppelt so aufgeweckt und läuft mir auf Schritt und Tritt hinterher.«

Wahrscheinlich, weil sie Angst hat, dass sie erneut zurückgelassen wird, dachte Clärenore. Laut sagte sie: »Vielen Dank für die Adresse.«

Schon am nächsten Morgen machte Clärenore sich auf den Weg. Zuvor hatte sie die Besitzerin der Hundepension angerufen und ihr Kommen angekündigt. Als sie zum Adler ging, lehnte Carl-Axel bereits an der Beifahrertür.

»Was machst du da?«, fragte sie überrascht.

»Ich begleite dich.«

»Das musst du nicht«, sagte sie, bereute aber ihre Worte gleich wieder, denn sie war ihm unendlich dankbar, dass er mitkommen wollte.

»Ich weiß, dass ich nicht muss«, antwortete er. Zum ersten Mal seit Tagen klang er wieder versöhnlich. »Aber ich habe den haarigen Kerl ins Herz geschlossen und will wissen, wo er die nächsten Wochen verbringen wird.« Er ging in die Hocke und strich Lord übers weiche Fell. Dabei entging ihm die Sehnsucht in Clärenores Blick. Wie sehr wünschte sie sich, Carl-Axel zu umarmen.

Über eine perfekt ausgebaute Straße verließen sie Los Angeles und fuhren auf einen der Hügel außerhalb der Stadt. Mit jedem Kilometer stieg Clärenores Nervosität. Lord schien ihre Unruhe zu spüren. Er winselte leise und legte seinen Kopf von hinten auf ihre Schulter. Clärenores Kehle wurde eng.

Eine schmale Zufahrtsstraße führte zu einem farmähnlichen Gebäude. »Dog centre« stand auf einem Holzschild über einem schmiedeeisernen Tor. Schon von Weitem hörte Clärenore das Bellen und Kläffen der Tiere. Vor dem Gebäude stieg sie aus und öffnete die Hintertür des Wagens, doch Lord weigerte sich auszusteigen.

»Komm schon, alter Freund«, sagte Carl-Axel. »Mach es uns nicht so schwer.«

Er griff nach Lords Halsband, und nun setzte das Tier sich langsam in Bewegung.

»Brav«, lobte Clärenore. Sie kam sich vor wie eine Verräterin. »Wir lassen dich nicht lange hier«, versprach sie. »Sobald wir aus Südamerika zurück sind, holen wir dich ab.«

Der Gordon Setter legte seine Schlappohren an, ein sicheres Zeichen dafür, dass er Angst hatte, und presste sich gegen Clärenores Unterschenkel.

Über einen staubigen Weg gingen sie zum Haus. Ein altes Waschbrett stand neben den Stufen, die zur weißgestrichenen Holzveranda führten. Bevor Clärenore hochsteigen und anklopfen konnte, trat eine Frau in Hosen aus der offenen Tür. Das Fliegengitter, das sie zur Seite schob, hatte Löcher. Sie begrüßte die Besucher mit der landesüblichen Überschwänglichkeit. Clärenore fand es seltsam, dass die Menschen sie ständig fragten, wie es ihr ging, ohne dass irgendjemand ernsthaft an ihrer Befindlichkeit interessiert zu sein schien.

»Danke, gut«, sagte sie und fragte sich, wie die Menschen wohl reagieren würden, wenn sie die Wahrheit sagte: Es geht mir entsetzlich schlecht, weil ich meinen Hund bei Ihnen abgeben muss.

Die Frau stellte sich als Mrs. Norris vor. »Aber nennen Sie mich einfach Kath.«

Clärenore und Carl-Axel folgten ihr hinter das Haus, während Lord sich nur widerwillig in Bewegung setzte. Dort lag eine Fläche, die an die Wüste Gobi erinnerte. Sandiger Untergrund, auf dem ein paar mickrige dürre Grasbüschel wuchsen. Fünfzehn großzügig bemessene Käfige waren kreisförmig um die Fläche herum platziert. In zehn davon war ein Hund untergebracht. Einige bellten, andere lagen in einer Ecke und beobachteten still den Neuankömmling.

»Sie halten die Hunde in Käfigen?«, fragte Clärenore entsetzt.

»Ja, natürlich, wie denn sonst, Schätzchen?«

Auch das war eine seltsame Angewohnheit in den Staaten. Auch wenn man sich nicht kannte, wurde man mit Kosenamen angesprochen.

»Würde ich alle frei herumlaufen lassen, hätte ich ein großes Durcheinander. Ein paar meiner Gäste sind alles andere als friedlich, das können Sie mir glauben.« Sie lachte über ihre Worte. Clärenore fand sie ganz und gar nicht lustig.

»Verbringen die Tiere den ganzen Tag im Käfig?«, fragte Carl-Axel. Auch er klang nun besorgt.

»Aber nein.« Kath machte eine abwehrende Geste. »Ich führe eine erstklassige Hundebewahranstalt.«

Das Wort ließ Clärenore zusammenzucken.

»Meine vierbeinigen Gäste bekommen täglich Auslauf. Wenn ich sehe, dass sich ein paar von ihnen vertragen, dann dürfen sie auch gemeinsam herumtollen.«

Clärenore war immer noch nicht überzeugt. Sie nahm die Käfige genauer in Augenschein. Sie waren überraschend sauber, und jeder Hund hatte eine Schüssel mit frischem Wasser und eine mit Futter. Keines der Tiere wies Verletzungen auf. Einige kamen schwanzwedelnd zum Gitter, in der Hoffnung, herausgelassen zu werden, andere lagen lethargisch an der Wand.

»Hier ist das Hotelzimmer für Ihren Hund!« Kath zeigte auf einen quadratischen Käfig. Sie kaute unablässig auf einem dieser Gummis, die es an jedem Kiosk zu kaufen gab. »Der Käfig ist für unseren neuen Gast extra gesäubert worden.« Die Frau lachte schon wieder. Merkte sie nicht, wie traurig Clärenore war?

Carl-Axel trat näher und beugte sich zu ihr hinunter. »Einen besseren Platz werden wir innerhalb eines Tages nicht finden«, sagte er. Clärenore war überrascht, wie sanft seine Stimme klang. »In ein paar Wochen sind wir wieder hier. Dann holen wir Lord ab.«

»Wenn er dann nicht an Kummer gestorben ist«, schniefte Clärenore. Carl-Axel reichte ihr ein Taschentuch. Sie prustete lautstark hinein und behielt es. So konnte sie es nicht zurückgeben.

»Am besten machen Sie es kurz und schmerzlos«, meinte Kath und öffnete den Käfig noch weiter.

Clärenore schlüpfte aus ihrem Pullover, rollte ihn zusammen und legte ihn in den Käfig. »Damit du mich nicht vergisst, mein Freund«, sagte sie, kniete sich nieder und schlang ihre Arme um Lord. Sie vergrub ein letztes Mal ihr Gesicht in seinem Fell. Dann stand sie abrupt auf und ging rasch davon. Sie hörte, wie Kath die Käfigtür zuschlug. Clärenore rannte über den Platz zurück ins Automobil und kletterte so schnell sie konnte hinein. Im Wageninneren roch es immer noch nach Lord. Sein anklagendes Bellen ging in ein herzzerreißendes Weinen über. Carl-Axel regelte mit Mrs. Norris die finanziellen Angelegenheiten. Clärenore drückte ihre Finger ganz fest in ihre Ohren, bis es schmerzte. Als Carl-Axel zurückkam, rückte sie auf den Beifahrersitz. Sie fühlte sich nicht imstande, den Adler sicher zu lenken.

»Alles in Ordnung mit dir?«, fragte er einfühlsam.

Clärenore schüttelte den Kopf. »Vielen Dank, dass du mitgekommen bist.«

»Dafür hat man doch Freunde.«

»Sind wir das, Freunde?« Sie holte sein Taschentuch aus ihrer Hosentasche und wischte sich damit über die Nase.

»Da du sehr deutlich gesagt hast, dass du nicht mehr zwischen uns entstehen lassen willst, werde ich mich mit der Freundschaft begnügen.«

»Ich hatte befürchtet, dass du mich hasst und in mir bloß noch deine Arbeitgeberin siehst.«

»Ich werde dich niemals hassen, Clärenore Stinnes. Du bist die tapferste und mutigste Frau, die ich je kennengelernt habe. Du hast das Herz einer Löwin.« In seinen Augen lag noch ein weiterer Satz, doch er sprach ihn nicht aus. Clärenore konnte auch so sehen, was er für sie empfand.

»Danke«, sagte sie erleichtert und tieftraurig zugleich.

Panama
Juni 1928

Bei Sonnenaufgang bestiegen sie den schwedischen Dampfer »Frost«, der sie nach Panama bringen sollte. Zuvor hatten sie das Begleitfahrzeug in einer überwachten Garage zurückgelassen. Sie würden es holen, sobald sie wieder in den Staaten waren.

Kapitän Möller war ein schwedisches Original und sah genauso aus, wie man sich einen Seemann vorstellte: kräftig gebaut, mit Vollbart und beinahe tellergroßen Händen. Er begrüßte sie herzlich an Bord.

Als er bemerkte, dass Clärenore eine Frau und kein Mann war, lachte er so schallend, dass es übers ganze Schiff zu hören war. »Das nenne ich eine Überraschung!«, rief er unter Tränen. Dann tischte er seinen Passagieren schwedische Spezialitäten auf und kredenzte reichlich Aquavit. Clärenore nippte nur verhalten daran, langte dafür aber bei den Zimtschnecken ordentlich zu. Carl-Axel sah sich gezwungen, mehr zu trinken, um nicht unhöflich zu erscheinen.

Am nächsten Morgen litt er unter heftigen Kopfschmerzen, aber auch Clärenore fühlte sich schwach. Sie klagte über Zahnschmerzen. Seit Moskau verspürte sie hin und wieder ein Ziehen in der Wange, doch es war stets wieder verschwunden. Jetzt war aus dem harmlosen Ziehen ein pulsierender Schmerz geworden, den sie nicht mehr ignorieren konnte.

»Hast du Fieber?«, fragte Carl-Axel. Besorgt legte er ihr die Hand auf die Stirn.

»Möglich«, antwortete Clärenore, ohne dabei den Mund allzu weit zu öffnen. Das letzte Mal, dass sie unter so heftigen Zahnschmerzen gelitten hatte, war nach dem Tod ihres Vaters gewesen. Damals hatte sich einer ihrer Backenzähne entzündet und schließlich gezogen werden müssen. »Es kommt häufig vor, dass Menschen einen Zahn verlieren, wenn sie großen Kummer verspüren«, hatte der Zahnarzt erklärt. Auch jetzt schien ihr Körper auf seelische Qualen mit körperlichem Schmerz zu reagieren. Clärenore plagte das schlechte Gewissen. Nachts konnte sie nicht schlafen, weil sie sich ausmalte, wie Lord in seinem Käfig lag und jede Nahrung verweigerte. In Gedanken sah sie ihren treuen Gefährten winselnd auf dem kahlen Boden liegen, einsam und unglücklich. Sie fühlte sich wie eine Verräterin.

»Du musst in Panama-Stadt einen Zahnarzt aufsuchen«, sagte Carl-Axel streng. Gerne hätte Clärenore ihm widersprochen, aber sie konnte kaum noch klar denken, so sehr hämmerte es in ihrer Wange.

»Um Lord musst du dir keine Gedanken machen«, fügte Carl-Axel hinzu. »Er ist ein zäher Bursche. Zwar wird er jammern, aber dennoch ausharren, bis wir ihn wieder abholen. Er weiß, dass du ihn niemals im Stich lassen würdest.«

»Kannst du meine Gedanken lesen?«, fragte sie irritiert. Sie hatte ihm nichts von ihren Sorgen erzählt.

»Du machst es mir nicht sonderlich schwer«, meinte er. »Seit wir Los Angeles verlassen haben, schaust du aus, als wolltest du ständig weinen.«

Sie zuckte entschuldigend mit den Schultern. Genauso fühlte sie sich auch.

Sie passierten die Länder Mittelamerikas, ohne einen einzigen Hafen anzulaufen. Als sie an der Küste Nicaraguas entlangfuhren, war schon von Deck aus die Präsenz der Vereinigten Staaten zu erahnen. Das Land war von den USA besetzt, die hier ihre wirtschaftlichen Interessen verteidigten, und in den kleinen Häfen lagen riesige Kriegsschiffe vor Anker.

Ein ähnliches Bild bot sich beim Einlaufen in den Hafen von Panama-Stadt, denn das Hoheitsrecht rund um das Gebiet des Kanals war in amerikanischer Hand. Clärenore war zu erschöpft, um über die politische Situation in den Ländern nachzudenken. Ihre Gedanken kreisten um ein einziges Thema – ihren schmerzenden Zahn. Mittlerweile hatte sie hohes Fieber. Ihre Wangen glühten. Seit Tagen hatte sie sich ausschließlich von Tee, Suppen und Milch ernährt.

Wie angekündigt, brachte Carl-Axel sie zu einem Zahnarzt. Im vollen Wartezimmer saß gegenüber von Clärenore eine Frau mit ihren beiden Kindern, die ihrem Sohn zuflüsterte: »Das kann passieren, wenn man sich nicht ordentlich die Zähne putzt.« Sie sprach in akzentfreiem Spanisch, weshalb Clärenore sie gut verstand.

Gerne hätte sie widersprochen: Oder wenn man herzlos seinen Hund in einem Käfig zurücklässt. Doch sie sagte nichts, lehnte sich bloß gegen die kühle Wand und wartete geduldig.

Es dauerte zwei Stunden, bis sie endlich an der Reihe war. Der Untersuchungsstuhl und der Geruch in der Praxis unterschieden sich nicht von dem ihres deutschen Zahnarztes.

»Ihr Weisheitszahn bricht durch«, meinte der Zahnarzt. »Er wird nicht genug Platz haben, weshalb wir ihn entfernen müssen.«

»Können Sie das gleich machen?«

Der Arzt schüttelte, nachsichtig lächelnd, den Kopf. »Das ist ein chirurgischer Eingriff. Wir müssen Ihren Kiefer aufschneiden und Sie betäuben.«

Das dauert ja ewig. Eine weitere Verzögerung, schoss es Clärenore durch den Kopf. Jeder Tag, den Lord auf sie warten musste, war eine zusätzliche Qual für ihn.

»Wenn Sie wollen, können wir den Eingriff Ende der Woche vornehmen«, schlug der Zahnarzt vor. »Sie sollten sich danach unbedingt ein paar Tage schonen.«

Clärenore willigte ein – was blieb ihr anderes übrig?

Sie luden den Adler von Kapitän Möllers Dampfer ab und suchten nach einem Hotel. Eine ganze Woche fiel Clärenore aus. Die Operation verlief problemlos, aber die Schmerzen danach waren beinahe noch schlimmer als die davor. Ihre ganze rechte Gesichtshälfte war zugeschwollen und dunkel verfärbt.

»So fahre ich nicht mit dir weiter«, sagte Carl-Axel bestimmt. »Wer uns gemeinsam sieht, glaubt, dass ich dich schlage.« Clärenore wusste, dass er in Wahrheit Angst um ihre Gesundheit hatte. Die Wunde konnte sich entzünden, solange sie nicht gut verheilt war.

Ein Blick in den Spiegel verriet Clärenore, dass sie in der Tat erbärmlich aussah. Täglich wechselte die Farbe ihrer

Wange – von lila zu blau, dann wurde sie grün und schließlich dunkelgelb. Während sie im Hotelzimmer saß und sich von pürierten Fruchtsäften ernährte, die sie durch einen Strohhalm schlürfte, machte sich Carl-Axel auf die Suche nach Filmmotiven. Er fuhr den Panamakanal entlang und besuchte Bananenplantagen. Wenn er abends zurückkehrte, erzählte er von der faszinierenden Tier- und Pflanzenwelt und schwärmte von ausgefallenen Blüten, von einer berauschenden Farbenpracht und exotischen Gerüchen. Clärenore hörte schweigend zu und wünschte sich sehnlichst, bald wieder gesund zu sein.

Nach einer Woche entfernte der Zahnarzt die Nähte. »Ein paar Tage sollten Sie noch kürzertreten«, sagte er streng. »Wenn die Wunde aufplatzt und Schmutz hineinkommt, kann das böse ausgehen.«

»Keine Sorge«, meinte Clärenore. »Ich verbringe die nächsten Tage auf einem Schiff. Wir gehen erst in Lima wieder an Land. Da kann ich stundenlang an Deck in einem Liegestuhl sitzen.«

Sie konnte gar nicht erwarten, das Hotelzimmer endlich zu verlassen. Untätig herumzusitzen war ihr ein Gräuel. Carl-Axel sah der langen Schiffsfahrt mit gemischten Gefühlen entgegen. Der Sturm vor Japan saß ihm immer noch tief in den Knochen.

»Es wird eine ganz harmlose Schiffsfahrt«, versicherte Clärenore ihm. »Wir schippern gemütlich die Küste entlang und genießen die Sonne, das Meer und die Aussicht.«

»Und dann?«, fragte Carl-Axel.

»Dann wartet das nächste große Abenteuer auf uns«, meinte Clärenore zuversichtlich. »Wir werden als erste Menschen mit dem Automobil die Anden überqueren.« Beim Gedanken an die Fahrt glitzerten ihre Augen voller Vorfreude.

Carl Axel hingegen runzelte die Stirn. Die Höhenmeter, die es in den nächsten Wochen zu überwinden galt, bereiteten ihm sichtlich Sorgen.

Clärenore wischte seine Bedenken weg. »Du wirst die Berge lieben«, behauptete sie.

»Mal sehen«, meinte er.

Peru
Juli 1928

Eine Woche später erblickte Clärenore von der Reling aus peruanisches Land. Aus dem milchigen Dunstschleier erhoben sich steil die Anden, graue Felswände ohne jeden Pflanzenbewuchs. Nun beschlich auch Clärenore eine böse Vorahnung. Sie wusste, dass nur Teile der Strecke aus befahrbaren Straßen bestanden, doch sie schob ihre Bedenken gleich wieder beiseite. Sie hatten den Ural überquert und die Wüste Gobi bezwungen. Wo ein Wille war, da gab es auch einen Weg.

Die Temperaturen waren über Nacht gesunken, und der Kapitän erklärte, dass dies auf den vorbeiziehenden Humboldtstrom zurückzuführen sei. Clärenore holte ihren dicken Wollpullover aus dem Gepäck, den sie zuletzt in Sibirien angehabt hatte. In Callao, der Hafenstadt Limas, gingen sie an Land. Die Zollformalitäten waren rasch erledigt, und so erreichten sie schon am Nachmittag Lima, wo sie in zwei Tagen den deutschen Konsul treffen sollten. Bis dahin vertrieben sie sich die Zeit mit Ausflügen in die Umgebung.

Mit einem Motorboot fuhren sie zu den Guanoinseln. Carl-Axel wähnte sich im Paradies und war den ganzen Tag mit der Filmkamera unterwegs. Clärenore nahm seinen kleinen Fotoapparat und hielt fest, wie er sich, auf dem Bauch robbend, den Seelöwen näherte, um sie möglichst gut ablichten zu können. Sie sagte ihm nichts davon. Das Foto sollte eine weitere Überraschung sein, wenn er es zu Hause in Schweden entwickelte. Dann würde er wieder mit seiner Frau zusammen sein.

Die Vorstellung schnürte Clärenore die Kehle zu. Sie sehnte sich nach seiner körperlichen Nähe. Jeder Blick schmerzte, und jede unvorhergesehene Berührung fühlte sich wie ein kleiner elektrischer Schlag an. Clärenore wusste, dass sie sich mit der Freundschaft, die er ihr angeboten hatte, zufriedengeben musste, da alles andere einen unglaublichen Skandal verursachen würde. Nach dieser Reise würde wohl auch die Freundschaft der Vergangenheit angehören.

Am Ende der Woche fand das Treffen mit dem deutschen Konsul statt – in einem bodenständigen Restaurant im Stadtzentrum. Neben dem Konsul und seiner Frau waren zahlreiche Vertreter aus Wirtschaft und Politik gekommen.

»Wir sind überaus glücklich, dass Sie sich für eine Route über die Anden entschieden haben«, sagte ein hochrangiger Militär, dessen Namen Clärenore gleich wieder vergessen hatte. »Wir sind gerade bei den letzten topografischen Arbeiten für den Bau einer Straße. Hauptmann Galvez, der Sie begleiten wird, ist ein hervorragender Mann, der die Gegend besser kennt als seine eigene Westentasche.«

Ein kleiner, rundlicher Mann mit einem dünnen Schnauzbart und freundlichen dunkelbraunen Augen stand auf. »Danke für die Vorschusslorbeeren.« Er verneigte sich vor Clärenore. »Sehr erfreut.« Er war ihr auf Anhieb sympathisch.

»Hauptmann Galvez beherrscht auch die Sprache der indigenen Bevölkerung«, fuhr der Militär fort.

»Ich hoffe, dass ich Ihnen nicht zur Last fallen werde«, meinte Galvez, der sich mit Clärenore und Carl-Axel auf Englisch unterhielt.

»Oh, ganz gewiss nicht«, mischte sich Carl-Axel ein. »Jede weitere Hand ist ein Gewinn.«

Der Konsul beugte sich vertraulich zu Clärenore: »Ihre Fahrt ist für die deutsche Automobilindustrie in Südamerika von unvorstellbarem Wert. Noch hat Henry Ford die Nase vorn, überall sind seine Automobile unterwegs, aber wir werden dem Konzern ordentlich Konkurrenz machen.«

Clärenore wünschte, ihre Mutter und ihre Brüder könnten die Worte hören. Seit ihrer Abreise hatte sie keinen einzigen Brief von ihnen erhalten. Dafür hatte in Lima eine Nachricht von Hilde auf sie gewartet. Ihre Schwester hatte vom Umbau ihrer Wohnung und der geplanten Neugestaltung des Wohnzimmers berichtet. Sie mochte den Stil der Bauhausgruppe, doch leider war ihr Mann ganz und gar nicht ihrer Meinung, weshalb es zu ersten Streitereien zwischen ihnen gekommen war. Clärenore hoffte für Hilde, dass sie sich durchsetzen würde. Sie wusste, wie wichtig schöne Dinge für das Wohlbefinden ihrer Schwester waren.

»Die Amerikaner machen sich in allen Bereichen der Wirtschaft breit und picken sich die Rosinen heraus. Da bleibt kaum noch Platz für uns Europäer«, schimpfte der Konsul und holte Clärenore aus ihren Überlegungen zurück ins Lokal. »Ein solides Automobil aus deutscher Hand wird die peruanischen Käufer überzeugen. Sie sind unsere beste Reklame.« Er räusperte sich. »Bitte verzeihen Sie die Bemerkung, aber Sie sind obendrein auch noch eine äußerst hübsche Person, was für die Werbeplakate von großem Vorteil ist.«

Clärenore errötete. »Danke.« Ihr Gegenüber hatte keine Ahnung, wie sie noch vor einer Woche ausgesehen hatte.

»Nach dem Abendessen werden wir ein paar Fotos für die Presse machen«, sagte der Konsul. »Wir schicken sie nach Deutschland, damit man auch dort auf dem letzten Stand ist, was Ihre Expedition betrifft.«

Clärenore nahm sich vor, diesmal nicht so nah bei Carl-Axel zu stehen, damit niemand auf falsche Gedanken kommen konnte.

Am 11. Juli war es endlich so weit. Zu dritt starteten sie von Lima aus. Ihre Abfahrt wurde ähnlich gefeiert wie vor über einem Jahr in Frankfurt. Clärenore konnte kaum fassen, dass sie schon so lange unterwegs waren. Blumengirlanden schmückten den Adler, und zahlreiche Zuschauer waren gekommen, um ihnen zuzujubeln. Bunte Papierschlangen wurden geworfen, und es wurde kräftig applaudiert. Hauptmann Galvez genoss es sichtlich, im Mittelpunkt zu stehen. Er winkte den Reportern fröhlich zu und hätte sich wohl gern noch länger im Beifall gesonnt. Doch Clärenore lenkte den Adler durch die Menge und verließ auf breiten Straßen die Stadt.

Schon nach einer Stunde kamen sie an den Ruinen von Pachacámac vorbei. Der Sonnentempel der Inkas lag auf einem sandigen Bergrücken. Im Schein der untergehenden Sonne strahlten die Lehmwände dunkelrot wie leuchtendes Blut. Carl-Axel bat um eine Fotografierpause, und als er wieder ins Automobil stieg, hatte er zum ersten Mal Nasenbluten.

»Sie sollten sich in den nächsten Tagen nicht allzu sehr anstrengen«, riet Galvez. »Mit jedem Meter, den Sie sich landeinwärts bewegen, gewinnen Sie auch an Höhe. Es dauert eine Zeit, bis Sie sich daran gewöhnt haben.«

Trotz der hereinbrechenden Dunkelheit fuhren sie weiter. Galvez kannte ein Dorf, das sich in einigen Kilometern Entfernung befand. Die Autoscheinwerfer bildeten die einzige Lichtquelle und beleuchteten den schmalen Weg, der bergauf und bergab führte. Weder Menschen noch Tiere begegneten ihnen. Clärenore bezweifelte, dass es in dieser unwirtlichen Steinwüste ein Dorf gab, doch nach einer scharfen Linkskurve und einer steilen Abfahrt veränderte sich plötzlich die Umgebung. Wasser rauschte, rechts und links der Straße wuchsen üppige Bananenpalmen. Feuchte Wärme stieg aus dem Erdboden auf, Vögel schrien, und Insekten zirpten. Wie aus dem nichts tauchte auch das vorhergesagte Dorf auf.

»Dachten Sie etwa, ich flunkere?«, meinte Hauptmann Galvez grinsend.

Der Wagen lockte die Bewohner an, und sie wurden freundlich vom Dorfältesten begrüßt. Die Menschen vermittelten ihnen den Eindruck, als hätten sie sie erwartet. Auch das reichliche Abendessen, das ihnen serviert wurde, ließ darauf schließen, dass man von ihrer Ankunft gewusst hatte. In den nächsten Tagen und Wochen sollte Clärenore erfahren, dass man die Gastfreundschaft in allen Dörfern hochhielt und es zur Selbstverständlichkeit gehörte, seine Gäste mit dem Wenigen zu bewirten, was man selbst besaß.

Nach den luxuriösen Hotels mit weichen Betten war es ungewohnt, wieder auf dem harten Fußboden zu liegen. Clärenore schlief trotzdem auf der Stelle ein und erwachte erst wieder, als Carl-Axel sie weckte.

»Aufstehen, du Langschläferin. Es geht weiter.«

Bei Tageslicht sah Clärenore, dass der Landstreifen zwischen Meer und Gebirge einer Wüste glich, die immer wieder von üppigen grünen Oasen durchbrochen wurde. Momentan befanden sie sich in einer saftig grünen Gegend, doch die Fahrt nach dem Frühstück führte sie wieder in unbelebtes Gebiet.

Schon nach wenigen Kilometern wurde aus der steinernen Wüste eine sandige. Clärenore sah es zu spät und lenkte den Wagen in eine Grube, in der sie stecken blieben. Also hieß es aussteigen und schieben. Clärenore und Carl-Axel waren die Schufterei gewohnt, doch für Hauptmann Galvez war das neu. Während die Männer anschoben, gab Clärenore Gas. Die Räder drehten durch. Sie probierten es mit kräftigem Hin- und Herschaukeln, was mehr Erfolg zeigte. Mit lautem Motorengeheul und einer Sandfontäne, die im Gesicht der Männer landete, löste sich der Adler aus der Falle. Die Fahrt konnte weitergehen.

Eine ganze Woche waren sie in dieser unwirtlichen Gegend unterwegs. Tagsüber kämpften sie gegen größere und kleinere Probleme. Einmal war es ein geplatzter Reifen, ein anderes Mal ein Loch im Kühler. Routiniert und rasch führten sie die Reparaturen aus. Ebenso gelassen nahmen sie die landschaftlichen Herausforderungen. Auf den felsigen Bergstraßen mussten sie mit Spitzhacke und Schaufel arbeiten, um den Weg freizubekommen. An einer besonders heiklen

Stelle, wo ein riesiger Felsblock das Weiterfahren unmöglich machte, plädierte Galvez für Dynamit.

»Beim Straßenbau arbeiten wir ständig damit«, sagte er.

»Ich habe in meinem ganzen Leben noch nie Dynamit gezündet«, meinte Carl-Axel besorgt. Auch Clärenore machte die Vorstellung Angst. Doch der Hauptmann schien es für das Selbstverständlichste der Welt zu halten.

»Sie haben doch welches dabei, oder?«

»Ja, seit Frankfurt führen wir es mit.«

»Na, dann her damit. Wir wollen schließlich nicht ewig hier festhängen.«

Clärenore holte aus einer der untersten Kisten eine Stange Sprengstoff. Galvez befestigte die Zündschnur und platzierte die Stange hinter dem Felsen. Dann wies er Clärenore und Carl-Axel an, das Automobil in den Schutz der Felswand zu stellen und sich selbst in Deckung zu begeben.

»Achtung, es geht los!« Er entzündete die Schnur und lief zu ihnen. Clärenore stopfte sich beide Finger in die Ohren. Die gewaltige Detonation zerriss förmlich die Luft, und der Boden unter ihnen erbebte. Der Felsbrocken zerbarst in tausende kleine Stücke, die mit der Geschwindigkeit von Pistolenkugeln durch die Luft geschleudert wurden und laut zu Boden prasselten. Auch auf dem Adler landeten winzige Teilchen. Sie waren zum Glück so klein, dass sie keinen Schaden anrichteten. Als sich die Staubwolke legte, hallte der Knall immer noch in Clärenores Ohren nach.

Mit Schaufeln räumten sie die größeren Teile des Felsens zur Seite, dann konnten sie weiterfahren.

»Das war meine erste Sprengung«, sagte Clärenore, immer noch völlig benommen.

»Es wird nicht Ihre letzte bleiben«, versprach Galvez.

Carl-Axel wischte sein schweißnasses Gesicht mit einem Taschentuch ab. Als er es wieder wegsteckte, sah Clärenore, dass es voller Blut war. Es floss erneut aus seiner Nase, diesmal noch stärker als beim letzten Mal. Wie sollte er sich an Galvez' Ratschlag halten und sich schonen? Schon jetzt war klar, dass das unmöglich gehen würde.

Bolivien
August 1928

Die Expedition gestaltete sich von Tag zu Tag beschwerlicher. So gastfreundlich ihre Quartiergeber waren, so anstrengend war die Fahrt. Je weiter sie ins Landesinnere vordrangen, desto unpassierbarer wurden die Straßen. Manchmal waren es Sandberge, dann wieder Geröllhalden, die das Weiterkommen schier unmöglich machten. Gleichzeitig bewahrheiteten sich die Worte des Hauptmanns. Wegen des niedrigen Sauerstoffgehalts der Luft klagten Clärenore und Carl-Axel über starke Kopfschmerzen. Beide waren ständig müde, und Carl-Axel litt täglich an lästigem Nasenbluten.

Sie passierten die Grenze zu Bolivien ohne irgendwelche Zollformalitäten. Am Titicacasee übernachteten sie bei Fischern, die mit Booten aus getrocknetem und geflochtenem Schilf ihrer Arbeit nachgingen. Clärenore bestand auf einen zusätzlichen Tag Pause. Sie machte sich große Sorgen um Carl-Axel. Auch wenn er sich nicht beschwerte, so sah sie doch, dass seine Kopfschmerzen nicht nachließen und sein Nasenbluten sogar stärker wurde. Mehrere Male am Tag brauchte er Taschentücher, die er hinterher notdürftig mit kaltem Wasser ausspülte.

Auch Clärenore war nach wie vor müder als sonst und fühlte sich beim raschen Aufstehen etwas schwindelig. Aber ihre Kopfschmerzen waren fast weg, und sie litt insgesamt deutlich weniger als Carl-Axel. Nach dem zusätzlichen Rasttag drängte Carl-Axel zur Weiterfahrt.

»Es geht mir gut«, versicherte er.

Clärenore glaubte ihm kein Wort. »Das sagst du nur, weil du weißt, dass ich rasch nach Los Angeles zurückwill. Aber deine Gesundheit ist wichtiger.«

In seinem Lächeln lag eine Traurigkeit, die Clärenore die Kehle zuschnürte. Es war verrückt. Da reiste sie mit diesem wunderbaren Mann, den sie über alles liebte, und trotzdem würde sie nie mit ihm glücklich sein dürfen.

Auch Hauptmann Galvez wollte die Reise fortsetzen, da er bei einer Baustelle erwartet wurde. Also gab Clärenore nach. Sie brachen auf und erreichten ohne große Komplikationen La Paz. In der auf über dreitausend Höhenmetern gelegenen Hauptstadt des Landes suchten sie das deutsche Konsulat auf, das sich um die notwenigen Unterlagen kümmerte. Sie erhielten nachträglich ihre Einreisegenehmigungen, die auf der weiteren Reise durch Bolivien kein einziges Mal kontrolliert wurden.

Während des zweitägigen Aufenthalts in der Stadt erholten sie sich ein wenig von den Strapazen. Carl-Axel schien sich langsam an die Höhenlage zu gewöhnen. Sein Nasenbluten wurde seltener. Dennoch war er noch schwach und bat Clärenore, Fotoaufnahmen der Stadt zu machen. Clärenore nahm den Fotoapparat und hängte ihn sich um den Hals. Während sie und Galvez bei einer Werkstatt auf Treibstoff warteten, zog eine kleine Prozession bunt gekleideter Menschen, singend und musizierend, an ihnen vorbei. Sie trugen Lampions aus Papier und Kostüme, die wie eine

Mischung aus spanischer und bolivianischer Folklore aussahen.

»Das sind die Vorbereitungen für den Día de los Muertos, Allerheiligen.«

»Aber der findet doch erst im November statt«, wandte Clärenore ein.

»Man kann nicht früh genug mit den Vorbereitungen dafür beginnen. Es ist der wichtigste Feiertag im Jahr.«

»Wichtiger als Weihnachten und Ostern?«

»Unbedingt!«, sagte Galvez. »Die Hinterbliebenen pilgern zu den Friedhöfen, um dort am Grab ihrer Toten zu feiern. Wir grillen und picknicken, essen Torte und Kuchen, singen und tanzen.«

»Sie essen auf dem Friedhof?«, fragte Clärenore erstaunt.

»Ja, natürlich«, sagte Hauptmann Galvez. »Niemand will die geliebten Verstorbenen beim Feiern ausschließen. Wo könnte man besser mit ihnen feiern als an ihren Gräbern?«

»So habe ich das noch nie gesehen«, meinte Clärenore nachdenklich.

»Ist das in Deutschland anders?«

»Oh ja, ganz anders!«, versicherte Clärenore lachend.

»Wie feiern Sie Allerheiligen mit Ihren Toten?«

»Wir tragen schwarze Trauerkleidung, spazieren auf den Friedhof, zünden dort eine Kerze an und beten.«

»Keine Musik? Kein Essen, keine Süßigkeiten und kein Tanz?«, fragte Galvez fassungslos.

»Nein.«

»Die armen Verstorbenen«, sagte Galvez mitfühlend. »Sie müssen sich ja vorkommen wie bei einer Beerdigung.«

Clärenore stutzte, dann lachte sie herzhaft, was beim Hauptmann ein verwirrtes Kopfschütteln auslöste.

Nach der zweitägigen Pause ging es weiter Richtung Argentinien. Schon bald befanden sie sich wieder in unwegsamem Gebiet. Etwa zwanzig Kilometer nach der Hauptstadt gelangten sie an eine steil abfallend Stelle, an der die Straße plötzlich endete. Clärenore hielt den Wagen an. Alle drei stiegen aus und traten an den Abgrund. Ein Erdrutsch, verursacht durch starke Regenfälle oder ein Erdbeben hatte den Weg weggebrochen. Unterhalb der fast senkrechten Wand führte ein schmaler Pfad weiter.

»Und jetzt?«, fragte Clärenore. Es schien unmöglich, den Wagen wohlbehalten über die Böschung zu lenken.

»Umdrehen und von La Paz aus eine andere Route wählen«, schlug Carl-Axel vor.

Der Hauptmann schüttelte den Kopf. »Es gibt keine bessere. Dies ist der einzige Weg in Richtung Oruro.«

Clärenore trat noch weiter nach vorne. Der Hang sah verdammt steil aus, aber der Untergrund war relativ eben. Es lagen keine großen Felsbrocken im Weg, und unten erwartete sie sandiger Boden. Mit etwas Geschick und einer großen Portion Glück könnte es klappen.

»Ich probiere es«, sagte sie.

»Bist du völlig verrückt geworden?« Carl-Axels Stimme überschlug sich vor Entsetzen.

»Wenn wir unsere Expedition nicht hier enden lassen wollen, ist das die einzige Möglichkeit. Hast du eine bessere Idee?«

Carl-Axel kam näher. Auch er musterte den Abhang eingehend.

»Wenn ich etwas sagen darf«, mischte sich Galvez ein. »Wir könnten Männer vom Straßenbau organisieren. Gemeinsam könnten wir das Automobil mit einem Seilzug und einer Winde hinunterlassen.«

»Wie lange würde das dauern?«

Galvez überlegte. »Wir müssten zurück nach La Paz, dann mit Pferden oder Eseln zur Baustelle, um dort genügend Männer für das Unternehmen zu engagieren, und dann ...«

»Das dauert alles zu lange«, fiel ihm Clärenore ungehalten ins Wort. Allein vom Zuhören wurde sie ungeduldig. »Ich probiere es einfach.«

Carl-Axel hielt sie am Oberarm zurück. »Nein, das wirst du nicht«, sagte er ernst. »Wenn du unbedingt einen von uns umbringen willst, dann mich.«

»Das kann ich nicht zulassen. Ich bin die Leiterin dieser ...«

Weiter kam sie nicht. Carl-Axel schüttelte missbilligend den Kopf. »Nicht schon wieder die alte Leier«, sagte er verärgert. »Ich dachte, das hätten wir längst hinter uns. Du leitest die Expedition, aber die Verantwortung tragen wir beide.«

Clärenore presste die Lippen fest aufeinander. Carl-Axel hatte recht. Er wusste selbst, was er sich zumuten konnte.

»Ich bin größer und kräftiger als du«, fuhr Carl-Axel fort. »Um das Lenkrad bei dieser Fahrt festzuhalten, benötigt man vor allem Kraft und weniger Geschick.«

»Die Höhenlage macht dir zu schaffen. Du hast Kopfschmerzen.«

»Ich fühle mich gut.«

»Dann lass uns knobeln«, schlug sie vor.

»Das klingt fair«, meinte Galvez, der den Schlagabtausch beobachtet hatte. Er zog eine Zündholzschachtel aus seiner Jackentasche, nahm zwei Hölzer heraus und brach bei einem von ihnen den Kopf ab. Dann schob er hinter dem Rücken die Hölzchen so zurecht, dass man nicht mehr erkennen konnte, welches das längere war, und hielt sie Carl-Axel entgegen.

»Ich halte diese Methode für eine Schnapsidee«, brummte er grimmig und zog eines der Hölzchen. Es war das kürzere. Sein Gesicht hellte sich auf. »Damit wäre die Sache geklärt.«

»Warte. Ich habe noch nicht gezogen«, entgegnete Clärenore.

Wieder verschwanden die Hölzchen hinter dem Rücken des Hauptmanns. Clärenore zog das längere, damit war nun endgültig klar, wer den Adler lenken würde.

»Ich will, dass du diese Fahrt filmst«, bat Carl-Axel.

»Wie makaber ist das denn?«, empörte sich Clärenore. »Wenn du die Fahrt nicht überlebst, dann halte ich deinen Tod mit der Kamera fest? Wie kannst du das von mir verlangen?«

»Ich werde nicht sterben«, versicherte Carl-Axel. »Bloß ein bisschen fliegen. Filmst du mich dabei?«

»Wenn es unbedingt sein muss.«

Carl-Axel baute sein Stativ neben dem Abhang auf und instruierte Clärenore, wie sie die Filmkamera bedienen sollte.

»Achte darauf, dass du das Objektiv nur ganz langsam bewegst, sonst ist das Bild völlig verwackelt. Dreh die Kurbel gleichmäßig und ruhig.«

»Wie soll ich das machen, wenn ich vor Sorge halb verrückt bin?«

»Du schaffst das«, versicherte Carl-Axel. Es waren die Worte, mit denen eigentlich Clärenore ihn hätte beruhigen sollen.

Sie hielt ihn am Oberarm fest. Die Berührung versetzte ihr einen kleinen Stromschlag. »Bitte, pass auf dich auf.«

Für einen Moment dachte Clärenore, er würde sich zu ihr beugen und sie wie zum Abschied küssen, doch dann nickte er bloß und stieg in den Adler.

Langsam kippte das Automobil mit der Nase über den Abhang. Clärenore hielt ihr Auge fest gegen die Kamera gedrückt. Ihr Herz raste, ihre Hand zitterte. Ohne Stativ wäre die Kamera in ihren Händen auf und ab gewippt. Sie hätte sich nicht auf das Knobeln einlassen sollen. Wenn Carl-Axel etwas zustieß, würde sie sich das niemals verzeihen. Wie sollte sie es später seiner Frau erklären?

Doch bevor sie weiterdenken konnte, verlagerte sich das gesamte Gewicht des Wagens nach vorne. Mit einem lauten Rumpeln sauste der Adler ungebremst den Hang hinab. Scheppernd ratterte er im Höllentempo talwärts. Am Fuß der Klippe befanden sich Dünen. Carl-Axel raste auf den ersten Hügel zu, der wie ein Sprungbrett wirkte. Der Adler flog mindestens sechs Meter durch die Luft, bevor er mit einem lauten Knall wieder auf allen vier Rädern landete.

Hauptmann Galvez verlor die Nerven. »Jetzt ist er tot. Das kann man nicht überleben.« Er lief los und rollte wie ein Schneeball den Hang hinab. Unten angekommen, rappelte er sich auf und rannte weiter. Clärenore ließ von der Kamera ab. Wie sollte sie weiterfilmen, wenn sie nicht wusste, wie es Carl-Axel ging? Sie folgte dem Hauptmann den Hang hinunter, schlitterte über den Sand und kam völlig außer Atem gleichzeitig mit Galvez beim Automobil an.

Carl-Axel saß eingekeilt hinter dem Lenkrad. Die Farbe war aus seinem Gesicht gewichen, doch er schien unverletzt zu sein. Einige der Gepäckstücke hatten sich gelöst und waren nach vorne gerutscht.

»Alles in Ordnung?«, rief Clärenore ihm entgegen.

Es dauerte eine Weile, bis er den Kopf drehte und antwortete. Schließlich fand er seine Stimme wieder. Leise sagte er: »Ich denke schon.«

Sie riss die Tür auf, um ihm herauszuhelfen. Galvez zerrte so lange an den Gepäckstücken, bis Carl-Axel sich befreien konnte. Kaum hatte er den Wagen verlassen, ging er in die Knie und übergab sich in einem heftigen Schwall. Anschließend hatte sein Gesicht wieder die normale Farbe angenommen.

»Ich hatte das mit dem Fliegen eigentlich als Scherz gemeint«, meinte er.

Clärenore schüttelte missbilligend den Kopf. Die Anspannung fiel von ihr ab wie eine tonnenschwere Last. »Dein Sinn für Humor ist manchmal sehr seltsam.«

»Wir Schweden nehmen eben nicht alles so furchtbar ernst wie ihr Deutschen.« Er war wieder ganz der Alte.

Clärenore boxte ihm liebevoll in die Seite.

»Aua.« Lachend rieb er sich die Stelle. Dann machten sie sich daran, den Adler zu untersuchen. Er schien ebenso unversehrt zu sein wie Carl-Axel.

»Das Automobil hat seinem Namen eben alle Ehre gemacht. Haben Sie mir nicht gesagt, dass es Adler heißt?«

Galvez war beeindruckt. »Ob die Ingenieure wussten, dass der Wagen auch fliegen kann?«

»Falls nicht, werden wir es ihnen zeigen«, sagte Clärenore. »Die Fahrt ist filmisch dokumentiert und für die Ewigkeit festgehalten.«

Sie stapfte den steilen Hang wieder hinauf, um Kamera und Stativ zu holen. Dann konnte die Fahrt weitergehen.

In den nächsten Tagen wurde die Strecke immer unwegsamer. Das Dynamit war inzwischen ein selbstverständliches Hilfsmittel geworden, und sowohl Clärenore als auch Carl-Axel lernten, mit dem Zündstoff umzugehen wie mit Wagenheber und Schraubenzieher.

Vor und hinter ihnen ragten felsige Gebirgsketten in den Himmel, während in der Ferne der Ozean schimmerte. Kurz hatte Clärenore erwogen, die Küste entlangzufahren, doch Hauptmann Galvez hatte ihr versichert, dass das unmöglich sei. Die felsigen Küsten waren bis auf wenige Ausnahmen für Automobile ebenso unpassierbar wie die sandigen Dünen.

Kurz vor Oruro stießen sie auf eine Gruppe Straßenarbeiter der staatlichen Gesellschaft, bei der auch Hauptmann Galvez beschäftigt war. Die hart arbeitenden Männer teilten ihre einfachen Unterkünfte mit den Reisenden.

Clärenore schlief in einem Bett, das voller Flöhe war. Am nächsten Morgen sah sie aus, als hätte sie sich tätowieren lassen. Hauptmann Galvez erging es nicht besser. Nur Carl-Axel hatte auf das Lager verzichtet und lieber im Adler übernachtet.

Nun mussten sie sich von Galvez verabschieden, denn er wurde im Lager gebraucht. Mit Wasser und Proviant ausgestattet, ging es weiter über die felsige Hochebene. Das nächste Dorf sollte innerhalb einer Tagesetappe zu erreichen sein.

Doch auch nach zwei Tagen war weder eine Siedlung noch eine Wasserquelle in Sicht. Clärenore und Carl-Axel kämpften sich durch eine steinige Wüste. Viermal mussten sie zu Dynamit greifen und anschließend zu Spitzhacke und Schaufel, um die Felsbrocken zur Seite zu schaffen. Dreimal nahmen sie die Reifen ab und tauschten die Schläuche aus, und einmal musste die Ölwanne gelötet werden. Zum Glück hatten sie immer noch genug Reservekanister mit Treibstoff im Kofferraum. Das Benzin würde ihnen noch länger nicht ausgehen. Nachts schliefen sie im Freien. Die Temperaturen sanken empfindlich, und sie zitterten vor Kälte.

Kaum brach der Tag an, brannte die Sonne unbarmherzig auf die kahle Steinwüste. Weit und breit war kein Wasser in Sicht. Ganze dreihundert Meter schafften sie am Tag und mussten den Adler streckenweise mit einem Seil über den Gerölluntergrund ziehen.

Als die Sonne unterging, sackten sie müde auf ihre Schlafmatten. »Ob wir uns verfahren haben?«, fragte Clärenore. »Wir hätten doch schon längst das Dorf erreichen sollen, von dem Galvez gesprochen hat.«

»Vielleicht sehen wir es bei Tageslicht.«

Clärenore hatte fürchterlichen Durst. Ihre Zunge klebte am Gaumen, doch sie wollte nicht jammern. Sie sah, wie erschöpft Carl-Axel war. Seine Wangen waren eingefallen, dunkle Ringe lagen unter seinen Augen.

»Wir können das Kühlwasser trinken«, schlug Clärenore vor.

Doch Carl-Axel war dagegen. »Davon werden wir krank.«
Wieder zitterten sie eine ganze Nacht lang vor Kälte. Als Clärenore erwachte, erschrak sie. Aus Carl-Axels Nase floss erneut Blut, und zwar so heftig, dass ein Taschentuch nicht reichte, um den Fluss zu stoppen. Sie erinnerte sich an die Warnung von Hauptmann Galvez: »Wenn Herrn Söderströms Beschwerden stärker werden, benötigt er dringend einen Arzt. Er könnte am Lungenfieber leiden.«
Doch wo sollten sie hier einen Arzt finden?
Clärenore pumpte das Wasser aus dem Kühler und verteilte die Flüssigkeit auf zwei Becher. »Hier.« Sie hielt einen Carl-Axel entgegen. »Besser Bauchschmerzen als verdursten.«
Er nahm den Becher mit zitternder Hand entgegen.
»Wir müssen umkehren«, sagte Clärenore. »Du bist krank.«
»Das schaffen wir nicht.«
»Wir werden den Adler zurücklassen und zu Fuß gehen. Die Reifen sind vom scharfen Gestein völlig zerfetzt.«
»Auch dann ist es zu weit.«
Carl-Axel saß im Schatten einer Felswand, seine Augen waren glasig vom Fieber.
»Es bleibt uns nichts anderes übrig. Komm!« Sie fühlte sich selbst kaum in der Lage, aufzustehen, doch die Angst um Carl-Axel verlieh ihr neue Kraft.
Mühsam zog sie ihn hoch, legte den Arm um seine Hüfte und forderte ihn auf, sich auf sie zu stützen. Er war schwer, sehr schwer. Den ganzen Vormittag über schleppten sie sich auf diese Weise weiter. Jeder Schritt war eine Tortur. Als die Sonne im Zenit stand und erbarmungslos auf sie niederbrannte, brach Carl-Axel erschöpft zusammen.

»Gemeinsam schaffen wir es nicht. Du musst ... allein ... weiter.« Seine Stimme war nur noch ein leises Flüstern.

»Nein, du musst mitkommen!« Sie schrie ihn an. Tränen liefen über ihre Wangen.

Carl-Axel schloss die Augen. »Geh!«, bat er leise.

Es hatte keinen Sinn. Clärenore würde ihn nicht mitnehmen können. Sie hievte Carl-Axels leblosen Körper in den Schatten eines Felsen.

»Ich hole Hilfe«, versprach sie. »Bitte bleib am Leben. Bitte. Ich brauche dich.«

Carl-Axel nickte nur lethargisch. Nun floss auch aus seinem Mund Blut. Eine dünne Spur zog sich über sein Kinn. Clärenore wischte es mit dem Daumen weg.

»Ich liebe dich«, flüsterte sie und hauchte ihm einen Kuss auf die Wange. Dann richtete sie sich auf und schleppte sich weiter.

Sie verlor jedes Gefühl für Zeit und Raum. Ohne zu wissen, wo sie war, setzte sie einen Fuß vor den anderen. Sie stolperte über ausgedorrte Grasbüschel. Schließlich kroch sie auf allen vieren. Irgendwann brach auch sie zusammen.

Wie durch einen Nebel nahm sie Kinderstimmen wahr. Sie redeten in einer Sprache, die sie nicht kannte. Jemand griff nach ihren Schultern. War es eines der Kinder? Clärenore wollte antworten, wollte die Augen aufmachen und den Menschen erklären, dass sie nach Carl-Axel suchen mussten. Doch sie war sich nicht sicher, ob nicht alles ein Traum war. Das Surren in ihren Ohren wurde lauter. Dann fiel sie ins bodenlose dunkle Nichts.

Bolivianisches Hochland
November 1928

Clärenore war auf dem Hocker eingeschlafen. Ihr Oberkörper lehnte auf Carl-Axels Bett.

»Clärenore?«

Sofort schreckte sie auf. Zum ersten Mal seit Tagen klang Carl-Axels Stimme vollkommen klar. Sie richtete sich auf und sah in seine dunkelblauen Augen. Auch sie wirkten klar, trotz der dunklen Schatten, die sie umgaben.

»Wie geht es dir?«, fragte sie erleichtert. Sie fasste an seine Stirn. Sie war warm, aber nicht heiß.

»Ging schon mal besser.« Er versuchte sich aufzurichten.

»Warte, ich helfe dir!« Clärenore schüttelte sein Kissen auf und brachte es in eine Position, die es ihm ermöglichte, halbwegs aufrecht zu sitzen.

»Wie lange bist du schon hier?« Er blinzelte.

Sie sah auf die Uhr. »Ich weiß nicht«, log sie. Clärenore hatte die ganze Nacht an seinem Bett verbracht. Genau wie den Tag und die Nacht davor. Er hatte fantasiert und wirres Zeug geredet, über seine Kindheit und seine Eltern. Irgendwann würde Clärenore ihn danach fragen, was davon stimmte. Aber nicht jetzt. Im Moment war ihre Erleichterung schier grenzenlos.

»Wo sind wir?«, wollte er wissen.

»Ich werde dir alle Fragen beantworten«, versprach Clärenore. »Aber zuvor musst du ein paar Schlucke trinken. Dr. Cervantes hat gesagt, dass du ausreichend Flüssigkeit zu dir nehmen musst.«

Sie griff nach dem Becher, der auf dem Nachttisch stand. Carl-Axel fasste nach ihrer Hand. »Warst du die ganze Zeit hier?«

»Nicht die ganze«, gab sie zu. Sie strich ihm die verschwitzten Haarsträhnen aus der Stirn. »Zuerst lag ich in einem nahe gelegenen Dorf.«

Er runzelte die Stirn.

»Das erzähle ich dir später.« Liebevoll beugte sie sich zu ihm und küsste ihn auf den Mundwinkel.

Die Fragezeichen in seinem Blick wurden noch größer.

Sie lächelte ihn an. »Wir wurden für diese Reise zusammengewürfelt, das kann kein Zufall gewesen sein. Es war das Schicksal.«

»Keine Ahnung, was du da redest«, sagte Carl-Axel erschöpft. Er ließ sich in das Kissen sacken und schloss die Augen wieder. »Aber der Kuss war fein.«

Carl-Axels Gesundheitszustand verbesserte sich langsam. Bald konnte er wieder kleine Spaziergänge machen. Sein Appetit kehrte zurück, und er diskutierte mit Hauptmann Galvez über unterschiedliche Belichtungszeiten. Der Hauptmann hatte ihm gestanden, dass er in seiner Freizeit fotografierte.

Clärenore kümmerte sich um den Adler und machte ihn wieder startklar. Es dauerte drei Wochen, bis der erste Schwung an Ersatzteilen aus La Paz ankam, und weitere vier Tage, bis auch der Rest eintraf.

Bei einem ausgedehnten Spaziergang über Don Miguels Anwesen hakte Clärenore sich freundschaftlich bei Carl-Axel unter. Den scheuen Kuss nach dem Aufwachen hatte keiner von ihnen noch einmal erwähnt. Clärenore hatte ausreichend Zeit gehabt, nach den richtigen Worten zu suchen. Ohne Umschweife kam sie nun direkt auf den Punkt. Sie war nervös, da sie nicht vorhersagen konnte, wie Carl-Axel auf das reagieren würde, was sie ihm vorschlagen wollte.

»Ich liebe dich, das weißt du«, sagte sie ernst. »Und ich denke, dass du ähnlich für mich empfindest.«

Er blieb stehen und sah sie aus zusammengekniffenen Augen an. Er war auf der Hut, Clärenore konnte seine Vorsicht spüren.

»Du weißt, dass du die Frau bist, mit der ich mein Leben verbringen möchte«, sagte er. »Daran hat sich seit der Nacht in Japan nichts verändert.«

Kurz fragte sich Clärenore, ob er ähnliche Worte auch zu Martha gesagt hatte. Was für ein unsinniger Gedanke. Warum traf sie gerade jetzt die Eifersucht?

»Wir können weder zusammenleben noch von einer gemeinsamen Zukunft träumen«, sagte sie. »Du bist ein verheirateter Mann. Eine Beziehung würde einen Skandal verursachen, den meine Familie mir niemals verzeiht.«

Clärenore hatte schlaflose Nächte hinter sich, in denen sie über nichts anderes nachgedacht hatte als über dieses Gespräch.

Carl-Axel machte einen Schritt zurück.

»Aber wir können die Zeit, die wir gemeinsam verbringen, zur besten unseres Lebens machen«, sagte sie. »Niemand wird uns diese Erinnerung jemals wegnehmen können.«

Er neigte fragend den Kopf.

»Wer hindert uns daran, uns zu lieben, solange wir gemeinsam unterwegs sind?«

»Redest du von einer platonischen Liebe?« Er sah sie skeptisch an.

»Ich rede von Nächten wie im Teehaus.« Sie errötete.

Er schien unschlüssig, was er von ihrem höchst unmoralischen Angebot halten sollte. War sie zu weit gegangen? War das, was sie ihm eben vorgeschlagen hatte, zu skandalös? Schon wollte sie ihre Worte wieder zurückziehen, als er zärtlich ihre Hände ergriff.

»Du bist die ungewöhnlichste Frau, die ich je kennengelernt habe.«

»Ist das jetzt ein Kompliment?«

Er beantwortete ihre Frage, indem er sie zu sich heranzog und so leidenschaftlich küsste, dass Clärenore alles um sich herum vergaß.

Argentinien
Dezember 1928

Es dauerte weitere zwei Wochen, bis Carl-Axel kräftig genug war, um die Reise fortzusetzen. Dr. Cervantes bestand darauf, dass sein Patient erst die Hacienda verließ, wenn er wieder vollkommen gesund war.

»Sie werden sehen, ab jetzt wird alles leichter«, meinte Hauptmann Galvez zuversichtlich. »Wir befinden uns auf einem Hochplateau. Sobald Sie es wieder verlassen haben, fahren Sie auf einem bequemen und gut ausgebauten Weg neben der Eisenbahnlinie her.«

Gerne hätte Galvez sie noch weiter begleitet, aber er musste zurück zum Lager der Straßenarbeiter. »Damit die Europäer in Zukunft nicht mehr im Krankenbett landen, wenn sie versuchen, unsere Berge mit dem Automobil zu überqueren«, sagte er grinsend.

»Ohne Ihre Hilfe, die von Don Miguel und den Dorfbewohnern hätte unsere Reise hier ihr Ende gefunden«, bedankte sich Clärenore ergriffen.

»Das konnten wir auf keinen Fall zulassen!« Zum Abschied schenkte Don Miguel ihr eine Dose seines frisch gerösteten Kaffees. »Damit Sie den Geschmack nicht gleich wieder vergessen.«

»Das werde ich ganz sicher nicht«, sagte Clärenore. »Nachdem ich herausgefunden habe, wie Kaffee schmecken kann, werde ich das Gebräu in Deutschland nicht mehr trinken.«

Nach herzlichen Umarmungen und vielen guten Wünschen für die Weiterreise stiegen Clärenore und Carl-Axel in den Adler. Diesmal fühlte es sich anders an als sonst. Jede zufällige Berührung war aufregend, jeder Blick des anderen ein Geschenk. Nach wie vor hielt der Weg jede Menge Hindernisse bereit. Felsen, die gesprengt, Schotter, der weggeschaufelt und Felsen, die umfahren werden mussten. Galvez' Versprechen, dass die Strecke nun einfacher werden würde, bewahrheitete sich nur zum Teil. Doch das Fahrzeug war halbwegs gut überholt. Sie verfügten über ausreichend Ersatzmaterial, und sie hatten die Gewissheit, das gleiche Ziel zu verfolgen: Sie wollten diese Expedition zu Ende führen, dabei gaben sie sich gegenseitig Kraft. Auf jeden anstrengenden Tag folgte eine leidenschaftliche Nacht. Selbst in den einfachsten Quartieren und den staubigsten Straßen fanden sie zueinander.

Clärenore wähnte sich im Paradies. Sie fragte sich, warum sie nicht schon viel früher ihren Wünschen nachgegeben hatte. Wie viel Zeit hatte sie ungenutzt verstreichen lassen! Carl-Axel hatte ihr schon zu Beginn der Reise angedeutet, dass seine Ehe unglücklich sei. Sie konnte die Zeit nicht zurückdrehen, aber sie konnte die verbleibende Zeit auskosten, und das tat sie in vollen Zügen. Zum ersten Mal seit ihrer Abfahrt konnte sie die Reise als das größte Abenteuer ihres Lebens genießen. Der einzige Wermutstropfen blieb Lord. In Buenos Aires wollte sie in der Hundepension anrufen und nachfragen, wie es ihm erging. Ein kurzer Satz würde sie schon beruhigen.

Sobald sie das Hochland und die Berge hinter sich gelassen hatten, wurden die Straßen tatsächlich besser. Ab der argentinischen Grenze wurde die Fahrt zum puren Genuss. Die Zollbeamten erwarteten sie bereits, denn Hauptmann Galvez hatte ihre Ankunft vom Lager der Straßenarbeiter aus angekündigt. Dennoch zogen sich die Formalitäten schier endlos dahin. Clärenore schickte ihrer Tante und ihrem Onkel in Buenos Aires, mit denen sie das Weihnachtsfest begehen würden, ein Telegramm.

Während sie auf die Bearbeitung der Einreisepapiere warteten, saßen sie auf der Terrasse des Zollbüros und tranken Kaffee. Er war nicht annähernd so gut wie der von Don Miguel.

»Erzähl mir von deinen Verwandten«, bat Carl-Axel.

»Onkel Edmund ist der Bruder meiner Mutter und Elsa seine Frau. Die beiden führen ein nicht ganz so erfolgreiches Handelsunternehmen. Ich war vor einigen Jahren bei ihnen, als mich mein Vater nach Südamerika geschickt hat, um ein paar unserer Tochterfirmen zu besuchen.«

»Jetzt weiß ich, womit sie ihren Lebensunterhalt verdienen«, meinte Carl-Axel. »Aber wie sind sie als Menschen?«

Clärenore überlegte. »Sie sind kinderlos, aber ich glaube, dass sie eine glückliche Ehe führen«, sagte sie dann. »Die Zeit bei ihnen habe ich in sehr guter Erinnerung.« Sie nahm einen Schluck von ihrem Kaffee. »Meine Mutter mag Elsa nicht. Sie hält sie für eine labile Persönlichkeit, die ihren Bruder am Erfolg hindert, statt ihn zu unterstützen.«

»Und du, was hältst du von ihr?«

»Ich finde, dass sie eine sehr warmherzige und einfühlsame Frau ist. Ich kann gut verstehen, dass mein Onkel sie liebt. Er wollte sich nie von ihr trennen, auch nicht, als klar wurde, dass sie keine Kinder kriegen kann.«

»Hat er das etwa in Erwägung gezogen?«, fragte Carl-Axel entsetzt.

»Meine Mutter hat es ihm geraten.«

»Je mehr ich von deiner Mutter erfahre, umso unheimlicher kommt sie mir vor.«

»Sie ist nicht unheimlich«, widersprach Clärenore. »Sie hat bloß sehr starre, altmodische Vorstellungen vom Leben. Frauen müssen heiraten und Kinder kriegen.«

»Und wenn sie nicht schwanger werden, dann taugen sie zu nichts und müssen ausgetauscht werden?«

»So wie du das sagst, klingt das schrecklich«, meinte Clärenore.

»Das ist es doch auch«, beharrte Carl-Axel.

Grundsätzlich war Clärenore seiner Meinung, aber es fiel ihr schwer zuzugeben, dass die eigene Mutter mit ihren Ansichten im letzten Jahrhundert stecken geblieben war.

»Müssen wir unsere Beziehung vor deinen Verwandten geheim halten?«

»Unbedingt!«

»Dann würde ich lieber im Hotel übernachten.« Sein vertrautes Lächeln löste ein warmes Kribbeln in ihrem Bauch aus.

»Das geht nicht«, sagte sie. »In Buenos Aires wird es einen großen Empfang für uns geben. Die internationale Presse wartet auf uns. Niemand würde verstehen, wenn wir nicht bei meinem Onkel wohnen.«

»Wie schade.« Carl-Axel seufzte.

Clärenore wechselte das Thema. »Denkst du, dass deine Frau etwas von uns beiden ahnt?«

»Sie weiß es längst.«

»Wie bitte?« Clärenore fuhr hoch. Er hatte ihr versichert, ihre Beziehung geheim zu halten. Wie konnte er dieses Versprechen brechen? »Wann hast du ihr davon erzählt?«

»In Los Angeles habe ich ihr telegraphiert, dass ich mir eine kleine Wohnung suchen werde, sobald ich wieder in Schweden bin.«

»Aber du hast ...«

»Hör mir bitte zu, Clärenore. Ich habe mit keinem Wort erwähnt, was zwischen uns beiden vorgefallen ist.«

»Aber sie wird es wissen, sie kann doch eins und eins zusammenzählen!«, rief Clärenore aufgebracht.

»Du hast mir nie richtig zugehört«, sagte Carl-Axel. »Die Ehe zwischen Martha und mir war beendet, lange bevor ich mich in dich verliebt habe.«

Sie sah ihn verwirrt an.

»Glaubst du, ich hätte diese Reise angetreten, wenn alles zwischen uns in Ordnung gewesen wäre?«

»Du brauchtest Geld, hast du mir gesagt.«

»Martha braucht immer Geld«, meinte Carl-Axel bitter. »Sie sehnt sich nach einem Leben im Luxus, immer an der Seite großer Schauspielerinnen. Sie wollte, dass ich weiter mit der Garbo und anderen Hollywoodgrößen drehe. Als ich ihr sagte, dass mich das nicht glücklich macht, wollte sie mich verlassen. Ich glaube, sie hatte eine Affäre mit einem Schauspieler, aber das ging nicht lange gut.«

»Ich verstehe das alles nicht. Ich hatte den Eindruck, sie wollte dich zum Bleiben überreden.«

Carl-Axel verzog den Mund. »Als sie begriff, dass sie mich verlieren würde, wollte sie plötzlich um mich kämpfen, doch es war längst zu spät. Wir haben nie zueinander gepasst.«

»Aber du hast sie geheiratet«, entgegnete Clärenore.

»Das war ein Fehler«, gestand er. »Hast du noch nie einen Fehler begangen?«

Clärenore lehnte sich nach hinten. »Es war ein Fehler, meine Liebe zu dir so lange zu verleugnen.«

»Und trotzdem willst du sie weiterhin geheim halten.« Er wurde ernst. »Das ist etwas, was ich nicht verstehen kann. Du bist doch eine starke Frau, die sich ansonsten einen feuchten Dreck darum kümmert, was die anderen über sie denken.«

»Es ist eine Sache, wenn die Presse mich belächelt, weil ich Männerkleidung trage oder die Welt mit dem Automobil umrunden will«, sagte sie. »Aber eine ganz andere, wenn mein Verhalten dem Ruf des Familienunternehmens schadet. Deshalb darfst du dich nicht sofort von Martha trennen. Die Menschen würden über uns tratschen.«

Er sah sie verständnislos an.

»Es ist die Firma meines Vaters.«

»Ja, und?«

Clärenore holte tief Luft. »Mein Vater ist der Einzige, der mich so mochte, wie ich bin.«

Carl-Axel beugte sich zu ihr. »Er ist nicht der Einzige«, widersprach er und besiegelte seine Worte mit einem Kuss.

Bevor sie die riesigen Weideflächen der Provinz Buenos Aires erreichten, mussten sie einen breiten Gürtel dornigen Buschwald durchqueren. Die trockene und heiße Gegend war ein Eldorado für Giftschlangen. Als Clärenore sich während einer Mittagsrast mit einem Stück Brot auf einem flachen Stein niederließ, kroch ein riesiger Skorpion zwischen ihren Füßen hervor. Sofort sprang sie kreischend wieder auf. Carl-Axel reagierte blitzschnell, griff nach einem Stecken und verscheuchte das Tier.

»Hier bleibe ich nicht sitzen«, sagte sie entschieden und kehrte zum Adler zurück, um dort fertig zu essen.

Über unwegsames Gelände ging es weiter. Außer Insekten und Reptilien schienen alle anderen Lebewesen diese trockene Gegend zu meiden. Mit einer Mischung aus Entsetzen und Faszination sah Clärenore aus dem Fenster. Im Automobil wähnte sie sich einigermaßen in Sicherheit.

Auf einmal erschütterte ein heftiger Schlag den Adler, und der Wagen steckte im Sand fest. Carl-Axel, der fest geschlafen hatte, schlug mit dem Kopf gegen die Vorderscheibe. Fluchend rieb er sich die schmerzende Stelle.

»Hoffentlich ist die Vorderachse nicht gebrochen«, meinte Clärenore verzagt. Mehr als die Reparatur fürchtete sie die Schlangen, die sie hinter jedem dornigen Gestrüpp vermutete. Es kostete sie all ihre Überwindung, aus dem Wagen zu steigen.

Carl-Axel folgte ihr. Er leuchtete mit einer Lampe unter den Wagen, bevor er sich darunterlegte, um den Schaden zu untersuchen. Clärenore, die ihm für gewöhnlich dabei half, konnte sich nicht dazu überwinden, sich auf den sandigen Boden zu legen. Stattdessen kontrollierte sie die Umgebung, lief mit angehaltenem Atem rund um das Automobil und suchte das Gelände nach Schlangen ab. Dabei schlug sie mit einem Stecken laut auf den Untergrund.

»Hör bitte auf«, forderte Carl-Axel. »Mein Kopf dröhnt bereits vom Aufprall.«

Doch Clärenores Angst war größer. »Wenn eines der Biester dich angreift, kann ich nichts für dich tun«, meinte sie entschuldigend. »Ich falle beim Anblick auf der Stelle in Ohnmacht. Die Schlange beißt zuerst dich und dann mich – und am Ende sind wir beide mausetot.«

»Dann klopf lieber weiter.«

Es stellte sich heraus, dass die Vorderachse bloß einen Stoß abbekommen hatte, der auf die rechte Vorderfeder übertragen worden war. Dadurch waren die Nieten gebrochen, die das Federgehänge am Chassis festhielten. Die Achse war verbogen, aber nicht so stark, dass die Weiterfahrt behindert gewesen wäre.

»Wir können die Nieten gegen Schrauben austauschen«, meinte Carl-Axel und wischte sich mit einem Tuch über die feuchte Stirn. Die Sonne brannte erbarmungslos vom Himmel und heizte die Metallteile so stark auf, dass sie sich mit bloßen Fingern nicht mehr berühren ließen.

»Ich versuche, mit der Stoffplane Schatten zu spenden«, schlug Clärenore vor. Sie holte die Plane aus dem Kofferraum, doch als sie sie auseinanderfaltete und nach irgendetwas Ausschau hielt, woran sie sie aufspannen konnte, fiel ihr Blick auf den schwarzen, glänzenden Körper. Eine etwa zwei Meter lange, faustdicke Schlange kroch gemächlich aus einem Gebüsch direkt auf sie zu.

Schreiend ließ Clärenore die Plane fallen, woraufhin das Tier sich auf Carl-Axel zubewegte. Clärenore schrie noch lauter. Sie griff nach einem Stein und warf ihn nach dem Reptil, erwischte aber bloß den Schwanz. Aggressiv hob die

Schlange den vorderen Teil ihres Körpers. Clärenore nahm den nächsten Stein. Ihr Herz raste, und sie schnappte nach Luft. Übelkeit stieg in ihr hoch.

»Bleib ganz ruhig liegen!«, schrie sie hysterisch. Hatte sie die Schlange mit ihrem Angriff aggressiv gemacht? Carl-Axel verharrte reglos unter dem Wagen.

Die nächsten Sekunden kamen Clärenore vor wie eine Ewigkeit. Schließlich ließ die Schlange sich wieder auf den Boden gleiten und kroch weiter in Richtung Automobil. Clärenore musste handeln. Sie warf einen weiteren Stein, doch er verfehlte die Schlange und landete im Sand, woraufhin sich das Tier wieder ins Gebüsch zurückzog. Umständlich kroch Carl-Axel hinter dem Wagen hervor.

»Was zum Kuckuck ist in dich gefahren?«

»Eine Schlange!« Clärenore zeigte zitternd in die Richtung, wo sich das Tier verkrochen hatte.

»Die haben mehr Angst vor uns als wir vor ihnen«, versicherte Carl-Axel.

Aber Clärenore war anderer Meinung. »Das Viech war aggressiv.«

»Unsinn.« Er rappelte sich hoch, klopfte den Staub von seiner Hose und trat auf Clärenore zu, um sie in den Arm zu nehmen, aber sie wich zurück.

»Vielleicht sind da noch mehr Schlangen. Lass uns rasch weiterfahren.«

»Erst wenn ich mit der Reparatur fertig bin.«

»Wie lange dauert es denn noch?«

»Ich habe eben erst begonnen«, sagte Carl-Axel. »Wenn es dich beruhigt, lauf weiter um den Wagen.« Dann kroch er wieder unter den Adler.

Clärenore griff erneut zum Stecken und zog klopfend ihre Kreise um das Automobil. Ihre Angst war größer als ihr Bedürfnis, tapfer zu erscheinen, deshalb kümmerte es sie nicht weiter, dass es womöglich albern wirken könnte. Sie reichte Carl-Axel Handschuhe, damit er die Metallteile anfassen konnte, doch die Plane blieb liegen.

Ganze zwei Stunden nahm die Reparatur in Anspruch. Als sie wieder in den Wagen stiegen und weiterfuhren, hatte Clärenore das Gefühl, einen stundenlangen Gewaltmarsch hinter sich gebracht zu haben, so müde war sie. Carl-Axel, der viel mehr Grund gehabt hätte, erschöpft zu sein, übernahm das Lenkrad. »Schlaf eine Runde«, meinte er.

Es war weit nach zehn Uhr abends, als die Lichter von Buenos Aires vor ihnen auftauchten. Sie waren die letzten zwei Tage beinahe ohne Pause durchgefahren, um zum angekündigten Zeitpunkt die Stadt zu erreichen. Clärenore wusste, dass man sie vor der deutschen Botschaft erwartete. Schon an der Stadtgrenze fuhren ihnen zwei Automobile entgegen, die sie hupend und winkend empfingen. Trotz der fortgeschrittenen Stunde hatten sich zahlreiche Schaulustige auf einem Platz im Stadtzentrum versammelt, wo Stimmung wie auf einem Volksfest herrschte.

Sobald Clärenore aus dem Wagen stieg, flammten Blitzlichter auf. Mindestens zehn Kameras waren auf sie gerichtet. »Ich sehe schrecklich aus«, murmelte sie.

»Unsinn, du bist bezaubernd.« Carl-Axel schob sie näher zu den Reportern.

Der deutsche Botschafter, der Bürgermeister der Stadt, Handelsvertreter und andere wichtige Persönlichkeiten aus Politik und Wirtschaft waren gekommen. Clärenore gab die ersten kurzen Interviews und vertröstete die Journalisten auf die kommenden Tage.

»Warum unternimmt eine junge Frau eine derart gefährliche Fahrt?«

»Ich wollte die Welt mit eigenen Augen kennenlernen.«

»Stimmt es, dass Herr Söderström auf der Reise gefährlich erkrankt war?«

»Ja.«

»Hätten Sie die Reise allein fortgesetzt?«

»Nein«, sagte Clärenore. »Diese Expedition ist nur zu zweit möglich. Ohne Herrn Söderströms Unterstützung wäre das Vorhaben bereits in Russland gescheitert.«

»Erzählen Sie uns von Ihren Abenteuern.«

»Sehr gerne«, antwortete Clärenore. »Wir werden bis zum Jahreswechsel in der Stadt bleiben. Dabei werden sich noch zahlreiche Gelegenheiten für ausführliche Gespräche bieten.«

Auch Carl-Axel war von Reportern umringt. Er reagierte nicht annähernd so eloquent wie Clärenore auf die Fragen. Interviews waren ihm unangenehm, und es war ihm ein Graus, im Rampenlicht zu stehen. Clärenore erlöste ihn schließlich und zog ihn von den Journalisten weg. »Und jetzt entschuldigen Sie uns bitte, wir werden bereits erwartet.«

Etwas abseits standen Edmund und Elsa Wagenknecht unter den Schaulustigen. Onkel Edmund war klein und dick und hatte keinerlei Ähnlichkeit mit seiner Schwester Cläre. Sein Gesicht war kreisrund, aus seinen Augen leuchtete Lebensfreude. Er winkte Clärenore fröhlich zu. Seine Frau Elsa wirkte ebenso aufgeregt wie ihr Mann. Sie war um einige Zentimeter größer als er und spindeldürr.

Als die Reporter endlich von Clärenore abließen, kamen Onkel Edmund und Tante Elsa auf sie zu. Es folgten herzliche Umarmungen.

»Kind, was bist du dünn geworden, seit wir dich das letzte Mal gesehen haben«, meinte Tante Elsa.

»Na, das werden wir in den nächsten Wochen ändern. Unsere Maria ist eine hervorragende Köchin«, sagte Onkel Edmund und klopfte sich zur Bestätigung seiner Worte auf den mächtigen Bauch. Dann wandte er sich an Carl-Axel. »Sie müssen der Filmoperateur aus Schweden sein. Es freut mich, Sie kennenzulernen.«

»Die Freude ist ganz auf meiner Seite!«, entgegnete Carl-Axel.

Onkel Edmund schlug ihm freundschaftlich auf den Rücken.

Nach einem kleinen Umtrunk mit Imbiss entführte das Ehepaar Wagenknecht die müden Reisenden.

»Genug für heute«, sagte Tante Elsa. »Morgen ist auch noch ein Tag.« Sie hakte sich bei Clärenore unter und zog sie einfach aus der Menge.

Gemeinsam fuhren sie zur Stadtgrenze, wo auf einer sanften Anhöhe mit Meerblick das Anwesen des Ehepaars Wagenknecht lag. Im Dunkeln waren nur die Umrisse des hübschen Hauses zu sehen, und auch den Garten konnte man nur erahnen. Doch Clärenore hatte alles noch in bester Erinnerung. Die Wochen, die sie hier verbracht hatte, waren beinahe so unbeschwert gewesen wie die auf Asa gård.

»Wir haben euch zwei Zimmer mit Blick aufs Meer herrichten lassen«, erzählte Tante Elsa beim Betreten des Hauses. Ein blumiger Duft wehte Clärenore entgegen, der sich mit dem von gutem Essen mischte. Trotz des Imbisses beim Empfang knurrte ihr Magen schon wieder. »Sophia wird euch nach oben bringen und jedem von euch ein Bad einlassen.«

Dann wünschte Tante Elsa ihnen eine gute Nacht. »Morgen will ich ausführlich von euren Abenteuern erfahren.«

Müde folgten Clärenore und Carl-Axel Sophia in den ersten Stock. Die Einrichtung des Hauses war eine Mischung aus deutscher Sachlichkeit und südamerikanischer Lebensfreude. Neben düsteren Ölgemälden hingen farbenprächtige Wandteppiche. Ihre Zimmer lagen am Ende des Gangs. Nur der schmale Flur trennte sie voneinander. Als Sophia die Tür hinter Clärenore schloss, sah sie Carl-Axels sehnsuchtsvollen Blick. Er schickte ihr einen stillen Kuss.

Im Badezimmer wartete bereits eine volle Wanne auf Clärenore. Sie konnte es kaum erwarten hineinzusteigen. Müde stellte sie ihr Handgepäck auf dem Frisiertisch ab, da entdeckte sie einen Brief. Die Handschrift war ihr vertraut. Sie stammte von Hilde. Hastig riss sie das Kuvert auf, entnahm die Briefbögen und überflog die Zeilen. Hilde beschrieb ihren Alltag, der aus Haushaltsführung und Kaffeekränzchen mit anderen reichen Unternehmergattinnen bestand. Hin und wieder ging sie zu Konzerten, ins Theater oder zu Wohltätigkeitsveranstaltungen. Beim Umbau des Wohnzimmers hatte sich letztlich ihr Mann durchgesetzt. Zum ersten Mal konnte Clärenore Ärger und Unmut aus den Zeilen herauslesen. *Ich hatte gehofft, dass Max mir die Gestaltung der Einrichtung überlassen würde. Ich habe mich geweigert, den Salon erneut im Stil Kaiser Wilhelms einzurichten. Es wird wohl nur eine Frage der Zeit sein, bis Mutter sich in die Angelegenheit einschaltet.*

Clärenore ließ sich auf das Bett plumpsen. Sie war stolz auf Hilde. Es war einer der seltenen Momente im Leben ihrer Schwester, in denen sie sich gegen etwas zur Wehr setzte. Clärenore wusste, wie wichtig Hilde schöne Dinge waren. Seit Jahren träumte sie nun schon von einer Einrichtung im Bauhausstil. Hoffentlich würde ihre Mutter das kleine Pflänzchen des Aufbegehrens nicht sofort wieder im Keim ersticken. Sie las weiter.

Letzte Woche ist es zu einem fürchterlichen Streit zwischen Hugo und Edmund gekommen. Es ging um das Unternehmen. Einer beschuldigt den anderen, an den großen Verlusten die Schuld zu tragen. Sie mussten weitere Firmen veräußern. Ich kenne mich mit all den Sachen nicht aus. Aber es geht um viel Geld, so viel, dass Mutter sich in den Streit eingemischt hat und sie zwang, sich zu beruhigen. Nun will sie Asa gård verkaufen, da sie meint, dass so ein Gut ohnehin nur Arbeit macht, nichts einbringt und Hugos Misswirtschaft damit unter den Teppich gekehrt werden kann.

Clärenore erschrak. Sie überflog die Zeilen noch einmal, in der Hoffnung, dass ihre müden Augen sie eben böse getäuscht hatten. Doch auch beim neuerlichen Lesen änderte sich nichts am Inhalt. Ihre Mutter wollte wirklich das schwedische Gut verkaufen. Der einzige Besitz, der Clärenore etwas bedeutete.

Entsetzt ließ sie den Brief sinken. Eine Welle der Wut erfasste sie. Sie ballte die Hände, und Tränen stiegen in ihr auf. Wie konnte ihre Mutter ihr das antun? Sie wusste, wie sehr sie das Gut liebte. Clärenore hatte sich damit abgefunden, dass sie von der Firmenführung ausgeschlossen wurde, und darauf gehofft, eines Tages das Gut übernehmen zu können. Es war Teil ihrer unbeschwerten Kindheit.

Ein leises Klopfen ließ sie hochschrecken. Quietschend öffnete sich die Tür, und Carl-Axel schlüpfte herein. Er war bereits frisch gebadet. Sein Haar hing ihm feucht in die Stirn, und er trug einen fremden Pyjama, der ihm an Armen und Beinen zu kurz und am Bauch viel zu weit war. Offenbar hatte Tante Elsa die Nachtkleidung ihres Mannes für ihn aufs Bett legen lassen. Er wirkte bedrückt, als hätte er auch schlechte Nachrichten erhalten, doch als er Clärenore sah, schien seine Sorge nur noch ihr zu gelten.

Geräuschlos schloss er die Tür hinter sich und trat näher. »Was ist los, mein Schatz?« Er setzte sich neben sie.

Clärenore deutete auf den Brief ihrer Schwester. »Meine Mutter«, schniefte sie. »Sie hasst mich.«

Kaum waren die Worte ausgesprochen, flossen die Tränen über ihre Wangen. Schwer und warm tropften sie auf den Brief. Carl-Axel nahm ihr die Blätter ab und überflog den Inhalt.

»Weil sie das Gut in Schweden verkaufen will?«

Clärenore nickte, und er zog sie sanft zu sich. Durch seine Berührung brachen alle Dämme. Tränen, die Clärenore über Jahre zurückgehalten hatte, bahnten sich ihren Weg. Sie schluchzte laut und herzzerreißend. Carl-Axel streichelte sanft über ihren Rücken.

Das Gut war nur der Tropfen, der das Fass zum Überlaufen gebracht hatte. Clärenore war übermüdet, und ihre Nerven lagen blank. Doch sie erkannte klarer als je zuvor, dass ihre Mutter ihr niemals die Anerkennung schenken würde, die sie sich ersehnte. Zum ersten Mal in ihrem Leben beweinte sie ihre Kindheit. Sie trauerte um all die schönen, ausgelassenen Momente, die ihr verwehrt geblieben waren.

Statt bedingungsloser Liebe, Wärme und Geborgenheit hatte sie Zurückweisungen, Strafen und Demütigungen erfahren. Sie dachte an all die einsamen Stunden, in denen sie eingesperrt und verängstigt in ihrem Zimmer ausgeharrt hatte. Sie sah die Häme und die Schadenfreude in den Gesichtern ihrer Brüder, die jetzt das Unternehmen in den Ruin trieben.

Carl-Axel sagte nichts. Er drückte sie bloß an sich, war für sie da und hielt ihre Traurigkeit mit ihr aus. Das tat gut und war tröstlich.

Es dauerte schier eine Ewigkeit, bis die Tränen endlich versiegten. Als Clärenore sich von Carl-Axel löste, fühlte sie sich besser.

»Wolltest du mir etwas sagen? Du hast zuvor so gewirkt, als hättest du Neuigkeiten.«

Er schüttelte den Kopf. In jedem anderen Moment hätte Clärenore erkannt, dass er log. Doch jetzt war sie dazu nicht in der Lage. Ihr Blick fiel auf die Spuren, die ihre Tränen auf seinem frischen Pyjama hinterlassen hatten.

»Du brauchst einen frischen«, sagte sie.

»Das glaube ich nicht«, entgegnete er und lächelte vielsagend.

Clärenore verstand den Wink. »Ich gehe in die Badewanne.«

Carl-Axel schlüpfte aus seinem Pyjama. »Ist die Wanne groß genug für zwei?«

»Ganz sicher.«

Am nächsten Morgen schlich Carl-Axel noch vor Sonnenaufbruch zurück in sein Zimmer. Clärenore hätte ihn gerne noch länger bei sich gehabt. Kaum war er weg, fand sie keinen Schlaf mehr. Sie stand auf, kleidete sich an und las den Brief noch einmal.

Ihr ganzes Leben hatte sie insgeheim darauf gehofft, dass ihre Mutter ihr irgendwann die Anerkennung schenken würde, nach der sie sich als Tochter sehnte. Jetzt gestand sie sich endlich ein, dass das niemals passieren würde. Clärenore würde niemals einen Platz im Unternehmen bekommen, auch dann nicht, wenn sie die Welt mit einem Automobil umrundete.

Die Zeitungen in Deutschland waren voll mit Berichten über ihre außergewöhnliche Fahrt. Man überschlug sich mit Lob. Sie war die Heldin der Automobilindustrie geworden, der erste Mensch, die erste Frau, die im Automobil die Welt umrundete. Doch das alles zählte in den Augen ihrer Mutter nicht. Es hatte tausende von zurückgelegten Kilometern gebraucht, um die Wahrheit zu akzeptieren. Eines würde sie aber gewiss niemals hinnehmen: den Verkauf von Asa gård. Hugo Stinnes hatte gewollt, dass es eines Tages Clärenore gehörte, und dafür würde sie kämpfen.

Entschlossen setzte sie sich an den Schreibtisch und formulierte ein kurzes, aber klares Telegramm an ihre Mutter. Als sie es las, erschrak sie über ihre Dreistigkeit. Besser, sie gab es schnell auf, bevor der Mut sie wieder verließ.

Tante Elsa schien schon beim Frühstück zu wissen, dass Carl-Axel nicht in seinem Zimmer geschlafen hatte. Sie sah die beiden wissend an, verlor aber kein Wort darüber. Auch Onkel Edmund schwieg. Nach dem Essen präsentierten die beiden einen Plan für die nächsten Wochen. Täglich standen zwei bis drei Termine auf der Agenda, zu denen Tante Elsa und Onkel Edmund sie immer begleiten wollten.

»Wir haben uns so lange nicht gesehen«, sagte Tante Elsa. »Da wäre es doch schade, wenn wir die Zeit nicht gemeinsam verbringen würden.«

»Wir haben uns so auf euren Besuch gefreut«, bestätigte Onkel Edmund.

Es wäre Clärenore unhöflich erschienen, ihnen zu widersprechen. Aus den Augenwinkeln sah sie, wie Carl-Axel die Stirn runzelte. Sie waren es beide nicht gewohnt, ihren Tagesrhythmus ausschließlich nach ihren Gastgebern zu richten. Auch wenn nur gute Absichten hinter den Plänen steckten, so würde aus der Ruhe, die sie sich für die nächsten Wochen gewünscht hatten, nichts werden.

Schon am Nachmittag wurden alle auf einer argentinischen Estancia erwartet. Das Anwesen »La Margarita« gehörte dem deutschen Großgrundbesitzer Bertram Böhm. Stolz führte er sie herum und erzählte ihnen, wie die Gauchos ungezähmte Pferde gefügig machten. Die Tiere wurden mit einem Lasso eingefangen, zum Sturz gebracht und so fest gesattelt, dass ihnen die Luft zum Atmen fast wegblieb. Dann wurde mit der Peitsche gearbeitet. Clärenore wurde schlecht vom bloßen Zuhören. Sie wandte sich ab und wollte den Rest nicht mehr erfahren. Lieber erfreute sie sich am Anblick der Tiere, die friedlich auf den schier endlosen Weideflächen grasten.

Sie schlich sich davon, lehnte sich gegen einen der Holzzäune und blickte in die Ferne. Das grüne Feld reichte bis zum Horizont, wo es mit dem Blau des Himmels verschmolz. Carl-Axel trat zu ihr. »Das war eben sehr unhöflich«, sagte er tadelnd.

»Ich konnte die Geschichten nicht ertragen. Wie kann man wildlebenden Pferden so etwas heute noch antun? Es sind stolze Tiere. Warum kann man sie nicht einfach so leben lassen, wie die Natur es ihnen vorgibt?«

»Du hast recht. Es sollten friedlichere Methoden angewendet werden.« Er blickte zurück zu Herrn Böhm, der immer noch auf Clärenores Tante und Onkel einredete. »Zumindest hält er deine Verwandten für ein paar Minuten von uns fern.«

»Findest du sie so schrecklich?«, fragte Clärenore.

»Nein, sie sind entzückend«, versicherte Carl-Axel. »Aber ein bisschen weniger Kontakt hätte es auch getan. Meinst du nicht? Wir verbringen jede Minute mit ihnen. Irgendwie habe ich das Gefühl, sie wollen verhindern, dass wir allein unterwegs sind.«

»Unsinn, sie wollen uns bloß etwas Gutes tun«, widersprach Clärenore. »Sie sind ganz anders als der Rest meiner Familie.«

»Ein bisschen mehr Freiraum wäre trotzdem ganz nett«, sagte Carl-Axel. »Aber für ein paar Wochen ist es auszuhalten. Wir werden ja nicht ewig bleiben.«

Seine Worte erinnerten Clärenore daran, dass ihre Reise sich bereits dem Ende zuneigte. Die herausfordernden Streckenteile hatten sie erfolgreich überwunden. »Hast du eigentlich schon darüber nachgedacht, was du tun willst, wenn du wieder in Schweden bist?«, fragte sie.

»Das ist ein sehr abrupter Themenwechsel.«

»Weißt du es schon?«

»Zuerst muss ich einige Dinge mit Martha klären.« Sein Gesicht verfinsterte sich.

»Ich dachte, du willst dich scheiden lassen.«

Er nickte. »Ich fürchte, dass das nicht so einfach werden wird wie erhofft.«

Clärenore erinnerte sich daran, dass er ihr gestern Abend etwas hatte sagen wollen.

»Sie will sich nicht von dir trennen«, riet sie.

Wieder nickte Carl-Axel. »Sie droht mit einem Skandal, wenn ich sie verlasse.«

»Welche Art von Skandal?«, fragte Clärenore vorsichtig. Sie hatte schon eine vage Vorstellung von dem, was kommen würde.

»Sie will zur Presse gehen und behaupten, dass du unsere Ehe zerstört hast.« Niedergeschlagen ließ er den Kopf sinken. »Es tut mir furchtbar leid. Ich bin sicher, dass ich sie zur Vernunft bringen kann, sobald ich sie sehe.«

»Was hast du ihr geantwortet?«

»Dass ich vorerst zu ihr zurückkehren werde.« Carl-Axel klang unsagbar traurig.

Die Vorstellung, dass Carl-Axel wieder Zeit mit seiner Frau verbringen würde, brannte ein Loch in Clärenores Herz, auch wenn sie immer gewusst hatte, dass es so kommen würde. Sie hatte es selbst vorgeschlagen und sich ausdrücklich gewünscht.

»Und was hast du beruflich vor?«, erkundigte sie sich.

»Ich werde das ganze Material der letzten Monate bearbeiten und zu einem Film, einem Fotobuch und Vorträgen verarbeiten.«

»Das gehört alles noch zu deinem Vertrag mit mir. Den Film werden wir gemeinsam schneiden. Aber was ist danach?«, bohrte Clärenore weiter.

Er zuckte die Schultern. »Keine Ahnung. Es wird sich etwas ergeben.« Er sah sie eindringlich an. »Es ergibt sich immer irgendetwas.«

Sie nickte nachdenklich.

Tante Elsa winkte sie zu sich. »Kommt zu uns!«, rief sie. »Herr Böhm will uns die Stallungen zeigen.«

»Ich hoffe, dass es diesmal nicht um Tierquälerei geht«, raunte Clärenore.

»Pst.« Carl-Axel stieß sie sanft in die Seite. »Wir kriegen im Anschluss ein köstliches Steak serviert.«

Weihnachten verbrachten sie diesmal bei sommerlichen Temperaturen. Der Tannenbaum, den Tante Elsa im Wohnzimmer aufstellen ließ, war mindestens genauso schön wie der in Irkutsk im letzten Jahr. Das Hauspersonal hatte den Baum über und über mit Zuckerwerk und Kerzen geschmückt. Gesungen wurden fröhliche spanische Weihnachtslieder. Zum Essen gab es deutschen Schweinebraten mit Sauerkraut und Kartoffelklößen, genau wie im Vorjahr.

Als sie sich endlich zurückziehen konnten und Carl-Axel heimlich zu ihr ins Zimmer schlich, überreichte sie ihm ein Geschenk. Es war eine neue Tasche für seine Kamera. Carl-Axel freute sich, wirkte aber auch zerknirscht. »Ich hatte gar keine Zeit, etwas für dich zu besorgen.«

Sie zog sein Gesicht zu sich herunter und umfasste es mit beiden Händen. »Du bist für mich das schönste Geschenk.«

Zu Silvester aßen sie mit Tante Elsa und Onkel Edmund in einem teuren Restaurant am Strand. Zum Glück war Onkel Edmund ein Mann, der zeitig ins Bett wollte, weshalb sie sich schon um zehn Uhr voneinander verabschiedeten und sich ein glückliches neues Jahr wünschten. Clärenores Verwandten konnten nichts dagegen einwenden, dass sie und Carl-Axel noch zum Strand wollten. Dort tanzten sie zu den Klängen eines Straßenmusikers Tango. Clärenore musste an Elisabeth in der Mongolei denken, der das kleine Fest gefallen hätte. Ihr wurde bewusst, wie vielen besonderen und großzügigen Menschen sie auf ihrer Reise begegnet waren.

Aber noch war das Abenteuer nicht vorbei. Als Nächstes würde ihre Reise sie an der Eisenbahnstrecke entlang nach Chile führen. Von Valparaíso aus würden sie ein Schiff zurück nach Los Angeles nehmen. Diesmal wollte Clärenore beim Zwischenstopp in Panama das Land sehen und nicht bloß leidend in einem Hotelzimmer liegen. Auch eine Fahrt in den Urwald war eingeplant. Es gab noch so viel zu sehen.

Sie fühlte sich lebendig und zufrieden wie noch nie zuvor in ihrem Leben. Grund dafür war der Mann, mit dem sie sich jetzt zu Walzerklängen drehte. Außerdem fühlte sie sich befreit, seit sie das Telegramm an ihre Mutter geschickt hatte. Als wäre eine Last, die sie jahrelang mit sich herumgeschleppt hatte, von ihr abgefallen.

»Du bist ein guter Tänzer, Carl-Axel«, lobte Clärenore.

»Ich habe ja auch die beste Lehrerin«, entgegnete er.

Als das Jahr 1929 eingeläutet wurde, küsste Carl-Axel sie am Strand von Buenos Aires ungeniert mitten auf den Mund, so als wären sie verheiratet. Clärenore wünschte, sie könnte den Moment einfangen. Denn sie wusste, dass sich schon in wenigen Monaten alles wieder ändern würde.

»Hattet ihr einen schönen Jahreswechsel?«, erkundigte sich Tante Elsa beim Frühstück am nächsten Morgen.

Clärenore nickte mit vollem Mund. Carl-Axel schlief noch. Sie hatte nicht an seine Tür klopfen und ihn aufwecken wollen. Onkel Edmund war auf einem seiner ausgedehnten Spaziergänge, zu denen er am liebsten noch vor Sonnenaufgang aufbrach.

»Das freut mich«, sagte Tante Elsa und setzte sich zu Clärenore an den Tisch. »Du hast dich seit deinem letzten Besuch sehr verändert«, meinte sie nachdenklich.

»Ich hoffe, zum Besseren«, sagte Clärenore.

Tante Elsa lachte. »Ich mochte dich schon immer. Seit ich dich kenne, bist du eine starke junge Frau, die ehrgeizig ihr Ziel verfolgt.«

Clärenore errötete. Sie war Lob aus dem Mund eines Familienmitglieds, auch wenn es angeheiratet war, nicht gewohnt.

»Du bist immer noch stark und ehrgeizig«, fuhr Tante Elsa fort. »Aber inzwischen bist du bereit, Kompromisse einzugehen. Du bist milder geworden, nicht mehr so hart. Das ist gut.«

»Ohne Kompromisse wäre ich nie bis nach Argentinien gekommen«, sagte Clärenore. »Ich hätte schon in der Tschechoslowakei aufgeben müssen.«

»Das kann ich mir gut vorstellen.« Die Tante goss Kaffee aus einer weißen Porzellankanne in zwei filigrane Tassen. Das Geschirr sah aus, als stammte es aus der Meissener Porzellanmanufaktur, vermutlich ein Geschenk aus der alten Heimat. Die Tante schob die eine Tasse zu Clärenore.

»Weiß deine Mutter, dass du eine Affäre mit einem verheirateten Mann hast?«

Beinahe hätte Clärenore die Tasse fallen lassen. Im letzten Moment hielt sie sie fest und stellte sie wieder auf den Unterteller zurück. Sie schwieg betroffen.

»Sie weiß es also nicht«, schlussfolgerte die Tante.

Clärenore presste die Lippen zusammen, bis sie blutleer waren.

»Ist es so offensichtlich?«, fragte sie schließlich. Carl-Axel und sie bemühten sich, einander rein freundschaftlich zu begegnen, wenn sie in Gesellschaft waren. Stets hielten sie gebührenden Abstand und tauschten keinerlei Zärtlichkeiten aus.

»Selbst ein Blinder könnte sehen, was ihr zwei füreinander empfindet«, sagte Tante Elsa.

Clärenore biss sich auf die Unterlippe. Natürlich hätten sie und Carl-Axel vorsichtiger sein sollen, aber es blieb ihnen nur noch so wenig Zeit, und die wollten sie in vollen Zügen auskosten.

»Von mir wird meine Schwägerin nichts erfahren«, versprach Tante Elsa.

»Danke.«

»Du solltest dir trotzdem etwas überlegen. Carl-Axel ist ein verheirateter Mann. Wenn herauskommt, dass ihr eine Affäre habt, wird sich die Presse auf euch stürzen wie die Geier aufs Aas.«

»Ich weiß«, seufzte Clärenore. »Es ist alles so furchtbar kompliziert.«

Tante Elsa nahm einen Schluck von ihrem Kaffee. »Ihr müsst einfach diskreter vorgehen, das ist alles.«

»Am liebsten würde ich auf den guten Ruf der Familie pfeifen!«, platzte Clärenore wütend hervor. Sie erschrak über ihre eigenen Worte und wartete auf Tante Elsas Tadel. Doch der kam nicht. Im Gegenteil. Mitleidig sah die Frau sie an.

»Sollte Carl-Axel sich scheiden lassen und ihr beide euch für eine Ehe entscheiden, könnt ihr zu uns ziehen«, sagte Tante Elsa. »Ihr könntet Edmund und mir Gesellschaft leisten.«

Es dauerte einen Moment, bis die Nachricht zu Clärenore vordrang. Ein warmes Gefühl der Dankbarkeit durchströmte sie. Sie kannte Tante Elsa und Onkel Edmund kaum, dennoch brachten ihr die beiden mehr Verständnis entgegen, als ihre Mutter es jemals tun würde.

»Dein Angebot ist sehr großzügig«, sagte sie und stellte sich vor, was Carl-Axel von dem Vorschlag halten würde. Schon jetzt zählte er die Tage, bis sie ihre Reise wieder fortsetzen konnten. Heute Nachmittag sollte er mit Onkel Edmund zuerst zum Tontaubenschießen und anschließend zum Kartenspiel. So gut gemeint der Vorschlag ihrer Tante auch war, Clärenore würde ihn niemals annehmen.

Die nächsten zwei Wochen verbrachten sie und Carl-Axel mit unzähligen Besichtigungen von riesigen Rinderfarmen und Pferdehöfen. Nie zuvor hatte Clärenore so viel Fleisch gegessen. Bei jeder Mahlzeit wurden riesige Steaks serviert, und selbst Carl-Axel, der ein saftiges Stück Rinderbraten schätzte, hatte irgendwann genug davon. Am Tag vor ihrer Weiterreise flüsterte er ihr zu: »Die nächsten Wochen essen wir nur Bohnen und Gemüse.« Clärenore war einverstanden.

Als sie sich zum Packen der Koffer zurückziehen wollte, reichte eines der Dienstmädchen ihr einen Brief. Er stammte von ihrer Mutter. Clärenore nahm das Kuvert entgegen, rannte in ihr Zimmer und schloss die Tür hinter sich. Mit zitternden Fingern öffnete sie die Nachricht.

Ich habe deinen wahren Charakter schon erkannt, als du noch ein kleines Kind warst, schrieb die Mutter. *Damals habe ich deinen Vater vor dir gewarnt, doch er wollte nicht hören. Jetzt wagst du es, mich zu erpressen. Deine Unverfrorenheit ist grenzenlos. Sollte ich dir Gut Asa gård jemals überschreiben, verzichtest du mit einer Unterschrift auf jeden weiteren Anspruch auf dein Erbe. Du wirst dich nie wieder ins Unternehmen Stinnes einmischen und dich davon fernhalten. Was ich im Übrigen erwarte, weißt du. Solltest du einen Teil dieses widerwärtigen Pakts nicht einhalten, sind die Worte, die ich über den Ozean schicke, hinfällig.*

Clärenore faltete das Papier wieder zusammen. Eigentlich sollte sie sich erleichtert fühlen, aber die erwartete Freude stellte sich nicht ein. Denn es gab noch ein großes Hindernis: Martha Söderström.

Chile
Februar 1929

Einige Kilometer vor Valparaíso endete die gut ausgebaute Straße wieder einmal abrupt. Eine riesige Baustelle aufgrund von Sanierungsarbeiten war der Grund. Weit und breit gab es keine Möglichkeit auszuweichen. Die Straßenarbeiter zeigten hinunter zum Sandstrand, wo zwei Pferdefuhrwerke unterwegs waren.

»Wir bleiben im Sand stecken«, meinte Clärenore.

Ein anderer Arbeiter deutete auf den Weg, den sie gekommen waren, und nannte eine Ortschaft, wo sie wieder landeinwärts fahren und dann über eine bergige Route Santiago erreichen konnten.

»Das kostet uns mindestens eine ganze Woche«, schimpfte Clärenore. »Wir haben die Schiffskarten bereits gekauft.« In drei Tagen würde der Dampfer Valparaíso verlassen.

»Dann lass uns die Sandstraße probieren«, schlug Carl-Axel vor. Er wusste, wie sehr Clärenore sich wünschte, endlich wieder nach Los Angeles zu kommen, um Lord abzuholen.

Noch bevor sie widersprechen konnte, lenkte Carl-Axel den Wagen über eine felsige Straße zum Strand. Der Sand war glatt und plattgedrückt. Der Pazifik rauschte so laut, dass eine Unterhaltung unmöglich war. Die mächtigen Wellen blieben aber in gebührendem Abstand, nur die schäumenden Ausläufer erreichten den Strand. Carl-Axel navigierte geschickt am Wasser entlang. Eine kühle Brise wehte durch das offene Fenster, die Luft schmeckte nach Salz und Meer. Über ihnen kreischten Möwen. Clärenore wähnte sich im Paradies. Selten hatte ihr eine Fahrt so viel Genuss bereitet.

Da blieb der Adler stecken. Das rechte Vorderrad hatte sich in einem Loch verkeilt.

»Oh nein«, sagte sie. »Dabei war es gerade so wunderschön.«

Sie öffnete die Wagentür, sprang hinaus und landete knöcheltief im Wasser, das sich aber wieder zurückzog, sobald sie darinstand.

»Wir müssen wieder einmal schaufeln«, seufzte sie.

Carl-Axel und sie packten gemeinsam an. Während sie das Rad freilegten, rückte die Flut näher.

»Ich glaube, es reicht schon!«, rief Clärenore gegen die immer lauter werdenden Wellen an.

Carl-Axel sprang in den Wagen und versuchte zu starten, doch ohne Erfolg. Der Motor reagierte nicht.

»Probiere es noch einmal«, forderte Clärenore.

Wieder sprang der Zündfunken nicht über. In dem Moment rollte eine hüfthohe Welle an und klatschte gegen den Adler. Clärenore wurde patschnass. Sie schimpfte.

Hektisch versuchte Carl-Axel noch einmal, den Motor in Gang zu bringen. Die nächste Welle schwappte über den Wagen. Wasser drang ins Innere. Aber der Motor blieb stumm.

Carl-Axel riss die Tür auf. Das Wasser aus dem Inneren floss wieder ab.

»Ich versuche die Zündung mit der Handkurbel«, meinte er und kletterte aus dem Wagen. Clärenore setzte sich hinter das Steuer, während Carl-Axel wie in den guten alten Zeiten mit der Handkurbel arbeitete. Eine Welle erfasste ihn von hinten und verpasste ihm eine Dusche. Sein nasses Haar hing ihm in die Stirn. Er kurbelte, was das Zeug hielt, doch es rührte sich nichts.

»Sollen wir Benzin in den Verteiler schütten?«, schlug Clärenore vor.

Carl-Axel wirkte skeptisch. Doch sie stieg erneut aus, öffnete den Kofferraum und holte einen kleinen Kanister Treibstoff heraus.

»Bis jetzt hat der Motor uns nicht im Stich gelassen«, sagte sie mit Blick auf das Meer, das bedrohlich näher rückte. »Warum ausgerechnet jetzt?«

Statt zu antworten, übernahm Carl-Axel den Kanister, schraubte den Deckel ab, öffnete die Motorhaube und schüttete Benzin in den Verteiler. Clärenore kehrte zurück hinter das Lenkrad. Carl-Axel kurbelte erneut. Ein Stein fiel ihr vom Herzen, als der Motor endlich ansprang.

»Schnell!«, rief Clärenore. Doch auch ohne ihr Drängen hätte Carl-Axel unverzüglich reagiert. Er schlug die Motorhaube zu, griff nach dem Kanister und hüpfte in den Wagen. Noch bevor er die Tür schließen konnte, brauste Clärenore los und raste zum trockenen Ufer. Der Sand war hier deutlich härter, und die Räder griffen. Erst als sie steinigen Untergrund erreichten, beruhigte ihr Atem sich wieder. Sie lenkte den Wagen auf einen Grashügel. Hier waren sie in Sicherheit.

»Das war knapp«, sagte sie. »Um ein Haar hätte unser Adler auch noch schwimmen lernen müssen.«

Sie schaute an sich selbst herunter und auf das Gepäck im hinteren Teil des Wagens. »Es wird wohl ein paar Stunden dauern, bis alles wieder trocken ist.«

Carl-Axel wurde blass. »O mein Gott«, stöhnte er.

»Was ist los?«

»Meine Negative!«

Die Arbeit der letzten Monate lag im Wasser.

Er hastete aus dem Wagen, riss die hintere Wagentür auf und zerrte die Kiste mit seinem Filmmaterial hervor.

»Wir müssen die Negative in die Sonne legen, rasch.«

Hektisch öffnete er die Kisten und nahm mit zitternden Händen ein Bild nach dem anderen heraus. Sein verzweifelter Gesichtsausdruck schnürte Clärenore das Herz zusammen. Sie suchte nach einer geeigneten Unterlage. Alles im Adler war nass. Aufgeregt lief sie zu einem der Strandhäuser und bat eine Bewohnerin um eine trockene Decke. Mit Händen und Füßen erzählte sie von den nassen Negativen. Die Frau, die gerade Wäsche zum Trocken aufhängte, unterbrach ihre Arbeit. Obwohl sie Clärenores Kauderwelsch unmöglich verstehen konnte, lief sie hilfsbereit auf den Dachboden und kehrte mit alten Ponchos zurück. Damit hastete Clärenore wieder zum Wagen.

Carl-Axel standen die Tränen in den Augen. Vor ihm lag die Arbeit von bald zwei Jahren. Er kniete über den feuchten Negativen.

»Ist alles verloren?« Sie wagte die Frage kaum zu stellen.

»Ich weiß es noch nicht.«

Clärenore breitete die Wollponchos im Windschatten eines Gebüschs aus und legte behutsam ein Negativ nach dem anderen darauf. In einer der Kartonhüllen, die allesamt zerstört waren, fand sie neben den Fotos einen Brief mit einem relativ neuen Poststempel. Carl-Axel musste ihn in Buenos Aires bekommen haben. Er stammte von seiner Frau. Clärenore legte ihn zu den Negativen und ließ ihn unerwähnt. Da sie nichts anderes tun konnten als warten, setzten sie sich in die Sonne. Beide starrten wie gebannt auf die Negative, als könnten sie auf diese Weise den Trockenvorgang beschleunigen. Niemand sprach ein Wort. Nur das Kreischen der Möwen über ihnen war zu hören.

Nach etwa einer Stunde wagte Carl-Axel eine erste Prüfung. Er griff nach einem der Negative und hielt es gegen die Sonne. Erleichtert stieß er die Luft aus. »Es ist unbeschädigt!«

Clärenore sprang vor Freude auf und fiel ihm um den Hals. »Was für ein Glück.«

Er küsste sie. »Ja, das war wirklich knapp.«

Gemeinsam kontrollierten sie ein Negativ nach dem anderen. Es stellte sich heraus, dass nur ein kleiner Teil der Bilder ruiniert war. Die meisten konnten sie dank der raschen Trockenaktion retten. Die Frau, die ihnen die Ponchos geliehen hatte, beobachtete sie neugierig. Als Clärenore ihr erzählte, dass sie die Welt mit dem Automobil umrundeten und mit ihrer Hilfe die Negative von den Reisefotos getrocknet hätten, war die Frau schwer beeindruckt. Sie fragte, ob Carl-Axel auch von ihr ein Foto machen würde. Gerne erfüllte er ihren Wunsch. Die Kamera war dank der neuen Tasche völlig unbeschadet davongekommen.

Schon am Nachmittag konnten sie ihre Reise fortsetzen.

Panama
März 1929

Dichte Dampfschwaden stiegen von den üppigen Farn- und Palmblättern auf, die die Uferböschungen überwucherten. Nebelschwaden hingen über dem Wasser. Die Luft war warm, schwer und feucht. Feine Wassertröpfchen bildeten sich auf der Haut, sobald man sich bewegte. Ruhig glitt das Motorboot über den Fluss und teilte die dichte Decke grüner Wasserlinsen, die darauf schwammen. Was sich darunter verbarg, blieb im Dunkeln. Das gleichmäßige Tuckern des Motors war leise im Vergleich zu den Geräuschen des Dschungels.

Clärenore hatte sich an das laute Zirpen und Surren, den Gesang der Vögel und das Kreischen der Affen gewöhnt. Sie konnte sich nicht sattsehen an der Vielfalt der Pflanzen und Tiere. Von überall leuchteten ihr farbenprächtige Orchideen entgegen, die mit ihren ausgefallenen Formen und kräftigen Farben um ihre Aufmerksamkeit wetteiferten. Von den mächtigen jahrhundertealten Bäumen hingen dicke Lianen. Hin und wieder schwangen sich kleine Äffchen darauf und sausten dann gackernd hintereinander die Äste entlang, um im Dickicht der Blätter wieder zu verschwinden.

Seit drei Tagen waren sie nun schon im Urwald. Den Adler hatten sie in El Real de Santa María zurückgelassen, der

Hauptstadt der panamaischen Provinz Darién. Gemeinsam mit Kapitän Elliot, einem Briten, der sich im Dschungel niedergelassen hatte und davon lebte, Europäer sicher durch seine neue Heimat zu führen, waren sie auf dem Weg zu den Chocó, einer indigenen Bevölkerungsgruppe, die im pazifischen Tiefland Panamas und Kolumbiens lebte. Clärenore konnte es kaum erwarten, ihnen zu begegnen.

Die letzte Nacht hatten sie in Kapitän Elliots Pfahlbau verbracht. Clärenore hatte unter einem Moskitozelt in einer Hängematte geschlafen.

Jetzt sah sie dem faszinierenden Farbenspiel zu, das die Sonne verursachte, die sich durch das Blätterwerk kämpfte. Die ersten Strahlen zogen auch die Krokodile an, die am Fluss ihre ständigen Begleiter waren. Meist lagen die gefährlichen Reptile am Ufer und beobachteten von dort aus das vorbeifahrende Motorschiff. Von einigen waren nur die Augen zu sehen, andere zeigten ihre ganze Körperlänge. Gestern hatte Clärenore beobachtet, wie schnell die scheinbar trägen Tiere sein konnten, sobald sie sich auf Beute stürzten. Blitzschnell war eines der Krokodile aus dem Wasser gesprungen und hatte nach einem unachtsamen Wasservogel geschnappt. Seither achtete Clärenore noch genauer darauf, nicht zu nah am Rand des Motorboots zu sitzen. Sobald Carl-Axel sich wegen eines Fotos zu weit übers Wasser beugte, zog sie ihn ängstlich am Ärmel wieder zurück.

»Sehen Sie, dort liegt die Siedlung«, sagte Kapitän Elliot. Er wies mit ausgestrecktem Arm nach vorne.

Clärenore reckte den Hals. Zuerst konnte sie nur grüne Blätter ausmachen, aber nach und nach schälten sich einfache Pfahlbauten aus dem Dickicht, zwei Etagenhütten von mindestens zehn Meter Durchmesser. Die niedrige Bodenetage war für Hunde, Hühner, Schweine und sonstige Haustiere vorgesehen, die durch Bambusstangen voneinander getrennt waren. Die Menschen schienen auf der oberen Etage zu leben. Später erfuhr Clärenore, dass bis zu drei Generationen zusammenwohnten.

Als sich das Boot näherte, kamen die Dorfbewohner aus ihren Hütten. Sie trugen bunte Glasperlenketten und um die Lenden einen Schutz aus Stoff oder Leder. Ihre Oberkörper waren weitgehend unbedeckt. Auch die Frauen zeigten ihre Brüste, was für Clärenore ein ungewohnter Anblick war. Sie bemühte sich, ihre Aufmerksamkeit nicht darauf zu richten. Die Chocó schienen weiße Europäer gewohnt zu sein, denn sie winkten ihnen freundlich zu und wiesen Kapitän Elliot an, das Boot am einzigen Holzsteg anzulegen. Kaum dass der Motor ausgeschaltet war, kletterte die Besatzung aus dem Boot. Sie bestand aus dem Kapitän, Carl-Axel, Clärenore und drei weiteren Besuchern aus Portugal, einem Ehepaar und einem Handelsreisenden.

Die Gäste wurden aufs Herzlichste begrüßt. Offenbar hatte man sie erwartet. Zwei Männer führten sie in die Dorfmitte, wo man ein Festessen für sie vorbereitet hatte. Es gab Früchte, die Clärenore noch nie zuvor gesehen hatte, Nüsse, gegrillten Fisch und Fleisch. Statt auf Geschirr war ein Großteil der Speisen auf Palmblättern angerichtet. Über einem Feuer hing ein Topf, in dem eine Suppe aus gekochten Bananen blubberte.

Clärenore wusste nicht, wo sie zuerst hinsehen sollte. Alles war fremd, bunt und exotisch. Kinder spielten im Hintergrund mit kleinen Stöcken. Aus einer der Hütten trat eine alte Frau. Eine mehrreihige Glasperlenkette hing schwer zwischen ihren ausgezehrten Brüsten. Ihr bronzefarbenes Gesicht war über und über mit Falten bedeckt.

»Das ist die Stammesälteste«, erklärte Kapitän Elliot und verbeugte sich vor ihr. Clärenore und Carl-Axel taten es ihm gleich. Die Alte kniff die Augen zusammen und musterte einen Besucher nach dem anderen. Ihr Blick blieb auf Clärenore hängen. Sie wirkte verwirrt, zögerte kurz und trat dann beherzt auf Clärenore zu. Ohne Vorwarnung fasste sie ihr an die Brust. Dabei sagte sie etwas, das Clärenore nicht verstand. Starr vor Schreck starrte sie die Alte verdattert an.
»Was sagt sie?«

»Sie wollte wissen, ob Sie ein Mann oder eine Frau sind«, schmunzelte Kapitän Elliot. »Sie kennt Europäer, aber sie hat noch nie eine Frau in Hosen gesehen.«

»Jetzt weiß sie es«, sagte Clärenore, löste sich aus ihrer Haltung, trat einen Schritt zurück und verschränkte die Arme vor der Brust, bevor noch weitere Dorfbewohner auf die Idee kamen, sie abzutasten. Aber keiner machte dazu Anstalten. Gastfreundlich lud man sie zum Essen ein. Sie setzten sich im Kreis auf den Boden. Reihum wurden die Speisen gereicht. Die kleinen knusprigen Leckerbissen entpuppten sich als gegrillte Insekten. Als Carl-Axel erfuhr, was er gerade aß, schob er die Holzschüssel entsetzt wieder von sich. Clärenore störte sich nicht daran. Sie fand die Heuschrecken köstlich. Ihr Geschmack erinnerte an frittiertes Gemüse.

Es wurde ein ausgelassener Nachmittag, an dem sie so viel Neues kennenlernten, dass Clärenore aus dem Staunen nicht herauskam. Die Chocó waren die sanftesten und friedlichsten Menschen, denen sie während ihrer Reise begegnet war. Sie lebten im Einklang mit der Natur, schienen völlig zufrieden mit ihrem Dasein und entnahmen dem Urwald nur das, was sie zum Leben benötigten. Als Clärenore erfuhr, wie böse die europäischen Eroberer ihnen mitgespielt hatten und wie sehr ihr Lebensraum bedroht war, stimmte es sie traurig. Die Chocó waren immer weiter in den Urwald zurückgedrängt worden. Heute wurden sie nicht mehr brutal abgeschlachtet, aber die panamaische Regierung wollte ihre Lebensweise trotzdem nicht akzeptieren. Es gab Pläne, die darauf abzielten, die Kinder in Schulen zu schicken und die Menschen an das Gesundheitssystem anzubinden. Es waren durchaus gutgemeinte Ideen, von denen die Chocó aber nichts wissen wollten. Clärenore wünschte den Menschen inständig, dass sie ihre Identität bewahren durften und künftig keiner Gewalt mehr ausgesetzt sein mussten.

Sie blieben bis zum Sonnenuntergang und stiegen erst wieder ins Motorboot, als der Mond über dem Blätterdach erschien. Die Sichel spiegelte sich silbern auf der dunklen Wasseroberfläche, während die Geräusche des Urwalds nichts an Lautstärke eingebüßt hatten. Diesen Anblick und die intensiven Gerüche nach Blüten, Erde und Wasser würde Clärenore niemals vergessen. Die über hundert Fotos, die Carl-Axel an diesem Nachmittag geschossen hatte, würden ihr helfen, diesen Besuch in ihrer Erinnerung zu bewahren.

Vereinigte Staaten
April 1929

Seit einer gefühlten Ewigkeit standen sie im Hafen Balboa in einer langen Warteschlange. Offenbar gab es bei den Automobilen vor ihnen Schwierigkeiten beim Abwickeln der Ausreiseformalitäten.

»Wenn sich nicht bald etwas tut, dann verpassen wir unser Schiff«, sagte Carl-Axel nervös. Clärenore folgte seinem Blick zum Ende des Piers. Dort stand der riesige Dampfer, der sie von Panama zurück nach Los Angeles bringen sollte. Ein Automobil nach dem anderen rollte über einen Steg an Deck. Nur sie mussten hier ausharren.

»Können wir nicht einfach an den anderen Automobilen vorbeifahren?«, schlug sie vor.

»Wie denn?«, fragte Carl-Axel. »Soll ich etwa die Flügel ausbreiten und abheben?«

Da ihr Wagen zwischen riesigen Containern und dem Meer eingekeilt war, blieb ihnen nichts anderes übrig, als weiter geduldig auszuharren.

Aus Minuten wurden Stunden, und ihre Nervosität wuchs. Unterdessen war Clärenore dreimal zum Kontrollhäuschen gelaufen und hatte den Beamten erklärt, dass sie ihr Schiff versäumte, wenn nicht zügig gearbeitet würde, aber sie war auf taube Ohren gestoßen.

Um kurz vor vier war es endlich so weit. Sie durchliefen die Passkontrolle und brausten dann in einem solchen Höllentempo den Pier entlang, dass zwei Matrosen erschrocken zur Seite sprangen. Als sie die Santa Maria erreichten, wurde die Brücke gerade eingezogen. Carl-Axel hupte wie wild. Clärenore sprang aus dem Adler und winkte den Matrosen aufgeregt zu.

»Halt!«, schrie sie so laut sie konnte. Dabei wedelte sie mit den Tickets in der Luft. »Wir haben die Überfahrt bezahlt! Lassen Sie die Brücke wieder runter!«

Zuerst passierte gar nichts, aber dann kam ein Offizier. Er schien sie zu erkennen und wies die Matrosen an, die Brücke erneut auszufahren.

Später stellte sich heraus, dass Henry Clark, der Erste Offizier der Santa Maria, die Zeitungsberichte über Clärenore und Carl Axel gelesen hatte. Ohne seine Fürsprache hätten die beiden weitere zehn Tage in Panama-Stadt festgesessen und hätten sich neue Schiffstickets kaufen müssen.

Obwohl die zehntägige Fahrt angenehm und entspannt verlief, wuchs Clärenores Unruhe. Sie sehnte sich danach, Lord wiederzusehen.

Endlich war es so weit. In wenigen Stunden würden sie Los Angeles erreichen. Carl-Axel stellte sich neben Clärenore an die Reling und legte den Arm um ihre Schulter.

»Was geht dir gerade durch den Kopf?«, fragte er.

Sie lehnte sich an seine Brust. »Unsere Reise neigt sich dem Ende zu«, sagte sie. »Die großen Gefahren liegen hinter uns. Was jetzt folgt, ist nur noch Entspannung.«

»Ist das schlecht?«

»Nein, es ist wunderbar«, sagte sie. »Ich freue mich auf die nächsten Wochen. Sie gehören ausschließlich uns beiden.«

Er küsste sie aufs Haar.

»Aber wir müssen etwas vorsichtiger sein«, fuhr sie fort. »Unsere Fotos sind auf den Titelseiten aller Zeitungen. Die Menschen auf der Straße oder in den Lokalen könnten uns erkennen. Wir dürfen uns nicht als Liebespaar zeigen.«

Ein Schatten legte sich über sein Gesicht.

»Hast du von deiner Frau gehört?«, fragte Clärenore und hoffte, dass es möglichst beiläufig klang. Carl-Axel hatte ihr immer noch nicht von Marthas Brief erzählt.

»Sie hat mir nach Buenos Aires geschrieben.«

»Das ist lange her. Du hast mir nichts davon erzählt.«

»Es war kein netter Brief.«

»Wieso?«

»Sie hat ihre Drohung wiederholt. Wenn ich mich von ihr trenne, geht das nur mit einem großen, hässlichen Skandal«, sagte er grimmig. »Martha hat bereits Kontakt mit einer Zeitung aufgenommen und will ein Exklusivinterview geben, in dem sie schmutzige Geschichten erzählen wird, die so nicht stimmen. Das Bild, das dabei entstünde, wäre fatal. Ich habe sie in einem Telegramm gebeten, davon Abstand zu nehmen, und ihr versprochen, zu ihr zurückzukehren.« Er verzog bitter den Mund. »Es ist ohnehin das, was du von mir erwartest.«

Clärenore presste die Lippen aufeinander. So viel hatte sich in den letzten Wochen verändert. Je näher der Tag ihrer Trennung rückte, umso unmöglicher erschien es ihr, ohne Carl-Axel zu leben. Sie gehörten zusammen.

»Sie erpresst dich«, sagte sie verärgert.

Carl-Axel zuckte bloß mit den Schultern. »Mir wäre der Skandal egal. Aber du hast mehrfach gesagt, dass du schlechte Nachrede auf jeden Fall vermeiden willst, um den Ruf eures Familienunternehmens nicht zu schädigen.«

»Meine Brüder sind gerade dabei, die Arbeit meines Vaters zu zerstören«, sagte Clärenore bitter. »Eine Affäre mit einem verheirateten Mann ist im Vergleich dazu harmlos.«

Carl-Axel schöpfte Hoffnung. »Heißt das, du hast deine Meinung geändert?«

Clärenore wiegte den Kopf. »Ja und nein.«

»Was soll das heißen?«

»Ich habe dir auch eine Nachricht verschwiegen«, gab sie zu. »Meine Mutter wollte ja Asa gård in Schweden verkaufen, davon hatte ich dir erzählt.«

»Ich erinnere mich.« Er stellte sich so, dass er ihr Gesicht sehen konnte.

»Ich habe ihr geschrieben, dass ich auf alle Erbansprüche verzichte, wenn sie mir dieses Gut überlässt.«

Carl-Axel zögerte kurz. »Aber du hättest doch das Recht auf viel, viel mehr«, sagte er dann. »Dein Vater war einer der reichsten Männer Deutschlands. Deine Familie besitzt milliardenschwere Unternehmen auf der ganzen Welt. Ein Gut in Schweden kann diesen Wert niemals aufwiegen.«

»Ich weiß«, antwortete Clärenore. »Ich wollte im Unternehmen mitarbeiten. Insgeheim hatte ich immer gehofft, dass meine Mutter mir nach der Reise den Platz einräumen wird, der mir zusteht. Manchmal frage ich mich, ob ich die Expedition nur ihretwegen angetreten bin.«

»Bereust du deine Entscheidung?«

»Um Himmels willen, nein«, entgegnete Clärenore schnell. »Es war das Beste, was ich tun konnte.«

Carl-Axel wirkte beruhigt.

»Schlussendlich hat mir die Reise dabei geholfen, mich damit abzufinden, dass meine Mutter niemals das in mir sehen wird, was ich wirklich bin.«

»Eine kluge, tapfere, starke Frau«, sagte Carl-Axel.

Clärenore lächelte ihn dankbar an. »Ich habe mit dem Unternehmen endgültig abgeschlossen und hadere nicht mehr mit Mutters Entscheidung. Das Einzige, was mir vom Familienbesitz wirklich etwas bedeutet, ist das Gut in Südschweden.«

Carl-Axel schwieg.

»Wir könnten dort eine gemeinsame Zukunft aufbauen«, fuhr Clärenore fort. Sie hatte gründlich über alles nachgedacht. »Wir würden das Gut bewirtschaften und Pferde züchten. Wenn uns langweilig wird, unternehmen wir eine kleine Reise.«

»Das klingt paradiesisch, aber so wie du es erzählst, scheint die Sache einen Haken zu haben.«

Clärenore wandte sich von ihm ab und schaute zum Festland. »Meine Mutter verlangt, dass es keinen Skandal gibt. Wenn du dich scheiden lässt, muss das völlig unspektakulär über die Bühne gehen. Und natürlich dürfte es erst dann geschehen, wenn Gras über diese Reise gewachsen ist. Also frühestens, wenn der Film in den Kinos gelaufen ist.«

»Das wird nächstes Jahr der Fall sein«, sagte Carl-Axel.

»Wenn wir heiraten, müssen wir das im Ausland machen. Nicht in Deutschland und auch nicht in Schweden, um kein Aufsehen zu erregen.«

Carl-Axels Gesicht verdüsterte sich. »Ich wünschte, ich hätte mich schon vor Jahren von Martha getrennt.«

»Du bist eben ein großzügiger und toleranter Mann, der an das Gute im Menschen glaubt. Genau aus diesem Grund liebe ich dich.« Sie drehte sich wieder zu ihm und küsste ihn. Es sollte für Wochen der letzte Kuss in der Öffentlichkeit sein.

Die Einreiseformalitäten dauerten schier endlos. Clärenore saß wie auf Nadeln. So nah am Ziel noch warten zu müssen, fiel ihr unendlich schwer. Am liebsten hätte sie den Beamten am Schalter die Unterlagen aus der Hand gerissen und die Papiere selbst abgestempelt.

Carl-Axel versuchte sie zu beruhigen. »Setz dich und trink einen Kaffee.«

»Der macht mich bloß noch nervöser.«

Als endlich alles erledigt war, wollte sie nicht noch weitere Zeit verschwenden und nach einem Postamt zum Telefonieren suchen. Sie lenkte den Wagen gleich zu Kath Norris' Dog Center.

Schon von Weitem hörte sie das Bellen der Hunde. Es schnürte ihr die Kehle zu. Ob es Lord gutging? War er noch am Leben? Das schlechte Gewissen plagte sie. In den letzten Wochen hatte sie immer seltener an ihren treuen Gefährten gedacht. Jetzt kehrte die Sorge mit voller Wucht zurück.

Sie parkte den Adler ein und lief über den staubigen Weg zum Haus. Nichts hatte sich in den letzten Monaten verändert. Alles sah noch genauso aus, wie sie es in Erinnerung hatte. Sogar das alte Waschbrett stand noch neben den Stufen zur Veranda, und das Loch im Fliegengitter war immer noch nicht geflickt worden. Kath hatte sie durchs Fenster kommen sehen und trat aus dem Haus.

»Nein, was für eine Überraschung«, sagte sie. »Da wird sich aber jemand sehr freuen.«

Sie begrüßte Clärenore überschwänglich, als sei sie ihre älteste und beste Freundin.

»Wie geht es Lord?«

»Gut, wie denn sonst?« Kath zog Clärenore mit sich hinters Haus. Genau wie beim letzten Besuch waren die Käfige alle zugesperrt. Einige Hunde heulten, andere bellten. Clärenore lief schnurstracks zu Lord. Der Gordon Setter lag zusammengekauert in einer Ecke. Als er Clärenores Stimme hörte, sprang er augenblicklich auf, bellte und stellte sich mit den Vorderpfoten gegen die Käfigtür.

»So lebendig habe ich den Kerl die ganze Zeit nicht gesehen«, gestand Kath. Sie öffnete den Käfig, und Lord stürzte sich zuerst auf Clärenore, dann auf Carl-Axel. Er schleckte über ihre Gesichter, wedelte mit dem Schwanz und jaulte vor Freude. Clärenore rannen Tränen der Freude über die Wangen. Als sie zu Carl-Axel schaute, sah sie, dass auch er sich mit dem Handrücken über Augen und Nase fuhr. Es dauerte einige Minuten, bis Lord sich wieder beruhigte. Er hielt sich ganz dicht an Clärenores Bein und würde diesen Platz so schnell nicht wieder verlassen.

Carl-Axel beglich den Rest der offenen Rechnung. Dann verabschiedete man sich schnell. Clärenore wollte diesen Ort so rasch wie möglich wieder verlassen. All die anderen Hunde in ihren Käfigen taten ihr leid.

Dann holten sie den Begleitwagen, den sie solange in einer bewachten Garage abgestellt hatten. Sie verbrachten eine

Nacht in einem feinen Hotel und brachen am nächsten Morgen zeitig Richtung Kanada auf. Bevor sie die Stadt verließen, sah Clärenore ein kleines, hübsches Häuschen mit einer Holzveranda und Meerblick. Am Zaun hing ein Schild mit der Aufschrift »Zu verkaufen«. Sie hielt an.

»Hast du vor, dir ein Häuschen in Los Angeles zu kaufen?«, fragte Carl-Axel überrascht.

»Ich will bloß wissen, was dafür verlangt wird.«

»Warum?«

»Hast du mir nicht gesagt, dass Martha sich nach einem glamourösen Leben in Hollywood sehnt?«

Carl-Axel verstand immer noch nicht.

»Um den Glamour muss sie sich selbst kümmern. Aber das kleine Häuschen können wir ihr anbieten.«

»Du willst meiner Ehefrau ein Haus kaufen?«

»Ein schmuckes kleines Häuschen«, verbesserte Clärenore ihn. »Dafür, dass sie bei deiner Heimkehr der Presse gegenüber die liebende Ehefrau mimt, die sich auf ihren Gatten freut, von dem sie sich nächstes Jahr still und heimlich scheiden lässt. Das alles würden wir natürlich vertraglich festhalten. Ohne Schweigen kein Häuschen.«

Carl-Axel schüttelte beeindruckt den Kopf. »Du bist ja richtig durchtrieben.«

»Das wären die Worte von Mrs. Bloomsberry und meiner Mutter gewesen«, entgegnete Clärenore. »Mein Vater hätte gesagt, dass dies eine gute Geschäftslösung sei, bei der alle Seiten auf ihre Rechnung kämen.«

»Ewig schade, dass deine Mutter so kurzsichtig ist. Du wärst die perfekte Nachfolgerin deines Vaters.«

Clärenore stimmte ihm zu.

»Was meinst du?«, fragte sie dann. »Denkst du, du kannst Martha überzeugen?«

»Ich soll sie vor die Wahl stellen, ob sie einen mittellosen Ehemann haben will, der sie nicht liebt, oder ein Häuschen in Los Angeles?« Er grinste breit. »Ich denke, dass ich die Antwort schon kenne.«

Im Nachhinein erschien Clärenore die Reise durch Amerika wie ein langer, spannender Urlaub. Sie fuhren auf glatten, breiten Straßen, übernachteten in schicken Hotels oder kleinen Pensionen, aßen in Restaurants und Imbissstuben, gaben Interviews und stellten sich Fototerminen. In jeder noch so kleinen Ortschaft gab es Benzinzapfsäulen und Werkstätten. Die Wochen verflogen wie im Wind. Sie sahen den Grand Canyon, besuchten die Hopi-Indianer, wo Clärenore sich einen Traum erfüllte und einen echten Federschmuck auf den Kopf setzte, um damit von Carl-Axel fotografiert zu werden. Sie hoffte, dass ihre Mutter das Foto sehen würde. Ob sie die versteckte Botschaft darin erkannte, war fraglich. Mit Sicherheit hatte Cläre Stinnes längst vergessen, wie sehr es Clärenore als Kind getroffen hatte, dass ihr wichtigster Weihnachtswunsch unerfüllt geblieben war, während ihre Brüder genau das ausgepackt hatten, wonach sie sich gesehnt hatte.

Nach dem Besuch der Nationalparks fuhren sie weiter Richtung Kanada. Clärenore verliebte sich auf Anhieb in die unberührte Natur, die dichten Wälder und Seen. Auf den Gipfeln der Berge lag immer noch Schnee. In einem der Hotels, in denen sie übernachteten, hingen Skier an der Wand. Clärenore nahm sich vor, im nächsten Winter die neue

Sportart auszuprobieren, die jedes Jahr mehr Menschen begeisterte.

»Wenn du bloß langlaufen willst, ist das kein Problem. Da helfe ich dir gern«, sagte Carl-Axel. »Beim alpinen Skilauf wird die Sache allerdings anspruchsvoller. Ich muss zugeben, dass ich darin keine Erfahrung habe.«

»Du bist mit dem Adler geflogen«, entgegnete Clärenore zuversichtlich. »Dann dürfte ein verschneiter Berghang kein Problem für dich darstellen.«

Die Wochen in Kanada vergingen viel zu schnell. Trotz der Schilder, die vor Grizzlybären warnten, begegneten sie keinem einzigen Exemplar. Dafür schnitt ihnen auf einer Straße durch ein Waldstück eine Elchherde den Weg ab. Sie mussten warten, bis alle Tiere passiert hatten, bevor sie weiterfahren konnten. Clärenore war völlig aus dem Häuschen. Es waren die ersten lebenden Elche, die sie zu Gesicht bekam. Carl-Axel hingegen war nicht weiter beeindruckt.

»In Schweden gibt es Unmengen von Elchen«, erklärte er. Es kostete Clärenore all ihre Überzeugungskraft, damit er dennoch ein Foto von den Tieren machte.

Wieder im Land der unbegrenzten Möglichkeiten, fuhren sie zügig Richtung New York. Auf ihrem Weg dorthin kamen sie an einer Farm mit Brutmaschinen vorbei, in denen sechzehntausend Küken zur gleichen Zeit ausgebrütet wurden. Clärenore betrachtete die winzigen Tiere, die in den Wärmeschränken verzweifelt vor sich hin piepten. Das Bild wirkte verstörend auf sie.

»Dir gefällt die Brutmaschine nicht«, riet Carl-Axel.

»Ich finde sie abscheulich«, pflichtete Clärenore ihm bei.

Sie passierten natürlich auch etliche größere und kleinere Städte. In Chicago stellten sie ihre Fahrzeuge in einer Garage ab, die achtzehn Stockwerke hatte. In den Werkstätten von Illinois konnte man die Reparaturen rund um die Uhr durchführen lassen, denn die Menschen arbeiteten auch nachts.

Clärenore wusste, dass sie selbst niemals so leben wollte. Eine Zukunft auf Asa gård, gemeinsam mit Carl-Axel, erschien ihr von Tag zu Tag erstrebenswerter.

In Detroit fand einer der Höhepunkte der Reise statt. Sie trafen Henry Ford und besuchten seine Automobilwerke. In den riesigen Produktionshallen wurden die Automobile auf Fließbändern produziert. Wagen um Wagen rollte vom Band zur Abnahme. Unglaubliche achttausend Exemplare verließen pro Tag die Werke. Clärenore war beeindruckt von dieser Effizienz.

»Wenn wir in Deutschland technologisch nicht nachziehen, wird es bald nur noch amerikanische Automobile auf der Welt geben«, sagte sie leise zu Carl-Axel.

Der teilte ihre Sorge nicht. »Ich bin davon überzeugt, dass man in Deutschland bereits umrüstet.«

Zur Feier des Tages hatte sie Hildes hellblaues Kleid angezogen. Nach dem feierlichen Abendessen und dem anschließenden Fototermin schrieb sie ihrer Schwester einen langen Brief. »Achte auf das Foto von mir, das demnächst in den Zeitungen zu sehen sein wird«, schloss sie. »Erkennst du das Kleid? Es wurde mir von einer modebewussten jungen Frau empfohlen. Vielen Dank, liebe Hilde.«

Anlässlich ihrer Ankunft in New York veranstaltete man einen festlichen Empfang. Mit Musik, Konfetti, Papierschlangen und jeder Menge Publikum wurden sie und

Carl-Axel beim Einzug in die Fifth Avenue bejubelt. Sogar der amerikanische Präsident Hoover reiste an, um Clärenore und Carl-Axel zu gratulieren. Erneut folgten Foto- und Pressetermine. So schmeichelnd und aufregend die Aufmerksamkeit war, so sehr sehnte sich Clärenore nach all dem Trubel nach Ruhe.

Als der Dampfer »Paris« vom Kai losmachte und Richtung Europa fuhr, war sie erleichtert und traurig zugleich. Beim Anblick der winkenden Menschen am Kai wurde ihr zum ersten Mal bewusst, dass sie es wirklich geschafft hatte. Dank Carl-Axels Hilfe hatte sie ihren Traum Wirklichkeit werden lassen. Sie hatte als erster Mensch und als erste Frau die Welt mit dem Automobil umrundet.

Zehn Tage später legte das Schiff bei strömendem Regen in Le Havre an. Martha Söderström erwartete ihren Mann im Hafengebäude.

Nach all den Monaten sah Clärenore Carl-Axels Ehefrau, deren Bild bisher nur in ihrer Fantasie existiert hatte. Sie war attraktiv, ja, manche Menschen hätten sie als Schönheit bezeichnet. Doch Clärenore fand, dass in ihren Augen eine berechnende Kälte lag. Was vielleicht auch damit zu tun hatte, dass sie sofort auf Carl-Axels Vorschlag mit dem kleinen Häuschen in Los Angeles eingegangen war und zusätzlich eine beträchtliche Summe Geld gefordert hatte – als Entschädigung für die entgangenen Zahlungen, die ihr die Presse für die hässliche Geschichte geboten hätte.

Martha Söderström begrüßte ihren Mann mit einer innigen Umarmung und einem Kuss. Für einen kurzen Moment fühlte Clärenore einen stechenden Schmerz. Aber als Carl-Axel ihren Blick suchte und ihr zuzwinkerte, wurde ihr wieder bewusst, dass dieses Schauspiel ein Ablaufdatum hatte. Es wurde ausschließlich ihretwegen gespielt. Cläre Stinnes hatte keinen Grund, sich aufzuregen. Die Schenkungsurkunde und die Verzichtserklärung auf weitere Ansprüche aus dem Familienunternehmen sollten in den nächsten Monaten unterzeichnet werden.

Wie erwartet war niemand von ihrer Familie gekommen. Dafür standen bereits unzählige Reporter am Pier, die Unmengen von Fragen stellten und Clärenore von allen Seiten fotografierten. Im Konvoi fuhren sie nach Berlin, wo sie auf der Avus erneut festlich empfangen wurden. Unter den Zuschauern entdeckte sie Hans Grunow und Viktor Heidtlinger. Auch Direktor Außenberg und Außenminister Stresemann waren gekommen.

In vorderster Reihe stand Hilde. Sie schwenkte eine bunte Fahne, auf der der Name ihrer Schwester stand. Clärenore winkte ihr zu. Für mehr war vorerst keine Zeit. Der private Teil ihres Wiedersehens mit dem Austausch der neuesten Nachrichten musste auf später verschoben werden. Jetzt galt es, eine Ehrenrunde auf der Rennstrecke zu fahren.

Es war ein unglaublicher Triumph. Die Menschen zollten Clärenore die Anerkennung, nach der sie sich so viele Jahre gesehnt hatte. Im Rückspiegel sah sie Carl-Axel, der den Großen lenkte. Ihr wurde bewusst, wie reich sie auf dieser Reise vom Leben beschenkt worden war. Und das Abenteuer war noch lange nicht vorbei. Es hatte gerade erst begonnen. Voller Übermut hupte sie dem Publikum zu.

Schweden
November 1931

Das Feuer im Kamin knisterte behaglich. Clärenore hatte die Füße auf einem kleinen Schemel hochgelagert. Ihr Bauch war in den letzten Wochen zu einer erstaunlichen Größe angewachsen. Manchmal fragte sie sich, ob sie jemals wieder in ihre alten Hosen passen würde.

Das Geräusch eines Automobils ließ sie aufhorchen. Das Fahrzeug rollte über den Schotterweg zum Wohnhaus.

»Nanu, erwartest du Besuch?« Carl-Axel legte Zeitung und Pfeife zur Seite. Es war Samstagabend, und die beiden genossen die Pause nach einer anstrengenden Arbeitswoche.

»Ich habe keine Ahnung, wer das sein kann.« Clärenore versuchte sich mühsam aus dem Lehnsessel zu hieven.

Carl-Axel bedeutete ihr, sitzen zu bleiben. »Lass nur, ich gehe schon.«

Die Haushälterin Margarethe war schneller als er. Sie führte die Besucherin ins Wohnzimmer.

»Hilde!«, rief Clärenore voller Freude. »Was machst du hier?«

Die Schwester trat näher. Sie sah wie immer umwerfend aus. Zu Clärenores großer Überraschung trug sie dunkle Hosen im Stil von Marlene Dietrich.

»Ich wollte dich unbedingt mit deinem Bauch sehen«, sagte Hilde. Sie ging auf Clärenore zu und umarmte sie. »Du schaust aus, als hättest du einen Wasserball verschluckt.«

Lachend umfasste Clärenore mit beiden Händen ihre Leibesmitte. »Ein Wasserball, der mich ständig tritt.«

»Kannst du dein Kind spüren?«

»Ja, natürlich. Willst du auch einmal?«

Ohne Hildes Antwort abzuwarten, griff Clärenore nach der Hand ihrer Schwester und führte sie an die Stelle am Bauch, gegen die das Kind gerade drängte.

»Ich glaube, ich habe eben den Fuß von meinem Neffen oder meiner Nichte in der Hand gehabt«, meinte Hilde gerührt.

»Dieses wilde Kind gerät mit Sicherheit nach seiner Mutter«, sagte Carl-Axel. »So viele Verschnaufpausen wie in den letzten Wochen hat Clärenore in ihrem ganzen Leben noch nicht eingelegt. Der Bauch zwingt sie zur Ruhe.«

Clärenore lachte. »Sobald das Kind da ist, werde ich wieder reiten und schwimmen und Reisen planen und …«

»Immer mit der Ruhe«, erwiderte Carl-Axel. Dann blickte er von einer Schwester zur anderen. »Ich lasse euch jetzt mal allein und organisiere in der Küche eine Kanne Kakao.«

»Eine hervorragende Idee«, meinte Clärenore.

Kaum hatte Carl-Axel den Raum verlassen, zog Hilde einen Schemel heran und setzte sich.

»Gut schaust du aus«, sagte Clärenore.

»Danke, du auch. Die Mutterschaft steht dir.«

»Dir würde sie auch stehen«, entgegnete Clärenore.

Hilde schüttelte entschieden den Kopf. »Max und ich haben getrennte Schlafzimmer, und so soll es auch bleiben.«

Die Art, wie Hilde das sagte, ließ keine weiteren Fragen zu dem Thema zu, weshalb Clärenore sich weitere Bemerkungen verkniff.

Hilde kramte in ihrer Handtasche nach einem silbernen Zigarettenetui, klappte es auf und zog eine davon heraus.

»Du rauchst?«, fragte Clärenore erstaunt.

»Ich rauche, und ich trage Hosen.«

»Das ist großartig«, sagte Clärenore.

Überraschung breitete sich auf Hildes Gesicht aus. »Wirklich?«

»Ja, natürlich. Sicher tobt Mutter, wenn sie dich sieht.«

»Sie ist milder geworden. Im Moment hofft sie, dass du der Familie Stinnes einen Jungen schenken wirst.«

»Meine Kinder werden Söderström heißen«, entgegnete Clärenore. »Und es ist mir völlig egal, ob ich einen Jungen oder ein Mädchen bekomme. Wichtig ist nur, dass das Kind gesund ist.«

Hilde zündete sich die Zigarette an und schlug elegant ein Bein über das andere. »Ich vermisse unseren Briefwechsel«, sagte sie. »Es tat gut, sich den Kummer von der Seele zu schreiben.«

»Aber du hast dich kaum über irgendetwas beschwert«, entgegnete Clärenore verwundert.

»Und doch war es hilfreich«, sagte Hilde. »Die Briefe haben mich gezwungen, über mein Leben nachzudenken. Sobald man aufschreibt, was man erlebt, erkennt man, dass es nicht das ist, was man sich eigentlich ersehnt.«

»In Zukunft wirst du weniger schreiben und mehr erzählen müssen«, sagte Clärenore.

»Hast du endlich einen Telefonanschluss?«

»Nein, aber du wirst uns regelmäßig besuchen kommen.«

»Was soll ich denn in Schweden machen?«

»Als Taufpatin mit deinem Patenkind spielen zum Beispiel.«

Es dauerte einen Moment, bis die Nachricht zu Hilde durchdrang. Die Freude, die sich auf ihrem Gesicht ausbreitete, erfasste auch Clärenore.

»Natürlich nur, wenn du die Aufgabe übernehmen willst«, fuhr sie lächelnd fort.

»Selbstverständlich will ich Taufpatin werden!«, rief Hilde begeistert. Sie sprang auf und umarmte Clärenore mit einem Arm. Die Hand mit der Zigarette streckte sie weg. »Darf ich das Taufkleid aussuchen? In Berlin hat eine neue Designerin ihren Laden eröffnet. Oder soll ich lieber die Schneiderin am Ku'damm beauftragen? Sie hat diese Hosen entworfen.«

Clärenore schmunzelte. Das war die Hilde, wie sie sie kannte.

»Ich bin mir sicher, du wirst genau das richtige Kleidchen finden.«

»Oh ja, das werde ich«, sagte Hilde. »Und wenn es ein Mädchen wird, kriegt sie ein Indianerkostüm mit bunten Federn, sobald sie groß genug ist.«

»Sie wird dich dafür lieben.«

Nachwort

Bei der Geschichte, die Sie eben gelesen haben, handelt es sich um eine Romanbiografie. Wie immer, wenn ich über Figuren schreibe, die tatsächlich gelebt haben, habe ich mich bemüht, mich weitgehend an historische Fakten zu halten. Als wichtigste Hintergrundlektüre hat mir Clärenore Stinnes' Reisetagebuch *Im Auto durch zwei Welten* gedient, das Gabriele Habinger 2007 im Promedia Verlag mit einem Vorwort neu herausgegeben hat. Wer mehr über Clärenore erfahren will, sollte das Buch unbedingt lesen. Fast alle Reiseanekdoten und Abenteuer, die ich beschrieben habe, fanden tatsächlich so statt. Clärenores Reise war abenteuerlich und einmalig. Ich wage zu behaupten: Wäre sie ein Mann gewesen, wäre sie auf einem prominenteren Platz in den Geschichtsbüchern eingeordnet worden. Womöglich würde man sie in einem Atemzug mit Charles Lindbergh erwähnen.

Vielleicht fragen Sie sich, welche schriftstellerischen Freiheiten ich mir beim Schreiben genommen habe.

Hilde war Clärenores Schwester. Welche Beziehung die beiden zueinander hatten, wissen wir heute nicht. Dass das Verhältnis zu ihren älteren Brüdern unterkühlt war, ist in ihrem eigenen Buch nachzulesen. Dasselbe gilt für die Beziehung zu ihrer Mutter. In einem Interview bezeichnete Clärenore sie als »Frau aus dem vorigen Jahrhundert«, für die »Mädchen Menschen zweiter Klasse« waren.

Offiziell haben Clärenore und Carl-Axel sich erst nach der Reise ineinander verliebt. Sie heirateten ohne großes Aufsehen 1930 in England, nachdem sich Carl-Axel von seiner Frau hatte scheiden lassen. 1931 kam ihr erstes Kind zur Welt. Es folgten zwei weitere. Die beiden waren sechsundvierzig Jahre glücklich miteinander verheiratet. Sie bewirtschafteten das südschwedische Gut Asa gård und zogen dort ihre eigenen Kinder, aber auch einige Pflegekinder groß. Eine weitere Reise traten sie nicht mehr an.

In einer Zeit, in der das Reisen schwierig war (und teilweise immer noch ist), hat die Recherche zu dieser Geschichte besonders viel Spaß gemacht. Ich hoffe, Sie haben sich beim Lesen ebenso gut unterhalten wie ich mich beim Schreiben. Jetzt bleibt mir nur noch, mich bei den Menschen zu bedanken, die bei der Entstehung dieses Buches maßgeblich beteiligt waren. Bei Nicole Geismann von Blanvalet, die die großartige Idee hatte, eine Geschichte über Clärenore Stinnes zu veröffentlichen. Bei meiner Lektorin Annika Krummacher, die wie immer tolle Arbeit geleistet hat, bei meiner Agentin Franka Zastrow, die mich bei jedem meiner Projekte unterstützt, und bei meiner Tochter Ida, die die Geschichte innerhalb kürzester Zeit Probe gelesen hat. Und natürlich bei all den technisch versierten Menschen, die mir wichtige Tipps gegeben haben, wie Dr. Heinrich Pink und Hannes Humer, die mich mit wichtigen Informationen über Treibstoffmischungen, die Vor- und Nachteile von Benzol oder die Schwierigkeit beim Einbau kurbelbarer Fensterscheiben versorgt haben.

Das größte Dankeschön geht wie immer an alle Buchhändlerinnen und Bibliothekare, die meine Bücher zu Ihnen bringen, denn ohne die Treue meiner Leserinnen und Leser könnte ich keine weiteren Geschichten schreiben.

Vielen herzlichen Dank
Ihre Lina Jansen

Übersicht Route

Gut Weißkollm	September 1925
Berlin	März 1927
Frankfurt am Main (Spessart, Würzburg)	Mai 1927
Tschechoslowakei–Österreich–Ungarn (Schirnding, Karlsbad, Wien, Budapest)	Mai–Juni 1927
Serbien–Bulgarien (Belgrad, Niš, Sofia)	Juni 1927
Türkei (Konstantinopel, Izmir, Ankara, Konya)	Juni–Juli 1927
Syrien und Libanon (Aleppo, Beirut, Damaskus)	Juli 1927
Irak und Persien (Bagdad, Teheran)	Juli 1927
Armenien und Georgien (Jerewan, Tiflis, Grindischafka, Chirkow)	Juli 1927
Russland (Tula, Moskau)	August 1927
Auf dem Weg nach Sibirien (Nischni Nowgorod, Kasan, Swerdlowsk, Nowosibirsk)	September 1927
Irkutsk (Burjatenrepublik)	November–Dezember 1927

Baikalsee (Kabansk)	Januar 1928
Mongolei (Ulan Bator)	Februar 1928
Wüste Gobi	März 1928
China (Kalgan, Peking)	April 1928
Japan (Überfahrt von Tientsin nach Moji, Kobe, Tokio, Überfahrt nach Honolulu)	Mai 1928
Los Angeles (Überfahrt von Honolulu nach San Francisco, dann Weiterfahrt nach Los Angeles)	Juni 1928
Panama (Überfahrt von Los Angeles nach Panama)	Juni 1928
Peru (Lima)	Juli 1928
Bolivien (Titicacasee, La Paz, Richtung Oruro)	August–November 1928
Argentinien (Buenos Aires)	Dezember 1928
Chile (Valparaíso)	Februar 1929
Panama (El Real de Santa María, Urwald)	März 1929
Vereinigte Staaten (Los Angeles, Grand Canyon, Abstecher nach Kanada, Chicago, Detroit, New York, Rückreise nach Le Havre, dann auf dem Landweg nach Berlin)	April 1929